大唐李白

少年遊。

張大春

大唐李白

少年遊。

代序

一首詩，能傳幾條街？

張大春

被譽為「詩聖」的杜甫曾經有一句詩，說得相當自傲：「詩是吾家事」。這個「家」字，不只是強調杜甫知名的「家人」——他的祖父杜審言——也強調了身為一個「士族」的習業傳統；也就是士族階級的門第。門第的重建與動搖，大約就是大唐帝國初期極為重要的一個政治工程。

從西元七〇一年展開的半個世紀，是大唐帝國立國以來變動最為劇烈的一段時間。我們可以假想：有那麼一條街，兩旁俱是居宅坊店，從街頭走到街尾，歲月跟著步步流動，行進之間，可以看見人們用盡各種手段，打造著自家的門第，以期高於他人。一直走到西元七六二年，李白也恰好走完他的一生。

街頭，是個祖上被竄逐至西域、到他這一代又偷渡回中土的胡商。這胡商賺了很多錢，卻賺不到帝國最重視的門第和階級。於是他就仿效開朝以來的皇室，一點一點地為自己鑄造、打磨、擦亮那個以姓氏為基礎的身份。

滿街的人都知道：皇家的李姓來自知名郡望——隴西成紀；這個姓氏可以上溯到漢朝的大將李廣。不過，街旁一位法號法琳的遊僧會告訴你：不是這樣的。皇室的李家原本是隴西狄道人，幾代以來，他們身上所流的，多是鮮卑胡種的血液，然而他們畢竟在無數征戰中奪取了天下權柄，當然也可以重新書寫自己的身世，使這身份能融入先前六朝的門第規模。

胡商這麼辦了；他也姓李了。他的長子和三子繼承家業，分別在長江航道的上游和中游（也就是三峽和九江），建立起轉賣東西糧米、織品、什貨的交易，賺了更多的錢，也在各地累積了相當龐大的債權，以及信用。

然而，生意人是沒有地位的，他們的孩子沒有參與科舉考試的資格，沒有機會改換身份、建立地位，自然也沒有機會進入朝廷。可是，這一條街上的人都明白：要取得出身，有很多手段。其中之一，就是牟取整個帝國以城市為中心的社會最重視的名聲。

那是前些年相當著名的一個故事：街角來了個蜀地富豪之子，忽然花了可以買下十萬斗米的一千緡錢，買了一張胡人製造的琴，到市集上吆喝眾人觀看。這人非但不奏曲，還把琴摔了個粉碎，之後說：「彈胡琴，不就是雜技嗎？諸君何不讀讀我的詩呢？」

這個人叫陳子昂，碎琴的故事伴隨了他一輩子，流傳則更久。即使如此，士人階級以下的黎民廣眾大約也只能空洞地仰慕著詩人，因為考試會彰顯他們的才華，聲妓會演唱他們的作品，而國家的政務也往往因為詩作所流露的美感與情感，而交付到這些人的手中。詩篇創作的美好，也許只能在詩人之間流傳、感染，可是詩篇成就的地位，卻成為絕大多數不能詩的人所豔羨的虛榮。

在街旁幽深陰暗的巷弄裡，或是通往林野的阡陌之間，你也會看到，大部分不屬於士族階級的人，在一個物資充裕、水運發達、驛遞暢通、人口繁盛的環境裡，過著艱難的日子。絕大部分的糧米、布匹、器用、牲口都要供輸到京師，再由朝廷加以分配，供應各地軍（折衝府）、政（州縣）部門，以便啟動整個帝國的管理和運作。當大多數的人為了應付上繳的穀米、絲棉，付出勞力，應付種種名目的「公事」，而不能饘粥自足的時候，幾乎沿街的店鋪都從事借貸——人人都可能有債務，家家也都有機會在周轉通貨的過程之中博取一點蠅頭小利，勉強接濟生活。他們知道：詩，本來就距離他們相當遙遠；有如一觸即破的浮泡，有如不能收拾的幻夢。

鄰近街頭的人還聽說：李姓胡商的次子是太白星下凡。他沒有跟著父兄作生意，只讀書、作詩、喝酒、以及遊歷。這孩子逐漸長大，仍然在街上晃蕩，離家之後，不但形跡漸行漸遠，也絕口不提自己的身世。人們諒解這一點，因為他們都能深切體會，如果不能將那個不成門面的商家遠遠拋擲身後，他將永遠不能打造自己的前途。

一旦來到了長街較為深遠的地方，多數的人已經不在乎這浪跡而來的人究竟是個甚麼出身了。他總在稍事逗留之處，結交各式各樣的朋友。有僧，他看著是佛；有道，他看著是仙。動輒寫詩，將字句當作禮物，持贈每一個儘管和他只是萍水相逢的人。這在當時，還是十分罕見、且令人吃驚和感動的事——尤其是他的作品，也不尋常；似乎一點都不像朝廷裡一向鼓吹、揄揚以及獎勵的那種切合聲律格調、齊整工穩之作。

在他筆下，詩更接近街邊的謠曲。雖然也含蘊著許多經史掌故、神話異聞，顯示了作者並不缺乏古典教養。然而，他的詩還融合了庶民世界中質樸、簡白、流暢的語言；以誇張、以豪邁、以橫決奇突、荒怪恢詭的想像，勾人驚詫，引人噓歎，讓人想起矯健百端的龍，蒼茫千變的雲，洶湧萬狀的潮浪，以及高潔孤懸的明月。他讓奔流而出的詩句衝決著由科考所構築起來的格律藩籬，就像他的前輩——那個因碎琴而成名的陳子昂一樣——讓整個時代的士子為之一震，並忽然想起了：詩，原本可以如此自由。

在這條街上，自由也不是一個孤立的價值。街坊們若是聽見某詩人吟唱：「一任喧闐遶四鄰，閒忙皆是自由身」的句子之時，只會明白：他現在沒有官職了。至於詩的自由，更不為人所知所貴，看來那只是一種不為經營現實功利而拘守聲律的意圖，這意圖竟然又開向更古老的風調，也就是回返數百年前，當歌詠只維持著最簡樸的音樂感性，而仍然動搖性情，引發感悟。

至於生活，胡商之子在一篇上書之文中追憶：他曾經為了接濟那些落魄公子，在一年之內，散錢三十萬。這數字可以買三萬斗米，但也許並不誇張。因為他雖然不事生產，還能保持「自由之身」，恐怕得歸功於胡商到處持有的債權。他以隨手而得之、又隨手而散之的資本與詩篇，成為到處知名的詩家，縱使經由婚姻、干謁、投獻而終於成為宮廷中的文學侍從之臣，也還只能揮霍著令人激賞而不入實用的字句。

這個揮霍的年輕人可能比大多數他的同代人有著更豐富的旅遊經驗，然而，明明是即目的見聞，親身的閱歷，在他而言，都只是歷史的投影。也就是說，他所看到的街景，都只是原本沉埋在史籍之中，那些春秋、戰國、兩漢、魏晉時代的投影。在他的眼裡，全然沒有現實。

身為星宿，發為仙音，客心無住，餘響不發。街道上的人們知之越多，越覺得他陌生；就連他的妻子、兒女、知交，以及久聞其名而終於接納了他不到兩年的皇帝也不例外。他藉由詩篇，再一次地將人們淡忘的古風引進大唐，然而他卻在風中迷失了自己的身影，他對於成就一番「達則兼濟天下」的追求，也因之全然落空。千載以下，人們居然多只記得他的名字而已。

這條街上也許還有詩人，如果他們都只剩下了名字，也就沒有人會知道：一個個號稱盛世的時代，實則往往只是以虛榮摧殘著詩。

如果世上還有任何業餘的文學讀者，請容我在此鄭重地邀請他和本書的校訂者張長臺、校對者陳錦生、編輯者葉美瑤三位一同分享這部作品。

我更要謝謝他們的耐心和鼓勵，使得此書能日進而有功。

五陵年少金市東，銀鞍白馬度春風。
落花踏盡遊何處，笑入胡姬酒肆中。

李白——〈少年行〉

1　老對初芽意未凋

新正剛過，立春日前夕，綿州刺史在自家門首貼了新作的詩句。這詩是刺史親筆，命從人把紙貼在壁間，一口氣寫下來的：

終始連緜盡一朝，櫻垂雨墜頌鶬椒。
猶能幾度添佳詠，看洗寒冰入大潮。

寫完了不肯離開，吟讀再三，反覆看幾遍，點頭復搖頭，還假作生氣地斥責一個掩嘴偷笑的使女：「不識字奴笑甚麼？」那使女出身士族吏門，原本是讀了書的；但是即使識字，也讀不懂刺史的詩，尤其是「鶬椒」。這裡頭用了典故，出自前代晉朝劉臻的妻子曾氏於正月初一那天獻〈椒花頌〉，後世流傳開來，就把「獻椒」當作過年應景的禮儀，或是一家人開春吃團圓飯稱作「椒花筵」。

不過，在這裡，連作詩之時總是追求奇警的刺史都覺得「頌鶬椒」太矯揉造作了。他之所以一直搖頭也是由於這個緣故。站在壁前思忖良久，他索性又在「鶬椒」之後補了兩聯，把四句添作八句，一絕變成一律。這樣做，只有寫詩的人心裡明白：是為了用感覺上格局莊嚴宏大的體制，掩飾用典的造作。接著，他叫人來換了紙，張貼在門首，重新寫了，還當著那些恰巧前來賀節的客人們吟過一通：

終始連緜盡一朝，櫻垂雨墜頌觴椒。
郊迎新歲春來急，老對初芽意未凋。
筆墨催人消節氣，心情問世作塵囂。
猶能幾度添佳詠，看洗寒冰入大潮。

就像是辦完了一樁大事，刺史先吩咐備車，隨即回頭對久候於一旁的別駕、錄事參軍、司法參軍、司戶參軍以及僕從和來客們說：「今歲刺史與爾輩賞禽迎春可好？」

賞禽不是常例，但是總比困在刺史邸中分韻賦詩來得好，一時之間眾人都歡聲擊掌大笑。然而，春陽初至，歲節猶寒，有何禽可賞？又到何處去賞呢？

「戴天山。」刺史微笑著睨視眾人，道：「會神仙！」

據說，神仙道中有召喚禽鳥一門，頗為歷代帝王傾心眷慕。此道中人，一旦施展起法術，能以空空妙手，收取山林之間的各種鳥類。鳥兒們會群聚於仙人四周，有的高棲於喬木之枒，有的俯伏於叢草之間，有的在水湄沙洲處引頸翹盼，也有的會在山嵐嶺雲之際嘶鳴盤桓，試著接近那仙人。仙人持咒，但見其唇齒翕張，不能聞辨聲語，恐怕唯有禽鳥能夠聆會他的語意。

這些鳥兒似乎也會依著某種仙人所指示的順序，飛身進前與仙人會晤——或就其掌心掠取穀食，或就其肩頭磨擦喙吻，也有體型巨碩，翼展丈許之鳥，多數無法說出族源、道其名類，竟然還能夠與神仙周旋不只片刻，像是老朋友一般，殷殷點頭眨眼，撲翅探爪，好像說了許多話。這讓戴天山在短短數年之間成了一座遠近馳名的仙山；早些年還有幾批道士想要在此建築宮宇觀塔，大肆擴延峨眉山一脈的道法香火。

戴天山在綿州昌明縣北三十里的地方，山前還有山，兩山南北相依而立，也有稱這兩山為匡山的，南山號大匡，北山號小匡。此處之名，不脛而走，據說連北邊百里之外的龍州、劍州都有人津津樂道。最近每逢春秋佳日，還有數以百十計為一隊的遊人前來，爭嚷著看神仙。刺史的訪客裡有那頗知里巷風情的，趕緊湊趣說：「聞道大小匡山桃花開得好，野物繁茂，有呦呦鹿鳴之勝，十分難得；刺史有這般雅趣，我輩敢不相從？」

刺史還沒答話，另一個頭戴紫冠、看來不過十多歲的少年道士點點頭，朝大門上刺史的詩句指了指，微笑著說：「這時節，不過是『櫻垂雨墜』爾耳，桃花還未發枝呢。」

「丹丘子真是箇中人！」刺史一抬手，拉住紫冠道士的衣袂，逕往衙署西側踅去。眾人跟走了約莫一箭之遙，轉向南側巷口一眼眄了，都不由得驚呼出聲——原來刺史早就給眾人備妥了牛車。大約也是由於新正立春之故，為表嘉慶歡愉，一行十數乘負軛的牲口都披戴著五彩紋衣，遠望一片繽紛撩亂，煞是好看。

這時刺史才說了：「桃花未發，某等便去為春山補補顏色。」

刺史和眾賓客們此行的確有目不暇給的奇遇，在這一個花朝節裡，他見識了意想不到的方外之人，也結交了只在魏、晉時代才可能生養孕育出來的隱逸之士。是後，他甚至經常廢弛公事，自己趕著牛車，車上載著像丹丘子一流的三五素心之友，來到這神仙所在之處。而在刺史原本狹促的官場上，一向沒有這般能夠放懷高議、詭辯劇談，而且異趣橫生之人的。

如果單從刺史的眼中作一飛快的遍覽，他在大匡山同這些人作夥，與神仙通宵達旦、飲酒賦詩、高談闊論的光景也沒有幾次。對於人生之中有過的這麼幾年歡愉光景，窮刺史之憶念，卻總是掛懷不忘。他曾經感慨地吟了兩句：「誰留去自去，石上望神仙」——然而這只是孤伶伶的一對殘句，沒有上下文。刺史於多年後病篤彌留之際，曾經喚人取筆墨到榻前來，說：「某還有兩句詩未曾寫完——」也果真就沒能寫完了。

刺史姓李，名顒，字子敬。顒者，大也。李顒的頭臉一出生就顯得比常人大，狀如長盤，乃以此字命名。他生小經常因此受人嘲笑，卻不以為忤。在那一次去戴天山尋訪神仙的路上，忽然有幾隻五色斑斕的異禽，不知從何處飛來，轉瞬間齊集在他的紗帽頂上，賓客們都說這是祥瑞之兆，新年必得徵應，該是刺史要升官、回西京了。只有少年道人丹丘子朗聲笑道：「好大頭顱，消得鳳凰來佇！」

眾人不敢跟著笑，紛紛垂面掩口，倒是丹丘子的笑聲在四面的山牆之間盪迴起落，驚動了微微的春風，一陣若有似無的山煙擾動之下，霎時間引來了更多的禽鳥。刺史也顧不得官儀，忙不迭地從車中短榻上站起身，撲東搧西地揮打著袖子，嚷道：「快看！快看！」

他們究竟看到了甚麼呢？

2 無人知所去

大小匡山佳境勝景固不待言，在四野八郡的井閭邊、廊廡下，飛快傳遞著的閒話裡，「桃花」、「鹿鳴」更非虛語。結隊而行的遊客回來了，總有人爭說：確是看見鹿了。旁人便搶忙給道喜；逢鹿就是逢祿，家人或者本人，即將功名大顯。這是天賜，便有更多人迫不及待地要去。有桃花時賞桃花，沒有桃花的日子長，還可以看竹煙天水——這是另外兩景，終年不負人約。

傳聞之中，從丑末寅初起，天色還暗著，神仙就在一片萬竿竹林裡起身了。神仙出來行走，是沒有形體的；無形有影，殊為奇麗，更看得人癡迷。至於有甚麼影呢？人人所見不一，相同的是晨光乍透，竹旌飄搖，跟著浮動的青靄，就殷殷刻畫出神仙的衣裳。

相傳昌明縣北十里地頭上，有一編戶老婦，為深藍色的靄氣所惑，迷走於竹林之間，經整夜尋不著歸處。卻在一個不經意間，摸著了仙人的裸足，返家後，指掌便潰爛了。這事引發了不小的驚恐，此後也就再也沒聽說過有誰敢打著甚麼峨眉山的旗號來此推拓道術了。

可是旅者如織依舊，他們對天水——也就是大匡山上的一條銀練也似的飛泉——更加著迷。因為飛泉在天，日日都能招來或直或曲、時高時低的虹；虹之生，又恰在竹間青靄消散之後，所以人們視此二景為一事，那就是神仙的遊蹤。

日久便有詩句傳出，說是寫在一片石上；此石方圓數十丈，其上遍生綠苔，分寸無間，可是忽然有一日，出現了刮刻詩句，字如斗大，迤邐歪斜：

犬吠水聲中，桃花帶露濃。樹深時見鹿，溪午不聞鐘。野竹分青靄，飛泉掛碧峰。無人知所去，愁倚兩三松。

這首詩刻在巨石的苔衣上，經歷幾度春秋，多年以後，原作者將之踐踏、刓剔，以至於剝除殆盡，最後不知是有意無意，只留下了末聯的一個「去」字。此乃後話，其中或有傷感的遭際，於此也就暫時留取心神，容後細表。

不過，乍看此詩刓苔而出，人們總會訝異：是甚麼人，敢在神仙居止之處這樣放肆留言呢？

巨石青苔之上的五言八韻之作晾在日月星辰之下可有些時日，想必神仙也看見了，但是說也奇怪，彷彿神仙還真不願意見這詩人，較諸先前還微露形跡，如今反倒刻意不現蹤影。

3 壯心惜暮年

持神仙之說的，不會認識趙蕤；認識趙蕤的，不談神仙。

趙蕤，先氏為文翁嫡傳弟子，世代習經術不絕。至漢宣帝時，蜀中傳《易》趙賓，已稱大儒。嗣後兩百年家學，復開出術數一科。至於南朝宋、齊之交，趙氏族人繁盛起來，遂聚居於劍南道潼江之上的鹽亭縣，名趙村，每代移出一支族氏，或傳經或授術，不復歸里。

趙蕤這一代移出七丁戶，多行醫卜。唯有此子，遍覽群經之餘，兼習醫藥、卜筮、巫俗、樹藝、耕耘、匠作，「但莫知所宜」，乃字雲卿，這是多年以前趙蕤的父親在長安結識的一位年輕詩友沈佺期的字，把來給了自己的兒子，也不免有深切期許的意思。趙蕤的另一個字是成人離家之後自己取的，叫大賓，一方面以先祖大儒自勉；一方面也是點明身在異鄉為客的處境。此外，根據某些記載，他還有一個號，叫東巖子。

一個在劍南道流傳相當廣泛的說法，以為趙蕤年輕時曾經隱居於長江明月峽，改名微，字微子——這當然是以商末紂王時見逐的微子啟自況——又因為追慕漢末諸葛武侯的人才與節操，而另號為「亮生」；到這名與號為止，都還明朗有理。

可是這一則傳說的細節漫衍漸遠、也漸荒誕，說是有「微生亮」者，隱居讀書，時以捕魚為業，曾在長江的明月峽中捕得了一尾三尺白魚，回手扔在艙中，覆之以蘆蓆。回到家門前入艙揭蓆一看，魚隨即化為少女，潔白端麗，年可十六七。自道：「高唐之女，偶化魚遊，為君所得。」

這「微生亮」便問：「既為人，能為妻否？」女曰：「冥契使然，何為不得？」如此夫妻三年，魚妻忽然道：「數已足矣，請歸高唐。」微生也不攔阻，只問了聲：「何時復來？」妻答：「情不可忘者，思我便來。」據說，其後每一歲間，夫妻還能夠見三數次面。

不過，世事本然，似非如此奇詭。明月峽原名破天峽，為巴蜀北方門戶，是嘉陵江鑿嶺而成。原來趙蕤浪迹在外，曾於破天峽逆旅中為一自稱從京中來的婦人療疾，僅以一脈、一方，便豁然而癒之，因此一舉而醫名大振。此後，往來求問者不遠數百里風聞以至；趙蕤也就在破天峽羈留了三年，的確於閒暇時，也在峽中打過魚。

而那婦人於三年之後，居然又來到了破天峽，僕從豪健，車馬鮮明，衣飾華豔，望之即是貴盛之家。她當眾宣稱：「欲謝相公延命之恩，恨不能也。老嫗將死，今止彌留；相公天縱之才，非徒一醫可繫，似應旁覽博聞些許。」

說完，指點了趙蕤一個去處，就是江油縣之南、昌明縣之北，人稱大匡山的戴天山——那是貴婦的原鄉，本有一份家業，宅屋五椽，藏書萬卷；卻都是趙蕤從來不曾寓目的奇書。

至於那顛倒依託的微生亮故事，裡頭有個「潔白端麗，年可十六七」的姑娘，則或許指的是趙蕤日後的妻子，名叫月娘。世間紛傳奇譚的人，有訛稱此事在晉、宋之間的，又有訛呼其地為朝天峽的。

朝天峽之名不錯，然而能成其名為朝天峽，事在數十年後——那是因為玄宗皇帝天寶年間避難入蜀，官民迎駕於斯，而呼「朝天峽」。此外，「明月峽」也是附會之說，謂出自盛唐詩句，更屬無稽。且若真出自唐人，那麼「晉、宋」之間傳聞，又豈有待於後世之詩為之命名呢？這些錯亂矛盾，便不暇細究了。

巨石上的詩，趙蕤視而不見。他的妻子月娘知道其中必有緣故，也懶得追究。不知過了許久，忽一日曬書，趙蕤自己忍不住了，道：「石上那幾韻，寫得如何？」

「知道是誰寫的？」對面不應聲，那就是知道的意思。月娘明白他的脾氣，偏不問，反而回頭說那詩：「『中』字用虛而得實，『帶』字化實而入虛；行文佻達可喜，只聲調齊整，與時下風流略近——看似是一初生小駒，迤邐亂走罷了。」

趙蕤像是打從肚子裡應了一聲，這就表示他深沉的讚許了。過了片刻，才道：「是故人之子。」

「何以見得？」

「『樹深時見鹿，溪午不聞鐘』二句，」趙蕤接道：「見鹿一句自是指此地，聞鐘則是此子所在之處。」

「他在廟裡？」

「大明寺。」趙蕤搖頭笑道：「怕只跟著僧人學了規矩，壞就壞在規矩上。」

「既是故人之子，何以不見？」

「『溪午不聞鐘』是何意？不就是說我怠慢了他麼？狂生、太狂生！」

「狂生或要老來，才悟得這狂之為病。」月娘刻意把個「老」字說得重了些。

趙蕤聽出來了，這是在說他。

4 少年遊俠好經過

趙蕤的故人也是他在破天峽結識的病家，名叫李客。此人深目龍準，滿面虬髯，看似粗獷人，也能隨緣攀談，應聲言笑，且談吐十分不俗，似頗讀書識字；只是有些話說來雲山霧沼，難辨虛實。就如初來問診時，趙蕤替他把過一回脈，問道：「比來飲酒乎？」

李客即笑道：「午時後尚未。」

趙蕤已覺得此人容止坦易，不像尋常的估客負販，復問：「可安寢？」

李客答：「睡得不穩，死去兩更次。」

趙蕤再問：「死即死矣，死後焉得知？」

李客復答：「見牛頭馬面來。」

趙蕤也笑了：「見過牛頭馬面，竟然還能來見某？」

「神仙說笑了，」李客道：「是某摩挲那牛頭道：『行色匆忙，不及扛著鼎來，烹這大好牛頭。』他便送客還陽了。」

李客就是這麼自報家門的。

是後三年間，每逢春秋兩節過後，他都會找個病恙為口實，出入破天峽與趙蕤相會——兩人多年之後還當真吃過一鼎爊牛頭。據往來出巴入蜀的人們風傳：李客的營生似乎越發出落得有規橅了，他擁有一支水旱兩路的商隊，分別以九江與三峽為起迄之地，每逢三月、九月東行，三峽一旅數桅，船似箭發，順流而下；二月、八月西行，九江一旅仍是大小船隻結隊成行，逐風迎浪，櫓盪縴行，也頗具容色。

趙蕤移家戴天山，就是隨李客雇買的車馬。此後偶相通問，他才漸漸知道：李客原是西域商賈，於中宗皇帝神龍元年，隨商旅返回中原。然而趙蕤一直不明白：原來李客還有好幾個子女，其中一長一幼二男，都在十四歲上辭親遠行。長子赴江州，幼子守三峽，兩端收拾買賣，已經堪稱熟手。然而李客半生奔波，飽經萬里跋涉之險，從來不肯稍事招搖，只把自己裝束成一個獨行小販——尤其是經手的貨物價值不菲時；他越是蓬頭垢面，隻身獨行，倒有幾分乞兒容色。

是在巨石上刻了那首怪詩之前不多久，李客趕著驢馬茶布，看似是從外地回來，刻意經過。他就站在山路邊，搖著驢鈴，有一句、沒一句地喊：「神仙！神仙！」

趙蕤請他上山，他推說貨販沉重，懶得爬坡。只扯著嗓子道：「神仙收弟子不？」

「某自道術不精，豈敢誤人？」

「犬子在大明寺隨齋，也無多出息。」

「汝兒亦不少？」趙蕤的確很驚訝，卻也透露著些許調侃：「向不知寺中還有賢郎。」

李客搖搖頭，道：「貪歡片刻，勞碌一生。」

趙蕤聽來得趣，不覺移步而下，一面招手道：「來來來，汝談吐如此，大有況味，賢郎哪得不佳？」

李客這才回轉身，從騾口一側的籠仗之中小心捧出一大油布包裹，看來足有五十斤上下，道：「前番過此，神仙說在抄書，某今回里，自袁州帶將此物事來。神仙眄一眼，合用否？」

那是前朝以來宜春當地的盛產之物，天下風行，號「逐春紙」，就是竹皮製紙。據云：製造此物工法極新，冠絕群倫，大異於一般硬黃，乃是經過多番蒸煮、舂擣，較諸平素常見的麻皮、楮皮、桑皮、藤皮所製之紙，都要輝光妍妙；比起近世以來大行其道的檀皮、瑞香皮、稻稈、麥稈所製之紙，更為柔軟堅實。趙蕤見之大喜，伸出手掌，往紙面輕輕撫去，道：「此紙某聞名已久，向未用得。想來應極貴重罷？」

「神仙造語，毋寧忒俗了些？」李客將整一綑油布包捧穩妥了，才緩緩置於趙蕤臂彎裡，隨即道：「既然是好紙，就憑神仙說長道短，儘用不妨。」

這又是一句玩笑——顯然李客還記得：趙蕤多年來一直說要寫的書，就叫《長短經》，取百家言中稱縱橫家為「長短術」之義。

一看這紙價值不菲，趙蕤知道：或恐逃不過這李客的央求了，只好試著虛虛一問：「賢郎日後是要用世的？」

「以某商旅江湖多年所見，唉！」許是因為說到了兒子的前途，李客忽然肅起臉來，道：「而今選人、任官已是兩條路，縱使博一出身，未必能獲銓選。此子天資是有些，奈何不能安分讀書。前些年居然還隨身帶劍，出入市井，學豪俠道——」

「天下大定多年，海內晏安，我這一部家法，獨善尚且不能，更非人間之學了。」

李客根本沒聽他的，逕自接著自己的話，喃喃道：「——還殺了人。」

不但殺人，還與相結成夥的少年立下盟約：知一不義，殺一不義；見一不仁，殺一不仁；直須殺盡天下不仁不義者。

「能以仁義為名，倒還是儒中之俠。」趙蕤並不想過問他那兒子殺了甚麼人？又為甚麼殺人？遂只笑了笑，道：「以武犯禁不佳？只好讓他以文亂法？」

「神仙的學術無所不及，何不指點一二？」李客說著，忽然雙膝落地，咧開嘴、跟著苦笑：「神仙倘不肯救，此兒日後不外便是橫死於市的下場。」

路人鄉人時來頂禮膜拜，趙蕤見慣而不怪，任李客那麼跪著，道：「汝家有少年，別家亦有少年；某今日收賢郎，明日自不能不收他人；連月經年，這大匡山豈非成一結客少年場？汝，還是讓他在大明寺修行罷！」

李客仍不鬆口，膝行而前，急道：「他卻也不是一味逞豪強，有書可讀，畢竟寓目不忘——他，還會作些詩文。」

趙蕤聽得大笑，都笑得闔不攏嘴了，道：「近世官場識字者眾，人人都作詩文；君不見：天下各州道刺史薦人舉才，也都道：『汝小子能詩否？』『汝小子能詩否？』——千人一律，萬口同聲，算甚麼能耐？」

「客乃一介賤民，卻也還知曉：作詩是不謬的。詩道宏大，『邇之事父，遠之事君』，就是聖人之言！」在這一刻，李客頭一次感覺自己堅持所見有理，和神仙算是平一肩頭了。他自站起身，沒忘了撣撣衣襟上的塵土，隨手又開了籠仗底層一屜，露出裡面的幾函書卷，道：

「神仙且看：凡此種種，也俱是聖人之言，如何能看不起？」

「汝不聞：『聖人不死，大盜不止』乎？固爾也是一說！」趙蕤仍自捧著那牛腰也似的一卷「逐春紙」，笑道：「汝權且當某是大盜，劫汝好紙一宗，來日另報罷。」

李客所在意的，不是這一大捆從數千里外馱來名貴紙張，而是他不能明白的道理。他像是在跟誰賭氣似地快手收拾轡索，轉身衝北而去。他沒有心思理會群山中迴盪著的呦呦鹿鳴，併步穿過一大片桃林，接著，聽見一聲一聲夾雜在潺湲溪水之間的犬吠。此後數武之外，復向西北竹林外一彎，土地平曠之處，就看得見大明寺了。

他就是要去大明寺，片刻也等不得——籠仗裡的幾卷經書的確是要讓兒子讀習諷誦的。他還得要去跟兒子交代一句萬分要緊的話：先前再三叮囑，要他前往大匡山投拜神仙的事，就此作罷了。李客邊趕路、邊歎息：可惜了，可惜了——他衷心相信：神仙的道術再高明，終不能鄙薄聖人。他雖然不敢說神仙不對，卻隱隱然覺得趙蕤身上有一種與他極不相侔的氣性；他有些畏懼，甚至有些不敢仔細回想的厭惡。

但是李客萬萬沒有想到：他這一交代，反而勾起了那兒子的興味——

「神仙如何不好？」

「他不敬聖人。」

「如何不敬？」

「他說『聖人不死，大盜不止』。」

「是理！」像是夢中驚寤而起，這少年抬起頭向南邊的大匡山望去——他當然望不著，中間還隔著蒼林一帶，崦嵐十里。

「竟道：作詩亦不算甚麼能耐。」

「更妙！」

少年從袖筒中摸出隨身攜置的匕首，拉開銅鞘一寸，忽又收鋒，復拔之，再收之；反覆發出一揚一抑、金鐵鳴擊之聲——這是他打從孩提時就養成的習慣；或者應該這麼說：自從他學習寫詩伊始，就是藉此而辨認聲律的——拔出匕首，有迴音繚繞飄搖，其聲高而平，略顯悠揚；收合匕首，餘音則沉渾促迫，其聲低而滯，略顯厚重。有些時候，他還會用較長的劍練習，拔劍、收劍的尺幅大了，音高、音低與緩急弛張的層次也就更多些。不過他肘臂力弱，偶一不慎，不能將劍與鞘的遇合深淺持穩，便險象環生；有一次，還因為收不住勢頭而險些將劍尖刺進了大腿。然而，他不太在意這個，他樂於聽見比絲竹弦管更純粹而簡約、質樸的聲音。

此刻，他從匕首與鞘忽離忽合的聲音裡，想像著自己已經去了大匡山，走在蜿蜒的山路上——犬吠水聲中，桃花帶露濃。

他在寫詩了。

5 結客少年場

這首詩，的確令趙蕤沉吟多時。

他感覺到這位來訪之人並不十分迫切地想要與他結識，但是卻充滿了迷惘與好奇。趙蕤在裁就了的逐春紙底下夾墊了牙版，面前几上則放置著早先丹黃塗抹、幾乎不能卒讀的凌亂手稿。他對讀著，讀一句，抄一句。一字一聲，都是他的半生心血——一部不知道該命名為《長短經》、《長短書》還是《長短要術》的著作，一部將要超邁楊、墨、荀、孟，直追莊生的思想之學。但是他分神了，他不得不想到李客那兒子，連自己都沒有發覺的瞬間，趙蕤忽然說：「彼少年隨時還復來。」

月娘為室內的六檠椀燈注滿了豆油，看看瓦缸之中的餘油也不多了，正想著該去榨豆油的事——那可是極費氣力的工計，聽趙蕤一說，即道：「來時遣他榨幾斗油好使。」

「此子父兄失檢，幼學浮浪，尚且結客殺人，看來如今只是避難於佛寺，一時安適耳——某實在不便安置。」

「結客」一詞，流行數百年，原本就是同儕之人，結夥滋事的意思。漢季陳思王曹植率先將此詞入詩，作〈結客篇〉一首，有：「結客少年場，報怨洛北邙。利劍鳴手中，一擊而尸僵。」的名句傳世。月娘聽他這麼說，反而笑了：「彼來，汝便教彼學些個『結客少年詩』。」

月娘說的不是玩笑話，遙想七百年前，大漢當天下，京畿少年群起取財收賂，請賞報仇，鬧得歡盛時，京師羽林軍士皆為之束手。沒多久，這一群少年殺出了極殘暴的血性，甚至以遊戲視之。他們日日相聚，選官而殺。一夥人買百數紅黑彈丸，紅丸五十、黑丸五十，盛於囊中，任意選擇一人，探手入囊取丸，探得赤丸，便脅之斫殺武吏；探得黑丸，便脅之撲殺文吏。直到一酷吏尹賞出任長安令，旦夕間發兵圍捕，一網成擒。長安市中隨即為之編製了應景的歌謠：「何處求子死，桓東少年場。生時諒不謹，枯骨復何葬。」到了曹植那時，「結客少年場」就連綴成為一詞，專指少年結任俠之客，為遊樂之場，終無所成；甚至終將淪落為白骨暴露、路人不顧的下場。

趙蕤在此刻停下筆，順手將筆毫在几旁的水甕裡涮洗起來——這表示他今晚已經不會再抄寫了。他秉起一燈，走到壁邊架旁，手指輕輕拂過那一張張從書頁間伸出的牙籤——那是他多年來每一番閱讀的痕跡，他在找其中的一記步履。

「容奴一猜。」月娘道：「相公要找的是《幽憂子集》？」

趙蕤神色不變，將燈舉高了些。月娘忽地又「呀」了聲，急道：「不！」

「相公要找的是虞監那一部、那一部——」月娘想得著急，揪住衣襟、掠一掠髮角，仍舊想不起。

趙蕤回眸笑道：「卻怎不猜是沈佺期的《卿雲歌行》？」

月娘立刻提高了嗓子，道：「不，沈相州的那一首太淒苦！」

「我一首？」

「相公不是在找〈結客少年場行〉嗎？」

「月娘運籌於繡帷之中，竟然可以卜我於千里之外了！」十分無奈地，趙蕤笑起來：「我冥搜苦學三十年，究短長、探縱橫，總還不如汝天資穎悟，洞機深透呢！」

月娘並不是猜對的，是一念通明，緣理而會。

趙蕤所問：「卻怎不猜是《卿雲歌行》？」話中的《卿雲歌行》，是近兩年間流傳了一陣的歌詩集，隨著驛路和驛站飛快地開拓與增設，普天之下總計不過一、二千人覺得有興味的手抄書冊，偶爾也會流布到漢州這樣偏遠的地方來，為數不過二、三，好歹卻讓趙蕤撞上一本。

看得出來，這一本《卿雲歌行》抄工極壞，錯字連牘，但是難不倒趙蕤，他隨手塗注校正，有時還不免對本來沒有抄錯的原文也動了點竄修改的念頭。那正是沈佺期的一部集子——沈佺期，字雲卿，趙蕤父輩的世交；也是他被父親命名為雲卿的來歷。為甚麼這兩年沈佺期的詩會忽然鬧得許多人爭抄呢？大約也是由於他在兩年前成為新鬼之故。人一死，會忽然間像是幹過許多好事，甚至寫的詩也忽然間評價高了些。

然而沈佺期這一首〈結客少年場行〉寫得極為悲涼，遠遠脫離了這一詩題在舊日樂府中那種恣肆奔放的格調，比起他的小前輩盧照鄰，以及老前輩虞世南，似乎都欠缺生氣。

恰由於從劉宋元嘉時期的鮑照、梁與北周時代的庾信，到本朝的虞、盧諸翁，都曾以率性少年為題材，寫過歌詩；月娘的「猜」就有了譜。她覺得：趙蕤是在揣摹那留詩石上的狂放少年，究竟是何等樣人？但又不願意面對這種少年郎逞義氣、鬥狠勇，浮浪於塵市之恩怨是非，便想要從前人的結客少年詩中取味。

一開始，月娘想到的是留下一部《幽憂子集》的盧照鄰。他的那一首〈結客少年場行〉是這麼寫的：

長安重遊俠，洛陽富財雄。玉劍浮雲騎，金鞭明月弓。鬥雞過渭北，走馬向關東。孫賓遙見待，郭解暗相通。不受千金爵，誰論萬里功。將軍下天上，虜騎入雲中。烽火夜似月，兵氣曉成虹。橫行徇知己，負羽遠從戎。龍旌昏朔霧，鳥陣卷胡風。追奔瀚海咽，戰罷陰山空。歸來謝天子，何如馬上翁？

但是，月娘立刻忖到：詩中的少年散金仗義，玉劍雄才，意氣昂藏。可是出關入塞之間，歲月消磨如馳，一生一世便付諸流水了。運勢好的，千萬中不得一二，偶建奇功，或能保全了性命。儘管歸來之後，致君王以太平，卻只是皤然一翁而已！這絕對不會是趙蕤所期待於任何人的景況。

所以她才一轉念，接著想起了虞世南也有題為〈結客少年場行〉之作——虞世南官至秘書監，致仕之年以八十一翁而卒，人稱「虞監」的便是。只這老虞監的一部題為《伯施詠》的集子，她忘卻了題目。月娘所記得的，倒是那一首〈結客少年場行〉：

韓魏多奇節，倜儻遺聲利。共矜然諾心，各負縱橫志。結交一言重，相期千里至。綠沉明月弦，金絡浮雲轡。吹簫入吳市，擊筑游燕肆。尋源博望侯，結客遠相求。少年懷一顧，長驅背隴頭。焱焱戈霜動，耿耿劍虹浮。天山冬夏雪，交河南北流。雲起龍沙暗，木落雁門秋。輕生殉知己，非是為身謀。

月娘猜得不錯——趙蕤所想的，正是這一首詩。日後他作育李白之始，也是此詩。在他看來，古今多少〈結客少年場行〉，此作真是冠軍！

6 鏽澀碎心人

這原本是一個詩的盛世。

太宗尚在秦王時，就曾經開立了文學館——此處文學，仍依漢時用語，是文章博學的意思；館中收納天下才士，多賢達，有以房玄齡、杜如晦、姚思廉、陸德明、孔穎達、虞世南、蘇勗等。高祖武德九年，復將門下省之修文館改為弘文館，以虞世南、姚思廉、歐陽詢、蔡允恭、蕭德言等充之，專責校理及庋藏天下典籍。

這些以經史百家學問為根基的建設，與詩歌樂舞之流原本異途，然而一個以鮮卑族「異種冒姓」而奄有天下的共主，似乎寧可特意表示其受漢族文化的薰沐濡染，並不稍遜於中土之人；相反地，李唐王朝卻特別重視與獎掖文教。

文藝、音樂所帶來的不只是美學、感性上的刺激與滿足，多少也涵攝了南朝風物人情對這個北方新王朝的召喚，太宗、高宗、武后、中宗，以迄於當今的開元天子，似乎都對能夠作詩的人才有著更積極的興趣。從更實際的、更細膩的面向上說，唐人建立的朝廷對於南朝趨近於整齊、對稱、平衡、乃至於抑揚頓挫的種種音樂性的講究，似乎也沒有絲毫抗拒的能力。

高宗及武后就時常自製新詞，編為樂府，以供傳唱。到了中宗時代，更經常效法漢武帝、梁武帝故事，在宮中舉行宴會，命群臣賦詩，或聯吟、或分韻，與宴與酒，以聲以歌，那也確乎是帝王想像中繁華世道的吉光片羽。

據說，中宗時候，每到月底，皇帝都會駕臨昆明池，作賦詩之會。有時皇帝會親自命題，有時不命題，讓妃子在韻字筩中拈籤定韻，一則以考察群臣的才思，一則以激揚百僚的鬥性。屆時殿前建築高樓，飾以綵帛，待眾人繳交詩篇之後，皇帝會命遣新封的女官「昭容」——也就是權傾一時的上官婉兒——選取其中一首，翻作成御製新曲。

就在這一段作曲套譜的時間裡，皇帝自創一例，他會走下御座，步行到綵樓前方，用宏亮的聲音宣告：「天下才歸諸天下！」緊接著，為了表示他也能夠運用經典治國，且符合當下情境，皇帝還會即席吟誦詩篇應景，誦的是《詩．小雅．鹿鳴》裡的四句：「我有嘉賓，鼓瑟吹笙。吹笙鼓簧，承筐是將。」

為甚麼是這四句呢？原先在《詩經》裡，後兩句說的是：當帝王有如款待嘉賓一般地宴集群臣之際，君臣之分鬆散了，成為平行的主賓。帝王或君侯宴請群臣如賓客，在佳餚美酒之餘，還賞賜了許多裝盛在筐篚之中的幣、帛，以展現帝王禮賢下士之意。臣子飲食已畢，復攜禮而返，於是莫不感激，賓主盡歡。於吹笙鼓簧間，還有宮人捧著盛了幣帛的竹編容器，向眾人勸酒。中宗皇帝想到這「承筐是將」還可以有他身為大唐天子的別解，因為緊接著，就是整套賦詩、獻詩、采詩之會的高潮——

那些不能中式的詩篇，也就是群臣手作應制的原稿，已經妥善裝盛於竹編的朱紅色漆籠之中，由眾女官纖手向綵樓下拋灑，詩籤繽紛飄搖，有如天散花絮，百官則摩肩擦踵，相互呼喚，認名自取其詩作而歸。

趙蕤則稱群臣所作之詩為「乞兒詞」，呼此一讌集為「丐恩會」，叫那綵樓為「折頸樓」，是由於人們仰望天恩，久候卻不能獲得聖眷，連脖子都僵折了。

白眼冷看名利場，趙蕤有他獨特而深沉的憤懣。這也和他會追問月娘的那句話有關：「卻怎不猜是《卿雲歌行》？」《卿雲歌行》，沈佺期的一部流傳了沒有多久的詩集。其中也有一首〈結客少年場行〉，卻與南朝及大唐前葉其他詩人的取材、述志、用情皆迥不相同。

沈佺期於初任官未幾，便因為收受賄賂下獄。他不服，以為罪責來自誣陷。在獄中，他撰題〈結客少年場行〉鳴冤；這和以往的同題之作大不相同。

以聲調論，洵可稱為唐代以降近體格律的奠基者之一。這也是沈佺期的本行——他十八歲成為進士，少年科第，得意春風，一入仕，即成為皇帝身邊的語言侍從之臣，任中書省侍制，為皇帝掌理文書檔案；也會在皇帝主持慶典或祭祀、旅遊活動的時候撰寫詩文。不過，他的另一個執掌似乎更重要，是為「協律郎」。

這份差使是相當獨特的，與後世淪為皇家祭祀典儀的八品小吏不可同日而語。沈佺期和他的同僚必須為這個幅員遼闊、方言紛雜的大帝國審訂出詩歌的美學標準，「如何使聲律協調」只是一個宗旨，實際從事者，則相當繁雜。

協律郎非但必須蒐羅各地語言音讀，還要從實際的詩歌創作之中尋找詞曲咬合的技巧，並以之訂定「詩言志，歌永言」的聲韻法則，提供朝廷評定考試取材的標準和基礎。

這項職務攸關帝國所簡拔的人才能否具備精敏的語文感性，而這個講究，就是對其人是否耳聰目明，作一審慎的考察，堪稱是舉士掄才之鎖鑰。這個官職一任四年，沈佺期仍復以少年昂揚之姿，出任了吏部考功員外郎，這已經是科舉取士的主考官了。

大約就是在考功員外郎任上，那一宗對他日後的性情與人格影響極大的賄賂案案發，沈佺期鋃鐺入獄，寫下這一首月娘稱之為「太淒苦」的詩。相對於詩史上許多表現身世、遭遇悲哀慘痛的詩歌而言，這一首〈結客少年場行〉當然不算甚麼；淒苦之說，是與其它同樣以〈結客少年場行〉為題之作相較可知：

> 幽井絕天地，癡雲沒路塵。闌干隨手劍，鏽澀碎心人。自愧高懷老，誰教遠望頻。少年曾誓志，極塞肯捐身。代馬窮秋逐，斗杓指歲湮。堪羞節旄染，竟忍壯圖淪。一器薰蕕共，眾咻憂懼真。應憐家父誦，不懲尹師臣。結客功名易，修書射獵新。南冠宜側傲，中熱可逡巡。吾本揚波者，胡為更濕巾？

此詩用典不多，也不算生僻，但是仍然可以聊為解注——

「代馬」，是指北地所產良馬。代，古代郡地，後泛指北方邊塞地區。《文選．曹植朔風詩》：「仰彼朔風，用懷魏都；願騁代馬，倏忽北徂。」是此詞入詩較早的一個例子。

「薰」，香草；「蕕」，臭草。「薰蕕一器」，譬喻君子小人共處。

「眾咻」，語出《孟子．滕文公下》：「孟子謂戴不勝曰：『子欲子之王之善與？我明告子：有楚大夫於此，欲其子之齊語也，則使齊人傅諸，使楚人傅諸？』曰：『使齊人傅之。』曰：『一齊人傅之，眾楚人咻之，雖日撻而求其齊也，不可得矣。』」引伸來說，即是小人環伺喧囂，日夜讒謗君子。

承接著上一句的諷刺，「家父、尹師」也表達類似的憂心和恐懼。語出《詩經．小雅．節南山》，說的是一個名喚「家父」的小臣，諷刺權貴「尹師」，有：「昊天不平，我王不寧。不懲其心，覆怨其正。」的控詞。

「南冠」一詞出於《左傳．成公九年》：「晉侯觀於軍府，見鍾儀，問之曰：『南冠而縶者，誰也？』有司對曰：『鄭人所獻楚囚也。』」後世常以南冠作為囚徒代稱。

「側傲」這個連綿詞在意象上與前一句的「南冠」相銜接，但是另有來歷。典出獨孤信，原名獨孤如願。此人少年時就喜愛修飾，講究儀表，且善於騎射，是個文武雙全的英雄人物。北魏主爾朱榮拔之為別將，遷武衛將軍，軍中稱「獨孤郎」。高歡掌權後，他隨北魏孝武帝西投宇文泰，封浮陽郡公。高歡隨即另立孝靜帝，遷都鄴城，史稱東魏；宇文泰則鴆殺孝武帝，於大統元年——也就是李白出生前一百六十六年，另立文帝，定都長安，史稱西魏。

從此，北魏一分為二，史稱東魏、西魏。獨孤信坐鎮隴西，任秦州刺史近十年「示以禮教，勸以耕桑，數年之中，公私富實，流人願附者數萬家。」有「斜陽側帽」的故實，馳名當世，見《周書．獨孤信傳》：「（獨孤）信在秦州，嘗因獵日暮，馳馬入城，其帽微側。詰旦，而吏民有戴帽者，咸慕信而側帽焉。」引申為風標獨具，不與人同的姿貌。

中熱，即熱中，語反而義同。典出《孟子．萬章上》：「人少則慕父母，知好色則慕少艾，有妻子則慕妻子，仕則慕君，不得於君則熱中。」

這個詞，堪稱是大唐一代士行的特徵，人人熱中，遂有那樣深沉厚重的悵惘不甘，堆疊出無數偉大的詩篇。

7 青冥浩蕩不見底

「熱中」，一個絕大部分唐代詩人難以迴避的主題。

少年李白已經在十歲左右熟誦了包括《孟子》在內的儒家經典章句，他自然能夠體會，人在幼小的時候依賴和愛慕父母；也能親切體會異性美貌的魅力。至於愛護妻子究竟如何，還可以從自己的父母聚少離多的相與親即之情約略捕捉，然而，「仕則慕君，不得於君則熱中」是一種甚麼樣的懷抱呢？這竟然是趙蕤與李白接觸之初，一個帶著衝突意味的話題，李白日後一輩子都帶著這個衝突。

趙蕤在和月娘猜謎的那天晚上，也一直回味著百多年前騰達一世的虞世南、以及三、五十年前才華豔發的盧照鄰與沈佺期。國初百年之間，兩代以上的騷人所寫的每一首詩歌，都像是在樹立一種聲律鏗鏘的典範，讓後之來者追步逐前，亦步亦趨。

趙蕤每每讀之，察覺這些作品聲字咬合之間細膩的神采風姿，也同時感受到詩之為物，竟然會被完美的感動所牽制、所束縛；以至於不能脫離、不能遁逃。趙蕤十分迷惑——這些前輩詩家揄揚、倡導的詩作規模已經逐漸形成朝廷考試的準繩，「中式則取，不中式則黜」。考選所得之作，吟誦起來的確聲詞雅美，頓挫悠揚；然而，就是這樣了嗎？

想到這裡，他感覺自己有些幽悶，也有些煩躁；舉世如靜夜，沉寂漸於酣眠。而詩之為道，似在其中：在其數何止萬千、螻蟻也似的眾生裡，就算極少數醒著的人還能矯首仰視，所能看見的，不外是一輪明月，以及那些閃亮的明星；星月之光雖然熠耀，其光芒不也遮蔽了夜幕嗎？趙蕤所想追問的是：難道只有那些主持典試的前輩詩家所講究的聲律格調才得以被人仰見嗎？他沒有答案，但是仍不免對廣袤的黑暗極為好奇。

月光皎潔無匹——既然家中所貯燈油不夠了，何不借月讀詩呢？抄書的事，就留待翌日晝間罷。

他往袖子裡搋起好容易尋著的虞世南《伯施詠》，提著一壺新釀的濁酒，愉快地步出「子雲宅」，向那一片刻著詩句的巨石走去——彼處方圓百丈，雜樹不生，空曠明敞，到了晴夜時分，朗月當空，自東徂西，幾乎一整夜毫無蔭掩。他盤算著，拂曉微曦之前，就能夠把這集子再熟讀一過了。

但是，他怎麼也沒有想到：這一天會有遭遇。

8 迴崖沓障凌蒼蒼

就在滿月臨頭的時刻，壺中的酒尚未飲得，他竟然聽見一陣一陣金鐵鳴擊之聲。起初，他還以為是猛然間入詩過深，幻得句中聲詞之義。隨即他發現，那敲擊之聲有著相當嚴整而明確的節奏。乍聽之下，只是簡單的清濁兩音；然若仔細聆聽，不但有抑有揚、有急有緩，還有反覆與迴旋之情。約略像是那些善以啼音誘尋配偶的禽鳥。然而，禽鳥的喉舌，怎麼會發出像刀劍戈戟一般尖利的碰撞呢？

在趙蕤猝不及防的剎那，這一片平曠之地盡頭的林子裡迸出一句話來：「道士好情懷——」這話說過半晌，又在半弧以外，林子的另一側傳出了下一句：「也好眼力。」

這人顯然不願意露面。然而趙蕤的耳力也非泛泛，他立刻聽出來，對方是本地人，但是語音不純，在說「道」、「好」、「懷」諸字時，會不由自主地先把嘴咧開，顯然此人身邊長年有南方大蒙國的烏蠻族土人咻咻而言，影響了他的口語。

轉念忖及蠻族情勢，的確令趙蕤背脊發一陣涼：烏蠻、白蠻之爭雖然還在千里之外，近十多年來已經不斷地有各部蠻人零星出奔，來到劍南道。他們都是洞明時局的素人，深知爭伐不斷，必有大亂，因而率先逃離了扎根千年的故土，流落到巴西郡來。

但是朝廷對西洱河六詔酋長之國的剿撫之議遲遲未決，坐令南方的大蒙國崛起。在趙蕤出生之後沒多久，蒙氏一酋便與白蠻所號稱的白國互相侵擾不休，一旦有衝突，便仇讎牽連，循環殺戮。

在趙蕤看，十年之內，朝廷或恐就要興動大兵，前往弭平。戰事雖然在遠方蠻域，糜爛之勢尚不至於潰及此間，可是戰前戰後，一定還會有大批流亡的家戶和人丁不斷地擁入鄰近道府，那麼，這綿州恐怕也就不得安寧了。

這林中之人，即令並非蠻域來奔的流氓，也該與那樣的人頗有瓜葛罷？

「聽說道士不敬聖人。」林中之人又冒出沒頭沒腦的一句話，而發話之處則更趨近了些。

趙蕤有將近大半年不與外人送迎往來，能引出「不敬聖人」的指責，可不就是前些日他隨口說的「聖人不死，大盜不止」所惹起的嗎？這話，他只同一個人說起——「汝可是昌明佔客李郎的後生？」

這話沒得著回音，倒是林子的另一側又冒出來一聲：「呔呀！嗚呼呼呀！」

這是一聲既帶著驚疑、又有些玩笑意味的感歎，聽來更熟悉了，果然是烏蠻人用語。但凡是接觸過烏蠻土著的，無不熟悉，此間方圓千里之區時時可聞。這「呔呀嗚呼呼呀」是彼邦之人經常不意間脫口而出的發語之詞，有「居然」、「果爾如是」或者也可以有反義「萬不可如此」的意思。

如此看來，在林中藏身的，至少有兩個人。

這時，先前的一個刻意放高聲，像是專對那第二人叫道：「指南？汝亦來此作甚？」

這個被喚作「指南」的應聲答道：「也來相相神仙。」

趙蕤微微一凜，暗忖：看似這第一人不知有第二人，然則林中不速之客或恐不止兩個？而子雲宅裡的月娘卻是孤伶伶一個人。無論如何，知己知彼，方可應付——他總得先把這兩個逼出來，也才能得知對方有無餘黨。趙蕤當下將《伯施詠》順手一擱，提起酒壺來，仰臉灌了一口，道：「某就此一壺，恰可以奉饗貴客，晚來不及共飲，休怨某慳吝。」

這幾句話還沒說完，但見林中東西兩側倏忽縱出兩條身影，掠形橫空，襟袂翩然，其勢甚疾，有如鷹隼。

9 我獨不得出

轉瞬之間，兩個足登烏皮靴的昂藏少年，分別站在趙蕤的面前。身量約有八尺、膀大腰圓的這一個，身著褐麻短衣，卻裁剪成城市裡近年來時興的窄袖款式，脖頸上圍了女子常繞肩聊作盛妝時用的披帛——顯然也是追隨那些市中少年的打扮，這後生伸手接過趙蕤手上的酒壺，作勢讓了讓另一個，仰臉痛飲了一大口。

另一個身形不滿七尺，穿一身較寬大的布袍——稍後趙蕤看出來，袍子並非寬大，而是根本不合身；在月光下要仔細打量，才辨得清那原來是一襲僧袍。這少年直楞楞睜著一雙虎眼，看大個子友伴飲酒，看得出神有趣，竟笑了，道：「指南，酒固佳，何必嗌死？」才說著，名喚指南的大個子也給逗得笑了，笑得嗆咳起來，隨即將壺遞過去。

而這僧袍少年像是沒有酒興，雙眸一轉、掌一攤，盯著趙蕤，道：「神仙且飲。」

趙蕤還是狐疑，人道結客少年，出沒閭里，呼嘯成群，難道今夜來的果然只有兩人？正要探問，那指南卻搶道：「汝趁夜出寺到處遊耍，莫要讓那些禿驢們知曉了？」

僧袍少年的一雙圓眼仍舊眨也不眨地凝視著趙蕤，狀若玩笑、又似挑釁地接著說：「今番倘若承蒙神仙納顧，某便不回去了。」

「汝果然是李客家的兒郎？」

「某是李白。」李白順手指了指大個子：「他是吳指南。」

「汝訪某來，必有緣故。」

「大道如青天，我獨不得出，來求神仙指點。」

「出欲何往？」趙蕤一面問著，一面覷了眼旁邊的吳指南，發覺他也狀似茫然，並不懂得李白話裡的意思。

「學一藝、成一業、取一官——」李白笑了：「謀一國，乃至平一天下，皆佳！」

趙蕤與人論事辯理，總慣於逐字析辨，刻意鑽研；這是他飽覽釋氏因明之書所養成的一套說話、甚至思索的興味。越是讓他覺得驚奇、異常而有趣的談論，他越是將之視同「不得不破」的一個敵壘；非要將那言詞一一拆解、顯現箇中底細不可。這常令那高談闊論的人支吾窮詞，甚至躁怒咆哮。

在趙蕤而言，這不是追求困窘言談的對手而已，他的確是在生命中的每一字句之上反覆推求演繹，務得「內明」；也就是無限推問一論、一旨、一義的本然真相如何。半生以來，似乎也只有月娘還能勉強應付。

這時，他見少年李白得意，忽然起了玩心，操弄起對方的語句：

「若是學了一藝，而不能成就一業；抑或成就一業，卻不能掠取一官，抑或掠取一官，但不足以謀事一國，而謀事一國卻攪擾得天下大亂，可乎？」

吳指南又灌了幾口酒，每飲一口，都小心翼翼地吐去酒渣，他看來比李白還年輕些，卻能從容地對付這種新醅的濁酒，可見已經是個相當熟練的飲者了。李白到這一刻才索過壺來，徐徐而飲，並不在意浮沫，片時便將餘酒飲盡。他抬起袍袖擦了擦嘴角的酒痕，忽然答道：

「亦佳！」

李白這簡要明快的回答令趙蕤猝不及防，登時答不上腔。趙蕤之所以那樣問，不只是言語機鋒而已，尤其「若是學了一藝，而不能成就一業；抑或成就一業，卻不能掠取一官」更切切關乎當時士人出一頭地的機會。

大唐承襲隋代制度，官分九品三十階，九品以內，是為「流內官」，以外則是「流外官」，亦即後人貶詞所稱之「不入流」者。「不入流」或「未入流」之官，經由考選、薦舉、銓選等程序，也不是沒有「入流」的機會，但是幾乎所有類此出身而逐漸能夠身居清要的官員，都寧可亟力隱瞞其「未入流」的資歷。

倘若年輕時純粹為了謀生，勉強躋身公廨，成為一介不入流的小吏，也稱「胥吏」。無論廁身所在的是宮廷、軍旅或者地方上的道州府縣衙門，胥吏都只是大唐官僚集團裡最基層的服事者。他們身分極低，僅略高於「胥徒」，絕少升官躐等的機會。

就以供承上官呼來喝去的處境而言，小吏近乎奴僕，幾無尊嚴。打從隋朝立國以來，更嚴格規定百官服色，五品以上，可以著紫袍；六品以下，兼用緋綠之色；胥吏卻只能穿青色衣襦，其地位和只能穿白衣的庶民、只能穿黑衣的商賈以及只能穿黃衣的士卒，幾乎沒有分別。不入士行則已，一入士行，若是有過充當小吏的資歷，可能終身為累，備受歧視。

然而李白的答覆卻遠遠超出了這出處進退的境界。

「年少光陰寧覺老？無論如何蹉跎，確乎無有不佳者。」趙蕤一轉念，仍舊咬住對方的語話，笑道：「既然如此，便教汝一生只是屠沽負販，列郡行遊，無慮無憂。那麼，天下事與汝既不當面，汝即安適佳好；何必求人指點？」

李白一面聽他緩緩道來，一面不住地微微頷首，隨即應聲答道：「我父便是負販，卻也知敬事神仙。神仙如之何？」

「某不是神仙。」

「不是神仙，卻呼作神仙、敬若神仙，復如之何？」

「避不得，只能任他呼、任他敬。」

「某來，也是任神仙指點。」

趙蕤一凜，他凝視著眼前這少年，炯炯眸子，猶如餓虎。在言詞上，他感覺受了頂撞，但是那一雙眸子所透露的，並無敵抗之意，只有天真。他微一動心，問道：「汝父曾告某：汝有兄弟在外？」

「兄在江州，弟在三峽，已經三數年了。」

「爾兄爾弟俱得在外自立，汝卻說甚麼『大道如青天，我獨不得出』？」

李白聽此一問，神情略微有些黯然，瞬了瞬在巨石上眼花神迷、既睏且惑，不住打著盹的吳指南，道：「他們耐得住計三較五，稱兩論斤，某卻不成。」

趙蕤這一下忽然想起來：李客的長幼二子，已經在長江水運商旅的一頭一尾各據要衝，成為父親商隊的接應。掐指數來，可不已經有三、四年了？

近世以來，無論士大夫之家、耕稼之家、匠師之家、甚至商賈之家，如有子弟想要承繼先業的，父兄之輩，多催使及早自立。與前代相較，甚至與宋、齊或齊、梁之間比起來，這種風氣就顯得慌張而促迫得多。

天下家戶浮多，丁壯繁盛，許多年紀不過十三、四歲的後生已經離鄉背井，行江走湖。即以士人而言，自從中宗以降，朝廷用政，鼓勵干謁，竟還有黃口小兒，童音嚶鳴，便至公廨見大人，議政事，獻辭賦；深恐一旦落後於人，便要淪落得一生蹭蹬不遇了。

「不經商，恐亦不肯力田、不甘匠作——說來也還就是不耐煩。」趙蕤道：「汝豈不知：士人行中可不只吟詠風月，也要作許多鄙事，足令人不勝其煩？」

吳指南在這一刻，終於像是垮了一座黑大浮屠似地，砰然倒臥在巨石之上，伏貼著一片溫柔如茵錦的青苔，鼾聲大作。

李白實則也一片蒙昧糊塗，他無從想像，趙蕤此刻究竟在打甚麼主意，而趙蕤自己也不清楚，他能教李白些甚麼？不就是人人覺得不勝其煩的那些「鄙事」嗎？除非為了「取一美官」，有誰會願意折騰大好的心智體魄，勞碌委屈，而後甚至忘了天生於人的性情呢？他羨慕這些少年們，比起他還有幾十年多餘的青春可以揮霍，但是——趙蕤轉念一想：真要讓他躋身士行嗎？

李白心意已決，向趙蕤一揖，道：「某回大明寺收裹了行李即來尋汝，神仙！」

趙蕤則淡淡地答道：「一約既訂，重山無阻。」

10 出門迷所適

是夜，李白潛回大明寺收拾籠仗書卷，脫下那一身帶著酒痕的僧袍，換上他原本在昌明市上呼群仗劍，歌吟行走的仿胡勁裝——脖頸上纏著時興的披帛，腰間佩了長劍，短匕則捆縛在已經相當狹仄的袖口裡。他的這一身家當不少，還有百數十部書籍另行紮束，吊掛在籠篋之外。這是非常沉重的一部行李，一路肩負著走回大匡山，天已經快要亮了，可他並不在意。他興奮著。

那道士果然是個異人。

以少年李白的閱歷視之：天人也不過如此。他反覆回憶著趙蕤與他的一答一問，覺得自己的言語，終於像鳥鳴溪聲一樣，在峰霞嶺雲、壁石蘚苔之間找到了迴響。他笑著，笑出聲來，在帶著迴響的笑聲中，李白走過桃花林的時候，連鞘帶柄解下了匕首，雙手把握，抽拔叩合，就這麼一路吟出了一首小詩。這是一首古調，沿途只吟得支離散碎的十句：

笑矣乎，笑矣乎！君不見滄浪老人歌一曲，還道滄浪濯吾足。平生不解謀此身，虛作《離騷》遺人讀。君愛身後名，我愛眼前酒。飲酒眼前樂，虛名何處有？

吟得這些還不能結構成篇的詩句，他正好走到吳指南合身而臥的巨石之前。李白停下腳步，從籠仗中取了一捆布被，攤抖開，為老友鋪蓋妥當，遮蔽涼露寒風。看著吳指南的憨癡無覺的睡態，他又笑著吟了兩句：

男兒窮通當有時，屈腰向君君不知。

此刻的李白並不知道，得再過整整二十年，他才會完成這一首題名為〈笑歌行〉的作品。那時的吳指南早已物故多年，屍骨殮埋在洞庭湖畔，也徒餘荒煙蔓草。李白曾經想刪去這贅出的兩句，因為「男兒窮通當有時，屈腰向君君不知」實在與整首詩日後發展出來的題旨不能相合。

不過，行年將近四十的李白總是不能忘記，在這個月明星稀的夜晚，他與吳指南的人生便走上了再也不能為儔侶的岔路。儘管日後還有結伴同遊的日子，可是他們真正的分離，不是數年之後在洞庭湖畔的訣別，卻是今夜。

11 別欲論交一片心

然而，當李白意興飛揚地來到「子雲宅」三字的匾額之前，卻有前塵迷離，滿眼風埃之感。

非但匾額底下的門扉緊掩，間壁另一棟較為敞闊的軒屋——額書「相如臺」者——也闃無人跡。室內瀰漫著豆油與各種香草混合的氣味，簷下時不時傳來風弄角鐵的零落敲擊之聲。不見趙蕤蹤跡，可是「一約既訂，重山無阻」之語，猶在耳際；難道林中之會，竟然是夢中？李白隨手置下書袋、籠仗、長劍和匕首，先在「相如臺」的廊間盤桓起來。

這屋有三架之闊，前一半是開敞的軒廊，後一半一門四柱，算是內宅。這種形制的屋宇一般極少見，尤其是軒廊外側，出簷深遠，有一丈多寬，如鵬展翼，顯得既雄渾，又深穩。奇的是此屋簷底，居然有尋常百姓之家根本看不到的斗栱。

層層疊疊的斗栱雖然已經因為多年灰垢的敷積，形成張牙舞爪、屈絞虬盤、不辨淺深之態；可是結體精嚴，杈枒鞏固，儼然一派官墅格調。再向外移幾步，翹首看那屋脊，在晨曦拂掃之下，九脊攢尖，顯露出十分細緻而磅礴的氣勢；屋瓦原本的烏羽之色則泛映起一片金光，恍如隨著日升之勢，一寸一寸向西推移。

此屋看來固然閎偉，卻只壯麗了一半。從左數來，三架盡處——也就是第四根柱子立礎之地的右側，一部樓臺便像是硬生生教天上落下一雷，給削去了另一半。細細觀看，的確可以看出：這原本應該是一座五椽闊的宅邸；或許另一半傾頹朽壞了，才又補造了「子雲宅」，但是規模便狹仄、拘促得多。若是再退三五丈遠，一宅兩屋的輪廓益發清晰，彷彿半座巨大的宮舍，正在推擠著一間破落戶。

然而亦不盡如此。李白背屋向山信步走出十丈開外，再一回頭，又看出不一樣的景致。原來「子雲宅」的右側便是小匡山曲，山間密林重疊，起伏綿阡，樹色蒼翠，林相蓬勃。煙嵐飄搖之下，山勢真有蠢爾欲動的氣象。看這全景之時，眼一眨、眸一花，怎麼都像是有一帶連巔越嶺的龍身，拱擁向前，而「子雲宅」恰恰就是那龍頭了。這時，又會覺得是那破落戶頂撞著宮舍，且已撞毀了半壁山牆呢。

難道這就是神仙居麼？難道這就是神仙行徑麼？李白說不上來是欣羨、還是懊惱。他轉身朝外，放聲喊了句：「神仙何在？」

面前是一片蒼莽的群山，無論是枝上掛猿、溪邊伏鹿，都聽見了這聲呼喊。他知道：趙蕤就在這畫圖一樣的山景之中。彼若隱身不見，我便權且在此常住為仙了。轉念及此，他把先前順手擱在籠仗上的匕首取了，敲擊著原先就在晨風之中時時交鳴的角鐵，就著眼前景物，吟哦起來：

仙宅凡煙裡，我隨仙跡遊。野禽啼杜宇，山蝶舞莊周。啼舞俱飄渺，跡煙多蕩浮。蜃老吟何在？揮雲入斷樓。

蜃，傳說中由海底巨蛤幻化而成的龍，吐氣成樓而造作迷景，使海上望歸之人誤以為塵城市井竟在跟前。這當然不無藉詞微嘲「子雲宅」主人虛言大志的意思，不過，與「杜宇」作對的「莊周」二字卻也還是奉承了趙蕤的格調。李白高聲口占，一連吟了兩度，相當得意，默記著字句，正想著應該抄錄下來，不覺一回頭——一回頭，未料卻看見了神仙。

月娘拉開「相如臺」深處的中門，探出頭來，向李白打量了片刻，忽有所覺，囅然一笑，道：「汝是李家那兒郎？」

李白端詳著這個儀態似母似姊，年貌卻不類長者的美麗女子，轉瞬間如失足蹈空，從蜀山絕頂墜下萬仞幽谷，乾坤逆旋，煙霧瀰漫，片刻前吟占的詩句全不復記憶了。他一字不能道，十指不經心，連匕首都從鞘中滑落在地上。

12 瓊草隱深谷

趙蕤好端端一個詩酒之夜，教兩個狎邪少年、不速之客給鬧壞了，然而他並不懊惱。

李白讓他也有一種「聞蛩然而乍喜」的感覺，在山石徑上踽踽行走的時候，聽見了窸窸窣窣的迴音。一抹念頭繞心鬧著，揮之不去。彷彿他在一夜之間得著了一個兒子；或者說，一個在精神上和他沒甚麼兩樣的人；衷懷熱切，滿心自雄，天地世人皆不知，而亦不在乎除我之外還有天地世人。

他原本沒有子嗣，也不曾想像過要繁衍子嗣。他是趙氏一族離鄉別殖的七支之一，生如野畜，死如薤露；慣看病苦，牽掛了無。數十年來所累積的學能、所充盈的知見，都將在數十年後還諸無言天地，他也從來不以為可惜。若是像那些士行中人所操煩罣念的一樣：碌碌塵世一場，生不帶來，老死何遺？堪說的是他還會留下一部著作。

但是，也像是一種突如其來的召喚。李白那孩子，一條活潑潑的性命，和他正在一邊修改、一邊謄寫的書多麼相像？這個陌生之人，彷彿又讓他有了留下點甚麼的異想。他推測，這孩子的一兄、一弟都依照時人之慣常，大約是在十四歲上離了家，出蜀航江，在李客的水路商隊必經之處成立了門戶，而他卻渾渾噩噩地留了下來，遊蕩在故里市集之間。這浮浪子或許真讀過一些書，但是離考功名、作學問的前途，相去簡直不可以道里計。然而，這不正是造化時運所留給他的一塊材料嗎？

先前他無意間叨唸著這少年是「狂生」、是「太狂生」，而月娘卻應之以：「狂生或要老來，才悟得這狂之為病」——這話說的不正是趙蕤難以明喻的宛轉心緒嗎？他在李白身上看見了甚麼？不能說就是一般無二的年輕的自己，卻可以是自己想要留在這天地世人之間的一個新鮮的足跡罷？

在這一念上，趙蕤反覆低迴。出身世代宗儒之家，他自知於經典浸潤深刻，翫習精熟。但是天生狐疑、每事窮究的個性使他不能安分。那個早他一千一百多年出生的魯儒孔丘留下的教訓，早就為歷朝歷代、撏章摘句的瑣屑小儒翻解得支離破碎，與他切身的生命體驗常有扞格不入之處。

比方說，他經常把來與月娘玩笑的一句話：「君子疾沒世而名不稱焉」——疾，深切的憂慮。是的，他也憂慮。然而他卻以為應該憂、應該慮的，不是歷代俗儒所說的「稱揚名聲」與否，或者名與實相副與否，而是人這般蜉蝣朝菌也似的短暫一生匆匆逝去之後，世道喧囂如常，則身為一君子人，恰如猿鶴蟲沙，能夠為後世所留下的，還真只是大大小小、好好壞壞的聲名，且又是不為人所知其實、得其理、同其情的空名。

於是，人只知傳其名、慕其名、辨其名、論其名，則這樣的名聲未必不恰恰害道！或許，仲尼之憂，應該看成是他對士君子之輩的期許，正在不求立名——孔氏述而不作的根柢不正是如此嗎？

不過，千年以來之儒學而仕宦，卻正相反，都是在「立名」一語上盤空求索、扶搖直上。至於近世談功名、道功名者比比皆是，先考功名、再作學問的已經堪稱鳳毛麟角；考得功名、拋去學問的，大約也只好以不能免俗自嘲而已。

踅回子雲宅前的那一刻，趙蕤可以從相如臺門隙間透出來的微光想見：月娘尚未安歇。而他並不想進門。他知道，少年李白應該就在拂曉時分回到此間，而他還得為這孩子的到來做許多事。他隨手扔下空酒壺，捲起《伯施詠》揣回袖袋之中，輕躡足尖繞到子雲宅後，從壁架上取拾了藥鋤、板斧和蓑衣笠帽，讓一枚孤獨的身影留在身後，隨著一分一寸斜移的月光，順著西向的小路，走向小匡山的密林。

就在趙蕤即將淹沒於樹海之時，立身於密林邊上。他停下腳步，彎身找了株蔭扁草，順了順一束尺許長的柔軟葉片，打上三環活結，口中唸唸有詞。蔭扁草的結打成了，口訣未了，又摸著一株絲茅子和沙星草，將兩者再綰成個四環活結，這一結打成，口訣也誦完了。

他環視群山一過，接著瞑目靜聽，端的是萬籟俱寂。

他知道：方圓十里之內的大小蚺蛇之屬，就在口訣誦畢的當下，都已經默然僵固、不能蠕動了。卻是在這一刻，趙蕤仍舊心念翻騰，思潮湧動——不由自主地，他想到的還是李白；或許，要教導那孩子的還不只是群經章句、百家要旨、諸子奧義而已。他還應該傳授那少年如何辨識百草，如何炮製藥餌，還有他家傳數百年的望聞問切之術，嗚呼呼呀！或許從第一步上說起，還該先教他這一道控蛇之訣呢！

趙蕤健步入山，步履輕盈又敏捷，也活脫脫像是個少年了。

13 一醫醫國任鷦鷯

採藥，於趙蕤之私心而言，的確不只是遊山玩水、多識鳥獸草木之名的遊戲。過往多年，他還取徑於道門，窮研煉丹之術。通過煉丹，他得以追迫前代，尤其是魏、晉故實中的人物。

在趙蕤看來，昔日長安貴婦仙跡來去，必屬天意徵應。如果這宅邸、圖書終歸他所有，也是道法乎自然之運的一個小小的、不足為「已有」的過程。他是在逆旅之中遇見那貴婦的，「逆」者，迎也；「旅」者，行客也。那麼，「逆旅」正是趙蕤對於浮生居停所在的一個精切的譬喻——毋論他取得了甚麼、毋論他擁有了甚麼、也毋論他還想追求著甚麼；都像是暫寄於逆旅的行客，小歇片時，大夢一宿，隨即揮手別去。所以他可以感知：大匡山即令就是他終老、埋骨之地，但此處的一切，冥冥中似乎另有重大的目的，只是他並不能窺見透徹。

且看那子雲宅挾帶山勢、衝撞半圮的相如臺，這一款構屋造境的規橅，就完整地反映出趙蕤精研道家輿地之學的見解。這便要從破天峽的那場奇遇說起——那個從京中翩然去來，度死越生的貴婦，日後不知所終，誰能說她真的就死了呢？趙蕤隱隱然相信：《靈樞經》有「上界玉京」之語，長安應該即是「玉京」的另稱。而玉京，在無為之天——亦稱無上大羅天——中，是三十二帝之都，七寶山上，周圍九萬里。城上七寶宮，宮內七寶臺；能生八行寶樹、綠葉朱實、五色芝英。這些，他都能在大小匡山找到相應對的符徵。

也因為要一尺一寸地對應道家經典上關於玉京上宮裡太元聖母行在的描述，趙蕤幾乎是一步一記、一踏一勘地注錄了戴天山的一草一木、一猿一蛇。他從多年前開始採藥，既以之煉丹，復以之診疾。

由於取利不多，平素採藥人專攻一業的也很罕見。除了專心致志於藥理，埋頭著述，這須是多少年出不了一個的方家之外，大多都是熟悉某地山水、能辨識珍異草木、而又不需要晝夜操持生計之人。這些採藥人單是詳熟於某處，觀天候、識地理、察物性，便需耗去數載、乃至於數十載光陰，才足以言精到；其養成可謂極是艱難。

作為採藥人，趙蕤又大不同。

他自負是一個經術之士，對天下事有著不能忘情的懷抱，於農家、法家、陰陽家，尤其是兵家之術，更有迫切施一身手的渴望。可是從出處之道的理想上說，他又不甘於積極進取，以為無論以何種手段取官、任事，案牘勞形而傷神，都在戕斲根命，終究不過是冒著無所不在的讒譭、傾軋，成就一己利祿的虛耗而已。所以他才會從陶淵明的顯志之語：「冰炭滿懷抱」中，轉出了「去來隨意寧朱紫，冰炭滿懷空凍燒」這樣悲涼的的詩句。

也由於格調如此，三十以後，形質愈益堅蒼，與時人時事總是格格不入。雖然仍晝夜苦讀，於學無所不窺；但是謀生之道，便獨與他人不同了。

他到縣中街里懸壺看診，以易稻粱，這乃是不得已。所以也不立字號、不謀居宅，只是寄身於市集商販之側。這些商販幾乎都是他的病家，見他來了，自然灑掃相迎，為他鋪設了堅硬厚實的木質坫臺，夏蓆冬氈以應寒暑。他的詩句：「三尺氍毹八尺招，一醫醫國任鷦鷯」說的就是這個意思。

鷦，連稱為鷦鷯。是一種原本體形極小，發育之後身軀倍大的禽鳥——這當然是對於生命成就的自詡；然而鷦鷯之為物，在《莊子．逍遙遊》所撰寫的寓言中，另有「鷦鷯巢於深林，不過一枝」之句，也符合了趙蕤隱居的實情。

趙蕤看診不立科金之例，任人布施，算計著一文兩文、十文八文所積得的青蚨小錢，一旦足以買米、而所易之米，除了果腹之外，或又可以醅製小釀之時，便撤席還氈，擎招而去。直到前一兩年，他看診的時間忽然長了，收入亟增。有那借他「一枝棲地」的商家東道還以為他大事積聚錢財，是為了購興房宅、自立門戶。一問之下，他卻道：「某總以醫國之業自許、自重，然向未傾力謀之。如今，或該要奮餘年以圖之矣！」

這話說了直是沒說，集上的人聽不懂。大約直到李白投拜於趙蕤門下前後，人們才逐漸發覺：這醫者兼旬不來、連月不來，甚至經寒歷暑都不見形影，偶見神仙娘子飄然入市，還只為了買糧米而已。究竟發生了甚麼事？沒有人知其所以然。

底細無它，實則只為了趙蕤正在專心著述，寫他那一部不知道該命名為《長短經》、《長短書》還是《長短要術》的書了。他知道：市集上並不缺醫者；然而他卻篤信：千古以下或恐還有要問診於這部書的會心之人。

趙蕤視藥，除了煉丹、除了治病，還具備另一重幽微深峭的意思。

故事出於蜀醫。川中之域用藥，千年相因，無論東巴西蜀，都有一個「霸藥」的傳統，其根源始自趙蕤。

所謂霸藥，即是在一劑處方的許多不同藥材之中，特別倚重其中一味，用量不與藥典所載者同，時有多過其它藥材百十倍者，這就是霸藥；取其霸道之意。前情曾謂：趙蕤於破天峽之中救治了一名貴婦，處方即是霸藥之道。

彼婦人問診之初，已經劇咳數月，胸腹椎痛，形容枯槁，乃至於嘔血數升。趙蕤切過脈，深吸一口氣，即告以：「大不可。」那婦人倒也澹然，只說：「媼自期亦不以為可，然千里間關，自長安下子午道來蜀，但求一睹故宅。汝若能延媼命以償宿願，當獻宅邸、圖書以報。」

趙蕤端詳這婦人雖然是平民衣裝，但是身邊同樣穿著庶服、狀似親友的人物也著實顯得太多，簇擁過甚。這些人應對進退，肅色執禮，看來也恭謹得太不尋常。趙蕤登時便疑，遂深深一揖，故意引用了數十年前則天皇帝在位時留下來的名言作答：「不可之疾，太常弗祿。」

先是，宮中多染癘疫，傳聞竟然還有嬪娥不治，言官風聞，以為罪責應在太醫令之長——也就是「太常」官——上奏切責，認為應罰俸祿。武則天輕描淡寫地道：「不可之疾，太常弗祿，餓死服辜，朕遂不必稱病哉？」意思委婉而深諷：「太醫因為領不到俸米而餓死，日後我也生不起病了麼？」

趙蕤聽說過這一則舊聞，便引述了則天皇帝的原文，意思小有不同：他可不打算收取甚麼宅邸圖書作診金。轉眼見那婦人果然深深地看了他一眼，說了句：「汝頗習掌故，不枉我明目視人。」

不過，趙蕤還只是開了一個尋常的方子：犀角地黃湯。稍稍不同的是，他在這服藥裡加重了仙鶴草的份量，幾乎是尋常用劑的五倍，這還不算，方中另示以白茅根入藥，用量也溢乎尋常近一倍多。此方開出，破天峽的藥舖一時鬨傳：逆旅中的醫者若非仙道，就必然是鬼使！

霸藥之術如此。所以用材極夥，藥筐也就編製得十分巨大，肩負近乎百斤，趙蕤卻箭步似飛——恨不能把這一山的藥材一舉網羅淨盡。或許正因為這一趟存著令他亢奮的新奇念頭，總覺得授術須立基寬廣；這也不能錯失、那也不能遺漏，東也抓些、西也抓些，是以此番採集回來的藥材，相當凌亂。或可稱之為念力使然，他還真碰上了一種平時不易見到的藥材。

此物土語稱之為「肥兜巴」，又名「灰兜巴」。原來是鄰山之中的一種紅皮蜘蛛，於生機將盡之時，總要尋到一株茶樹，偏還只在那樣的樹下吐絲，一吐終夜不止，直至腹淨囊空，蜘蛛也就死了。此絲在樹下幽蔭處不經雨淋日曬，盤捲有如羊腸，泡水服之，可以治療消渴疾。

正因不求而得，採成此藥，趙蕤覺得這是冥冥中一個祥瑞的徵應，像是天地都在祝福他於不意之間，有了傳人，有如在霜秋時節還不經意地發現，磊落山石之間，居然萌發了鮮青嫩綠的草芽。嘉會奇緣如此，趙蕤也在這一趟採藥之行的回程中吟成了詩句，充盈著感慨、幽悶，以及萬般無奈之下油然而生的一點希望、一點欣慰。

在已經高掛的日頭相伴之下，趙蕤步回先前入山時綰打草結之處，一面唸誦著縱蛇之訣，一面將蔭扁草上的三環結、還有絲茅子與沙星草相互纏繞的四環結都鬆開，以指掌舒之、撫之，仔細察看，是不是平順了，遙想山中諸蛇大約也都在霎時間醒來，對於憑空消失的幾個時辰了無知覺——或可以說：也是大夢忽覺罷？而趙蕤則默記著新成的詩篇，一句復一句、一遍再一遍。

這首詩，在數月之後令前來走春的綿州刺史李顒大加賞讚，三讀四讀，不忍釋卷，譽為奇作。之後，這刺史總不勝惋惜地說：「聖朝無福，不能得此材任一美官，堪歎哪、堪歎！」

詩，是這麼寫的：

三尺氍毹八尺招，一醫醫國任鷦鷯。去來隨意寧朱紫，冰炭滿懷空凍燒。憐有餘絲纅欲盡，恨無霸藥論猶蕭。回眸青碧將秋遠，共我林深聽寂寥。

14 乃在淮南小山裏

李白能與趙蕤共聽寂寥嗎？或者，他為趙蕤帶來的可能只是一場始料未及的熱鬧？

他們再晤面，是這秋日的正午。用罷了月娘熬煮的葵粥，趙蕤將一早採得的藥材傾筐灑在相如臺的軒廊之下，分品別類，各作山積。這是他在採伐時就已經想到的功課：他要看看這少年對於天生萬物的觀想何如？

「此名穹藭。」趙蕤檢視了好半晌，拿起剛開了花、連根帶同莖葉的一株江蘺，湊近鼻尖略一嗅，遞到李白手中：「識否？」

李白也學樣，從根至末嗅了嗅那一整株江蘺，搖搖頭，道：「但知『夫亂人者，穹藭之與藁本也，蛇牀之與麋蕪也，此皆相似者。』」

「汝讀過《淮南子》？」趙蕤極力掩飾著詫異。

「寓目而已，不甚解意。」

「那麼穹藭與藁本、蛇牀與蘪蕪，又與『亂人』何干？」

「亂人是以對正人，同為圓顱方趾，卻似是而非，不是這麼解嗎？」

這一說，讓趙蕤找著了縫隙，立刻侵題而入，反問道：「汝焉知孰為正人？又焉知孰為亂人？何以察其是，復何以辨其非呢？」

李白一皺眉，道：「江蘺是名，穹藭也是名，呼名不同，實為一物。而藁本，似乎應與江蘺、穹藭相類之草，呼名也不同，原本卻不是一物。」

「既然，藁本又是何物？」

李白沉默了。博物眾生，浩渺繁盛一似星穹波海，通人又豈能識其塵芒泡沫於萬一？這樣考較下去，似乎只能一路深陷於茫然。

趙蕤則從容不迫地從另一堆草丘中揀取一莖，底下是微微帶著些黃土的紫色根鬚，莖上結著銳棱油亮的小小果實，其葉多歧似羽，也泛著一股有如水芹般的甜香，道：「這才是藁本——穹藭與藁本皆在眼前了；然則，孰為正？孰為亂？」

「可以入藥的，即是正；反以傷身的，即是亂。」李白並沒有仔細尋思——畢竟《淮南》一書撰者群公，都是先漢的鴻儒大賢，議論中用芳臭異味的花草，來比擬君子、小人，也是慣見之舉。這麼答，不離要旨，想來無誤。

然而趙蕤卻一捋他那一部烏黑濃密的鬍髯，從旁又揀出兩枝草葉，臉一板，挺起食中二指、分別辨認著說：「此為蛇牀，此為糜蕪；看汝能試為分別否？」

說著，他撩起寬大的袍袖，兩臂雲拂，左遮右掩。擺佈停當之際，前後四株翠葉還就一一陣列在面前，可是次第已與之前不同，看起來卻幾乎沒有分別之相。李白靈機一動，想起那藁本的果實是帶著尖稜的，便取了，昂聲得意道：「藁本！」

蛇牀，的確與穹藭、藁本都極為近似，只不過蜀中所產，較為高大，味亦稍稍苦烈；趙蕤採回的這一株也早已花落實成，每杈三出的羽葉上所結成的果子形則如圓卵。除此之外，鄰靠在蛇牀一邊的，便是株幼小的青苗，李白卻不記得它該叫「糜蕪」了。

這時，趙蕤忽然一手抓取了那株青苗，另手則拈過那枝又稱穹藭的江蘺來，道：「汝再將《淮南》原文誦一過——」

「『夫亂人者，穹藭之與藁本也，蛇牀之與麋蕪也，此皆相似者。』」

趙蕤隨即晃了晃最初的那枝江蘺，道：「設若某同汝說：江蘺在地，結其永固之根於壤中的，便謂之穹藭；而尚未結根於壤中的，便謂之糜蕪，如何？」

「江蘺、穹藭、糜蕪原來俱是一物！」李白恍然大悟，覺得有趣了。他看著自己手中的藁本，再抓起地上的蛇牀，果然看出兩者果實一銳、一圓的分別，道：「毋怪說是『亂人』，確然相像得緊。」

「不——」趙蕤的臉色更加沉重了：「汝胡塗！仍不明白！」

「穹藭、糜蕪，本來恰是同一物；幼名如是，長名如彼，雖然繁瑣，卻無歧義。」趙蕤衝身站起，面對漸有風起雲湧之態的層山疊巒，高聲咆哮起來——那神情，簡直是在斥責著空無之中早就歸於縹緲的前漢士人：

「可是《淮南》一書立說，逕以穹藭、蛇牀為香草，而以藁本、蘪蕪為惡草，那就如汝所言：所比喻的是形似而實非之二物；有如君子、小人，雖然俱為圓顱方趾，心性卻絕大不同。」趙蕤回轉身，搖晃著手中的穹藭和蘪蕪，折騰得兩草不住地點頭彎腰。他則繼續說下去：「不過，幼小之苗為蘪蕪，居然喻之為小人；苗長之莖為穹藭，但不知如何而成了君子。此誠何論？」

李白只能退一步，辯道：「原是取喻，措意鄰比而已，何須深究呢？」

趙蕤明知他會有此一駁，扔下兩草，戟指朝向李白手中的蛇牀，道：「《淮南》書中喻此物為君子，它卻不甚香，且有微毒。汝手中所持的藁本，清香綿長，性辛而溫，可以散寒勝濕，卻教《淮南》斥為小人。」說到這裡，趙蕤停了停，似是刻意要讓李白一喘息，才應聲接道：「汝可知否？這便是不究物理，溷名詭實，引喻失義，無非荒唐之言！——日後，不必再讀《淮南》了！」

李白為之震驚。可是趙蕤還不肯作罷，又傾身上前，攫過他片刻之前明明說有微毒的蛇牀，放進嘴裡咀嚼一陣，和涎吞了，微微一笑，道：「君子之毒，卻也未嘗不可以為藥！」

15 安能摧眉折腰事權貴

很難說趙蕤在這一場論難之中對於《淮南子》的判斷是公允的。不過，他並未當真就此不允許李白研讀那一部糅雜了道家虛靜之旨、法家術勢之論、也披掛著儒家仁義之說的縱橫談議。

而李白，也並未服膺趙蕤之言。事後他們兩人之間的無數論辯，也都不時以淮南之術為干戈，操彼縱此。這樣的各行其是，有如西晉的潘岳在那篇傳世的祭文〈夏侯常侍誄〉裡所形容者，誄文說潘岳與夏侯湛之間，有一種「心照神交，唯某與子」的坦易。趙蕤與李白能一見投契，庶幾近乎此。

趙蕤本來就是一個視天下時事恆處於齊桓、晉文之後，楚莊、秦政之前的縱橫之士。在他心目之中，無論朝代如何更迭，政權如何遞嬗，都必須以一套奇強鬥變的操縱之術來攻掠謀取。換言之：世間沒有小康之治，沒有昇平之本，也沒有太平之望。無論任何一氏、一家，攫取了無上的權柄，都必須發掘、召喚宇內各方「巖穴之士」，而將天下事拱手託付之，以其應對與時俱進的、永無休止的巨大騷動。

如果就孟子的立論來說，身為一個「慕君」的臣民，得不著帝王的信任或倚仗，就是身陷「熱中」——或則趙蕤即是如此。他手中正在抄寫的著作也充分暴露了這樣的情懷。

他有這麼一篇文章，標題曰：〈論士〉。趙蕤便託言於這一題之論，是他親自接聞於「黃石公」而記錄下來的——事實上，他是拼湊了春秋戰國以來，無數關於治道用人的記載，假稱齊桓公所經歷的一場論戰。其大旨如此：

「我聽黃石公告訴我：從前太平的時候，諸侯有兩支部隊，方伯有三軍，天子有六軍。世局一旦混亂，軍隊就會異動；王恩一夕消歇，諸侯就會結盟相征。各方勢力相當，難決高下之際，爭強者便會招攬天下英雄。是以得人才者興，失人者亡——然而，其中有甚麼原委呢？

「齊桓公曾經去見一個名叫稷的小吏，一日三訪而不得，僕從奏告勸免。齊桓公道：『有才者輕視爵位、俸祿，自然也輕視君侯；君侯如果輕視霸業，自然也會輕視才士。不過，道理是要反過來看的：即使稷輕視爵祿，我難道敢輕視霸業嗎？』——到頭來桓公一共拜訪了五次，才見到稷。」

黃石公明明首見於司馬遷《史記・留侯世家》，它處不見。太史公捏造了這麼一個神仙般的人物，以動視聽，也是為了煥發張良的神氣。趙蕤卻在書中多次託名稱引「黃石公曰」，是逞狡獪而已。至於五訪小吏，顯然也是脫胎於劉向《新序》齊桓禮賢的故事，與後世小說家言劉玄德「三顧茅廬」，而成就「草廬對」、「隆中對」典實，實為同一機杼。

同在這一篇〈論士〉裡面，趙蕤還動了另一番手腳，更足以見其人之骨性。

原本在《戰國策・齊策》中，有齊宣王與顏斶相交接的一節，可謂家喻戶曉。宣王倨傲，於召見顏斶的時候喊：「顏斶，上前來。」

不料顏斶也反唇相呼道：「大王上前。」

齊宣王不悅，而群臣立刻切責顏斶：「大王是一國之君，而你只是一介草民，這樣相呼成何體統？」

顏斶說：「若我上前，那是趨炎附勢；若是大王上前，則是禮賢下士。與其讓我蒙受趨炎附勢的惡名，倒不如讓大王贏得禮賢下士的美譽。」

齊宣王忍不住了，怒斥：「究竟是君王尊貴，還是士人尊貴？」

顏斶道：「自然是士人尊貴，而王者並不尊貴。」

齊王問：「這，有理可說嗎？」

顏斶答道：「昔日秦國伐齊，秦王先下一令：『有敢在柳下惠墳墓周圍五十步內打柴的，一概處死，決不寬赦！』復下一令：『能取得齊王首級的，封侯萬戶，賞以千金。』由此看來，活國君的頭顱，比不上死賢士的墳墓。」宣王啞然，但是內心著實是憤惱的。

趙蕤不只是援引、抄錄以及小幅地修改了《戰國策》裡顏斶和齊宣王及其群臣的一場舌戰，還裁剪了原文。

據《戰國策》所記，顏斶在辯詰得勝之後，揚長而去。行前所擲下的結論，是從一則譬喻展開：「美玉產於深山，一經琢磨，就毀壞了本形；美玉並非不再寶貴；可是此後，其本質卻受到了斲喪。士大夫生於鄉野，經過舉薦、銓選，接受朝廷的俸祿，也並非不貴顯；可是此後，其形其神便不再完全了──「斶願得歸，晚食以當肉，安步以當車，無罪以當貴，清靜貞正以自虞（娛）。」

基於這一份通透的識見，顏斶全身而退，《戰國策》的編撰者劉向稱許他：「反璞歸真，則終身不辱。」可是趙蕤、以及趙蕤悉心培育、教誨的李白，卻打從一開始就沒有追隨顏斶的腳步而行。

趙蕤刻意省略了反璞歸真的這一節。這正是他與顏斶不同的地方。他之所以推崇顏斶之幽峭自賞、平視公侯，傲睨群卿，並非出於「清靜貞正」的信仰，而是為了贏得大吏之好奇與留意的身段。

這是一個身段，也是一種手段。趙蕤的〈論士〉藉顏斶之語，所欲推陳的，實則是這一段話：「堯有九佐，舜有七友，禹有五丞，湯有三輔，自古及今而能虛成名於天下者，無有。是以君王無羞亟問，不愧下學。」——能夠經由驚詫君王、冒犯上官而為秉持大權者帶來一切經國濟民之學的人，終將改變那「慕君而不得於君」的熱中處境，左右天下。

16 樂哉弦管客

後學生徒，驀然間從長者大開隻眼，不論是恢闊了視野、深刻了思慮、抑或是曲折周至地增進了見解，看來都不免於驚奇中盈溢喜悅，李白當然也是如此。

然溷跡市井多年，憑藉著心思敏捷、言語俊快的天賦，還有那動輒以武相欺於人的慣習，李白已經養成了極其難馴的性格，縱使辭窮，總不甘屈理。是以他和趙蕤時時各執一詞、據理而爭，常常形成相將不能下的局面。最輕微、卻也堪說是影響最長遠的一回，就是在李白入宿子雲宅的第二天。

當時李白侍奉几硯紙墨，看趙蕤一面默記前作、一面謄抄。所抄的，是他前一天近午時在山徑上口占而成的〈採藥〉。當趙蕤抄罷的瞬間，李白忽然道：「末句如此，似有所待？」

趙蕤抬頭微微一哂，默而不答。

李白接著道：「既云『去來隨意』，何必有所待？」

這不只是字句之疑，也是旨義之惑。雖然是初識，李白並不能確知趙蕤對於「用世」或者是「避世」這兩端，究竟有甚麼執念？純以詩句觀之，「去來隨意」之人，不耐寂寥，居然要在秋後的青碧山色中尋覓知音，看來也太不自在了。李白偶見不純，不吐不快；卻絲毫沒有想到：他自己才是趙蕤所想要邀來共聽寂寥的道侶。

趙蕤一時有些惶窘，不能、也不願明話明說，只得隨念想了個輾轉纏繞的說法：「汝謂某有所待，可知昔年郭璞注《穆天子傳》，直是以『留』字解『待』字。待，未必是有所求、有所候；也是留止、容受之意——而今留汝，汝便共某一聽寂寥罷了。」

顏面維持了，場面應付了，但趙蕤的不快，仍如骨鯁在喉。雖然他不至於因此而嗔怪李白，卻深深為之尷尬——好像敞晾著身上的癬疥，招搖過市，自己卻渾然不知。轉念忖來，趙蕤覺得還真不能不感謝這孩子的透見與直言，遂低聲喟道：「實則……我也未必真能去來隨意罷？」

「神仙！我寫詩恰是隨意！」李白呵呵笑了起來，竟至於要手舞足蹈了：「有時意到，有時無意；有時因意而生句，有時憑句而得意；有時無端造意，字句便來，有時字句相逐，不受節度，也任由之、順從之，落得個亂以它意——」

「如此造詩，前所未聞。」趙蕤也笑了，道：「這又如何說？」

李白匆匆轉身，踅進他暫且寄身的那間小室，搬出來一只巾箱，隨手翻檢，好容易找出一紙，那是不久之前，他在大明寺中閒暇無事時所謄錄的一首近作。

玉蟾離海上，白露濕花時。雲畔風生爪，沙頭水浸眉。樂哉絃管客，愁殺戰征兒。因絕西園賞，臨風一詠詩。

「無題？」趙蕤雙手端正地捧著那張詩稿問道。

「某寫詩——」李白說：「皆不落題。」

趙蕤皺起眉：「也該有緣故？」

「據題寫去行不遠。」

「何不寫罷再擬？」

「寫罷便遠離初意，倘若回筆藉題綑綁，未免太造作。」

「詩篇磨人神思，」趙蕤微微點著頭，道：「可汝也寫就許多了？」

「百數十紙。」

「真是不少了，」趙蕤看一眼那巾箱，笑道：「陶靖節平生著述不過如此。」

「是以陶公生平未成大事，不過是耕田、飲酒、想古人。」

「汝有大志，居然從一彎眉月也能說到『戰征兒』？」趙蕤問著，回眸落於紙上。就眼前這首詩的靈動跳脫的手段看來，少年的確是個「耐不住」的人——

此詩原本寫的是一片秋天的眉月，前兩句遙想出海新月，點染窮秋時節，既平順、又分明；三四句應該是即目所見，將隱藏在雲朵背面、微微露出牙尖，以及運行半周天之後、輕輕墮觸灘岸的一彎新月，描寫得十分玲瓏佻達。

這是用曲折的句法來勾勒明朗的實景，若非經老手指點，則此子的確有幾分吟詠的天賦。可是，偏偏在第五句上，詩的命意忽地跳脫寫景之旨，慨然而興遠意，沒來由地從「絃管客」飛向了「戰征兒」。戴天山世外之地，遙遠的戰火未及到此，可是這詩卻顯示了超逸於眼前的情懷，李白自嘲其「隨意」，果然。

趙蕤朗吟著，到了尾聯之處，眉頭一緊。顯然，第四句與第八句各用了一個「風」字，本來是可以避免的，無非小疵。但是末聯二句還有大病。這兩句，是藉著昔年曹子建〈公讌詩〉之句：「清夜遊西園，飛蓋相追隨」裡「西園」二字，回頭招呼了「月」的主旨。蓋，本指王公顯貴們的車頂，狀圓而龐；製精而麗，繡飾燦然，奪人心目。在此，便只是因為形似而用以喻月了。

「前些年天朝與吐蕃戰事頻仍，風聞殺戮甚眾。」李白道：「可是某夜夜聽市上絃管紛紛瑟瑟，笙歌如常，委實不堪，便如此寫了。久後重讀，文氣確是突兀——」

「不不不，」趙蕤連忙搖頭：「出格破題，本來就是詩思竅竅；汝覺來突兀，某卻以為超拔。劉彥和《雕龍》早有警語：『神有遁心』，汝未曾讀過耶？作詩，萬萬不可只知依題鑿去，失了『遯心』！汝既自謂所作，頗能『隨意』，想來不致受困於此。然——」說到這裡，趙蕤稍停了停，才又沉吟道：「汝此詩之病，病在『回頭』。」

「回頭？」

「『戰征兒』遠在天邊，汝並無體會，亦無見識，空寄感慨，無以為繼，只得搬出陳思王數百年前的舊句，應景收束。某所言，是耶？非耶？」

李白有些不大服氣了，亢聲道：「西園之讌，明月清景，召我以詩情，有何不妥？用此與凡絃俗管相對，又有何不可？」

趙蕤忽然縱聲大笑起來：「後生！休要囉噪，曹子建清夜遊西園時，與之步步相追隨的，是一輪滿月，圓月當空，始以『飛蓋』形容；而汝詩寫的是初月，本非連類相及之物啊！」

李白愣住了，不覺發出一聲悠長的「噫——」在這一刻，也可以說是從他生小以來，第一次恍然大悟：他的生命之中，的確得有個像樣的師傅。

17 亦是當時絕世人

從全然對反的一面視之，對於這因為一時意氣而相互結納的師徒，月娘的觀照顯得更為冷厲。她不以為李白能夠從趙蕤處學得足以經濟天下之學；也不以為趙蕤能夠增益李白的詩藝或文采。

守候了幾日，尋個事端，月娘讓李白到里許之外的別圃去採豆，說是榨油之需。還得順手清理園中夾荒雜穢的野草。僅僅是逐莢摘採，就頗費一番功夫；少說百數十斤的豆實，除了採擷之外，還得去莢、滌仁，以及晾曬，估量著日入之前，未必能竟其功。

月娘見李白扛起耙鋤走遠了，才同趙蕤正色道：「相公博聞而多能，卻未必能霑溉隅隙。」

「汝說的是李白？」

「此子非可方之以器，相公不應不知。」

趙蕤顏色一沉，點著頭，道：「諾。」

這一聲「諾」，非比尋常之同意，更表示了深深的贊許。趙蕤從未授徒，也不曾摹想過如何提攜一學子，使之就道向學，還得為他罣念操心，期以修材成器。他的確感到惶恐或迷惘，但是總以為時日方殷，而這李白又穎悟佻達，非同凡品，或許寖假略久，安定了性情，授之以書、益之以學。就這麼走一步、算一步，再經過歲月的磨洗，苦之以「長齋久潔，躬親爐火」；勉之以「掩翳聰明，歷藏數息」，或恐將來也能夠像自己一般，立一家之言。

這，就排開了各式各樣的淺妄之念——誠如月娘所謂：「不可方之以器」——至不濟，也不會將此子打造成一個徒知在謀生取利的修羅場上翻雲覆雨、勾心鬥角的俗物。

不過，月娘顯然看得比他還要透澈。

「相公一向識人知機，而今得了一介天生麗才，卻不辨煙火後先了？」

「啊！」趙蕤一聽這話，稍一尋思，不由得撫鬢而笑，又道了一聲：「諾。」

「煙火後先」一語，是有一個與月娘身世相關的故事。

月娘出身綿竹縣的一個貧寒之家，父親嘗為鄰近龍安縣縣尉小吏，由於稽核公廨銀料的時候出了差錯，旦夕間解職繫獄，沒有幾個月，就因為羞惱憤懣而瘐死於囹圄之中。月娘的母親和一個妹妹，煢煢無依，東走西顧，為衣食所迫，看來只有賣身為婢，或者是自鬻於官妓、營妓，以圖苟活。

大唐官妓、營妓只是稱名而已，立有樂籍，世代屬之者，亦堪稱祖業。官、營之妓的另一來歷，則是罪犯籍沒入官的妻女；是為官奴之列。以營妓而言，不只是賴聲色歌樂服侍軍旅中的將帥士卒，也不一定要居處於行伍之中，乃是聲妓群集之所，有那麼一個「樂營」的機關。

凡地方文官所在，家宴公讌，席上皆有「樂營侍奉」。有些身份地位比較崇隆的官員，離開了京畿，成為權傾一方的州牧，也可以堂而皇之蓄養女樂為一己滿足需索，時人號稱「外貯」。說來好聽的名色是「官使女子」；說來難聽的呼號便是「風聲賤人」。無論何者，視主掌所歸，而為「郡妓」、「府妓」、「州妓」不一。

月娘二姊妹，一個十三歲、一個十二歲。原以為零落之身，欲寄無它，只能變賣極少的私蓄，籌了千多文錢，將母親暫時安頓在綿竹縣郊外的環天觀，準備再投樂營，入籍學藝。

這環天觀在綿竹山，後世泛指為六十四福地之一。最早是於大唐高宗麟德二年奉旨飭建的。當年的皇帝為了酬庸李淳風獻《麟德曆》而賜予了這份恩典。月娘託母，上距李淳風初為此觀方丈，已經三十五年，而李淳風又早在三十年前就已經羽化登仙，所遺宮觀，由傳人王衡陽所繼。王衡陽風鑒之術過人，一眼看見月娘，便道：「汝一身恩怨，還待十八年後，始能了結。今有二途，汝欲為官使，抑或為仙使？聽憑由之。」

毋須王衡陽多作解釋，官使就是「風聲之婦」，仙使則是「女冠」。唐人家室女子修真成風，不外慕道、延命、求福。也偶有因夫死而捨家避世的，一旦遁入道門，還可以有如男子一般識字讀書，研經習卷。月娘本來無所猶豫，可是王衡陽接著說：「為官使，則絕代風情，芳菲錦簇，怎麼看都是繁華；為仙使，則滿園枯槁，鐘鑼清涼，怎麼看都是寂寥。不過——煙火後先，俱歸灰滅而已。」

煙火後先，是王衡陽的師尊李淳風身上的故事。

先是，李淳風與袁天罡隨太宗出遊，見河邊有赤馬、黑馬各一。皇帝欲試兩者道術之高下，遂命一問：哪一匹馬會先入河？袁天罡隨即先占得一離卦——離為火，火色赤，不消說，便是赤馬先入水了。

然而李淳風持見不同。他登時上奏：鑽木而得火，應先見其煙。煙色黑，應該是黑馬先入河。過不多時，黑馬果然先下了水。然而李淳風明白：皇帝這一問，是要求信於道法之本然，倘或爭辯個人術數之高低，反而動搖了至尊者對於易卜之道的信賴；於是仍推袁天罡率先卜得機宜，而他不敢居功。

月娘在環天觀頗積素養，於尋繹因果，斷事閱人之際，這一則舊聞總令月娘將世情物理翻想得更深入些。她這一句「煙火後先」的譬喻，著實提醒了趙蕤：李白看似灼熱燃燒的才華，或許只如熊熊之火，而究竟是出於甚麼樣的心思，才會對詩有著如此昂揚的興味呢？他甚至覺得：自己身上都未必能冒出那樣的煙來呢！

「何不問問他——」月娘凝起她那一雙秋水雙眸，清切明朗地說道：「何獨鍾情於作詩？」

這一問，誠然是要緊的。難處是能否得到確鑿而誠實的答覆。

月娘的疑慮很明白：她從王衡陽習道術，七年而大成。其間，本家母妹相繼因病物故。然而清修之路，似仍平易而踏實，她已經能夠對眾論旨，演故講經。

有一次，正逢著旁寺供請來的縣上寺法師說法，一僧、一道，比鄰二臺同說。原本那寺僧儀容魚雅，舌燦蓮花，將王衡陽臺下的聽者攫去了十之七八，棚下之客，「寥落似稀星」。孰料月娘在此時升座，素妝拭面而談，也不知是甚麼人赫然發現，這邊環天觀換了個麗人；頓時人潮訇然，去而復來，震動如雷霆。一時驢馬雜沓壅塞，輜軿牽連於途。盈千聆者之中，有趙蕤在。

次一日，王衡陽將月娘喚了來，道：「還記『煙火後先』否？」月娘頷首稱諾。王衡陽接著澹然一笑，道：「寡人果不負知機之名，七年外已判得赤黑之相，而今還汝清真矣！」

月娘還不能明白，正想請示，王衡陽已經從袖裡掏出了她的那份道門度牒——堪見其上並無關防。易言之：她修真七年，只是自持規律，卻從來沒有公廨憑證為一女冠。

「汝之道侶因緣密邇，寧可錯過？」王衡陽隨即一揮袍袖，招呼門外的一條身影入內。來訪的，還是那個趙蕤。

彼時，李白還是昌明縣中一個尋常的頑童。十載有餘，倏忽而逝，如今月娘要追問的是：趙蕤若將所學所事傾囊相授，而李白卻根本不能作一個孤守青燈、著書立說的「野士」；甚至，他真心想要的，若還是一份仕宦行中的譜牒，則趙蕤將情何以堪呢？

或者，這個一向白眼看人的野士，難道還有不甘寂寞之心嗎？這是令月娘更感到惶恐而迷惑的。趙蕤與她不僅僅是尋常夫妻，更是廝守了多年的道侶。在忽然間發現了一個進取美官如探囊取物的人才之後，趙蕤似乎意有所動——而月娘此時尚分辨不出：那是來自何方的一陣風，能否吹綻春花、抑或吹落秋葉？微漪相觸，層層遞出，更不知道會鼓湧出甚麼樣的波光。她有些不安，總覺得這少年將要改變大匡山上的一些甚麼。

18 長吟到五更

趙蕤並未依月娘所言，直問李白寫詩起心動念之所由。他以為：這樣問，是得不著真誠或深刻的答覆的。他換了一個方式，讓李白將自己過去所作的那一百多紙詩作，一一命題，分別書於所錄的原句之前。

這樣做的用意，是要李白再一次思索當初作詩時的意態，追憶那些微妙而於一剎那間生成的觸發、感動還有領悟。趙蕤當然明白，李白並不情願如此——即興而作，興落而止，回味只在肺腑中，不必形之於紙上。更何況還要越月邁年，追懷摹狀，想出不知多少時日之前，那早已失了滋味的情境，實在艱難。他花了好幾夜的工夫，才勉力完成，其中有不少篇，看得出來根本是敷衍。

像是「笑矣乎，笑矣乎」那十來句殘篇，李白就隨意填上一〈笑〉字，算是交差。「玉蟾離海上，白露濕花時」那一首，給題上〈初月〉二字。而「仙宅凡煙裡，我隨仙跡遊」那一首，他給題上了〈始過仙居〉，也還算切旨。可是刻在巨石青苔上的「犬吠水聲中，桃花帶露濃」，他卻秉筆直書〈訪戴天山道士不遇〉——帶著些頑皮、鬥氣性、刻意疏遠的況味。

如此整頓下來，李白對於某些作品忽然有了意想不到的體會；而且較多是不滿意的。像是此時題為〈雨後望月〉的一首，他怎麼看，怎麼覺著不痛快，原作仍是時人靡不風行的五言八句：

四郊陰靄散，開戶半蟾生。萬里舒霜合，一條江練橫。出時山眼白，高後海心明。為惜如團扇，長吟到五更。

李白並沒有掩飾這份不快，他對趙蕤說：「詩看當下好，一旦著了題，再細究題、句之間，牽繫若深密，便覺得拘泥；若疏淺，則簡直無趣！」

「某前些年讀一書，據云為天竺釋門墳典，經烏萇國沙門彌譯其文，還找了本朝一流貶之官抄寫，僧俗兩界皆愛賞此書。某讀了一過，其中只有一語甚佳——」繚雲繞霧、不著頭尾地說到這裡，趙蕤才回應了李白之問：「『我無欲心，應汝行事，於橫陳時，味如嚼蠟』，這『嚼蠟』二字，庶幾近之吧？」

「是，嚼蠟！」李白捧起那一紙〈雨後望月〉，道：「寫時卻不覺。」

「非題之過也！要怪，便怪詩不佳。汝此作開篇四句寫月，動靜相生，足見精神，然——」趙蕤掐起小指，用那既長又彎的指甲順著五、六兩句劃過，一面吟誦出聲：「『出時山眼白，高後海心明』，合調而缺格，有景而無意，這就是受時風所害的句子！」

一時風尚，不能峻拒輕離，這的確是令趙蕤既鄙夷、又憂忡的時病。本朝但凡識字之人，幾乎皆不能免；李白雖然未入士行，看來也不能避此病。

古來聖賢所期勉於為詩之道，謂之：「詩言志、歌永言，聲依永，律和聲」，諄諄教誨人們：詩，必須是誠於中而動於外，發乎情而行乎文的一種東西。可是時病來得洶湧猛烈，幾令無人能免。

說來還就是科考當道，如曲徑有虎，攔山而立。朝廷所立制度，以明經與進士二科，為舉士之本。明經一科，於神龍元年——也就是李白五歲那年——訂制，明令考試有三場。第一場帖經，第二場試義，即「口試經問大義十條」。第三場試時務策，答策三道。積年而行，連儒家經典亦分等列：《禮記》、《春秋左傳》為「大經」，《毛詩》、《周禮》、《儀禮》是「中經」，《周易》、《尚書》、《春秋公羊》、《春秋穀梁》為「小經」。通二經的，必須通大、小經各一，或中經兩部；通三經者，須通大、中、小經各一；通五經的，大經、小經皆須通。

更為艱難的是進士科。武后當局時，為了壓抑立國以來便擅長明經的士族，特重進士。進士科也是常科，考取更難，最為尊貴，地位亦成為各科之首。而選士者、求官者，相互以權柄交易知見，還則罷了；考科所及，竟然有詩！在趙蕤看來，則無異是漸令天下士子俯首貼耳、淪墮性情的惡行。

這要從試帖說起。試帖，為唐代帖經試士之法，簡稱帖試，其法為後世八股之先河。據元代馬端臨《文獻通考．選舉考》所述：「帖經者，以所習之經，掩其兩端，中間惟開一行，裁紙為帖，凡帖三字，隨時增損，可否不一，或得四，或得五，或得六為通。」

帖經試士的制度，始於大唐高宗永隆二年，恰是趙蕤出生之年。趙蕤一直以此為天數，他常與李白戲謔地說：「天生予於是，應為帖試敵」，而與趙蕤同代的士子，卻多為了應付越來越難的考試，而耗盡心力，轉抄捷徑，每每將難以記誦的經文，編成歌訣，方便記憶，這就是俗稱的「帖括」，讀來合韻、有如詩句的文字，本質上卻是詩的敵人。

科考時採用的詩體，也叫「試帖詩」，拈題限韻，拘束已甚，且由於一代又一代像沈佺期那樣從協律郎晉升為考功員外郎的詩家，日夕聚議，切磋商量，就是為了建樹種種簡選士人的標準。

他們之於詩，精審聲韻，規範義理，講究屬對工穩，隸事精巧，視之為「擇士選才」之必然。取法於考途，則大抵以古人詩句命題，冠以「賦得」二字，原只五言，日後增益七言，遞演漸變，甚至明訂首句仄起不用韻，兩句一用韻，則或六韻十二句、或八韻十六句，號曰「排律」，連主旨都漸入牢籠，不外曲折或明朗地歌頌天朝聖德，帝王功業。而參與考試的學子，則一如多年以後的禮部侍郎、太常卿楊綰所深深喟歎者：「幼能就學，皆誦當代之詩；長而博文，不越諸家之集。」

至於趙蕤所謂的「不能避此病」，正是指這種時興的作詩手段——「出時山眼白，高後海心明」兩句，只能說是「精審聲韻，屬對工穩」，卻沒有精神、缺乏風采，甚至了無意思；它只是前兩句的遺緒而已。

趙蕤不能自已地激動起來。他對李白說：「汝詩前有『萬里舒霜合，一條江練橫』，自然恢闊，將月色道盡，是何等天生壯麗？無何，卻在後二句上，拘牽瑣碎，此即時風所染！」

李白覺得冤枉——他哪裡鑽研過甚麼時風？不就是寫一輪明月嗎？明月如盤，出於層巒之顛，好似山有一眼；以至高懸穹宇，海心一片光明，也並不失義啊？他想辯解，卻也無理據可以說自己「不受時風所染」，便只低眉俯首道：「仍不解。」

「學舌鸚鵡，不知其為學舌，何以言詩？」趙蕤道。

這是令李白輾轉不能成眠的一夜，他並不覺得受到斥責有甚麼可傷感的，更多的卻是困惑。他從小所能讀到的「當代之詩」，大多力求聲調嚴整，音律協暢，吟之詠之，便覺舒爽無匹。但是趙蕤導之使之，卻像是要他往復搜剔，憶想揣摹，與自己一向想要歌頌的、那浮光也似的輕快生命——對峙。

19 天馬來出月支窟

命題之課，十足令李白沮喪；卻果然帶來意外的發現。

原本在他那一隻巾箱裡，還有好些零散不能成章的文字。有些，是觸目所見，忽覺有味，默記而成的語句。有些，是構思已了，待得紙筆到手，再一回神，又忘卻十之六、七，也只能把殘憶可得者寥寥記錄。其中有四句，是這樣寫的：

小時不識月，呼作白玉盤，又疑瑤臺鏡，飛在青雲端。

為了省事，李白只題上「月」字，遂置之不復理會。然趙蕤看得仔細，一紙把來將去，讀了又讀，同月娘笑道：「此子向不識汝，泰半之作，卻多月字。」

「此篇不成意趣，」月娘道：「或恐是玩笑之作。」

趙蕤卻不肯如此作想，他掐起指頭算了算，問：「昔年與李客啖牛頭的那一夜，汝還記否？」

那是月娘適歸趙蕤的第八年，大匡山上萬卷書，卻還只有趙蕤稱之為「相如臺」的半壁殘邸；子雲宅方搭構起樑柱，李客與趙蕤夫妻倚壚濾酒，以大鼎烹爊了李客不遠千里帶來的牛頭。

那一夜，李客大醉，罕見地透露了些許身世。也由於病酒之故，前言後語隨風逐水地過去，月娘並未記心，趙蕤則對一個小節留意不忘。

李客當時持酒起身，面向西山，號呼片刻，竟至於聲嘶力竭。所呼喊的是趙蕤和月娘都聽不懂的異方殊語。趙蕤每疑必問，那李客一聽他問，像是幡然醒了。先是垂頭不語，接著老淚縱橫，繼之以涕泗，良久才能答話。

「神仙或知古來大夏之國否？」

古大夏之國，在葱嶺之西，烏滸河之南，有一國名吐火羅——或曰吐豁羅、吐呼羅者，亦是一音之轉；此國北有一山，山名「頗黎」。而「頗黎」，蜀中方戲言稱水，即曰「玻璃」、「玻瓈」，那正是唐初以來，西域諸國進貢什物之一。其形百狀，其色紅碧，其狀皎潔透明，作為器用，則可以盛蔬食果漿。對著日光時晶瑩剔透，背著日光時亦燦爛光灼；允為稀世之珍。唯其質輕而薄，極易破損，更為人所寶愛。

趙蕤知道此物，卻從來沒有見過，比劃了半晌，李客卻搖頭道：「神仙不知，亦不為過——某所言者，不是玻璃。」

李客說的，是一座山，頗黎山。這山南麓向陽，萬古以來相傳有神穴，穴中出天下極品之馬，馬名「汗血」——顧名思義，乃是奔馳汗出之際，其色殷紅如血。或許是汗血之說甚奇，而使得那馬有了過於其實的令名，早在漢代便引起了帝王覬覦之心。

西域之使傳報：於大宛國發現汗出如血的寶馬，武帝為此馬遣使西訪，攜黃金二十萬兩，另金鑄馬一匹，去至貳師城求買換種馬。卻遭大宛王嚴詞峻拒。漢使眼見無法覆命，既怒且羞，一時出言不遜，更將那匹黃金鑄成的馬當場劈碎了，（還有一個說法是以烈火燒融，所以記載上用了『樵』字，就是燋燒的意思），以示天威。

大宛王認為漢使這樣是失禮的，下令命該國東邊境郁成城王（烏孜別克烏茲根城）攔截之，將使團屠殺淨盡。這就引起了漢武帝當年兩征大宛。從此天馬更為知名而多獵奇好異之端了。

六朝以下，頗黎山多吐火羅人；吐火羅國為「行國」，千百代以來皆游牧為生，世世驅馳、養育彼馬，也從來不覺得那馬有甚麼貴重的。到了近世，尤其是貞觀九年以來，由於朝廷明示與西域諸國相親善，東西行路關隘弛禁極寬，吐火羅人每歲藉著諸般名目，向朝廷貢獻寶物，舉凡沉香、沒藥、胡椒、紅碧玻璃製器，驢、騾之屬，自不待言，其中還間雜一些汗血之馬。

李客持酒西望、順風號呼之後，為趙蕤詳說了這一部原由，接著湊近前，道：「客先氏被罪，世代慚衄，也就不必在神仙面前張揚了。神龍年間，某舉家回中土，一門十餘口，輜重載負——」說到這裡，更壓低了聲：「全仗此馬！」說時，就在一陣一陣向西山呼吼而去的西風之中，逆著風勢，傳來幾聲高亢、尖銳而且十分清晰的馬嘶，自遠徂近。

趙蕤大約明白，李客先前的號呼，實是以胡語喚馬，以風中來去、人呼馬應的時程計算，馬原本應在十數里之外，何其答之切而來之速耶？趙蕤驚詫之餘，又聽李客繼續說道：「寶馬實無異相，卻也毋須與市井無知之人爭誇，某便繁殖養育，不數年，更是一門廣大生計。」

「既是生計，當為吾兄樂悅之事，怎麼落淚了？」

是的。淚痕還在眼角頰邊，李客也不拂拭，朗朗答道：「某生身之地，喚作訶達羅支。彼時中原如何，聖朝如何，某亦混天糊塗，萬事不知。但聞先父告以：大唐顯慶皇帝，對外用兵，滅西突厥，編戶之民，可至鹹海蠻河；是後，先父晝夜譫語，云：『我本漢家身世，宗祖原始，子孫不可或忘。天子既設安西都護府於碎葉城，已十數春秋矣，可以歸之。』」

李客的父親還念茲在茲，魂兮歸於故土；然而天不假年，未能如願。趙蕤很難想像的是：李客卻迥然不同。在他看來，遊牧兒幕天席地，縱意所之，誠如他從吐火羅人之處學來的一句諺語：「雲草生處無城防」，意思是說：天育萬物，四時消長，生滅自然，彼此卻無門戶，更無疆域。

碎葉城，亦名素葉；距李客生長的「故鄉」訶達羅支八百五十里，若非老父生前遺囑，李客再投胎百十次也不會到碎葉城去。然而他畢竟應命而行，只為了成全那句「宗祖原始，子孫不可或忘」的教訓，而來到了安西都護府，與唐人交易百貨，還在這城生了三個兒子、一個女兒。神龍元年，以多年與邊西關防僚員的夤緣交往，憑著一張偽冒的家牒，潛遁而回到中原。

雖然以地緣遠近而言，以志業謀處而言，他都應該逕往繁華貿易之地的西京長安。卻也由於是偷渡入關，不能不往人煙稀少之地，暫覓一枝而棲。

從碎葉城舉家遷徙之行前，他也已經打聽清楚：前朝有平武一郡，在隴右。大唐武德年間為避國號而改郡名為龍門，至貞觀時，又改為龍州郡、江油郡。

無論名稱如何，其地則一。此地於漢代稱「廣漢」。鄧艾伐蜀時，軍行七百里而渺無人煙，鑿山通路，攀木緣崖，士卒魚貫成行，僅以身入。這數百年前的「廣漢」是當時新發廣拓之區；數百年一瞬而逝，直到此時，也只有兩縣之轄，戶口千餘，編戶人口六千有幾。此地於高宗永徽年間為朝廷想起，又頗存「實邊嚴守」之議，遂割屬劍南道。

不過，這樣規模的城邑，在李客看來，正是絕處逢生的立足根基。此間人不算多，但是出入貿易足矣。一個偷渡之家，天高皇帝遠，恰足以藉謀蠅頭小利、日積月累，假以時日，若能發跡變泰，亦未可知；或許永遠不會有人察覺：他竟然是發遣西域的罪犯後人。

「雖云負販走商，行腳天涯，不免也要想：吾家，究竟何在？今夜酒足話多，索性再同神仙吐一番實，此後亦不再說了——」說到這裡，李客臉上的淚痕果然乾盡了，他略一沉吟，近前附耳道：「客之名，本非我名；李之姓，固亦不是我姓。」

說到這裡，一匹身色棕紅、鬃色碧綠、蹄色烏黑、額色雪白的肥馬輕盈地騰跳上山，背無鞍韉，口無銜轡，佇立著守候李客。此夜以往以來，李客的確沒有說過自己的身世，就連這匹馬，只在李白向趙蕤告別之際，隱隱約約地現身一瞥——那又是七年以後的事了。

是以彼夜相與情懷、相共話語，趙蕤似乎記得，又覺得太不真切。問起月娘，她也只笑說：「牛頭餘骨尚在，汝等道故之語，誰還記得？」

然而趙蕤之所以提起，不是沒有緣故。他以為李白詩中時時稱月、道月、看月、想月，另有可解之本。不過，他先提到了一字，作為旁證：「經他題作〈初月〉的那一首，還記否？」

「『玉蟾離海上，白露濕花時』？」

「諾。」趙蕤肅容道：「此作中有『樂哉絃管客』，『客』字竟不避父諱，這卻讓某想起爊牛頭彼夜，李客醉後之語。」

「他說了甚麼？」

「『客之名，本非我名；李之姓，固亦不是我姓。』」

「其颯爽如此，倒是難得一見。」

「是以——李白詩中的『月』，似乎另有他意。」趙蕤接著道：「月，乃是一國！」

20 放馬天山雪中草

這個國，是西域諸胡逐水草而居的游牧之國，當時謂之「行國」。在李白生命的初期，一直纏繞著與「行國」的遭遇有關的幾則故事，以及一支歌謠。

帶來這些故事和歌謠的，是碎葉城中一丁零奴。此人有族傳一技，能夠斲巨木、製高輪、造大車。初為李客造車，行商於茂草之地、積雪之途，通行無礙，商隊以此而四時往來，輕捷無匹。李客看是一寶，除了重金相賂，更奉之如家人，這丁零奴以此免於水草漂泊，也就專力於估販，跟著李客往來貿易，不復為牧兒了。

李白日後回憶此人，總說「不知男女」，但是卻能俱道其衣著服飾，因為那丁零奴從未穿過第二套衣裝；一年四季，不分寒暑，總是翻沿繡花渾脫帽，身上一件淡青色盤領袍，翠綠色圓頭金線布鞋，腰間繫一條鞢帶。他追隨李客多年，直到李家潛遁入蜀之後，因為水土不服，未幾即病死在綿州。此人有生之日，時常放懷高唱著這麼一首歌：

敕勒川，陰山下，天似穹廬，籠蓋四野。天蒼蒼，野茫茫，風吹草低見牛羊。

說到這，不能不先論丁零。

丁零，亦名敕勒，原來是北地牧民之一部，先世居北海（也就是千載以下稱為貝加爾湖之地），西鄰烏孫，南倚匈奴。秦末中原群雄逐鹿，北邊之地也不平靜。當時一向與匈奴或戰或和、時爭時盟的部族極多。其中另有一族，號稱月氏，約在日後河西走廊一帶游牧。月氏不能獨鬥強鄰，遂漸與他部相約，繞過戈壁，合東胡部落，夾擊漠南、陰山一帶的匈奴。匈奴不得已，而質酋長之子於月氏，綿延數代，暫保和局。

某歲寒冬大雪，受盡殘酷待遇的一個匈奴質子忽然從月氏逃回本族領地，居然殺了生身之父，自立為領主，是為冒頓單于。此子雄才無二，鳩集所屬，攻伐月氏，三年而盡有其游牧之地，迫使月氏遠遁於千里之外的西極。

冒頓單于曾經在一封寫給漢文帝的書信中如此誇耀：「以天之福，吏卒良，馬力強，以夷滅月氏，盡斬殺降下定之。樓蘭、烏孫、烏揭及其旁二十六國，皆已為匈奴，諸引弓之民，並為一家，北州以定。」

漢武帝派遣張騫通使西域，目的就是結合月氏、烏孫等「行國」——也就是游牧部族——夾擊匈奴。不意在中途，張騫和他的使節團卻被匈奴俘虜了，囚處起來，甚至還被迫結親生子。過了十年歲月，張騫終於反向自西面逃出，遁入月氏。而月氏當時已經安身立命，不欲再向匈奴挑釁，惹起戰端。張騫專對之命未果，可是，月氏之部卻並沒有因西遷而安居。

是後，匈奴一再以武力驅迫，使月氏退入準噶爾盆地，猶不以為足，乃至於一直進逼，至伊犁河流域。其間，繼冒頓而雄立的老上單于還曾經於一場血戰之中，殺了大月氏的王，將其頭顱割下，還把這個顱骨製成了酒杯。

一直到百年之後，才又由於一場突如其來的大雪之助，使月氏得以聯合烏桓、烏孫和丁零諸族，以突擊合圍之勢，斷絕匈奴部隊的糧草，疲其士卒，耗其刀弓，消滅了數以萬計的強大騎兵，從此才算擺脫了匈奴的宰制與奴役。

即使匈奴一族徹底衰落了，西遷太久的諸部也已各自分崩離析；倒是不同部族之間，卻也自然而然地相互融合。月氏之一支向南移走，進入日後名為「甘肅」、「青海」之間的祁連山西北麓，與匈奴雜居，是為匈奴別部「盧水胡」。

盧水胡人中有一家，以「沮渠」為號，曾經協助漢人官僚段業建立北涼政權，之後沮渠家出一豪傑，名沮渠蒙遜，此子不久之後便殺了段業，自立為主。這一則與李白生平輾轉無端的史事插曲，卻出現在李白日後干謁安州長史的文章之中，留下「白本家金陵，世為右姓，遭沮渠蒙遜難，奔流咸秦，因官寓家。」這一段毫無來歷的話，而成千古之謎——不過，其間尚有蛛絲馬跡，仍與西域諸胡長期的征逐有關。

由於長遠的戰爭、殘殺與漂泊的背景，為月氏、丁零等族人帶來不可磨滅的陰影，也為當時受制於匈奴的西域諸胡帶來一個縈迴繚繞的生命主題，那就是不斷地向西遷移。

西方，向稱「月窟」——月生之地，在那干戈擾攘的數百年間，受脅迫、奴役與殺戮者每於夜間遁逃，逐月跡而行，也仰望著明月指路，通往暫且安身而不知其名、亦不詳其實的所在。月亮陰晴圓缺不一，卻升落有恆，似乎要引領他們無休無止地尋覓、遊蕩、漂泊下去。

李白年幼，未習史事，只能憑李客口授四代以來勉可傳述的身世，偏偏這身世又與丁零奴的故事相互印證，相互雜糅，以至於有些情節竟虛實不可復辨。

其一，是李氏家族被迫西遷的事。

在隋煬帝大業十一年、也是李白出生前八十六年，發生了一樁宮廷屠戮事件，源由相當曲折。隋初立國，封為申明公的李穆老死，由長孫李筠承襲爵祿。李筠對叔父李渾極為慳吝，李渾便與其侄李善衡密謀殺害了李筠，另設一計，聲稱：李筠是被另一近支族人李瞿曇所害，讓李瞿曇枉作替死之鬼。

同時，李渾則勾結了妻舅——當時官居左衛率的宇文述，請其代為關說，希望能代李筠而襲其封國。這當然是有條件的，李渾對宇文述的允諾是：「若得紹封，當歲奉國賦之半。」這件事，宇文述透過當時還是太子的隋煬帝，轉奏於文帝，果然讓李渾得以順利襲封。

可是李渾並沒有信守前約——他只付了兩年的「國賦之半」，就當作前帳已了，不再應付；這讓宇文述極為不滿。待隋煬帝即位之後，李渾累官至右驍衛大將軍，改封郕公，門族益發強盛。偏在此時，傳聞有一個名喚安伽陀的方士，受了宇文述的指使，冒出來一則預言：「李氏當為天子。」煬帝趁這個機會便收押了李渾等家，由宇文述主持偽證，誣以謀反之罪。此年三月丁酉日，李渾、李善衡及宗族三十二人全遭殺害，女婦及其所嫁之家皆徙邊徼。

這一宗利害奸詭相互糾結的政治屠殺，使得當時與李渾近支的李姓一族大肆潰逃，而留下了「一房被竄於碎葉，流離散落，隱易姓名。」這樣簡略的記載。

李客對於他三代以上因子虛烏有的大逆之罪而被逐，受迫隱姓埋名，竄於極邊之地，其實深懷憾恨。一旦返回中原，行腳貿易，不能不立姓字，所以才「指天枝以復姓」。

天枝，語出《神仙傳》，原本出處是說：老子李耳的母親扶著李樹而生下了不知其父為何人的老子，這孩子一落地就能說話，指著這株李樹，給自己定了姓氏。李白運用這個典故，追述李客之「復姓」——恢復原本的氏族——當然也充盈著那種自立而成一天地的神采。然而，四代竄逐之「流離散落」，又何嘗不與月氏、丁零等部族再三西遷、無所止歸的處境同其情？

至於丁零奴，則將月亮交付給李白，使成其為詩人一生的象徵。

21 光輝歧路間

成長後的李白當然明白：朝向「天枝」的那一指，也就是指向了大唐李姓的皇室。這是一個出身隴西狄道的氏族，從太宗皇帝李世民開始，便無所不用其極地利用其權柄、興立制度、重塑史料，以傾軋、壓制山東——太行山以東的廣大北地區域——諸郡望世家。為了養望，皇族不惜改寫其族姓履歷，使能繫於漢代隴西成紀出身的名將李廣之後世。

也由於提升並維繫統治集團地位之所需，皇室率先修改了他們的族譜。其方式是在太宗貞觀二十年下詔編修《晉書》，以立傳世之大本。

在〈涼武昭王傳〉中，有這樣的字句：「武昭王諱暠，字玄盛，小字長生，隴西成紀人。姓李氏，漢前將軍廣之十六世孫也。廣，曾祖仲翔，漢初為將軍，討叛羌於素昌，素昌即狄道也。眾寡不敵，死之。仲翔子伯考奔喪，因葬於狄道之東川，遂家焉。世為西州右姓。」

這裡的「右姓」，就是指高門望族、有累世聲譽的大姓。涼武昭王李暠真正得以被清楚辨認的身世始於其高祖父李雍、曾祖父李柔，他們都曾經在晉朝做過官，「歷任郡守」；然而並無隻字片語之證，可以上推數百年、將李暠之先世繫於李廣之身。唐興以來，把根本迢遞不相干的隴西狄道混說成隴西成紀，就是從這裡開始的。

是後，於唐高宗時修成的《北史》，看來也呼應、並迴護了這個說法：「仲翔討叛羌於素昌——一名狄道。仲翔臨陣殞命，葬狄道川，因家焉。《史記・李將軍傳》所云：其先自槐里徙居成紀，實始此也。」

這是相當細膩的手法，再一次地將「狄道」混同於「成紀」。直到李白四十三歲那年，玄宗皇帝忽然為李暠追贈了「興聖皇帝」的諡號，以確認從李暠到李唐一朝之間的血緣關係，也就看似坐實了李唐一族原本不是鮮卑人、而是漢人——且還是漢家征討匈奴大將之苗裔。

天枝一指，便是如此上行下效的行徑。李白遂也在一生中多次的口述或文章中把自己的身世編入涼武昭王李暠的譜系。但是，如何為「天枝」踵葉增華？還可以回到丁零奴的明月。

奇聞口傳心授，代遠年湮，總是發生在一些混沌的年代，一些模糊的地點。不過，後人卻仍舊不難從確鑿可依的歷史事件之中耙梳其背景。

歷來以「魏」之名開國的有三個。三家分晉之魏，揭啟戰國之帷幕；三分鼎立之魏，銜接漢、晉之關節；至北地鮮卑族人崛起，為五胡之中最晚進入長城逐鹿的政權。為了與前二者區別，史稱北魏。

若是上溯其淵源，始祖神元帝拓跋力微乃是與三國之魏文帝同一年即位。太祖道武帝拓跋珪乃於晉孝武帝太元中開國，此「北魏」立朝之初。其後，便是世祖太武帝拓跋燾踐祚之年，已在南朝宋武帝末葉。

這拓跋燾是一位霸者。他統一黃河流域，揮兵西取鄯善，廣通西北各部族，相與盟約示好；行有餘力，還能夠陳兵江淮，大掠民戶五萬餘家，形成了五十多國向北魏朝貢的盛況——也正是出於這位太武帝的意志，將漠北三十多萬帳落的丁零人南遷至蒙古高原，使此族進一步鮮卑化。

此後三傳至魏孝文帝拓跋宏，五歲即位，受到具有漢族血統的祖母馮太后之影響，二十三歲親政後仍追隨祖母攝政時期的腳步，一力實行漢化，這是眾所周知的事。但是漢化並非只是中原王制文教的薰染所帶來的影響，也將北魏的國族信仰與力量一分為二。

以親近於漢的意圖、乃至併吞南朝的野心而言，則首都平城糧草匱乏，形勢邊險，酷寒霾沙，車馬遙迢，遷都洛陽是勢在必行之舉。有歌謠形容得好：

悲平城，悲平城，驅馬入雲中。陰山常晦雪，荒松無罷風。平城悲，平城悲，桑枯草不肥。沙磧十萬里，雁行何敢欺？

遷都猶略孚眾望，但是將朝廷制度、官民服飾、日常語言、門第姓氏、度量斗尺以及家族葬墓……等等由上到下、鉅細靡遺之務，完全漢化，則令半數以上的鮮卑官民起了絕大的反感。孝文帝而後，再傳至孝明帝拓跋詡時，便發生了北邊陰山南麓沃野、懷朔、武川、撫冥、柔玄、懷荒等六鎮之變。

由六鎮之名，儘是「朔」、「冥」、「玄」、「荒」可知，這些都是為了對抗北方游牧諸部而設置的「戍鎮」，將士們雖多出身自親貴高門，卻在面對邊警的氛圍中時刻憂慮：邊塞健兒，雄強奇矯，豈能逸於南遷？這就與主張漢化的洛陽仕宦迥不相侔。「戍鎮」之主盤據幽、冀，雄視秦、隴，虎臨關中，素蓄分離之志。

就在南朝梁武帝普通四年、北魏孝明帝正光四年，六鎮軍將一呼百諾地發動了反事。一亂三年，雖然終於平定，然分裂之心與崩離之勢已如玉山之頹，真不可挽。但這卻造就了豪閥爾朱榮在晉陽一地藉平亂之軍崛起的機會，並掀起了宮廷中一連串的謀弒與誅殺。

亂事平定之後兩年，北魏孝明帝被太后之黨所弒，爾朱榮藉戡亂之名陷洛陽，將太后與幼帝溺死在河裡，並斬殺朝臣二千餘；史上宮廷之戮，無有過於此者。不過，爾朱榮親手扶植的傀儡皇帝拓跋子攸並不能信任、更不肯倚仗這位大丞相，就在即位兩年之後，趁爾朱榮赴洛陽朝覲的機會，伏刃於膝，自為刺客，親手制裁了身後的操縱者。

但是爾朱一族的軍事力量仍然凝聚於晉陽一帶，不得不待爾朱榮當年的親信高歡才得以剿滅。高歡，仍就是北魏一朝巨大裂變的推手——他自居郡望為渤海高氏，其實根本是一個來歷不明的胡化漢人，所部卻正是先前釀成大亂的六鎮之兵，直以殺奪凶暴為英雄事業。

前文演釋「側傲」一詞，敘獨孤信事，便曾述及高歡掌權之後，立孝靜帝拓跋善見，遷都鄴城，史稱東魏。在此之前，由於高歡曾襲殺關中名將賀拔岳，賀拔岳的部眾只能另覓主帥宇文泰。於是，在這個東西分幟的關頭，獨孤信只好追隨孝武帝拓跋子攸西投長安，入於宇文泰麾下。

宇文泰後來鴆殺孝武帝，另立文帝拓跋寶炬，定都長安，史稱西魏。高歡和宇文泰兩個實際的掌權者生前都還保留了各自擁立之主所宣稱、承襲的國號。直到南朝梁末，他們先後在九年間死去，兩人的兒子也就先後篡了東西二魏，各改國號為齊、周；史稱北齊、北周。

丁零奴所說的故事，就發生在高歡崛起、正與宇文泰爭霸之時。

當時高歡屬下，有一朔州敕勒族將，人皆謂為「丁零奇材」，姓斛律，名金，號阿六敦。他生小知兵術，法度與漢將殊異，多以八方十面、神出鬼沒之馬隊，每隊也刻意擺佈得多寡不一；有的隊伍空馬八九，騎者三四；有的隊伍騎者數十，雜以空馬二三，疾馳聚散，來去如風，一陣射殺之後，人馬迅即不見。

這本來是匈奴騎射的傳承，也毋足甚怪。可是阿六敦有一殊能，他人不可及。那就是搭手一眼看遠處的塵埃，便能識得對方兵馬之多少；伏地一嗅土表殘留的蹄跡，就知道敵伍行陣之遠近。

阿六敦出征，常攜帶一孩兒，此子自十歲起隨軍出陣，自備一弓一馬一囊箭，自進自退，逕行殺伐，直至囊空而返；卻一向不從號令、不入行列。在草原沙磧之地，戰事偶或膠著，攻守之區推拓得無邊無際，雲捲日昏，一時不辨旦暮。即使連夜亙日，甚至三數天不見蹤影，阿六敦也從不為這孩兒擔驚受怕。說來也奇，孩子在無論多麼艱險的戰陣之中，恆是安然無恙。人們也都習常視之，不以為異。

這孩子叫斛律光，但是人人都呼喚他的小名：明月。

彼時，漢人之子十四歲而自立的所在多有；斛律光也於十五歲前後正式加入父親所屬的部曲，從此有了軍籍身份，也必須接受上官指派調度，但是仍野性不馴，儘管追隨行伍，不稍懈怠；臨陣時卻往往自出機杼，變意如神。他十七歲那年，斛律金已經四十四歲了，不能應付太過激烈的格鬥，仍無役不與，為兒子掠陣，就是為了防範他抗命犯上。

當時的高歡正值盛年，方三十六歲，而高歡的對頭宇文泰年事更輕，只有二十五；在一次西征戰役中，雙方部伍還在各自集結，大將們攏馬傾身，會商致勝之計。誰也沒有料到，這斛律光手打亮招，極目遠眺了好一陣，忽然從囊中拔取一枝雕翎哨箭，朝敵陣拉一滿弓，應聲而放。但聞箭鏃上的骨哨順風西鳴，鑽入了沉沉的陰霾，而斛律光則驀地夾馬馳出，竟像是要追逐那箭的去勢，轉瞬間已奔出百丈之外——再一眨眼，卻見他一人一馬，逕入敵軍將陣之中，從馬背之上挾取一人，倏忽復回。

掖在斛律光的胳肢窩下給擒回來的，是宇文泰手下一員將領——官拜長史的莫孝暉——肩頭還插著那支雕翎箭。此情此景，登時驚駭了雙方人馬。還是斛律金久經戰陣，心念電轉，情知機不可失，遂長鳴一角，催軍突發，向敵掩殺而去。

這一役東魏大捷，與役諸將，自有一番升賞。高歡除了立刻擢封斛律光為都督之外，還給頒一個諢號，叫「風呼影」，取疾風不能追及之意。不過，這個封稱沒有持續太久，便被另一號取代了。

高歡之子高澄也是好騎射，自幼慣習軍旅。他比斛律光小六歲，撇開父輩官職地位不論，高澄始終視這飄然而來、飄然而去的斛律光為兄長、為師友；也是在高澄掌權之後，斛律光從都督而為征虜將軍、累加衛將軍，堪稱親信。有一年朝廷舉行校獵，斛律光也參與其事。當下秋霽風高，胡人稱「殺頭颼」，這種風來去強勁，鼓盪衣袂，往往令人不能行立，所以射獵所獲並不如意。

然而自始至終，眾人舉頭可見，雲表有一大鳥，在風中遨翔上下。這鳥開張雙翅，羽翼飽滿，毛色鮮明；追隨著眾獵者自南徂北，徘徊去回，似乎在等待著甚麼。眾人既驚異其能與人相逐，若欲通款，卻又因為牠飛得太高，並不能辨識名類。

正在紛紛議論的時候，聽見斛律光閒閒說道：「欲知何物，直須取視——野類原不可馴，也欲角逐功名否？」說時眼也不抬，逕自聽風辨位，搭箭在弦，覷了個風勢稍歇的間隙，指放弦崩。

好那箭——鑽天而上，取鳥而下，落勢盤旋，其形如輪，至地始知：原來是一隻罕見的大雕。高氏丞相屬中有一人名喚邢子高，當下脫口而呼：「此真射雕手也！」嗣後，斛律光便有了一個新的諢號，叫「落雕都督」。

然而射下了那雕之後的斛律光卻像是突然間發現自己做錯了甚麼，神情黯然，看來並不以此為榮為傲，眾人只見他兩眼發直，雙唇微顫，凝視著地上那一頭車蓋般巨大的雕——雕頸上不偏不倚，正中一箭，血灑方圓數丈之遠，而斛律光的眼角卻泛著淚光，似有無限的訝異，與無限的懊悔。

至於丁零奴所述，故事的主人翁僅僅是「明月」二字。除了戰陣射敵、獵場射雕的情節之外，並無北魏末年高氏、宇文氏各奉一主，蝸角相爭的種種繽紛。丁零奴更未言及斛律光日後為高澄之侄高緯所疑忌，派一名叫劉桃枝的力士，將斛律光襲殺於殿中涼風堂的一節。這是「風呼影」、「射雕手」、「落雕都督」的末路；而丁零奴面對只有四歲的李白，說的是另一則傳奇。

他說的是少年明月。明月於一次戰役之中，不意間失落箭囊，手上僅憑一弓，衝鋒陷陣已是不能，只得落荒而逃。這一回，他跑得太遠，非但迷失了大軍所在，還正趕上一場突如其來、轉山而下的風雪，掩蔽了天地間一切可供辨識的物景。

一入昏暮，越發不辨東西，明月縴馬欲行，卻不知前路何在，只能暫且找著一沙磧石礫之丘，於背風處勉強一避。也由於出征匆促，走馬於敵我之間，須盡量取其輕便、速捷，明月也未曾裹帶衣物氈毯，而雪色蒼茫，風勢緊湊，看似撐不過半夜，明月就要凍死在這朔野之中了。

就在明月半迷睡、半掙扎的時刻，瀰漫暴雪之中，一黑影從空飄忽而來，自遠而近，形貌漸明，居然是一雕。此雕不受風雪所困，仍能自在遨翔，雙翼展垂如雲腳，所過之處，密雪為之一開，就近可聞，還發出了嗶嗶剝剝的撞擊之聲，而雪片應聲融卻，雕飛所過之處，視野便敞亮了些。

明月驀然有了精神，衝身而立，抖擻著甲冑上已經凍結的堅冰，一振則琳琅鏗鏘，便對那雕道：「汝來將我識路否？」

雕之為物，豈能應答人語？然而牠也恍如有靈通之性，竟逡巡再三，不肯離去，只在明月頭頂盤旋。如此一來，明月之身便好似被那雕身所掩，天上落下的大雪遂不能及身。霎時間，明月微微明白了那雕的意思，當下拉起韁繩，翻身上馬，繞地三匝，令坐騎仰蹄朝天，前後騰跳縱躍了幾步，甩落埋身的積雪，順著雕喙之所向。接著，明月揚起一鞭，衝雪而去。

於是，飛雕在上，奔馬在下，雕向東則馬馳於東；雕欲南則馬奔乎南。大雪依舊紛飛，卻恰恰都落在雕背上，這雕，有如一繖蓋，給了明月一席屏蔽。就在明月馳返本營之時，風歇雪住。倒是那雕，像是了卻了一樁不甚費力也毋須掛懷的差事，繼續前行，一逕飛入面前剛剛升起的一輪明月之中。

22 焉能與群雞

那是趙蕤第一次命題讓李白試寫一詩，他一心一意要讓李白洗髓換骨，脫去時風所染，是以命題之先，思慮了很久，才道：「寫一景，或寫一物，然不須困於題旨，尤不必出落相對。」

李白從趙蕤手中接過一方牙版，鋪上藁紙，掖實扣緊，以左掌擎住，這才捵捵筆、點了墨，書事算是停當了，然而心中仍不免疑惑——

他以為自己的詩就是用意過於恣肆，前言後語不能貫通，之前才會把曹子建「西園飛蓋」那樣的典故加諸於「初月」的；如果原本無所感、無所知，又怎麼會有足以吟詠的詩句呢？遂問道：「無旨意如何作？」

趙蕤淡淡答了聲：「取汝念念不忘一事即可。」

李白一動念，只想到了多年前憔悴病榻的丁零奴——也就是在那一張病榻上，丁零奴將一柄他親手鑄造、隨身攜行多年，長短與李白身形略等的劍交付給這孩子，道：「此物可以摧伏怨敵，汝其善保。」

丁零奴晚歲與他朝夕相伴，是他懵懂未開直至年事稍長以來，第一次歷經生離死別的伴侶。可是「寫一景，寫一物」並不是「寫一人」。若是寫丁零奴，他可以在轉瞬間拈成八個作為骨幹的語句：「金天之西，白日所沒。康老胡雛，生彼月窟。巉巖容儀，戌削風骨。碧玉炅炅雙目瞳，黃金拳拳兩鬢紅。」李白隨思落筆，濡毫疾書，寫下了，卻又立刻移開書紙，換了一張。

趙蕤盤膝坐在對面的几前，頭也不抬，沉聲道：「藁草莫丟棄，那也都是心血。」

李白沒答腔，繼續想著丁零奴，想著他一路從西域隨車步行，走在巨輪高車之側，年僅五歲的李白只消輕輕拈指，一撩車窗簾布，便可以看見丁零奴那頂渾脫帽。帽子已經極其陳舊，翻沿處皆磨白了，復沾黏塵沙灰土而泛黃發黑；帽身的繡花原本是紅是綠，也不再能分辨。非得從車中俯瞰，不能發覺那帽頂近央之處，不知何時還破了個洞，露出丁零奴的一塊禿顱。

念念不忘，此物此景。他又有了句子：「容顏若飛電，時景如飄風。綠草霜已白，日西月復東。華鬢不耐秋，颯然成衰蓬。」這六句尚未收煞，李白忽又覺得不妥——按趙蕤的吩咐，唯景物可寫，不能作旨意；要是順此而下，他非得作出懷念丁零奴的句意不可；就算不朝這一思路前行，也省不得要對歲月奄逝、人生短促的本相發一感慨。

於是他又換了一張紙，歎道：「作詩不立作意，原來是極難的。」

趙蕤仍逕自抄著他的著作，不理不睬。卻暗下竊喜著：沒有料到前幾日還沾沾自喜地說：「某寫詩恰是隨意」、「某寫詩皆不落題」的這個狂生，竟然翻悟得如此敏捷，點頷知返，當即發現自己並非無所不能，只是才大心疏而已。

李白則默默地從丁零奴的記憶遁開，想起了那的確也堪稱令人念念不忘的明月故事，他略一振衣袖，左掌夾穩了手版，右手舉筆，落毫仍然俊快無倫：

登高望四海，天地何漫漫。霜被群物秋，風飄大荒寒。殺氣落喬木，浮雲蔽層巒。孤鳳鳴天霓，遺聲何辛酸。

這是他想像中的巨雕，於遨翔了不知幾度春秋之後，來到這荒寒郊野，俯視山川雲巒，猛然看見了當年在狂風暴雪之夜結識的少年，想要就近相認。孰能料得？上林一箭墮西風，這心地天真的野物，竟然在頃刻間被那不能相識的舊識橫奪了性命。

作罷，他低聲誦過一回，滿眼的字跡，都像是孩提時心象所摹而栩栩如生的、紛絮飄零的一身毛羽。他猜想：趙蕤再稱神仙，大約也看不出他所寫的，是騎射英雄明月傳說中的那一隻巨雕罷？

可是趙蕤連看也不看便道：「不佳！」

「神仙尚未過目——」

「某側耳而聽汝誦聲即知，中間二聯還是免不了受時風漬染，出落成對；尤其是五、六兩句，落入那協律郎群公眼中，想來會稱道汝工巧穩洽——」

考辨詩之為物，究竟應該如何才算「中式」，的確在這些年間愈益明朗。雖然朝廷與士人並沒有規範句法律則的明文，可是「時風」無所遁逃。李白已經竭盡所能地不受那種遣詞造句的聲調習慣所羈縻——像是「天地何漫漫」一句的「何」字，「風飄大荒寒」一句的「荒」字，「浮雲蔽層巒」一句的「層」字，「孤鳳鳴天霓」一句的「天」字，以及「遺聲何辛酸」的「辛」字等等；若以「合律」的要求視之，皆應易為仄聲字。李白刻意調度如此，使之不符時尚，更近古體。

更何況，趙蕤力稱是病的第五、六句：「殺氣落喬木，浮雲蔽層巒」，李白更不能服其理。他原本還頗費一番工夫，蓄意使第五句起句（也就是當句之第二字）處，與第四句的第二字平仄相對；在科考中，以試帖詩的考察要求而言，這是「犯式」的，也就是出格、出律的。後世之論詩者常謂此為「失黏」，一旦有此病，足證其韻律不協，識字失檢，是可以因之而黜落不第的。李白為了表示他不為時風所浸，於當黏之處失黏，橫空一斷，手眼應屬不凡了，未料趙蕤仍舊不愜意。

李白將手版並筆一放，攏攏袖子，高踞而問道：「『工巧穩洽』稱得是病？」

「於不思議間得之，即是病，且大病不可醫。」趙蕤道：「汝於作此『殺氣落喬木』句之際，已墮入『浮雲蔽層巒』之障中。」

乍聽之下，趙蕤的說法很詭異，明明前一句才寫就，下一句尚無蹤跡，怎麼說上一句就落入了下一句的機栝呢？繼之再一細思，李白不得不心平氣和了下來。

的確！或許便在前一句離手的一剎那間，神思無識亦無明，任由「高下相須，自然成對」的慣性澎湃而興，果然順著語勢而冒出來的「浮雲蔽層巒」是一個貼切的對句，卻是一個浮濫的描寫。因為只有李白自己知道：他要敘述的應該是一隻視野遼闊明澈，在草原上空縱情遨翔的巨雕，本來不會去在意那些偶或遮蔽了層層山丘的雲朵。

「汝自是一鳳，何須作雞鳴？」趙蕤看李白一眼，將先前所說的話再說了一次：「然——藁草都是心血，莫丟棄。」

23 乍向草中耿介死

趙蕤究竟是不是隱者？或許，我們還可以換個方式問：趙蕤是一個甚麼樣的隱者？

自古仕、隱兩途，本來有著全然不同的價值觀、生命情調、或是國族信仰。然而到了唐人的時代，隱之為事，卻一步、一步，不著痕跡地，逐漸演變成為一種仕的進程，甚至手段。

直到決意將《長短書》抄校完成之前，趙蕤從來沒有疏忽過整個大帝國的動態。他到城市裡行醫，總是會留意京畿傳來的消息。朝廷所作所為，不只是空穴來風，還有邸報。

自漢以來，諸侯郡國皆有「邸」，「邸報」即是通奏狀報，傳達君臣之間的音問消息；又稱「邸鈔」、「朝報」、「宮門鈔」。到了隋代，開發出雕版印刷的技術，邸報始以密集的形式交換著帝國中央與各地方的訊息。一般常通過馬遞、步遞，銜接江河行舟，將詔令、要政、公文書信傳遞到各個州縣。臣民因之而得以得知皇室的活動、帝王的詔旨、官吏任免、大臣奏章和較為重大的軍政新聞。

傳遞書狀新聞，也有程途期限。承平年月，倘無饑饉荒災、兵戎禍亂，吏卒行止亦有定制：水路逆水行重舟，河行每日三十里，江行每日四十里；空舟則河行四十里，江行五十里。步遞之人，依階秩分為「健步」、「送舖卒」以及「步奏官」等，視程途難易，一日行一至兩驛，約在五、六十里。馬遞必須日行六驛，一百八十里，緊要的消息則日行三百里。

除此之外，據一個約較趙蕤、李白晚一百五十年的唐憲宗—僖宗朝中書舍人、職方郎中孫樵的發現和記錄，開元年間已經出現了一種不具備名目的官方文件，幾乎等同於邸報，每件一紙，每紙十三行，每行十五字；行間墨絲間隔，總文欄以粗框，也是雕版印刷。

孫樵在他的著作《經緯集．卷三》中寫道：「樵曩於襄漢間，得數十幅書，繫日條事。不立首末。」非但如此，孫樵還給這樣的新聞紙起了一個名目，呼為「開元雜報」。

這一類「雜報」上的消息顯然是第一手的載錄，卻未必為後世史家所取。像是：

三月，戊寅，以單于大都護忠王浚領河北道行軍元帥，以御史大夫李朝隱、京兆尹裴先副之，帥十八總管以討奚、契丹。命浚與百官相見於光順門。

這一件事，根據「雜報」所錄，明明發生於開元十八年三月戊寅日；但是《資治通鑑．卷二百十三》卻繫之於六月丙子日。

趙蕤常會從當時尚未命名的這種「雜報」上得知朝廷的動態，像是「壬午，上幸鳳泉湯，癸未還京師。」「三月丁卯，上幸驪山溫泉，丁辰還。」以及就在李白前來投師之前整整兩年，朝廷所發起的一項變革。

那是開元四年間的事，至今趙蕤已經不太記得確切的時日，大旨是皇帝下詔：員外郎、御史、起居舍人、拾遺、補闕等等供奉官不必再受「銓選」。換言之，這些清要官只要有了一個「出身」——無論是通過科舉、門蔭、雜色入流或者是軍功晉升；總之是具備任官資格之後，不必再像先前那樣，還得通過身、言、書、判或是武藝比試之類的考選煎熬，便可以「進名敕授」，由朝廷直接任命了。

先說「銓選」。禮部所主持的進士、明經諸科考拔出人才以後，還得轉由吏部銓選；也就是進一步接受官僚體系內部所舉行的考核，在這個階段，有所謂「身言書判」之目。其內容，要求先撰寫判文，必須「楷法遒美，文理優長」。筆試通過之後，還有口試；察其身言，「身必體貌豐偉，言須言辭辯正」。四者都合格了，再由吏部上於尚書僕射，由僕射轉門下省反覆審核，過程相當繁複。以此，取得進士、明經資格的「出身」之後，竟然歷一、二十年而不能得到一官半職的士子，也所在多有。

趙蕤之所以對這一道「供奉官不必再受銓選」的朝命印象如此深刻，乃是與他自己的抱負有關。

試想：「進名敕授」是一個甚麼樣的程序？「敕授」之權在天子，而向皇帝「進名」，則按例是由宰臣訪擇、舉薦。一旦通過權臣之「知名保舉」，直達天聽而平步青雲，省卻了多少低聲下氣、委曲求全的挫辱？又繞過了多少煩苛冗長、摧折志氣的壓迫？

從另一個角度來看：在初唐時期，「薦舉」還是一種尚未制度化的選官方式，所選者多可以擔任五品以上和一些臺、省的清要官。這樣的活動名為薦舉，實為徵辟。不能受知於大吏者，大約也就只能終老於巖穴之間，難有隴頭之望。

大唐立國之初，亟需人才，官不充員，因舉薦而得官的很多。武則天執政後，為了驅逐開國功臣集團而大量擴充官額，也透過刻意寬弛的銓選考核，每年任官數萬，數量是此前此後的好幾十倍，致有「士無賢不肖，多所進獎」的怪狀。影響，不只是擴大官僚行列，更要緊的是所提供的官職，多屬專門負責銓選官吏的職位。

《新唐書．選舉志》上有十分關鍵性的描述：「長安二年，舉人授拾遺、補闕、御史、著作佐郎、大理評事、衛佐凡百餘人。」第二年，長安三年（也就是李白四歲那年）甚至到了凡是舉人，都給予「試官」職的地步。再過一年，更大舉任命考官：「引見風俗使，舉人悉授試官，高者至鳳閣舍人、給事中，次員外郎、御史、補闕、拾遺、校書郎。試官之起，自此始。」以及：「李嶠為（吏部）尚書，又置員外郎二千餘員，悉用勢家親戚」。

薦舉為寒門小姓之家的子弟帶來取官的機會，滿朝蟻聚蠅鑽的官僚，卻都要領取俸祿，造成國家用度極大的耗損。終玄宗一朝，表面上的確是承平日久；然而即使歷經休養生息多年，天下財力逐漸恢復，仍須面對和收拾武氏當年「欲收人心，進用不次」所締結的惡果。

玄宗皇帝一方面要盡量清除官僚體系之中原先「武韋集團」餘孽，或者至少遏阻其擴充勢力；另一方面，釜底抽薪之計，則是調整銓選制度，限縮其權柄；另外擴大舉薦範圍，使新皇帝所能信賴、倚仗的大臣能夠訪查更多具有賢能之才的親信，才能滌汰武氏盤根錯節所布置的官僚集團。

於是，將臺省清要之官從原先的銓選制度中移出，並一再下詔不拘資格地拔擢士人，都是為了此一滌汰的目的。從試圖減輕朝廷財務負擔的角度而言，皇帝想藉增加官額來鞏固集權，猶如飲鴆止渴。

不過，擴大薦舉的方向，給了趙蕤一個想法，或許他還能有機會介入帝國的弈局。他仍舊是東巖子——一個冷眼深心、洞察熟慮的隱士；這個隱士也是一個能夠掌握天下動靜的縱橫家。他的戰場應該在長安，原本只能迢遞懸望、帷幄運籌的京城，可是如今出現了一個可以替他遠征千里、萬里之外的少年。

趙蕤明白：自己或許注定將要老死於蓬草巖穴之間，身名兩埋沒，功業一荒蕪。而經由當今皇帝特別重視的薦舉，卻得以讓這個天資秀異而不耐煩冗的李白在功名場上出一頭地。李白會帶著趙蕤的魂魄，揚長直入大唐帝國的殿堂。

24 嫋嫋香風生佩環

然而，除了寫詩、採藥、有如遊戲一般地從趙蕤學習種種看似無用之知，間或操作些並不吃力的農事，此刻的李白並不知道自己還能做些甚麼。

他曾經在昌明市上與一班結客少年酒後行兇，持劍殺傷一人，鬧得縣尉連月登門，三日一盤查、五日一傳問，無何還是將官事留給父親料理。他僥倖脫身，躲進了大明寺，意氣風發的人生像是死過一回。如今投靠了這道士，仍如犬馬一樣的野畜，似乎只有極為短暫的當下，獨立茫茫風日間，微覺片刻的悲歡與苦樂，而舊憶迷惘，前途更難以捉摸。

趙蕤的用意他不會明白。倒是月娘，有意無意地提醒過他一回。

那是在綿州刺史率領僚屬來拜山之前不久，歲入臘末，時近新正，滿山寒意殊甚。趙蕤用兩枚銅錢，在陶碗中卜得一卦，是副「臨」卦。片刻之間，他的臉上短暫地露出少見的喜色。他沒有向月娘或李白多解釋，只誦了幾聲：「『澤上有地，臨；君子以教思無窮，容保民無疆。』」

思忖了片刻，像是忽然想到了一樁未了的勾當，扛起半袋糠秕，又踅回後園中摻和了半袋榨過油的豆渣，匆匆入山去了。行前還不忘交代月娘，本日派給李白的課業——擬《文選》賦一篇、樂府詩三題、以及一句令李白全然摸不著頭腦的話：「應讓他熟習幾則〈是非〉了——還有，若有餘暇，再讓他試幾道算策。」

趙蕤的背影還在山路上晃蕩，月娘已經搬出了一卷趙蕤先前抄畢的書紙，但見篇目上端楷寫著「是非」二字。

李白看不清篇目左側密密麻麻的本文小字，但聽月娘清泠如山溪的聲音，一字一句讀誦：「是曰：〈大雅〉云：『既明且哲，以保其身。』《易》曰：『天地之大德曰生。』」

他聽得不十分認真，只顧著看月娘那一身的衣服。此日大約沒有安排園圃之事，她不再裹著男人家粗蠢的農衣。平時頂戴的黑羊皮渾脫帽不見了，烏亮亮的一頭青絲綰起來，著一朱色輕紗綁縛。紗垂嫋嫋，覆蓋在肩頭，那是一件白色窄袖襦，肩披氈巾，腰束素錦帶，下半身盤在一襲玄色長裙裡。就在那麼潺潺湲湲誦讀著章句之際，不知打從何處飄來了一陣穹草和桂花的香風——

「這幾句都讀過麼？」

李白趕緊一振神思，追捕著才從耳邊溜走的字句，道：「幼時、幼時讀過的。」

「解意否？」

「解得。」李白點頭，順勢垂下臉。

「能說否？」

「〈大雅〉下文是『夙夜匪懈，以事一人』；《易．繫辭》的下文是『聖人之大寶曰位』。比合上下文，都是說保得此一生身，事君、奉君的意思。儒道立其本，大凡如此。」

「儒道大本，不能攻破、不能變易麼？」

李白想了想，不敢拿主意，怯生生地說：「漢興以來，儒道顯學，歷朝正統，不聞曾經攻破。」

「先生逑此，前有『是曰』二字，這是正說其理；然則，反說其理又當如何？」月娘似乎怕他一時不能會意，趕緊又問了一句：「若問汝：『非曰』該如何說呢？」

李白虎瞪著一雙圓眼，皺眉結舌、不能答。

月娘沒有繼續追問的意思，逕自捧起書紙，唸下去：「非曰：《語》曰：『士見危授命。』又曰：『君子有殺身以成仁，無求生以害仁。』」

「啊！」李白忽然明白過來——那「語曰」是指《論語》。《論語．子張》一開篇就有這麼一句，謂士人於國難臨頭之際，應該要能犧牲性命以圖救亡。而子張所說，也恰恰呼應了《論語．衛靈公》篇裡孔子本人的話，只不過趙蕤把孔子原文的「志士仁人」簡說成「君子」，把「無求生以害仁，有殺身以成仁」兩句的次第顛倒了而已。

李白明白的不只是章句；更是趙蕤長短術的立意所在。這一標目為「是非」的課程，並非讓人分辨那些已經為人所知、為人所信、為人所奉行的價值，而是透過了書寫那些文字、標榜那些教訓、揭櫫那些道術之人，在自相衝突的紛紜義理之間，顯現矛盾。

尤有甚者，在接下來的文章之中，趙蕤還讓不同家數的論理互相質疑、互相辯論、互相干犯。例言之，他以司馬遷的九世祖、秦惠王時期的縱橫家、兵學家將領司馬錯之言去攻擊漢代黃石公的兵學理論。司馬錯的「非曰」如此：

> 欲富國者，務廣其地；欲強兵者，務富其人；欲王者，務博其德。三資者備，而後王業隨之。

而黃石公的「是曰」卻是這麼說的：

> 務廣地者荒，務廣德者強，有其有者安，貪人有者殘。殘滅之政，雖成必敗。

對勘二者之論，當政者除了高舉「博德」、「廣德」的綱領之外，究竟應該不應該推拓疆域、發達資財、貪人所有？顯見是莫衷一是的。

這還只是議論相持不下的皮相而已。待月娘讀到另一則上，李白矍然一驚，不自覺振衣而起，道：「某明白神仙為何不敬聖人了！」

月娘讀的是：「是曰：孔子曰：『君子不器，聖人智周萬物。』非曰：列子曰：『天地無全功，聖人無全能，萬物無全用。故天職生覆，地職形載，聖職教化。』」

孔子之言，備載於《論語．為政》，用意是勉勵君子人廣其學行，不為一藝所困、不以一得而足；可是《列子．天瑞》卻將「聖人」、「聖職」的地位束結於教化一端，以偏為全。〈是非〉一篇羅舉了五十三對彼是此非、此是彼非的銘言。一通讀過之後，李白渾身冒汗，不時在相如臺的廊廡之下漫無目的地繞走，他隨聲默記著那些或華麗、或莊嚴，機巧萬變的語句，同時又深深感受到言辭所能承載的意義竟是如此空虛、縹緲、吹彈可破。

便在此刻，似幽遠、又切近的一股芎草桂花香氣傳來，月娘也起身收裹著書紙，卻突如其來回眸一問：「孺子，日後果然是要出門取官的麼？」

李白猝不及防，支吾了兩聲，仍不敢直視這師娘的容顏，只得垂下臉去。

「若是立志取官，則先生授汝之書，無論千反萬覆，總其說，不過是另一則『是曰』爾耳；汝須自拿主張，攻之以『非曰』。」

「某並無大志取官——」

李白還沒說完，月娘卻像是早知他會這麼說了，當即亢聲道：「汝便結裹行李，辭山逕去，莫消復回！」

李白一驚心，抬起頭，發現月娘雙瞳睒睒，一逕凝視著他。好半晌，才期期艾艾道：

「神仙是隱者，一向睥睨官場，不謀職官，某——」

「先生之隱，即『是』；汝之仕宦，即『非』！汝才讀此篇，便不記得了？」

25 五色神仙尉

對於仕宦，李白從未實心措意。他只在持刀傷人之後，被召入昌明縣廳鞫審，那是他頭一遭進入官署，也是頭一遭結識了堪稱官吏的朋友。

昌明是一個古老的縣分，西漢時屬涪縣，東晉寧康時置漢昌縣，西魏宇文泰掌政之時更名昌隆縣。直到李白十二歲那年，也就是大唐玄宗即位的先天元年，為了避皇帝之諱，更去隆字，改為昌明。自唐武德年間以降，皆隸屬綿州之治；在唐人所劃分的八級——赤、畿、望、緊、上、中、中下、下——縣治之中，昌明屬於「緊縣」。八級縣治，「赤縣」為京師所治，京師旁邑者為「畿縣」，以下便按照戶口多寡、資地美惡以分等次。列等在「緊」級，於縣令之下，便可以配置縣尉二人，這個看似無關緊要的小節，於李白卻意義重大。

一般縣事如同朝政，也分為六曹，京師赤縣（如萬年縣和長安縣）便有六名縣尉分掌功

（官吏考課、禮樂、學校）、倉（租賦、倉庫、市肆）、戶（戶籍、婚嫁）、兵（軍防、傳驛）、法（刑法、盜賊）及士（橋樑、舟車、房宅）等六個部門。但是到了畿縣以下至於上縣，大致是以兩名縣尉分工處理六部庶務，資深者掌功、戶、倉、士；資淺者掌兵、法；兩者之簡繁閒冗，差異可知。

過往一、兩年來，昌明縣一旦發生刑案，皆歸縣尉之一的崔冉轄辦。此人以門蔭得缺，並沒有科第功名，品性極其貪吝苛猾。也因為他沒有「出身」，也就是補上這個流末的官闕，等待四年一任秩滿，緣此資歷，轉而「入流」。

縣尉固然居於唐人「九流三十階」官品之末，可是逢迎上官的功夫還是要作足，而鞭撻黎庶的威勢也仍然不小。崔冉於低眉折腰、奉承主司、以及包攬辭訟的事，不遑多讓於人，於點算刑徒、簿記戶曹之類的實務則不堪繁劇，經常委之於另一個縣尉姚遠。

至於李白這一宗持刀傷人的案子，於唐律屬「鬥訟」，有司可以重刑加之，也可以微罪處之。崔冉只管向苦主和事主兩造藉端索詐，而鞫審盤問乃至於書寫判文的工作，便落到了姚遠身上。

姚遠，明經出身，性情與崔冉迴異。此人性情恬淡，行事敦樸，以兩經及第之後，書判也入選，便調授昌明縣尉。以初任官而能得到「緊縣」的尉職，算是很不尋常了。可是，由於他喜歡鑽研道經，於神仙之說別有深喜，職守所在，則堪稱勤謹無過，縣令樂得有此等人在側護守庶務，也就一直為他保舉薦升了。

也由於姚遠素性愉悅曠達，似乎並無意於仕進，每於午後未、申之交，完了當日公事，便往衙署以北數里外的溪邊散行，手持道卷，且行且誦，直至日暮才回衙點囚封印；算是交代了一日生涯——而李白這宗案子，幸而遇上了姚遠。

有唐一代，投告有款狀，款狀亦有定式，等閒不能瀆犯。且說這案的苦主，本是昌明市上的結客少年，一向與李白、吳指南等過從甚密，這一回呈牒見官，原也只是基於一時氣憤，家人又想從李客身上博取些許酬償的銀錢——這都看在姚遠眼裡。然而，本案還有一個尷尬之處：苦主在倩人代擬訴狀之時，漏寫了案發年月時日，於書狀規格而言，這是不可寬貸的瑕疵。

此外，還有一節。依大唐律法，罪嫌見官跪拜報名之後，除了自報到衙情由，之後還要同告罪之人對質，這還有個名堂，叫「對推」。一狀在縣，必有三審，每審隔日受詞，多須反覆「對推」，力求確鑿無誤。為了免得往來耗時，告言他人入罪者，也不能離開衙署，須與被告同囚，只是不著枷鎖銬鐐而已，故稱為「散禁」。這就給了姚遠一個省刑少罰、便宜行事的機會。

李白到案，與姚遠曾有一面之緣，問錄情實根由之後，兩造隨即「對推」。姚遠見那苦主雖然身上帶著傷，在堂上卻不時與李白擠眉弄眼，實在沒有甚麼深仇大恨，於是正色向那苦主和代為草狀執訟的人說：「依照本朝律例，告罪者也要入囚散禁的，多則五、七日，少則三、五日；汝等不至於不知罷？然而汝刀創在身，可承受否？」

苦主原本不知道控方也要收押，訟者此時也不能再隱瞞。姚遠一看他們面帶難色，便有了主意，即道：「此狀未及注明鬥傷年月，已屬失格；某若就此將原狀發回，汝等自相商議，也就都免了一場牢獄之災，汝等意下如何？」

代訟的一眼就看出來，這縣尉一心只想息事寧人，而他也不願意這漏注案文年月的事傳揚開去，只好一揖拜過，回頭勸苦主辭衙，另去同李客計較。而李白則當堂發回本家，只等待姚遠就兩造互毆的微罪，做成一判文而已。

倒是崔冉探得李客家資不薄，頗可羅織，遂不時傳喚李白，藉詞窮究，務要他供出市上那一幫結客少年的身家來歷，以便查察其中有無奸詭。崔冉甚至一再恫嚇：要將這一干少年皆入於「盜賊」之律。李客實在不堪其擾，才一方面周旋應付，賂以財貨；一方面安排了李白出走大明寺。

然而李白自有主張。他瞞著李客，身懷利刃，於某日黃昏，親自前往縣廳，是想一刀結果了那崔冉，亡命天涯，也不失豪傑襟期。偏偏崔冉命大，也是李白福根不淺，那一日崔冉奉縣令的差遣到綿州府署行文，至晚未歸，李白卻撞上了剛剛從溪畔閒步歸來的姚遠；但見他頭戴軟裹幞頭，圍領半袖淡青外帔，上飾朱、金、碧三色紋繡，裡頭一身素白襴袍，烏革帶，褐皮靴，手持藍封經書一卷，恍若有所思而不能解，卻露出些許自在的微笑，飄然而來。

或許緣於那一身裝束，或許由於那風姿神采，李白平生尚未見過這樣的人物，當下一怔，直著眼打量起姚遠來。姚遠也一眼認出李白，見他左臂窄袖底下鼓突有物，狀非尋常，便似有意、若無意地漫聲問道：「時值昏暮，懷刃疾行，少年意欲何為？」

實則姚遠並無心追問，可是李白卻不知如何作答，錯身之間，仍只盯著姚遠傻看。姚遠還得回衙點核收支、清查關押人犯，這是縣尉例行的差使；日日為之，不容遲誤。正緊步前行間，忽然又發現李白亦步亦趨跟隨在身後。

在李白想來，他並不願意濫殺無辜，可是這縣尉若不離去，他便不能下手。這一尋思，當下沒了主意。恰在這一刻，姚遠回過頭，像是早就想跟人說上那麼兩句的模樣，臉上仍掛著那自在的微笑，道：「少年，我且問你，那費長房縮地之術，可曾聽過？」

故事，見於《後漢書．方術列傳》，謂：有老翁賣藥於市，攤竿之上懸一壺，市罷，老翁輒縱身入壺。市集上往來人等多如過江之鯽，不過，凡人未加留心，總是視而不見。倒是有個汝南人費長房，從樓上旁窺而識得其中的機關，便尋了個時機，前去拜訪那翁。翁道：「子明日更來。」費長房如約而至，未料這翁一把將起他來，忽然間一齊躍入了壺裡。「但見玉堂嚴麗，旨酒甘肴，盈衍其中。」

老翁還囑咐費長房：此中事，不可與人言。之後，這一對忘年之交似乎也由於分享這不可告人的秘密而愈益親信，一日，老翁忽然對費長房道：「我是一仙人，犯了過失而受責貶謫於此。如今事了，也該回去了。汝若能相隨，我有些酒，且喝著話別。」那酒器看來不過容一升許，可是就這麼你一口、我一口地喝將起來，居然終日不盡。

費長房因此而立志求道，可是事出偶發，又捨不下家人。老翁看得明白，斬取一青竹，懸之於費家的屋後。家人見了，眼中認得的，卻是費長房縊死的屍身。老小一時驚駭呼號，哭天搶地，無可如何，只能殯殮成服而已。而費長房的真身站在一旁，誰也看不見。

於是他若有所悟，便隨那老翁披荊斬棘，遯入深山。老翁把他拋棄在虎群蛇室之中，他也不懼不移。老翁終於感其信道愛道之誠，道：「子可教也，這樣罷，把這吃了——」那是一缽糞，糞中復有三蟲，臭穢特甚。費長房實在撐持不住，拒絕了。

老翁道：「汝幾幾乎能得道了，可恨於此不成，亦復奈何？」費長房辭別老翁的時候，老翁贈了他一根竹杖，並道：「騎此，可以任意之所向，無分近遠，片刻即至；至，便將此杖投葛陂中。」長房須臾間乘杖歸家，自以為出門也不過十天上下，殊不料，人世間竟然已經過了十幾春秋了。

他依老翁之言，將竹杖投進葛陂之中，再一看，杖竟化為一龍。而這時的費長房居然也就有了些許神通，能夠行醫於市，還可以鞭笞百鬼。據說他曾經向他的徒弟桓景預言：「九月九日，汝家有災厄，可作絳囊盛茱萸繫臂上，登高山，飲菊花酒，禍可消。」桓景如其言而舉家登山，當日黃昏歸來，看見一家的牛羊雞犬都暴斃了——這故事，也算是重九插茱萸登高的來歷之一。

由於李客有心栽培，李白在十歲上已經頗嫻經書，也追隨時尚而作得一手好詩。但是於乙部《史》、《漢》典故，猶須待日後從趙蕤而浸潤。姚遠說起這費長房縮地術，他只能搖搖頭。

姚遠本來就只是自窮一問，自得一樂，也沒有考較李白的意思，見李白像是好奇而得趣，遂轉取了《神仙傳》的記載，三言兩語說盡費長房故事：「費長房學術於壺公，公問其所欲，曰：『欲觀盡世界。』公與之縮地鞭，欲至其處，縮之即在目前。」

「『縮地鞭』？」李白的確覺得有興味了——他絲毫不以為這種奇聞怪談荒誕無稽，卻總在離奇之事中，煥發出他對天地間萬事萬物的追求渴望。他相信：有其說，必有其情；只是人不能盡其力得之而已。

姚遠舉著手上的經卷，指了指李白臂袖突起之處：「汝亦有一縮地鞭耶？」

李白沒提防，於談笑間猛可一答，竟然吐了實：「不，這是刀！」

說罷追悔不及，臉色灰變。姚遠明明聽見了，卻似乎刻意充耳不聞。他隨即從從容容地轉身朝北，遙遙指著先前閒步之所在，道：「某若得一縮地鞭，也不欲騎它觀盡世界；權且將三里外那溪水，縮至官廳近旁，便不枉在此日夕折腰了。」

對於姚遠，李白心中無限感念。他明白：姚遠於無意間察其暗志，卻有意網開一面，不與細究。慈心在彼，終生不能或忘。

大半年後，李白辭親遠遊，再回大匡山之前，復至鄰近龍州江油縣遊歷，不意卻與調差的姚遠重逢——他竟然還是個縣尉——彼時，李白將送給姚遠一首詩。那詩，就是一支縮地鞭，把這小小縣尉所想望的溪聲，引來身旁。

嵐光深院裡，傍砌水泠泠。野燕巢官舍，溪雲入古廳。日斜孤吏過，簾卷亂峯青。五色神仙尉，焚香讀道經。

26 天以震雷鼓群動

對於費長房和那壺中老翁，李白念念不忘。一個打從漢朝就一代一代口耳相傳的奇聞並不只是故事，而是等待著他去尋覓、去發現、去體會的真實經驗。從此，他日夕想望，身邊會出現一個引領他超升於塵世之上、甚至塵世之外的神仙。

這，實則與李客一向粉飾遮掩、語焉不詳的家世，交雜混融、相互為用了。李白不斷地聽父親說起：當他初生的那一刻，母親曾經夢見長庚星入懷，一感而寤，李白也就降臨到人間了。

長庚星，就是金星。晨興時東方天際最早出現的一顆亮星，所以又名「啟明」。至於白晝將近，日薄崦嵫，最後一顆隨太陽西沉的還是同一顆星，卻有另一個名字，叫做「長庚」。人們統而呼之，也謂之「太白」。

李客夫妻如此說，是不是有意修改傳聞中的老子李耳之母「感大流星而娠」的故事，已經無法查證。但是當李白十歲起讀《易》，便從「咸」卦（䷞）看出了「感大流星而娠」的「感」字來歷。

澤山「咸」，咸卦上為少女（澤兌），下為少男（艮山），彖辭說：「咸，感也。柔上而剛下，二氣感應以相與，止而說，男下女，是以亨，利貞，取女吉也。」此中之感，是象徵男女間相互的感應、感動，原始其說，就是交合。初六應九四，六二應九五，九三應上六，少男下於少女，即以兩情相悅、互有好感而言，亦成婚媾之象，因此「娶女吉」。

質言之：老子之母為「感大流星」而生老子；李白之母又是「感長庚星」而生李白。顯然可以解釋成一種「天將降大任於斯人」的徵候。這命名的由來，於李白而言，不僅是一則趣談，也是他傾心虔信、全不置疑的身份。

換言之，童稚時代的李白，已經深知自己是一枚謫落凡間的天星，由此而視父母，不過是上天藉以育成他這一度凡身，所不得不假藉之器備；由此而視兄弟，更不過是十數載童騃春秋、陪伴嬉耍的伴侶。

這時的李白也相信，一刀在身，不能殺人洩憤，卻讓他和另一個風姿有如神仙般的縣尉重逢，還不意間得知費長房與壺公的仙緣傳奇，這，不可謂不是一段微妙的警示，冥冥中必然有天意所屬。因此，他赫然發覺：但凡身繫天命，無論居處行止，都有極其微妙的徵兆，會一而再、再而三地出現，召喚他洞識密察，提醒他：汝乃是一介天人。

與姚遠重逢復乍別的那一天，他隻身孤影，從縣廳回家。但是他不願意穿闖昌明市街，免得見了吳指南那夥人，復平添喧呶囉噪，便刻意繞了遠路，沿著姚遠先前漫步的小溪，取道北郊山蕪丘小徑而回。

徑左是溪，徑右則是一片泛了枯黃的坡草，沿徑展向遠山。那裡是大小匡山，雲靄上端極高之處，居然已經披掛著些許錐帽也似的初雪。但是，顯然只有在那樣極高之處，還能夠侵染些許夕陽殘照。

山腳下的村落看來萬古如恆。一向總是密竹層疊，掩接門戶，古樹槎椏入溪，奇突堅蒼的樹枝倒影在流水中搖曳，顯現了輕柔的風致。

偏在這時，暮空之中陰沉沉若有似無地響起幾聲悶雷，惹得徑旁一隻白狗朝天吠了幾聲，復朝李白吠了幾聲。這狗搖著尾巴嗚嗚咽咽，若有不甘，像是勉強盡了盡呼迎之責，吠聲卻趕走了幾隻山雞，直向鄰家的灶舍驚跳而去。

遠空不驚人世的幾聲輕雷，連片雲絲雨都難以召喚，卻在李白身旁的這一幅畫景江山裡騷動著微物。這一陣擾，接著引起了近山林子裡的猿猴，不時回應幾聲啼叫，一啼而群啼，群啼而山色微動；啼動得老山林中數以千百計剛剛歸巢的鳥兒又是一片譁然，振羽爭出，把晚天霞紅再拂拭了一回。

李白停下腳步，把弄著匕首，順口占出一組詩句——彼時，他尚未經趙蕤點撥影響，是以修辭鋒芒齊整，仍然是一派律句規模：

> 未洗染塵纓，歸來芳草平。一條藤徑綠，萬點雪峰晴。地冷葉先盡，谷寒雲不行。嫩篁侵舍密，古樹倒江橫。白犬離村吠，蒼苔壁上生。穿廚孤雉過，臨屋舊猿鳴。木落禽巢在，籬疎獸路成……

這仍舊是一首未成之詩，須要等到兩年之後，他從成都重返大匡山，遠望子雲宅的那一刻，對於功名干謁之事，忽有所悟，才能續作而成篇。

此刻，他佇立在離家不遠的小徑上，看著那些在轉瞬間又遺忘了猿啼的歸鳥們迫不及待地漸飛漸低，一一歸林，只覺得自己還應該再向遠方不知名處走下去。倘若這條路更長幾里、幾十里、甚至幾千幾萬里，他還可以不停地寫出隨緣而得、觸景而收的詩句；也只有這樣走著、寫著，他也才能實實在在地感受到「生身此人」，非同於眼前的樹石草木——他停了下來，一念在茲，揮之不去：「天降太白，所為何事？」

他可萬萬不會知道：哪怕只是一程已經走過不知多少回、再尋常不過的返家之路，即將永遠成為回憶。這是他此生最後一次走在這條窄仄、曲折、有如深樹之顛蜿蜒的藤蔓一樣的小徑上。

27 卜式未必窮一經

此時李白所遠遠瞻望的這一脈大小匡山，猶有些許蕭瑟的生機。不過幾個月之後，秋氣透徹，冬寒洊臻，山頂上的錐雪更往低處蔓延了數十丈。趙蕤身負一袋糠粃豆粉出門，殊為詭異。連月娘都不時向山深處憂忡張望，容色間不安寧，像是直覺得趙蕤會遇上甚麼險事。趙蕤的確臨時起意——他是前往山口去餵食群鳥的。

月娘則轉身搬出一個尺許長寬、有如巾箱大小的竹篋來。不消說，裡頭是一部書。李白迫不及待地將篋蓋掀開，發覺這部書是以品色不一、尺寸亦不盡相同的糙紙堆疊而成。

月娘道：「當面一策，汝試論之。」

李白捧起表面上的一張，逐字逐句讀了下去：

「今有官本錢八百八十貫文，每貫月別收息六十，計息五十二貫八百文。內六百文充公廨食料，餘五十二貫二百文逐官高卑共分之。刺史十分，別駕七分——」

讀到這一句上，李白停了下來，抬頭問：「這是？」

月娘看他一眼，沒吭聲，只皺著眉往山深處張望。

「這是——策？」李白抖了抖那張幾乎要破損的書紙。

「是策，算策。汝且讀下去。」

「——別駕七分，司馬五分，錄事參軍二人、各三分，司法參軍二人、各三分，司戶參軍三分，參軍二人、各二分，問各月俸錢幾何？」

這是一道再明白不過的算學。李白完全沒有想到：當初他父親苦心孤詣讓他來求神仙指教，開門第一策，居然是學這個？

「這不是文章。」李白將手上那張紙擱在一旁，低頭看篋中的第二張紙，依然是算策，他帶些頑皮之意地朗聲誦讀起來：「今有官本錢九百六十貫文，為母孳息，所得內八百文充公廨食料，刺史月領十分，得十六貫五百文，餘僚所持分同前策，唯公廨少錄事參軍、司馬參軍各一人，問月息若干？呵呵，這衙門看來較小——不過，錙銖之計，壯夫不為。」

月娘眄了他一眼：「怎麼說？」

李白搖著頭，道：「出門取官，焉得習作算博士？」

「算學所用之文，乃是『天語』。」月娘似乎約略回過神來，肅容說道：「汝操習人語也有十多年了，何不試學天語？」

李白仍舊猶豫著，將那紙重拾起來，又放回去，復拾起來，如此三數過，忽道：「文章經術，原本就是人事，與天何干？」

「一公廨並刺史至參軍不過十三人，官本錢孳息卻分成四十一分，刺史得四十一分之十，參軍卻只得四十一分之二，這是甚麼道理？」

「官職有高下，身分有尊卑，執掌有輕重，俸祿自然有厚薄。此朝廷律例。」

「朝廷以孰為主？」

「皇帝。」

「皇帝不是天子嗎？汝不習天語，安得見皇帝？」

月娘一面說著，一面忍不住轉過臉，看了看還擱在陶碗裡的兩枚銅錢，那是先前趙蕤用來卜卦的道器——恰是這擾人清靜的卦，令月娘隱隱約約不安著。她再明白不過：趙蕤十分看重這一副「臨」卦（䷒）。

坤兌「臨」。兌澤下，坤地上。臨卦是兩個陽爻逐漸往上增長，陽氣漸進，迫於陰氣，從修齊治平那一套大道之論而言，有君子之道長，小人之道消的意味。彖辭說：「臨，剛浸而長，說而順，剛中而應，大亨以正，天之道也。」也有貴官臨於屬民的說解。就上下卦而言之：卦象是內澤兌，外坤順，意謂長官臨視下屬之時，須和悅於內，柔順於外，行事平和多顯親近，如此才能夠上下亨通。

從卦象上看，不日之內，會有身居要津之人來訪。死灰對星火，可燃不可燃？於一個其心內熱、其志維揚的隱士來說，這是一個微妙的時刻。那將要來的，會是甚麼樣的貴人？何樣身份？何等名爵？所為何來？

枉駕入山，不是一趟便捷的旅程，來者果若是一廟堂要員，必定有所求訪，如果身負朝命，必有薦舉在野遺賢的職責，則必然不只是寒暄應酬而已。那麼，他該如何因應？如何進退？如何出處？

按諸時事，趙蕤別有所見的是一些原本看似與他無關的朝令。就在前一年，皇帝在每年依例舉辦的科舉之外，另行頒佈敕詔，號稱「制策之科」，也就是除了進士、明經、明判、明書、明算等號為「常舉」的科考，還特別為了選官而實施的「制舉」。應此舉者，可以是沒有科考及格資歷的白身，也可以是有出身、甚至六品以下、有從政經驗的現任官僚，其規模可以說已經超越了行之有年的禮部科考和吏部的銓選。

固然，早在唐高宗時便有這種制舉的設計，推其初衷，是要由皇帝親自簡拔出能夠經世濟民的賢能之士。這對一般從未臨政入仕的讀書人而言，可謂極其艱難。是以一方面皇帝本人儘可能地在每年頒佈的科目上多所調節，巧立名目，以求寬納各方面的人才；另一方面，則積極鼓勵了許多已經身在低階官職者，藉此破格向上。

比方說，高宗顯慶五年，為了拔擢那些能夠熟習法令、通曉典章的低階文官，遂立「洞曉章程科」；為了察納性格端方、不肯曲學阿世的儒者，遂立「材稱棟樑，志標忠梗科」；

為了吸引不趨朝堂、躬耕於野之士，遂立「安心畎畝，力田之業夙彰科」；為了獎掖品德高尚、在地方上素負清望的人，遂立「道德資身，鄉閭共挹科」；為了徵召巖居穴處、隱遯沉逸之人，遂立「養志丘園，嘉遁之風遠載科」。此外，還有甚麼「才堪應幕科」、「學綜古今科」，便實在是空疏荒漫而不知所云了。

當今皇帝即位之初，國號先天，重開制舉之目，首標「手筆俊拔，超越流輩科」。開元二年，也開了「賢良方正，能直言極諫科」、「手筆俊拔科」、「懷能報器科」、「博學宏詞科」、「良才異等科」等等，其中有一科，是在開元二年開出的，叫「哲人奇士，隱淪屠釣科」——回首數來，這是四年以前的事。

很難說這樣開科能夠發掘出甚麼樣的人才，但是顯見皇帝和朝廷在開科之前已經對當年需要引進廟堂的士人之屬性，有了先入為主的定見。有些時候，開科徵辟，所用非人，皇帝也會著急、反悔，而不得不敕詔修正。

像是開元二年才取了「文藻宏麗科」，四年以後便下詔斥責：「比來選人試判，舉人對策，剖析案牘，敷陳奏議，多不切事宜，廣張華飾，何大雅之不足？而小能之是衒（按：賣弄）！自今以後不得更然。」可是，「文詞雅麗科」、「文藻宏麗科」是後仍連年有之，並未削落；亦可見皇帝制舉用人，在吏治與文學之間亦搖曳不能決，堪稱困境，允為一刻骨之爭。

而月娘的確記得很清楚，就在「哲人奇士，隱淪屠釣科」一科開出的風聞傳來當時，她在趙蕤的臉上的確看到過如同今日一般的微笑。

月娘又朝山深處幽幽切切地望了一眼。繚繞在廊下的話，卻是衝李白說的：「今日，且再擬一篇〈恨賦〉罷。」

28 人尚古衣冠

擬《文選》之題作文、作賦，以及擬古樂府之體作詩，是例行日課，有時午前作賦，有時午前作詩；午後則辦另一體。夜課，則視次日是否隨趙蕤入山採藥而定。入山之行，通常三更天就得起身，寅末卯初方回；那麼夜課就會短些，通常只就一本閒書，師徒二人雜說漫議——這是李白最能樂在其中的課程。

趙蕤所交代的這一部閒書，是一本沒有題簽、沒有皮裹、甚至沒有縫綴成冊的書紙，尺半高、九寸寬，兩寸多厚的一疊麻草紙，不過百餘頁。每紙大字四句，間雜雙行小注，端楷手抄而成，滿寫一紙，復以細棉繩綑匝。

頭一次趙蕤持書出示，放在難得一片敞亮晴朗的秋陽下曝曬，順手便擱在讀書臺的邊緣，若非李白眼明手快，幾幾乎就教一陣繞山風給吹落澗底。

這書是個殘本，所殘留的正文一共只有五百九十六句，二千三百八十四字。李白用了三四個時辰的工夫，便把它從頭到尾背得通透，朗聲誦過幾遍，齒牙鏗鏘，聲調爽健。然而那也只是默記而已，許多音字即使能讀能識，卻未必解意。須待趙蕤為他說解、分辨，有時趙蕤還會刻意與古人爭理，將原先字裡行間所寓含的教訓，用他那一套「是曰非曰」徹底翻轉，這正是李白最覺受益之處。

初讀之日，李白曾經將全文重新抄錄一過，移寫在較小的、長寬不過數寸的紙幅上。於是他便擁有了自己的一本書。終其一生，無論遊歷、漂泊、歷經離亂爭逐，無論到任一所在，都隨身攜行，無時或置，從未扔棄。近四十年後，當塗縣令李陽冰——一個較李白年幼的族叔——還看到這書，彼時書紙已經破碎如枯落之葉，李白猶時時捧之讀之，以為病苦惆悵之中勉強得之的笑樂。

抄成之際，李白另製一錦縢，將小書綑縛停當，望著它出神——這書，還有個奇怪的名字，趙蕤叫它「兔園冊子」，不消說，它也同相如臺內室之中的近萬卷藏書一樣，是那貴家婦人給趙蕤留下的身家。趙蕤總這麼說：「身家、身家，身外無家；而曰家不離身者，唯有積學而已矣。」

在李白看來，《兔園冊子》似乎可以顯示甚麼是積學，然而趙蕤卻不同意，他認為這只是瑣碎、零星、無著落的「知料」——趙蕤獨創的一個語詞；對趙蕤而言：「知料」猶如木竹金石、絲麻草穀之屬，尚未經治理，甚至不能稱之為「學」。

據聞此書為太宗皇帝與一王氏妃嬪所生之蔣王李惲的事功。國初，李惲於封邑興建園林，號曰「兔園」，中有秘藏書卷之所，號為「冊府」。李惲本人喜好談今說古，遂召集了一批文士，由杜嗣先編纂，虞世南寫訂，原文三十卷、四十八門，皆是一則一則的四字對句，兩句作排比，併同一韻，便於記誦。

比方說，敘述東漢時代的王充家貧無書而好學，便前往京師洛陽的書店翻閱，過目而成誦，乃以「王充閱市」標之；其對句則為事類相近的董仲舒。西漢經術大家董仲舒勤謹於學，曾經將窗簾門簾垂放下來，以免分心他鶩，前後三年「不觀於園舍」，便以「董生下帷」約括之，諸如此類。這還只是題目。連綴起這些題目之外，每題之下另注以這些四字簡語的本事。

蔣王李惲養士，頗有乃父昔年在秦王邸時羅致十八學士而充宏文館的氣魄。李惲以「冊府」為名，即是以皇家藏書府庫自居。另一方面，這部書原名就叫《兔園策》，似亦有意取法漢代劉向編著《戰國策》命名的意味，有運用短篇史事為證，撮其旨歸，連類叢集，也不無提供官僚們在議政時做為耳目之資的用途。至於「策」字之所以又寫成「冊」，似仍出於同音訛變的緣故。

然而，通曉學問的人都知道：這樣的書，頗可以用之於廣教化，啟童蒙，而實在談不上「道問學」。所以編成不久，即雕版印行，供天下士人教養少兒熟誦嫻記，對於腹笥稍窘而又渴望在作品中呈現古雅格調的人來說，也算作詩作賦的利器了。

趙蕤用此書的方法與時人大不相同。他讓李白將《兔園冊子》背過一通之後，每於燈前月下，以質疑論難的方式，考核其思辨解悟。總是由趙蕤出題，其情往往如此：

「《冊子》所載，禽鳥聚散有常無常，李郎可解乎？」

李白必須在片刻之內先辨識出此題在《兔園冊子》之中的位置，這就得靠著平日再三再

四、反覆記憶之力。此時，他略一沉吟，想起全書中涉言禽鳥的句子只有四處。其一為「楊生黃雀」，小字注寫的本事也出於漢代。

說的是弘農人楊寶，九歲時遊華陰山，見一黃雀為貓頭鷹所傷，跌落在樹底下，不能飛翔，而為一群螻蟻包圍，勢甚危殆。楊寶便將此雀攜回，飼以清水黃花，百餘日而痊可，毛羽豐成煥發，居然為寵物，晨出夜歸，狀如家人。忽一日，這黃雀竟然啣回了四枚白玉環，自言：本是西王母駕前蓬萊使者，不慎為惡禽所傷，蒙君相救，無以為報云云。最後，還說了幾句祝福的話：「令君子孫潔白，位登三公，當如此環。」後人乃以「啣環」作為報恩的代詞。

還有一則南齊時代與沈約齊名的詩人、也是聲律家周顒的故事，稱「彥倫鶴怨」。史載：周顒，字彥倫，早年有一段時間曾經隱居於鍾山。

這一番遁隱，多少也就是個以退為進的姿態；多年後果然讓他接到朝廷敕書，徵赴海鹽出任縣令。行前，他準備再遊歷一次鍾山。這時山陰高士孔稚珪便寫了一篇極盡雕琢瑰瑋之能事的諷刺駢文，題曰〈北山移文〉，像是那山靈貼了告示，不許假隱者登臨。

> 鶴怨，應出於原文的：「使我高霞孤映，明月獨舉，青松落陰，白雲誰侶？磵石摧絕無與歸，石徑荒涼徒延佇。至於還飆入幕，寫霧出楹，蕙帳空兮夜鶴怨，山人去兮曉猿驚。」

這兩則故事都有禽鳥，卻與禽鳥的聚散沒有甚麼關係。能夠與趙蕤之問義理相通的，只有一聯對句：「朱博烏集，蕭芝雉隨」，分別攝用《漢書．朱博傳》與《孝子傳》的記載。

杜陵人朱博，幼時家貧，年少的時候擔任地方小吏的亭長之官，以資歷公勤而累遷，到了漢哀帝時，當上了光祿大夫、京兆尹，轉大司空。方此之前，漢成帝時有一御史大夫何武忽發奇論，意欲返古，建立「三公」的制度，但是這樣改制只便宜了何武本人，讓他得以直接出任大司空，加官晉爵，一步而登天。

此舉非但於其他的朝臣無補，橫空冒出來的「三公」也與當時制度之內的原有官職不能融洽。從此，竟發生了怪事——御史府官房中一百多處井水盡皆枯涸，而御史府院中原本植栽柏樹成行，其上有數以千計、朝飛夕至的烏鴉。說也奇怪，官常一改之後，烏鴉都不再來了。直到朱博受命為大司空，恢復舊制，井水復充盈滿溢，連烏鴉也都回來了。

至於蕭芝，故事比較簡略，據說也曾經出仕，官拜尚書郎。蕭芝得官的緣由就是孝順父母。每當他乘輿出入，都有好幾十隻野雞，在車前飛來飛去，聲聲鳴叫，有如喝道的儀仗一般。人傳此事，謂為祥瑞，但是卻沒有人能解釋：何以野雞相隨便是瑞徵，而孝子得此瑞徵又如何？

禽鳥聚散，與人事之離合是一樣的，有理可循，也常不循理而動。李白更想起幾個月之前在溪邊路上的即目所見——那猛可從暮空之中打下的幾聲悶雷，引得狗吠雞飛而山猿噪動，這本來是無常的機緣所生成。可是再一尋思，又覺得因雷鳴而發猿啼之間，物物相牽，環環相銜，無一不是因緣所致；而這因緣，又絕不能自外於天地之常道。李白推測趙蕤提「有常無常」之問的用意，還是要他根據「烏集」「雉隨」的表象，說說他對「常道」的見解。

「禽鳥聚散有常理，而聚散不可測之以常理。」李白一面說著，一面觀察著趙蕤眉開眼亮的神情，知道這一回破題破得不差，隨即一發不可收拾地說下去，簡直把答問當成一篇文章來作了：「朱博以三公之尊，並慈儉之德，復不敢為天下先；自賤至貴，食不兼味，案無三杯，然喜接士大夫，賓客滿門，其趨事待人如是。固然以此而立，終亦因之而敗……」一口氣說到這裡，他故意停頓了，不說了，凝視著趙蕤拈鬚沉思的模樣。

「怎麼不說下去？」趙蕤眼裡泛著光，流露出罕見的期許和好奇。

「承神仙教誨，近日稍覽史書，略知朱博事首尾。」李白慢條斯理地說道：「但不知日後朱博被誣，入以『結信貴戚，背君向臣』之罪，竟至於含恨自裁之際，群烏安在？群烏若在，乃知物性有常，毋須附會德操；群烏若不在，則知物性無常，偶趨勢利而已。」

這一席反駁的背後也有慘烈的故事。

西漢末季，哀帝有祖母定陶太后傅氏昭儀，原本是漢元帝妃嬪，位同侍妾。到漢哀帝即位，祖以孫貴，傅昭儀才得到正宮（太皇太后）的尊號。在爭取稱尊號的過程之中，太后曾經勾串她的堂弟孔鄉侯傅晏，以「為皇帝立孝道」為口實，發起輿論。

當時的新任的京兆尹就是朱博，也成為傅晏網羅結交的對象。當時，朝堂上另有一批大臣則不主張為傅昭儀稱尊號，這批人之中，有列爵高武侯、官拜大司馬的傅喜、丞相孔光，以及大司空師丹。一番爭辯之後，大司空先免職，由朱博兼代。朱博連續上奏，以丞相孔光為「志在自守，不能憂國」；以傅喜為「至親至尊，阿黨大臣，無益政治」，一舉又扳倒傅喜，他免了大司馬的官，回到封爵之地——此之謂「就國」——也就是拔除了親貴大臣的實權；而丞相孔光，也遭免為庶人。

此時的朱博可以說是勢燄薰天，不可一世了。他身兼京兆尹、丞相、大司空，升賞為陽鄉侯，食邑二千戶——這已經超過體制一倍，為了表示恪守分際，朱博還刻意上書，堅辭歸還多餘的一千戶食邑。據實事成理而言，朱博一無可以訾議之處。但是由於傅昭儀痛恨高武侯傅喜忒甚，並不以其罷去了朝中官職為滿足，因為罷官之後，還可以「就國」，也就是親赴封國之地，照樣領有原本的爵祿。於是，傅昭儀透過傅晏的媒介，說服朱博進一步上奏，非削除傅喜的爵位不可。

朱博在這一宮廷鬥爭之中，為自己找到了說詞：因為前任大司空——也就是首倡三公、變制入古的何武——也是在罷官之後免其封國的。前例其猶未遠，朱博就援引了來，作為傅昭儀、傅晏一黨迫害傅喜的工具。此事激起了劇烈的反挫，左將軍彭宣等上奏控劾朱博：「虧損上恩，以結信貴戚，背君鄉（即向）臣，傾亂政治，奸人之雄；附下罔上，為臣不忠不道。」朱博也終於因為這樣的指控而被戮伏誅。李白之論，所本由此。

「噫——」趙蕤不禁感歎地點著頭，卻仍不肯善罷，道：「『烏集』之說，反覆陳詞，堪知汝的確於史籍用功不少。不過，『烏集』之無常尚不止於此。汝日日擬《文選》，居然當面錯過耶？」

無論如何，在《兔園策》上的「朱博烏集，蕭芝雉隨」所言，似乎只是一種寄託在德行之下而能感通異類的能力。縱令典記所載之事屬實，自茲而後數百年來，「雉隨」已經成為稱道人孝行的雅語；可是「烏集」的語意卻產生了極大的變化。

那是在朱博死後兩百年的三國時代，曹操的從子曹冏有感於當局者不重用宗室，深憂國柄將落入外姓之手，就寫了一篇〈六代論〉，縱論夏、商、周、秦、漢、魏六代興亡盛衰，提出分封曹氏之議，以謀鞏固本家，裁抑外姓。孰料當時攝政的大將軍曹爽並沒有接受這篇文章的建言，文章卻因南朝梁代昭明太子《文選》的著錄而流傳於後世。

〈六代論〉對於秦朝的殄滅有一個判斷，即是在制度上，將天下分轄於郡縣，不能「割裂州國，分王子弟」。如此一來，皇室權柄就不能廣泛為同姓子弟所維繫，也正因為無法藉由分封貴族「枝葉相扶，首尾為用」，導致日後終於為劉邦所乘。這篇〈六代論〉中形容劉邦開國的幾句話十分動人：「故漢祖奮三尺之劍，驅烏集之眾，五年之中而成帝業。」也就是從這樣一篇知名的文章所締造的一個知名的語句開始，「烏集」不再是呼應正人君子的祥瑞之兆，反而轉成「烏合之眾」的意思，這就與先前的「烏集」瑞兆之說極端衝突了。

「烏集雉隨，無理可取。故蕭芝之孝，無端無的；朱博之冤，非因非故。而汝得以覆按史事源流因果，似乎已然能自在出入《兔園》矣！」趙蕤嘉勉了幾句之後，仍然在李白的議論之上翻出一層，為這一次夜課作了結語：「不過，語中用意，最是無常，有甚於禽鳥聚散者，汝宜慎思。」

是在這一夜、這一刻，李白開始理解趙蕤讓他背誦《兔園策》的居心，並不是按圖索驥、因文就道，卻是從那些極為簡約的、有如詩偈的四字對偶聯句之中，往復剔搜，藉以翻轉出與童蒙兒少之時所念之不忘、信之不疑的種種道理全然歧異、甚而對反的見解。換言之，趙蕤在這樣的夜課裡，培養了李白「學而不學」的根骨和器性。

李白之詩，常於首尾處互見衝突，後人常以「良由太白豪俊，語不甚擇，集中往往有臨時率然之句」按之，其實大謬不然——許多看似自相扞格的意念與情懷，正是這種縱橫家捭矛弄盾的知見故習使然。用之於詩，豈能驟以「臨時率然」誣之？

29 百鳥鳴花枝

李白在大匡山追隨趙蕤的幾年裡，仍不時有不命題而漫作的詩篇，有時興到口成，一氣而下，皆默誌於胸，待有餘暇並紙筆，才謄抄收束，仍不命題。有時新紙舊紙雜沓紛陳，是以有一篇分為三篇者，也有兩篇合為一篇者。

有些時候，後人還會將相隔多年之作顛倒次第、拼湊銜接——像是〈古風之二十〉，「泣與親友別」以下四韻八句，原本另是一首，卻為後世編者置入「昔我遊齊都」和「在世復幾時」兩詩之間。不只如此，編者復強為解人，謂此三合一之作是李白的遊仙詩，將「昔我遊齊都」以下五韻十句為「從仙人以遠遊」，「在世復幾時」以下六韻十二句為「泣別之際，忽翻然自悟」，倒像是在為費長房立詩傳了。然李白的夙懷不羈，失題之作既多，籠統包裹，往往寖失原旨。

如〈古風之五十七〉，列於古風五十九篇之末。然而此詩作時甚早，其本事就是那「臨卦」所帶來的一場熱鬧。原作如是：

羽族稟萬化，小大各有依。啁啁亦何辜，六翮掩不揮。願銜眾禽翼，一向黃河飛。飛者莫我顧，歎息將安歸。

趙蕤一去無蹤，居然連夜不歸，以月娘相從為妻十八有餘年的生涯視之，這也是前所未有的事。月娘雖然仍舊像平日一般，從山間雲氣聚散、水聲緩急和日影偏斜的差異，驗知時節，因應園圃之事，即使焦心如焚，也沒有隻字片語的感歎。她如常耕作之外，也還毫釐不失地看顧著趙蕤悉心煉製的丹藥爐火；依舊同平日一般照應李白的飲食起居，督促他擬文、讀經、算術甚至講論《兔園策》——其立論雖不同於趙蕤之精微縝密，但是別有一番雋永。

忽一日，月娘滿頭熱汗，從後園灶舍裡捧著一篕豆苗、一篕薺菜、一篕芝麻飯，臂間還挽著一籃含桃，碎步趨至相如臺廊下陳設了，招呼李白用午飯。李白看著，忽發少年之狂，口占得句：

新晴山欲醉，漱影下窗紗。舉袖露條脫，招我飯胡麻。

條脫，即是腕釧，亦作「跳脫」，原為女婦操作家務時收束寬大袖被的環圈，久之，也就成了純粹的飾物。這幾句詩非古非律，遊戲之筆，縱使意態活潑，就實寫景，卻不免顯得輕佻。月娘登時沉下臉，道：「世事固有不必付之吟詠者！」

此情此景，令李白十分難堪，日後泰半於酩酊大醉、或是瘁癉病榻之際，脫口歎息：「世事固有不必付之吟詠者矣！」

當下月娘似乎也覺得責備過甚，即使緩過了容顏，仍不知該如何與李白面面相對。正尷尬間，山前突然響起一陣鳥鳴。

「反舌啼了！」月娘轉臉朝外，像是一霎時得著了解脫，一面搓著手，一面疾步朝山徑走去，有如自言自語：「今歲反舌啼得早，還是——還是已經要立春了？」

反舌，又名百舌，山間無處無之。此鳥狀如鸜鵒，喙色蠟黃而彎尖，身被黑羽，微有斑，頗好步行，以索食蚯蚓。每歲立春時節，地氣蒸騰，萬物復甦，蚯蚓一出，此物便吃飽了，林間上下，到處歡快地叫喚；如此一路鳴到夏至，便不再出聲，仲秋十月之後，蟄藏於巢，再要聽見他的聲音，便得等到來春了。

月娘可不知道，立春尚未至，而這反舌，卻是趙蕤持訣誦咒給叫喚出來的。

趙蕤是在這一刻現身的，他身形魁偉，又背負著滿袋的藥材，高視闊步而來，有如山靈現身，遠遠聽見月娘笑喊著：「反舌都叫了，汝方回。」

李白見趙蕤神采昂揚地回來，自然也跟著歡喜，神思迭盪，脫口又是一首：

芣苡生前徑，含桃落小園。春心自搖盪，百舌更多言。

芣苡，又名車前，也叫當道喜，多生於路徑之上的牛馬蹄印之中。這一句以車前、當道為喻，就是一份歡喜迎接趙蕤歸家的情緒。含桃，櫻桃也。許慎《說文》以為「鶯之所含食，故曰含桃也。」，所以也有「鶯桃」之名。花開於梅後，果最先熟，都是春天乍然降臨的證據。

而在山間鳴叫起來的，也不徒是反舌。追隨著反舌之聲，緊接著來了一串「啼——思葉；啼——思葉——」，還間雜著幾聲像是「士——哦；士——哦」那，就是柳鶯了。

經常從山深處飛鳴而下，直過子雲宅的，便是此物。柳鶯品目繁多，身量比反舌小得多，然而啼叫之聲，殊不遜色。李白到大匡山之後，才得見識此種。秋成出山，低飛向野，每至田間覓蟲而食。

這種鳥兒大率是暗綠其背，偶有披帶黃白色翼斑者，趙蕤每每嘲笑這種生有翼斑的柳鶯，謂其「佩黃帶白，行在士庶之間，名色雜失」；李白也有一首小詩嘲詠之，而這首詩，已經流露出受趙蕤嘲謔之性的深切感染了：

> 啼思葉如何，士行空自哦。山深誰隱得？嘲哳白衣多。

儘管從某一方面立論，可以嘲諷不置；但是慣於「是曰非曰」的趙蕤也有全然對反的說詞。他曾經馴養過幾隻土俗呼為「槐串兒」的柳鶯。觀其築巢於密樹葉之間，從而悟察一理，之後筆之於書，也流傳了下來。這篇文字的題目叫〈禽隱〉，中間有一段，說的就是一種眼睛上帶黃紋的柳鶯：

黃眉巢其居，以苕以蕨，以羽以毛；覆其頂，以薊以蘚，以葉以枝，皆見棄之物，而適成室廬。其蔽身畏名，德莫大焉。所食蚊蚋蠅蟻，多媒援瘴癘之物，其驅小人、誅讒佞，功莫大焉。嚶其鳴矣，求其友聲。固知禽之素抱沖懷，不違聖教，而言莫大焉。

《詩經．小雅．伐木》裡面有這樣的幾句：「嚶其鳴矣，求其友聲。相彼鳥矣，猶求友聲。」說的是鳥鳴而飛，出自深谷，遷於喬木，嚶然而鳴是不獨一己可以享受那遷於喬木的樂趣，牠還要與友伴、與朋輩同樂。

李白此際尚懵懂不知，就在春天降臨的時刻，趙蕤為他招來了許多朋友，有的，將要與他為伴；有的，將要與他為敵；有的，將要與他周旋一生，讓他在無盡的漂泊之中，隨時感覺到故鄉只在眼前。

30 胡為啄我葭下之紫鱗

隨著刺史李顒入大匡山賞禽的紫冠道士丹丘子，元姓，先人為北魏皇族拓跋氏貴胄。他這一次離開隱居修道的嵩山，遠赴劍州、龍州、綿州，原有其故。

丹丘子的師父胡紫陽，本是一代知名的羽流。他在幼年時跟著親長遠行，道經仙城山，放眼望去，峻嶺層疊，山嵐繚繞，林相幽窅。又聽年老家人議論：「此為群仙相聚之處，若能辟穀不食，僅以此地水芹果腹百日，則通身血肉移換，凡胎盡去，筋骨中空，遍體異香，即具升仙之資矣。」胡紫陽恨不能留止於當下，只能屢屢回頭，任仙城山在煙靄迷濛中漸漸淡遠。

那是胡紫陽第一次心生慕道之思，自後經常背著親長家人，索尋些道家性命修治之書，囫圇讀記。歲月奄忽而逝，又過了三年，他已經九歲了，忽一日清晨醒來，便到父母面前，朗口誦起一部葛洪的《枕中書》：「昔二儀未分，溟涬鴻濛，未有成形。天地日月未具，狀如雞子，混沌玄黃。已有盤古真人，天地之精，自號元始天王，遊乎其中……」如此足足唸誦了一個時辰，才肯停歇，當下拜求父母，說是得了元始天尊托夢，此身宜在仙班，懇請讓他到仙城山修道。

本年，胡紫陽果然奉准出家，在仙城山靜修。再過三年，已經深通辟穀之法，能夠連月不進穀米，僅食水芹，人稱「骨泛異香」。也就憑藉著這身本事，他可以下山周遊列郡，足跡遍及道教名府，去和許多德高望重的羽客議論切磋，最後終於拜在茅山派一個幾乎同他一般歲數的道士李含光門下潛修。那一年他才二十歲。

至於李含光，更是玄門中一個了不得的人物——此子日後得司馬承禎的指點，參修勤勉，著作不懈，於晚年還受到皇帝的封賞，稱其：「久契真要，深通元微，遊逍遙之境，得朝徹之道。」儼然一代天師。

至於胡紫陽，於追隨李含光年餘之後，回到隨州，在所居「苦竹院」中，手植桂樹二株，興建「餐霞樓」，仍復其練氣之業。值得一說的是，同茅山派的這一段往來切磋，使得他在幾個月之內聲名遽長，一時竟然有三千多人前來投拜，州縣大吏知道他名望高，也不能不前來探訪，以示親民而慕道之姿。於是，「南抵朱陵，北越白水，謁者雁行而候於途，不知首尾」。朱陵在衡陽，白水在關隴，皆為道教勝地，相去數千里，可知胡紫陽的名望之崇隆，堪稱一時無二了。

當丹丘子來到戴天大匡山的時候，恰是開元八年、李白的生命跨向第二十度春秋。彼時的李含光、胡紫陽、元丹丘等人都還不知道，日後他們都會由於李白的緣故聚散分合，而留下了在歷史上行遊、交會的一點足跡。而元丹丘即是胡紫陽那三千及門弟子之中的一員，這一趟遠行，是他受胡紫陽一信之託，專程來給李顒種桂樹的。

在此前兩年的春暮，道途傳聞：胡紫陽餐霞樓雙桂樹於秋後播種，春前出芽，驚蟄之日即成幹發枒，穀雨前後已經枝葉紛披，許多人前往隨州苦竹院，便是衝著這雙桂樹之仙靈道氣而來。

綿州刺史李顒生性愛風雅，好奇觀，尤其對於各種戲法也似的道術所展現的神跡妙象情有獨鍾，雙桂樹的逸事不脛而走，傳到綿州來的時候堪謂踵事增華，所添加的奇形怪狀更不知凡幾。他遂工工整整修書一封，私下發付銀錢，差遣一個「送鋪卒」替他往隨州苦竹院投遞了一封信，請求胡紫陽能將傳聞中那兩株桂樹分株來綿州：「以光太上之聖德，而漸清修之靈氛」。

要是能夠藉著幾支桂樹條葉，在迢遞千里之外的蜀中之地，讓人傳揚苦竹院的令名；對於胡紫陽來說，這當然是一樁惠而不費的事，其難處則是胡紫陽總不能親自前來，因為這對於一個清修成道者來說，是不合常矩，也不大體面的。

適巧丹丘子在前些年分得了一筆家產，正在嵩陽一地覓山修築道院。一方面為了廣宣天下道友，使得江湖羽客周知，嵩山即將有這樣一所宮觀；一方面也著實不耐那大興土木之際，瓦石磚泥的污染喧囂。丹丘子便決意出門遠遊，到處去拜訪兄弟、朋親及道友。也說得上因緣際會了，他來到隨州，投刺拜見胡紫陽，而成就了一段師徒之緣。於胡紫陽而言，這新進的後生，恰恰就是回覆綿州刺史李顒的「送鋪卒」。

桂樹轉植極易，古有嫁接、扦插之法。桂枝扦插多在芒種、夏至之間，或是處暑、白露之間。丹丘子銜命入蜀的程期正值處暑；而李顒以為仙樹東來，應該也能日寸月尺地生長，很是歡欣。

無奈三五日、七八日，匝旬經月瞬間過，可教刺史秋水望穿，那兩株仙桂總不發苗，李顒擔心這是綿州的地理無靈，時不時請丹丘子入府攀談請教。有時空口白話、議論不足，還要同車出巡。方圓數十里之地，經常朝發夕至。百里開外，就要信宿於驛亭逆旅之中。如此僕僕風塵，李顒樂之不疲，而丹丘子也不以為忤。他性情豪爽，凡事關心，但凡涉及山形水勢的查察，總是鉅細靡遺，不辭勞頓——這樣一來，也就歸期未可期了。

開元八年這一趟春遊賞禽，說來李顒私心計議已久，多多少少是為了求見當地風傳已久的神仙而來。推其緣故，也的確因為遷延日久而桂樹不發，偶不免對年事尚輕的丹丘子乃至於胡紫陽起了疑慮。道術幽深，玄法微妙，何不見見這位戴天山區的隱者，讓他和丹丘子縱談一番、辨判高下呢？

春初此日，丹丘子來到山前，正欲極目一望，忽然有幾隻五色斑爛的異禽，不知從何處飛來，轉瞬間齊集在李顒的紗帽上，賓客們都說這是祥瑞之兆，新年必得徵應，該就是刺史要升官、回西京了。

唯獨丹丘子朗聲笑道：「好大頭顱，消得鳳凰來佇！」

眾人不敢笑，紛紛垂面掩口，倒是丹丘子的笑聲在四面的山牆之間盪迴起落，似乎驚動了微微的春風，一陣若有似無的山煙擾動之下，霎時間引來了更多的禽鳥。刺史也顧不得官儀，忙不迭地從車中短榻上站起身，撲東搧西地揮打著袖子，嚷道：「快看！快看！」

先是一隻通體亮藍，身長不足一尺的廣翼之鴟，連聲似說：「秋——秋秋秋秋」地掠過。頗不尋常的是，牠飛得很低，全身亮紫而閃爍絲光，翼、尾皆濃黑如緞色；緊隨在後的，似是其雌，上體略泛褐澤，頭背有革黃之紋；下體半灰，而喉間亦有革色直紋，一旦俯臨切近，兩翼下午現白光，反襯出腰間與叉尾的藍翎。

由這一對當先，緊接著便是好幾十隻廣翼鴟群，有棕頭者，有白腹者，其翅較短，鳴聲更促，遨翔之時，還特意在刺史一行的牛車陣上繞了一圈，隨即便好似消失的煙霧，遁入林樹中去了。

丹丘子的笑聲還在遠山之間縈迴，第二批鳥兒又出現了——

初來也僅是一對，形體甚大，約可兩尺過半。其一通體深藍近紫，頭面如覆金盔，而染帶銅綠，冠羽稍長，有如鳳頂，眼皮裸露；喙長而下彎，又頗似鷹勾，其頸肩之羽則現銅棕之色，竟像是胡服中女子肩上的披帛；湛藍的翼羽仍閃爍金光，微移分寸而觀之，則其色變，層相不窮。更奇的是，這有如雉雞一般的大鳥背尾覆羽時現雪白之色，一旦伸展雙翅，雪色即出，甚是醒目。

尾隨其後的仍然像是一雌，形體與前者略同，然色澤稍昏，多以褐黃為基底，面頷顏色殊淺，眼周一圈藍膚，棕翅褐尾之下，也間或露出那鮮明的雪白。

「此乃虹雉！五色道德俱全，福祿之徵！」丹丘子也像忽然間著了魔，看著這一對鳥閒步徐行，眼中流露出充滿驚異的孩子氣。

這一對虹雉才來到牛車對過，竟撲身躍起，一躍五尺上下，翺行數丈，掉首而去。

「丹丘子！」偏在此刻，刺史指著身後一側的來時之路，急切地喊了起來，聲銳而顫：「莫不是、莫不是……舉某所轄域中之虹雉皆來哉？」

另外幾輛車上的僚屬們也往刺史指向看去，那是二、三十隻與前方來而復去者一樣的虹雉，應該是經過了一陣奔跑，鬧得塵沙撲飛，而在高可近丈的黃埃之中，這些虹雉居然群起相逐而飛，觀其勢力，又不能飛高，便狀似要結翼成行陣，把這幾輛牛車衝倒才算了事。

正惶急間，路旁谷澗深處又一陣鳥呼，其聲不一，有「忽忽」而啼者，亦有「嘎嘎」而喝者——居然又是不下三、五十之數的一陣白鷺，頭後有二羽近尺，怒而戟指，似欲衝前一戰，其中近半為赤眼，「嘎嘎」之聲便是此類所作。且說這一群白鷺連影掠空，攔掃於虹雉前路，上下其羽，似乎是要逼迫虹雉落地，但聞翼翮拍擊作響，恰如促鼓碎波，又揚起了好一片沙塵。

這白鷺，卻也不是好相與的。無論是忽忽而鳴者、嘎嘎其聲者，來意似亦不善。其往而復返，湊近時幾乎緊貼著人面，才去又逆撲而來。尤其是紅眼的，更是驍勇無畏，這就令眾人不只稱奇，不免要悚然而懼了。

眾人這時也都不約而同地想起：當地野人極多，眾口爭傳：神仙在焉；如果將這些奇禽視為神仙的扈從、鹵簿，則體察其迎人之勢，便知神仙或許並不希望為不速之客所擾。可是人既然已經來了，難道就這麼倉皇遁去？這事傳揚開來，說甚麼一郡之守出巡地方，竟然教幾隻山鳥逐回，恐怕也是笑話。

李顒想到了這一層，旁邊副車上的別駕也想到了這一層。

別駕名叫魏牟，是關隴地區寒門小姓出身的士子，頗有學，而凡事畏葸，不敢任事，所以擔任外官雜佐，歷八任而不能內轉。從隨州而兗州、而龍州，終於來到綿州；三十餘年間，越遷轉、越偏荒，遂絕了進取之念，只求無功無過，致仕歸林，老死於家。今番出遊，遇此怪狀，魏牟忽然有不祥之感，驚駭過於他人；但是老吏畢竟沉著，只淡淡說道：「使君，某等是回署了麼？還是速速前行，逕往北去，路上還有桃林壯觀，或可以轉赴大明寺小憩。」

此話一出，一旁的司法、司戶參軍們也紛紛發了議論，有的說：不過是山鳥驚春，無端噪亂，這是物性使然，不足為奇。有的說：物象有徵，或恐遠方有故，天地交感，而以此示儆。李顒心心念念只罣著那神仙人物意欲何為，還來不及盤算行止進退，魏牟卻望著白鷺來處，深深皺起雙眉，抬手戟指遠方，道：「使君，請三思！」

原來面前這一群白鷺經眾人呼喝撲擊了幾下，四散而去的一刻，谷底又飛來另一群山鳥；當頭一陣，便是白鳩。

白鳩，多於拂曉五更時鳴叫，故亦名知更；山居林棲，性情溫柔親人，亦多為人所飼養。綿州當地，野處時或一見，可是向來卻沒有出現過眼前這樣一景——數以百計的白鳩橫空而出，像是對山林中飄來一大片連綿的白雲，又像是溪澗底端拋上來了一堆密雪。魏牟歎道：「此非孫皓惡兆之故事哉？」

那是記載於《南齊書．樂志》的一段奇聞。據說三國末葉，東吳孫皓專擅，性情狠戾，嗜殘好殺，江南動盪，民間遂有舞曲，號稱〈白符舞〉，或言〈白鳧鳩舞〉，庶民聚集，衣冠如雪，執拂而漫舞，自取節奏，像是為自己，也像是為蒼生舉喪、舉哀。

這是極為悲涼而壯觀的場面。日後司馬氏統一天下，當國秉政，為了顯示新朝不悖民心，專令為此舞配樂製詞，其詞曰：「翩翩白鳩，載飛載鳴。懷我君德，來集君庭。」晉人這樣做，自有其號令天下，順德歸心的用意。不過，掌故就如此流傳下來，此後數百年間，一直到大唐時代，白鳩都有一種「樂我君惠，振羽來翔」的意義，即使沒有人見過白鳩群集，話語不輟，都以之為民心向背的呼求。

「天意若有所歸，直須體察而已！」李顒一臉肅穆，把個微微發胖的身軀，只在風呼鳥鳴之間轉東轉西，道：「倘或這白鳩是民心之兆，爾等更不該棄之而去了。

才說著，一片晴空之中，殷殷然似有雷——卻不是雷，而是或高或低，或尖或沉，為數不知幾千幾百的眾口喧嘩，傾天迫至，來自四面八方，去向山巔掩集。

一個司戶參軍先認出了西南方飛來的鷚雀。此物身長不及半尺，似鶺鴒而更纖瘦，喙吻細長，前端缺刻，耳後一白斑；其翅長而尖，飛羽奇突延展，達於翅尖。此鳥腹羽連綿至尾，色極白，胸羽併背羽卻間雜了淺褐淡綠的縱紋，相形更見明亮。也同其他鶺鴒之屬性情相近，鷚雀十分警敏，故動輒喧騰，一呼而百應。這時便是由數百鷚雀領陣，向山巔抖開了一片布幕也似的行伍。

幾與之同時，東南方則出現了原本只在極高極險的峻嶺中才偶然得見的雪鵐。這群鳥體長逾尺，通體銀灰，頭頸處黑白色細紋交雜，腹下及兩翼皆有棕色條紋，喙吻及腳則鮮赤如血。

這一群為數亦近百，也不知是受了甚麼驚嚇，盤空齊鳴如哨，愈鳴聲愈尖厲。就這麼呼嘯了片刻，也隨先前的鷚雀折轉高翔，迎向山巔去了。

至於東北與西北兩面，則是體型碩大的錦雞與山雉，相較於空中群羽，為數不多，約可三、五十。然而錦雞一出，眾人在轉瞬之間便為其五色斑斕的美麗羽衣所懾服，交口讚歎不迭，還有的竟慌忙翻身下車，趔趄趨前，像是要將之攫捕入懷，好仔細賞玩的模樣。

錦雞的確是山鳥中之至美者。傳聞中鳳凰以錦雞為前御，可見其艷。錦雞之為物；雄者頭冠披金，光澤柔潤，頸羽晶紅，中有垂蓋藍黑油紋一抹，如鱗似瓦，猶兜鍪頸罩，雄武異常，以下半體鮮紅，半體金黃，間或點染一扇銅綠。其翅翼一旦伸展，更有雪色長羽歧出，為這英姿颯爽的將軍平添了無限秀氣。

也與其它禽鳥無異的是，相形之下，錦雞之雌者便較雄者黯淡得多。渾身羽色，不外雜灰雜褐，並以黑紋橫攬，唯耳羽銀灰奪目，尾羽一襲丹黃，綠喙黃爪，相貌也頗為莊嚴。

這群錦雞方才落地，山雉也結夥成行伍，自西北角天際飛撲而下，其勢不亞於鷹隼，其情卻恍如後有追兵，略現倉皇。李顒這時也忍不住對丹丘子道：「山雉居然也能作此遨翔，真是平生僅見！平生僅見！」

丹丘子終究還是個有修為的羽流，他豁然明白，這絕計不是自然天成之象，群鳥是被召喚而來的；這招鳥之人雖未現身，可是應該也就在不遠之處——即此一悟，丹丘子不由得冒出兩句話來：「啊！道友辛苦，確乎非比尋常！」

他所謂的道友，此刻正在里許開外的山巔。八方風集，十面雲湧，伸展臂膊，揮揚袍袖——趙蕤兩眼泛著晶瑩的輝光，口中唸唸有詞。這時，他的耳鼓閉鎖，聽不見任何聲音；只在耳輪深處，有暴雨激湍，無時或已。

李白站在他身邊，不時從布囊之中捉一把穀食，率意向四處拋灑，為數不只盈千的各種山禽便在此周旋上下；有些鳥兒凌空掠取，有些則就地撿啄。李白隨著形形色色的禽鳥俯仰觀玩，不意間發現，在頂空極高之處，居然還有數十隻巨大的雕鷹，平展六翮，盤桓雲表，狀若無心而須臾不離。

趙蕤這一道訣，是名「朝陽訣」。據《玉皇大洞明符真經》所載，訣分甲乙兩部；其一，也就是〈朝陽甲訣〉，施之於立春立秋之前三至五日，也就是趙蕤連夜不歸的那幾天，頂著料峭春寒，不辨昏曉，只在密林深處，尋了三百六十處福地，安置穀食，布以訣語。其二，則是於立春立秋當日，禽鳥各族一歲動靜之初，行至山環谷轉、萬木森嚴之處，持誦〈朝陽乙訣〉，可以齊集諸禽。呼之就食，麾之起舞。眾鳥在訣咒的引導之下，也能各隨行伍，棲翔有節，容止不亂。其感應而來者，曾不遠千里之途，來者數以萬計。

李白從來不曾見識過如此奇觀異能，日後追憶起來，猶原以為身在大幻奇夢之中，所以特為此作有一詩。不過，這首詩其中有八句，原本是一氣呵成，不料多年之後，迫於獻詩所需，臨席一時無句，便將這八句拆成兩段，中間又添了些段落，遂成為一首相當知名、卻甚不可解的〈獨漉篇〉。原初的詩，是這麼寫的：

越鳥從南來，胡雁亦北渡。我欲彎弓向天射，惜其中道失歸路。敢當飛鶻者、雕鶚之屬，蓬萊以外來、指揮西去。渤海其東幾萬里，載山之壑惟無底。方壺一呼鳴雀空，瞻彼崑崙雲間耳。神鷹夢澤，不顧鴟鳶。為君一擊，鵬摶九天。

其中「越鳥」至「歸路」，以及「神鷹」至「九天」一經拆縫他用，另有寄託，便不復此作原貌了。

昂首駐足山巔、為眾鳥群集顛倒癡迷的李白雖然目不暇給，滿心滿眼皆是羽族之聲、翔禽之態，但是他仍不忘唸唸有詞——他不會持咒，只會作詩，而且在此刻的他，也只想作詩。

句中用詞並不冷僻；「越鳥」、「胡雁」是隱喻離家之人的慣用詞彙，已經不能說是甚麼典語了。飛鶺者，鳴鏑也。「渤海」二句實出於《列子》：「渤海之東，實不知幾億萬里，有大壑焉，實惟無底之谷，其下無底，名曰『歸墟』。」

這首詩旨意簡明，前後二解：直觀卻僅僅是一景：鳴鏑而射雁鳥，不意那箭在中途卻遭到大鷹的撲擊。這鷹也不以干犯了獵者為意，逕自摶扶搖而上九天去也。

李白吟著、吟著，忘了自己身在何處，也不復在意趙蕤與那些置身迷咒之中的鳥兒們究竟有甚麼暗約明盟。他一時興起，攥了滿手穀料豆粉，攤掌向天，任諸禽自來取食。野禽向來無主，然而這時卻分毫沒有疑怯之意，既不爭搶、也不衝撞，此鳥去、彼鳥來，盤桓似成行伍。恰在此際，耳邊卻忽然響起一句：「刺史到了。」

語聲來自趙蕤，可是他明明身在眼前五尺開外，瞑目持咒如常，看來了無異狀。李白不由得一驚——然而耳穴深處分明又來了一句：「刺史到了。」

31 出則以平交王侯

刺史是一個古老的官名了。漢武帝始分全國為十三部（州），各置刺史；這個「刺」字，為檢覈審問的意思。其職司包括了巡行各地，不專某州，而能「省察治狀，黜陟能否，斷治冤獄」，幾乎總攬行政、司法之大權。刺史於是成為地方首長。

東漢以後，刺史專權漸高，秩至二千石，不但有專屬的管轄區域，奏事時可以派遣僚屬代行，不必親自前往；更常受命作戰，能專一方之兵馬；其聲勢、地位甚至凌駕於太守之上。此官從南北朝至於隋唐，並無太大的變動，只是隋文帝撤郡，除雍州牧之外，絕大部分的州長官都正名為刺史，至隋煬帝改州為郡，復刺史為太守。他的用意是把原名為刺史的官分離出去，成為專責的監察官，設司隸臺，掌巡察，有刺史十四人，讓刺史回到漢武帝時「代天巡狩」的職責。但是過不了多久，大唐開國，又將郡改為州，將太守改為刺史。

到了玄宗朝，又一度回歸前朝舊制，仿效隋煬帝，改州為郡，以刺史為太守。直到日後的肅宗即位，才又恢復國初之名。在這一段漫長反覆的發展過程之中，刺史、太守日漸沒有分別，只是刺史原本的監察官署之權，被大唐帝國新創的巡察使取代，而發展出按察使、採訪使、觀察使及節度使等官職。

唐初立國以降，原本自有中央差遣的「使」職，因事而設，事畢則罷。「使」有「搜訪遺滯」、「黜陟幽明」、「貶黜舉奏」等考察官吏和舉薦人才的職分。就朝廷任命刺史的職司而言，原本與帝國朝廷晉用人才無關。可是開元以來，皇帝親自主導薦舉任官的潮流，使得各地郡守無時不以為當局舉才、選官為討好當朝，表現忠藎的本務。

李顒的車隊沿山路緩坡而上，遠遠地看見趙蕤和李白置身數千禽鳥中的身影，他的第一個念頭便是：綿州果然自有異人在焉！扶著幞頭、瞪著眼珠，他示意車隊停下，招手喚錄事參軍來，低聲問道：「州牧訪賢，見道術之士，可有儀注？」

錄事參軍猛裡給這麼一問，也想不起有甚麼前代典章、本朝故事，只得低頭垂手，低聲答道：「這——某實不知。不過，回使君問：總不好在車上受禮，還是先設帳罷？」

李顒像是被那錄事參軍的肅穆之情感染，又像是不願意攪擾了趙蕤召喚群禽的法術，遂只點點頭，輕手輕腳地下了車，向後列的從人們比手劃腳了老半天，從人才明白，刺史是要設帳了。

郡守縣令出巡，泰半經驛路往來四方，有時為了尋幽訪勝，或者探求民隱，循署僚吏也會先行勘察，計量行程；沿途若無亭棧，而又必須因故佇留的話，就要設帳壁、陳几榻，有時還得供應些簡單的餱糧漿水，講究的也少不了瓜果醪膳。李顒此行漫興隨意，屬吏也無從逆料其行止，只能將一干因應物事裝載上車，聽令安置。此時一見要設帳，從別駕以下，人人看要忙碌起來——此行招搖的是風雅，帶品入流的官人居多，侍從僕役反倒零落無幾，粗工苦力的差事，都落在這一群平日四體不勤、五穀不分的士大夫身上。

眾人七手八腳折騰了大半天，總算在一平曠之處設起三面九尺之圍。呼為「錦帳」，名目而已，不過是前朝倉曹之中貯放的絹織布匹，選其色澤素淡的，按式縫綴，平日成匹軸卷藏，用時開張抖擻，緣架張掛，聊以障蔽郊野罡風以及閒人耳目罷了。帳圍以內，自然也要鋪設簟席几榻，以及為數不多的交椅——李顒有雅癖，愛潔淨，好修飾，出門總有一車，載著一面連地屏風和一張八尺白檀香牀，以備不時之需。

這一趟大匡山行腳，香牀屏風果然顯示了排場。可是，李顒萬萬沒有料到：由於四面八方耳目可及之地，俱是形形色色的禽鳥，這廂帳圍才架起來，那些虹雉、錦雞、鴝雀、乃至於烏鴉、柳鶯、白鷺，全都簇擁過來，有的兀立在帷架之上，有的雄峙於屏風之端，有的在几榻間逡巡，有的則躍上香床、隨興之所至，到處啄擊。參軍們驅趕到東，禽鳥便撲走至西；參軍們追逐到西，禽鳥又翻飛至東；驅者無功，走者無趣，簡直沒個了局。

對此，李顒顯然並不措意——他只想著能趕緊同那神仙說上話；但見他雙袖交蔽在腹前，身姿體貌就像個等候官人前來差遣的衙役，滿臉虔敬。肅穆之情很快地也感染了他人。不多時，除了丹丘子之外，這一行上司下僚便很自然地依官秩差等排成了一路長長的行伍。

此時的趙蕤再也不能視而不見，他忽地將雙袖向兩邊拋了，口中之訣隨即轉成一縷周折悠長的清嘯，這嘯聲又同萬籟所發之聲不同，它有如一條可以描摹其來去軌跡的繩帶，自口中遞出，由南而東，自東徂北，經北往西，復歸於南。嘯音自成宮商，抑揚有致，繚繞了一圈；所過之處，眾鳥紛然而鳴，各像是亟力追仿響應的一般，久久不歇。

眾人聽得、也看得癡了，不覺心懷蕩漾，神智恍惚，雖然耳際那原來的嘯聲如環堵，依舊嚶嚶不覺，然而趙蕤的話語卻有如一支利箭，破空而來：

「山禽無狀，嘈擾使君輿駕！」

李顒一時為之語塞，愣了半晌，勉強迸出一個字來：「然——」

「潼江趙蕤，率門人昌明李白，拜見使君。」

李顒這才猛想起自己是個三品州牧之官，回過神，挺挺胸脯，抬手示意免禮，隨即也拱了拱手，道：「久聞戴天山秀氣鍾靈，仙跡蹀躞。今日一見，果然！」

「野處之人，巖穴所事——」趙蕤仍舊低著頭，道：「不敢遥望大雅君子。」

趙蕤是斟酌過的，這一「望」字，不只是作「看」解，唐初以來用此字時，還多有接近、攀附的語意。

「汝不來望某，某即來望汝！」李顒說著，自覺「望」字用得有趣，不由得呵呵大笑起來。他一笑，隨官從人們自然得跟著笑。李顒隨即也回頭衝他們道：「來來，見見趙處士「——還有這位？」

李白復禮直身，道：「昌明李白。」

「諾諾諾，才說了、才說了。」李顒攔臂於前，把趙蕤師徒迎進帳圍之中。李白知道這些頂戴幞頭的都是官吏；於禮，他只能侍立於列末，於是在帳表就悄悄停下了腳步。李顒無論如何還是讓趙蕤上香牀，與丹丘子相對落座，另外也給李白看了一張交椅，與參軍同席，坐在香牀下首。等從人獻了酒漿，這刺史殷勤款切地道明了來意——就連隨同李顒前來的別駕、參軍們此刻也略識端倪，依稀明白了三兩分——原來李顒此行不只是看春賞禽，還有

「表薦」幽隱之圖。

大唐自國初以來，仕進者不乏其人，科考、銓選一旦完備，皇帝仍以「循資格而得人」是值得憂心之事。刺史守土一方，從太宗以來就不斷為歷代皇帝提醒：須知人才何在，應予不次拔擢。綿州是個上州，於八等州郡之中列級第六，若要以一般政事、刑律、賦稅、貢奉等為「天家」所知、所喜，而得到賞識，那是極為艱難的。唯有從表薦奇材異能之士的門道入手，才或恐有機可乘。

他如今親眼得見，趙蕤是有道術的，唯其心性如何？談吐如何？學養又如何？這些，就得另出機鋒，以測利鈍了。李顒於是一掌攤向丹丘子，道：「丹丘子也是道流，為仙城山胡紫陽真人弟子。客歲仲秋，專程來綿州為某遷植桂樹；蒔栽並未失期，不意連月而不發，也就耽擱了他的歸期。」

這話說得相當婉轉，丹丘子雖不能全然領會，可是卻感受到李顒似乎有向趙蕤求問桂樹不發究竟是何原委之意。當下一轉念：桂樹不發，當然有玷於苦竹院的聲譽；但是天下聞名雙桂樹，畢竟是經由師尊胡紫陽親手培植，奇觀有目共睹，何至於因為轉植不遂而壞道？也由於這一信一念之不移，丹丘子遂放膽侃侃而論：

「遷木猶葬，故葬理猶生。葬者，原本是乘一生氣，注五行於地，經四時而發，發而生萬物。經云：『銅山西崩，靈鐘東應；木華於春，粟芽於室。』大凡就是從此道理推之，應屬不繆呀，趙處士。」

趙蕤操習縱橫長短之術數十載，豈能不一眼就看穿了李顒的心思？固然他並不想開門見山便與胡紫陽一派的道論為敵，不過，眼前都是些個風塵老吏，如果亂以折衷調和、恭維稱頌之論，任誰都能當下判斷，反而招人暗裡嘲誚。

他微微一忖，道：「苦竹院揚名當世，良有以也！胡真人積學仙城，精進茅山，辟穀之術一時無二，固知雙桂入蜀，本不應求其速發。」

「這，會須請教緣故？」李顒迫不及待，雙膝前移，追問道：「同根之栽，豈其性大異如此乎？」

趙蕤仍舊沉了一張臉，像是對著一面牆說話：「萬物生於世上，各具其性，這叫『種』。」

李顒跟著說了聲：「種。」

「萬物皆有『種』，但以不同之形相借、相遞、相傳、相代、相授、相讓——莊生謂之『禪』。」

「是堯舜禪讓之禪？」

趙蕤沒有理會他的話，只管自己往下說：「使君自苦竹院取雙桂之枝，此桂之『種』便已『禪』來綿州，並無可疑。」

李顒聽到這話，連忙點頭稱諾，回頭眄一眼丹丘子——丹丘子卻眉頭深鎖，像是無詞以敵，又不甘同意。

「不過，」趙蕤接道：「古賢說得好：『種有機』；一日萬機，一寸萬機。機，極小之物；微機生於水中，便叫牠『水㡭』；長在水土交際的濕處，便叫苿苡、蝦蟆衣；生在丘陵之上，便叫陵舄；陵舄若是生於糞土之中，便叫烏足草；烏足草之根，可以化為蠐螬——」

李白這時聽見矮几對過的參軍們跟著議論，有說蠐螬就是糞蟲，有說土語亦名屎龜，也有說萬萬不可呼屎龜的，刺史聽了會不悅。

「烏足草之葉，則化為蝴蝶，」趙蕤緩緩凝起一雙星目，直視李顒，復道：「蝴蝶倘若處於竈下，得機不同，不多時又別成變化，是為另一蟲，名喚『鴝掇』。」

「一種之物，居然化育繁多至此，」李顒歎道：「真是天機無限呀！」

趙蕤像是沒有聽見，逕自道：「竈下鴝掇之蟲，如果生時漫長，能活足一千日，則化為鳥，名叫『乾餘骨』；乾餘骨口中之涎沫，又可以化為斯彌蟲；斯彌蟲再變化，是為頤輅蟲；頤輅蟲食醋，則可以變為黃軦——」

就在這時，丹丘子像是好容易覓得一空隙，連忙接口道：「以某所見，似乎另有一說，以為頤輅蟲生於黃軦；黃軦蟲又生於九猷；九猷生於蚊蚋，而蚊蚋則生於腐草中的螢蟲。」

趙蕤點點頭，像是同意了丹丘子的說法：「萬物之形不同，而性各寓於其種；得機不同，禪行各易，而成就不同之名。修道之士，無論養氣、煉丹、修真、辟穀，大旨都在知『機』。要知道：羊肝因霉濕而化為地皋；馬血、人血因賦性有可燃之資，一旦腐敗，或再經由反覆曝曬，就會化為燐火。這些，都是隨機變化而成。如此一來，鷂可以變為鸇，亦可變為布穀；久而久之，布穀居然亦可以變為鷂——」

「如此說來，『機』可以變『性』？」李顒怯生生地問。

「非也！機所可以變化的，只是形、名而已矣。」趙蕤道：「古賢早有此論：燕子可變為蛤蝌，田鼠可變為鴽鳥，腐瓜可變為游魚，老韮可變為莧草，魚卵亦可變為蟲。一形相轉，端賴於機，豈只是『種』呢？《山海經》上曾經記載：亶爰山中有不交合而自成孕育之獸，名叫『類』，今人喚為『貆豬』、『豪豬』；此外，河澤之上，有那只相看一眼，便完遂交合之禮的鳥，叫『鶂』，亦即親水之雁——」

李顒忍不住擊牀而呼：「諾諾！是有此說，我聽說過。」

「蜻蛉生於沼池，蠛蠓生於酸酒，螽斯生於無筍之竹，輾轉相變，於是也有許多怪談，以為豹也是由之而生、馬也是由之而生、甚至人，也是由之而生！」趙蕤大袖一揚，朝山外雲靄指了指，道：「四方無識之人，以為物類必以交合而傳種，卻不知還有純雌無雄而能生子者，名叫『大腰』；也有純雄無雌而能生子者，名叫『稚蜂』。倘若沒有這些孤雄孤雌而能成孕者，那麼老子之母，焉能感巨人之足跡而懷育聖哲？伊尹之母，又焉能化枯桑之朽木而擁有身軀呢？」

李顒聽到這裡，「噫——」了一聲，無端站起身來，隨行眾吏也跟著起身，一個個竊竊私語，聲如蚊蠅。李顒這才發覺狀貌失儀，趕緊重整冠袍，重新盤膝而坐，也揮手招呼眾人復坐，道：「處士博覽精思，某乍聞妙道，愧不能追，卻出此一身熱汗！」

趙蕤仍不露半點喜慍之色，反而轉臉對丹丘子，似乎意有所囑地道：「雙桂不遠千里而來，便是『骨骸入其門，精神反其真』了，何必求其速發？就算是不材之材，更可以載莊生『終其天年』之德，是耶？非耶？」

丹丘子聞聽此語，也不由得吃了一驚。

他原本料想：這趙蕤既是當地術士，一旦大吏臨前，總不免要賣弄高明，給苦竹院出幾個難題，鬧一場口舌交鋒，以顯示自家性理妙要，手段高明，來博取大人物的豔羡。他卻沒有想到，趙蕤緣理取譬，旁徵博引了半天，將一部《莊子》和一部《列子》的玄談，導向了物種隨機變化的旨趣，這就為雙桂移植綿州而久不發枝的尷尬景況拼湊出層次更深的新解。

尤其是末了，趙蕤巧妙地篡改了《列子》徵引黃帝之言：「精神入其門，骨骸反其根」，而說成「骨骸入其門，精神反其真」，像是有意避過李顒的耳目，悄悄暗示他：「汝且安然！」也同時安撫了李顒，將道術奇觀之不果，奪胎換骨而轉換成「不材而永壽」的暗喻。

丹丘子這時似乎也不能不抬舉幾句了，隨即向趙蕤作了一揖，道：「趙處士清修泛覽，兼以深思而明辨，知機而達觀，非尋常巖穴之隱可比，真國士也。」

「諾！」李顒也搶忙接著說：「聖代即今，雨露遍地；聖人唯恐野有遺賢，而致空谷白駒之歎——趙處士若不嫌某魯莽，某有一議，盼能相商。」

這幾句話，李顒說得豪壯，李白也聽得真切——他忽然間轉出一奇念：為甚麼這場面、這氣味、這一來一往的情懷酬酢，他一點都不感覺陌生；相反地，此時此地、在此帳圍之中的人、以及他們的言談舉止，似乎曾經出現過、且不止出現過一次？

李白微感困惑；至少他從趙蕤那氣定神閒的風度中察覺：今日之會，並非不期而遇；無論來客說些甚麼、要些甚麼，乃至於即將要與他商量些甚麼，實則早在趙蕤的算籌之中習演過許多次了。

32 不憂社稷傾

《新唐書．李白傳》關於李白與李顒相見的記載只有六個字：「州舉有道，不應。」至於稍早撰就、後世流傳、也多多少少記載了李白生平的文獻——包括魏顥的〈李翰林集序〉、李陽冰的〈草堂集序〉、樂史的〈李翰林別集序〉、李華的〈故翰林學士李君墓誌〉、劉全白的〈唐故翰林學士李君碣記〉、范傳正的〈唐左拾遺翰林學士李公新墓碑〉、裴敬的〈翰林學士李公墓碑〉，以至於曾鞏的〈李白文集後序〉和王琦的〈李太白文集跋〉——都沒有交代這一段往事。

終李白一生，也只在一篇文章裡提及此番遭遇。那是他在三十歲上所寫的〈上安州裴長史書〉，寥寥數語而已：「又昔與逸人東巖子隱於岷山之陽，白巢居數年，不跡城市。養奇禽千計，呼皆就掌取食，了無驚猜。廣漢太守聞而異之，詣廬親睹，因舉二人以有道，並不起。此則白養高忘機，不屈之跡也。」

比對《書經集傳》，蜀地接近江源的這座山，橫跨古雍州、梁州之地，北起陝西鞏昌府岷州衛以西，山脈往西南走蠻荒中，直抵成都府之西；連峰接軸，懸崖絕壑，凡茂州雪嶺、灌縣青城，戴天大小二匡山等，皆其支脈，不詳遠近，通名就叫岷山。

「廣漢」二字，原本是漢朝的郡號，所指即是大唐開國以來的綿州巴西之地；唐人行文用古名以代時稱，所以連刺史也呼為太守。「廣漢太守」便是「綿州刺史」無疑；可疑的是歷經一番促膝長談之後，趙蕤居然並沒有接受李顯「舉二人以有道」的推薦。

「道舉」是首創於唐代的選官之制。士子經由修習《老子》、《莊子》、《黃帝內經》、《列子》以及《文子》之類的道家或道教經典，而取得任官資格。相較於規模傳承一兩千年的儒家經術科考，「有道」開科時間不長，設非當時當事之人，亦不甚了了。

「道舉」為大唐常科之一，自高宗時成立，縱有唐之一代而存焉。推崇道術本來就與皇家試圖崇揚李氏門第的觀念相支撐、相束縛——李唐一族本屬隴西狄道，改宗隴西成紀，與漢將李廣牽起無中生有的一脈血緣，復祖以李耳之姓，這些都是提升李氏郡望、以與傳統的山東大姓相抗禮的手段。

高宗上元年間，就有「王公以下，內外百官，皆習老子《道德經》。其明經咸令習讀，一準《孝經》、《論語》所司臨時策試。」為立科張目，參與明經科的士人也要加考《老子》策二條，考進士者則加試帖三條。

宗儀鳳三年，奉《道德經》為上經，再過兩年的調露二年，考功員外郎劉思立奏請明經、進士科也要加試《老子》、《孝經》，於是道教經典正式列入科考。

直到玄宗開元初，國子博士司馬貞又上書，稱許河上公所注《道德經》：「其詞近，其理宏，小足以修身潔誠，大足以寧人安國，宜令學者俱行之。」雖然一時之間，曾引發《老子》河上公與王弼二注本孰優孰劣的爭議，然取徑於道家、取才於道術的問學方向，卻在爭議中日益明朗。

李顒開宗明義，先將國初以來朝廷推崇道經為顯學的背景詳盡勾稽，再委婉地陳述了自己身為一州之牧，必須盡其「顯巖穴，求賢德」的職分。接著，他召喚隨行僚屬舉杯，一同向面前這位處士稱觴：

「趙處士隱此戴天山，有如隨珠和璧，可以稱得上是高節戾行，獨樂其志了——不過，處士雖然韜晦自守，而不能掩翳光華，終須應天詔而出，以堯舜之國士，化育堯舜之百姓；若某不至於引論失義，這也是趙處士眼前之『機』呀！」

「以堯、舜之國士，化育堯、舜之百姓」並非泛泛之言。李顒所轉借的是《孟子》上的話語。典故出於萬章問孟子：「有人說：伊尹曾經藉由烹調的手藝取悅成湯，而終得大用，有這樣的事嗎？」孟子嚴辭駁斥了這個流言，並指出：伊尹原本是有莘地方的自耕之農，一心所悅慕的，就是堯、舜之道，商王湯曾經派遣使者，賂以厚幣重禮，伊尹仍舊拒絕了，還留下千古名言：「索取了湯王的聘幣有甚麼用呢？何如我就是立身於甽畝之中，反而因此而能樂處躬行那堯舜之道呢？」

不過，商王湯的使者三度造訪，而令伊尹改變了心意，這時他也另有一番話可說：「吾豈若使是君為堯、舜之君哉？吾豈若使是民為堯、舜之民哉？吾豈若於吾身親見之哉？」隱者伊尹的思路立刻從「於農事之操治中體悟堯、舜之道」轉變成「讓我這先知堯、舜之道者，去喚醒那些後知之民」，甚至還更進一步地認為：「若不是由我去喚醒那些人，又有誰能夠呢？」

李顒運用這個典故，來勸勉趙蕤出隱入仕的理路，可以說是相當完整的。他把趙蕤推許為伊尹一流的人物，也藉由伊尹原先的處境，而為趙蕤設置了推託官爵利祿的藉口；最犀利的是當年伊尹終於放棄了隱居的生活，輔弼成湯以就王業，還有堂而皇之、急公好義的說詞，這也直是轉介給趙蕤而使之無以推辭了。

趙蕤眉宇開闊，神色舒朗，應聲答道：「使君忘了——萬章以伊尹出處之事問孟子，而後又有一問，說的是昔時百里奚以五張羊皮自賣其身於秦穆公的事。」

李顒道：「確然！不過孟子也駁斥了這傳聞呀。」

趙蕤的用意原本不在同李顒爭辯道理，他這時將左臂伸展開來，指掌向李白點了一點：「請使君容某紹介門人李白——此子近有一詩，言及百里奚，所見略與孟子之辯不同。」

李顒聞言，回眸望了望那端坐在交牀上、容色出眾、神情飄逸的後生，微微一頷首。

趙蕤立時再補了一句：「是一首追擬漢晉古調的〈鞠歌行〉——其詞句斑燦，旨意奇警，小有才。」

這話說來看似隨意，卻埋伏了動人的機栝，十足引起李顒的好奇，道：「能追摹相和歌辭之作，手眼想必不凡，可能為某一誦乎？」

〈鞠歌行〉，正是李白平日擬古習作之中的一篇。他記得很清楚，這是趙蕤失蹤數日之後，回到子雲宅時親授的課業。十分罕見地，趙蕤還將晉、宋間陸機、謝靈運以及謝惠連的舊作〈鞠歌行〉也為他一一說解了，甚至親為命題，道：「汝便以詠史為目，寫寫古來那些個遇與不遇之人罷！」

李白一揮而就，卻不知道趙蕤還在這詩題之中下了一步碁；而〈鞠歌行〉則讓李顒再也不願意放過這師徒二人：

玉不自言如桃李，魚目笑之卞和恥。楚國青蠅何太多，連城白璧遭讒毀。荊山長號泣血人，忠臣死為刖足鬼。聽曲知寧戚，夷吾因小妻。秦穆五羊皮，買死百里奚。洗拂青雲上，當時賤如泥。朝歌鼓刀叟，虎變磻谿中。一舉釣六合，遂荒營丘東。平生渭水曲，誰識此老翁。奈何今之人，雙目送飛鴻。

這首詩的起首六句徐徐描述卞和獻玉的故事。其下以兩句、四句、六句的句式，由促而緩，漸增鋪陳，點染寧戚、百里奚和姜子牙的遭際。末二句戛然止於孔子見衛靈公而不為所重的情景，回頭呼應了開篇。元代的蕭士贇《分類補注李太白詩》撰謂：「太白此詞，始傷士之遭讒毀棄，中羡昔賢之遇合有時，末則歎今人之不能如古人之識士，亦聊以自況云爾。」可以說幾乎全解錯了。

本詩從卞和的遭遇展開，典實見於劉向《新序》。卞和得一玉璞，獻於楚厲王，但是卻為玉尹所譖，誣璞為石，定罪以謾（欺罔），而斷其左足；厲王薨，武王即位，卞和二獻其璞，再受謗，而斷其右足。及楚共王即位，卞和奉璞哭於荊山之中，三日三夜，淚盡而繼之以血。共王還是將卞和召入，問他：「天下受刑人多了，你為甚麼哭得如此淒怨？」卞和道：「寶玉而名之曰石，貞士而戮之以謾，此臣之所以悲也。」

貞士遭毀棄與璞玉不見寶，本是一義之互證，而李白猶不以為足，中間「魚目」之笑用的是西晉張協的〈雜詩十首之五〉：「瓴甋誇璵璠，魚目笑明月。」；「青蠅」則取《詩經．小雅．青蠅》：「營營青蠅止於樊，豈弟君子，無信讒言。」的用意，比蠅為讒佞，「蠅之為物，污白使黑，污黑使白」，旁注了小人顛倒善惡的禍亂。

至於寧戚之所以能令齊桓公修官府、齋戒五日而拜相的故事，出於劉向《列女傳》。說的是管仲的侍妾田倩讀出了寧戚吟唱「浩浩乎白水」的用意，來自一首管仲前所未聞的古詩：「浩浩白水，儵儵之魚。君來召我，我將安居。國家未立，從我焉如？」這是進一步暗示：關於士人的居心用志，齊桓、管仲是無知的，其識見還比不上一個小妾。

以下則反用事典，譏誚了百里奚被公孫枝識拔、為秦穆公不次擢用的故事。原初史載：百里奚自虢國出奔，流落到秦國牧牛，是看出了虢公之貪利近愚，是一個有先見之明的賢者。而公孫枝以五張羊皮為價，居然就「買得」了此人，秦穆公則原本也不以為五張羊皮的代價能夠值得何等貴尚的人才。李白在此處巧施妙諷，「買死」二字恰恰銳利地點明君侯用士的居心，不外是勢利而已。

僅以寧戚、百里奚為「士之遇」而與卞和的「不遇」相對照，仍有不愜；李白更進一步，以較長的篇幅，棉裡藏針地「刺說」姜子牙。

姜子牙在紂王治下的朝歌，不過是一個「鼓刀而屠」的隱淪之士，年屆耄耋而不能為用，只好「西釣於渭濱」。等到周文王夢得聖人，拜姜子牙為國師，這一向是士君子遭遇名主的典範，而「太公望」以姬昌「望公七年，乃今見光景於斯」的名言而流傳千古，幾無可翻之案。

未料李白還可以操其馳騁捭闔之筆，把「武王已平商而王天下，封師尚父於齊營丘」這樣一樁裂土封疆的策動之業，轉說成放逐於不毛之地，戍守荒丘，就顯然是蓄意點染、巧為羅織了。

由此，李白橫筆掃出孔子見衛靈公的一幕，作為結語。「奈何今之人，雙目送飛鴻」，語出：《史記．孔子世家》：「（衛靈公）與孔子語，見蜚（即飛）雁，仰視之，色不在孔子；孔子遂行。」——孔子一瞥而知機，發現衛靈公居然能因為一隻過眼的大雁而分心，可見此君根本無意於向他請教「俎豆」（也就是禮樂的象徵）之事，他也就飄然遠引，離開了衛國。

在李白看來，士之「遇」與「不遇」，本無差別，這正是他綰合趙蕤「是曰非曰」、奇正縱橫之術的一個範例。他是要藉此點出：無論士人在蹇阨窮困之中是否得以夤緣遭逢知之而用之的王侯，不過是秉政掌權之人隨興親之疏之、隨機貴之賤之、隨時收之棄之的器具而已。

此詩全用事典，沒有片語隻字持論抒情，辯理全憑修辭語氣，也可視為李白以詩摘習《兔園策》典故的嘗試之作，本來就不是為了酬獻李顒而寫的；可是趙蕤舉以為說，果然令李顒大為讚賞，反覆詢問了〈鞠歌行〉的幾處字句，搖頭晃腦，吟詠再三，才對李白道：「汝才具見識如此，應該也有鴻鵠之志，豈能長久隱淪？」

李白尚未答話，趙蕤卻應聲道：「既然承使君問起了禽鳥之志，且看看這些山林之中的道侶——」說時環視一圈，精眸四顧；李白登時會意：他這師父又暗自誦起了咒訣。當下但聽得一陣高下不齊、聲調殊異的鳥鳴，從帳圍頂端、林葉密處，以及山石嵐氣之間噴薄而出；其音嚶嚶然、喁喁然、呤呤然，千口吹唱，萬竅應和，聞之不覺令人一悚。

儘使這浪濤洶湧、充盈霄壤的鳥聲嘈噪了片刻，趙蕤才微笑著，像是對李白、又像是對所有在場的人緩緩說道：「貴客不遠遐路，幸見光臨，且受戴天山群禽一禮，以答知遇之情罷！」

說時，眾人忽聽那群鳥又起了一波喧噪，不同的是，這一次是從正東方蓊鬱的樹林之中發動，鴝雀、柳鶯當先，南邊澗谷裡的烏鴉、白鷺隨之，錦雞、虹雉則逐西山路口而起，至於北天雲外的鷹鸇雕鶚之屬，也盤桓於低空之處，令人幾乎可以辨識毛羽色澤——只一晌，當真是類以群分之況。所有的奇禽隨即翅翼抨拍，如振鼙鼓，轉瞬之間各向四面八方遨翔而去。

丹丘子這時一聲長歎，對李顒道：「某至此始知，昔日讀《莊子‧達生》一篇，並未深切明白扁慶子之憂！」

李白則舉起面前的酒杯，對著李顒和丹丘子道：「山中是有好蛇，可以佐酒！」

一來一往，聽得李顒懵懂如常；李顒讀《莊子》不熟，既不知道丹丘子的一歎所為何來，也不理解「扁慶子之憂」又有甚麼寓意。而趙蕤與李白則對丹丘子這一歎的啞謎，各有全然不同的答案。

那憂，要比社稷之憂、家國之憂、天下之憂更深刻、更悲觀、更寂寞。

33 獨守西山餓

丹丘子突如其來的感歎，於他自己修道學仙的生涯而言，也埋伏下一個轉捩的契機；他是到這一刻，才體會那些令凡俗之人充滿驚詫、也充滿欣羨的手段，應該還涵泳著某些值得咀嚼思慮的旨趣。

扁慶子，是《莊子．達生》篇裡的一個虛構人物。這篇文字極可能不是出自莊周之手；某些後世考者以為是漢代陰陽家所作，也不確實。此文倒像是莊周的及門弟子仿擬其文筆，用以推闡《莊子》內七篇中〈養生主〉的思想。

此篇論旨的展開，始於莊子筆下就創造出來的人物——列子（列禦寇）——向傳說中曾經請老子留下道德之說五千言的函谷關令尹（尹喜）請教：「至人」能修行到「潛行不窒，蹈火不熱，行乎萬物之上而不慄」，究竟是甚麼緣故？

這位堪稱老子嫡傳的關令尹喜於是開導了列子一套心法，認為「至人」之始，就是「純氣之守」；一個人若能天機飽滿、精神無間、外在的形色聲相等都不能乘隙而入，就像是喝醉了的人，從車上摔下來，也不會受多麼嚴重的傷。那是由於「其神全也，乘亦不知也；墜亦不知也，死生驚懼不入乎其胸中。」

接著，〈達生〉篇的作者再藉由孔子和顏回、田開之與周威公、齊桓公與皇子告敖、梓慶與魯侯……等或虛構、或假借於史冊及諸子百家語裡面的人物，展開一層層的推進之論。

在齊桓公和皇子告敖的對話裡，出現了一個名詞：「委蛇」。這個語詞的出現，可以說是弟子們對莊子開的一個玩笑。因為原本出自莊子之手的〈應帝王〉篇裡，就有這個詞：「鄉吾示之以未始出吾宗，吾與之虛而委蛇。」「委蛇」就是不洩漏心術，隨機渾沌，應付而已。

然而，莊子的弟子可謂得其師尊的妙術，善盡玩弄語言的手法，刻意在齊桓公與皇子告敖的對話中，將「委蛇」說成是一條蛇，還是一條有車軸那麼粗，有車轅那麼長，身穿紫衣、頭戴朱冠的蛇。而這蛇，畏懼雷鳴車聲，一旦聽見了，就會捧著頭站起來——見到這種東西的人，將會成為諸侯的霸主。

本來以為自己因見了鬼而生病的齊桓公一聽到這裡，便整理了一下衣冠，片刻間覺得病體已經痊癒了。這個故事，恰恰就是從反面立論，說明齊桓公的「病」，就是不能為「純氣之守」，而被「委蛇」這種既不存在、也全憑主觀定義的「外物」所迷惑、所宰制；忽而令他沮喪、忽而又令他振奮，究其本質，不過是一場追隨無稽幻象而顛倒的荒誕而已。

可是，〈達生〉篇的作者猶不以此為足，更進一步地透過另一個虛構的人物——扁慶子之口，將「委蛇」解作一種幽棲於深林的鳥所嗜好的食物。

丹丘子所恍然大悟者，正是趙蕤在這一場令人目眩神迷的禽鳥之會後，所說的那幾句話：「貴客不遠遐路，幸見光臨，且受戴天山群禽一禮，以答知遇之情罷！」

扁慶子在是〈達生〉篇末出現的道者。當時有一個名叫孫休的魯國人，登門造訪，向扁慶子抱怨自己的處境，說他不能隱居於鄉里，因為怕人指責他避世不出，是由於修身不足；又怕人非難他在國家有患難的時候，缺乏承擔責任的勇氣。這顯然是一種試圖在官場上積極進取的說辭，卻出之以矯情的自憐自傷。

但是孫休的居心卻被扁慶子一眼識破，扁慶子當場拆穿了他，說：「你這一番話，不過是表揚自己的智能，以襯顯他人的愚拙；是張揚自己的清高，以暴露他人的污濁，像是手捧日月、走在光明之中，為的也只是自炫而已。像你這樣的人，能夠勉強保全了九竅身軀，沒有淪為聾盲跛蹇的鬼物，已經算是幸運的了，你出去罷！」

在孫休離去之後，扁慶子深深歎息了。他緊接著對大惑不解其歎的門人打了這樣一個譬喻：從前有一鳥，棲止於魯國的近郊，魯君很喜歡這鳥，便備辦了太牢之禮所用的食物來飼養牠，派人演奏了九韶的樂章來歌頌、取悅牠。可這鳥兒卻流露出傷悲而迷惘的神色，不敢吃喝。在扁慶子而言，魯君的行徑，就是拿奉養自己的方法來養鳥；倘若真要用養鳥的方法去養鳥，應該是「棲之深林，浮之江湖，食之以委蛇，則平陸而已矣。」

這一段話，實則有相對反的兩層含意。其一，是從禽鳥的物性而言，野物之自適，棲林食蛇而已，原本就不該受人豢養。其二，則恰恰藉由譏諷孫休而進一步譏諷了扁慶子自己；

因為這個孫休，不過是心智遲鈍、識見寡少的人，而我卻以「至人之德」的道理同他說了一大套，不就像魯君那樣，拿「太牢九韶」——禮樂的象徵——如此貴重的妙道，去伺候畜牲嗎？莊子在這裡又打了個譬喻為結論：：「這就好比用軒車大馬載著小鼠出遊，用鐘鼓之樂演奏給麻雀聽，這些禽獸怎麼能不受到驚嚇呢？」

從這個結語來看，先前那一大套禽鳥翔集，就掌取食，了無驚猜的展示，都還只是浮光掠影的表面文章而已；趙蕤施展道術，其實另懷深意——他是把李顒當成孫休一樣的人物了！換言之，丹丘子所體認的「扁慶子之憂」，正是真正的隱者對那些口稱聖朝，筆誦堯舜，一心一意以天下國家為憂、以朝政民生為慮的人所發的喟歎，這些混糅了理想和野心、抱負和慾望的人物，才是真正值得憂慮的對象。

不過，若再深入推想，趙蕤似乎並不寄望李顒明白這些，因為這樣嘲誚來客，畢竟是十分失禮的；而這一切佈局諷喻，更不會是為了恰巧隨行而來的官員屬吏、或是丹丘子而設。那麼——

丹丘子明白了：趙蕤所作所為，恐怕都是為了眼前這個看來才華洋溢的年輕詩人。

至於李白，誦罷了詩篇，依舊敬陪末座。對於香牀之上的李顒、趙蕤接下來的一陣喁喁私語，並不能字字入耳。丹丘子則頻頻向他舉杯，其間也不免找些話題殷勤就問，兩人說到了詩，一時意興昂揚起來。這時，別駕魏牟忽然攔過話，道：「李郎之詩，似仍由古調入手，與近時風尚頗異其趣——設若有心上進，還須多留意法度。」

李白看魏牟年輩甚高，不敢失禮，遂欠身答道：「長者之言，某敬祈奉聞。」

魏牟並不遜謝，點著頭，讜論道：「詩之為物，最忌直白。本朝各科多試帖詩，端看士子心思曲密與否，此作詩一大要旨，一旦趨逐平易，不免流於淺俗。汝輩少年行，如果有心仕途，一定聞知六、七年前，考功王丘員外知貢舉時，以『旗賦』一題，訂韻腳之格；這便是大勢所趨呀——非如此，實不能仔細考究士子的資質。至於賢郎之作——」

魏牟說到這裡，將頷下鬍鬚一拈，皺眉咂嘴了半晌，輕輕地搖了搖頭，道：「辭氣凌厲，鼙鼓紛縱；聞之令人悚然。不過，壞也就壞在此處——須知詩教溫柔敦厚，議論則重婉轉，說甚麼『五羊皮買死百里奚』，非但質野，語跡甚至說得上是粗鄙了。」

李白垂了頭，應聲：「諾。」

他看著魏牟，偶爾也看一眼丹丘子——丹丘子對魏牟的議論似乎極之不耐，時不時眉眼斜擰，又像是害瞌睡。這時，李白發覺魏牟的面顏形軀漸漸變小，而他周身的地貌景觀則隨之變得深邃幽窅。

若是越過魏牟的肩頭，望向更遠處的山曲，彼處有暮雲冉冉而升，雲中似有蠢蠢欲動之物；若蟲、若獸、若仙、若龍；而他的詩句，已經穿透魏牟的諄切之言，在那天地之間，影影綽綽地浮沉著了。這首詩，日後冠以〈來日大難〉之題，每當李白遇著迂儒鄙夫，都會忍不住吟來作嘲：

來日一身，攜糧負薪。道長食盡，苦口焦脣。今日醉飽，樂過千春。仙人相存，誘我遠學。海凌三山，陸憩五嶽。乘龍天飛，目瞻兩角。授以仙藥，金丹滿握。蟪蛄蒙恩，深愧短促。思填東海，強銜一木。道重天地，軒師廣成。蟬翼九五，以求長生。下士大笑，如蒼蠅聲。

此日，直到這一行人告辭離去，趙蕤望著牛車軋軋聲中一陣又一陣飛揚的塵土，忽然縱聲大笑，笑罷了，冒出兩句詞氣詭異的話：「舉有道，非常道；使有名，非常名。」

李顒一行繼續他們的春遊，向桃花林以及大明寺進發。但是對於刺史來說，大事已經辦了，他傾心滿懷只有一念：該如何運用恰切的典語事例，寫好他的薦表？此行，他遇見了有道術、也有學問的人，更不期然遇見了詩才英發，風姿雅健的後生，這都令他覺得意外，卻也異常滿足。如果依照趙蕤的義理推論，那雙桂樹的確是一個「種」，而此「種」所遇合際會的「機」，不正是戴天山的師徒二人嗎？他們，不正是綿州所孕育、而應該由刺史所顯揚的雙桂樹嗎？

這使李顒感到興奮，以及忐忑。畢竟，當前朝廷用人，還是以科舉和門蔭為入仕之起點。薦舉之後，略加策問，雖然足以令布衣入署從事；不過一般說來，還是以舉薦現任或「前資」官為大體，原本寒門小姓而又是白身之人，最常見的就是入居幕府之後，歷幾任微官，在大帝國邊遠荒僻之處像僧侶一樣地寂寞修行，仍舊討不了甚麼像樣的地位。

可是這也使李顒煥發出一種舍我其誰的悲壯意志，在他眼中，「孤寒無援」的士人，猶如一口一口的冷竈，正需要知其不可為而為的人，溫以微燄，燃以星火。他想像著未來——

朝廷一旦接納了他的薦表，或許受那文筆的感動，會有星使帶來消息，果然徵辟了趙蕤、李白；甚或只是某一位居要津的顯宦，也像他一樣，獨具隻眼，願意將兩人延辟入幕，這對地方上的後進子弟來說，又是多麼深遠宏大的激勵？

李顒萬萬沒有想到的是，趙蕤恰是從完全對反的另一面著眼。

李白大惑不解地問他：「『舉有道』、『使有名』，尚可解；而『非常道』、『非常名』實不能解。」

趙蕤依舊望著遠方逐漸平息下來的車塵，道：「刺史欲舉我等入仕，汝與某一無出身，復為寒士，亦乏援引，即便文才美好，能御千禽萬獸，天家寧復召我等充控鶴監乎？縱使召去，汝便任乎？」

「控鶴」一語，典出漢劉向《列仙傳．王子喬》：謂周靈王太子晉好吹笙作鳳凰鳴，遊伊、洛間，為道士浮丘公引入嵩高山，三十餘年後，託言告家人：七月七日待我於緱氏山巔。屆時，王子喬果然乘鶴於山頭，望之不能及。而這位王子則舉手為禮，像是謝別時人，過了幾日，便仙去不回了。

在武則天后垂拱中期，曾改太子左右監門率府為左右控鶴禁率府，為宿衛近侍之官。到了李白出生之前二十一、二年，也就是武氏當國的晚期，又設立了一個專屬於女皇的衙署，名為「控鶴府」，由其男寵張易之掌轄。在府中任事者，多為武氏之所幸，以及語言侍從之臣。此署既從事詩文作品之編纂，復可以視為女主之後宮。可以說是是武則天的一個小朝廷，「每因宴集，則令嘲戲公卿以為笑樂」。到了趙蕤同李白辨析官場時局的當下，控鶴府更以由於權柄淪替，而成為臭穢不堪聞問的一個語詞。

然而李白知道「天家」、「朝廷」、「仕途」似乎又不止於如此。他最不明白的是：看來那刺史明明是因禽鳥翔集的異象而來，這異象又為趙蕤所催動。兩造一旦相聚暢談，看似趙蕤還儘力逞其學、露其鋒，務使李顒為之服德改容，為甚麼當刺史滿懷得才而薦的欣喜和希望離去之後，趙蕤卻在這一刻流露出不屑食雞肋的神情。

「刺史薦舉，豈是玩笑？」李白問道。

「非也！」趙蕤笑道：「正因為不是玩笑，故不能應其舉。」

李白還是不能體會趙蕤的心思，只能半帶譏嘲地說道：「神仙辦事，瞻之在前，忽焉在後；何其縹緲曲折？」

趙蕤這時瞪起一雙瞳子逼視著李白，道：「以時下官流視之，彼舉我等以有道，則我等便入官常之道乎？」

「這——」

「而今京中九品小吏，有二官職，一曰正字、一曰校書，於三十品階之中，位居二十七、八，號曰清貴，也只勝過那些不入流的小吏。欲以科舉得之，猶須等地稍高、文學兼優者；尚待『門資』伴襯，汝與某，豈有父蔭、祖蔭可依？」

門資，是很現實的條件。父祖以上幾代任過某一品秩以上的高官，便可以蔭及子孫，使能得到任官的資格。這種貴盛之家的後人，多半在少年時代就曾經於宮廷中擔任過名義上或實質上的衛官、齋郎、挽郎等，為期六年，進一步取得參選文武官職的資歷。所謂：「以門資入仕，則先授親、勳、翊衛，六番隨文武簡入選例。」現實之中，或有「一字都不識，飲酒肆頑痴」而得受任此官者，也就是所謂「無賴恃恩私」之徒，這，全仰賴朝廷制度的保障使然。

趙蕤接著又道：「入流任一小官，更須經歷無數遷轉；於正字、校書之後，放一中縣、下縣，作兩任縣尉、參軍，轉眼十年也就過去了；倘若以文才見長，加之以時運遭遇不惡，或許入職弘文館，再沉埋數年，仍不免要出調於某州某府，也還就是參軍、別駕，如能勉保處人行事無大過，又是十年。此乃官常，司空見慣。」

「神仙說：『舉有道，非常道』不是？」

「『非常道』者，不入官常之道也。」趙蕤在這一刻又流露出燦爛的笑容：「儘管讓刺史去作他的表薦文章，我等便是『如如不動』而已。」

「那不是辜負了刺史的一番美意麼？」

「刺史乃官常中人，豈能不明白其間的奧妙？」趙蕤道：「一旦表薦，即成就了我輩的名聲；我輩設若不就其舉，這名聲，就更非比尋常了。」

「名聲？」

「名聲！某今日設施，不外就是賺他一個千里之名耳——」趙蕤神色煥發，對群山如對千眾萬眾，敞襟揮袖，侃侃而談：「試問：渭濱之望，隆中之對，何嘗經過那麼些青黃燈卷，筆墨折磨？為聖人師，為天下計，又何嘗須要我輩枯心應考，連年守選？——『商山四皓』故事，汝應該是十分熟悉的吧？」

李白點了點頭，道聲：「諾。」

《史記．留侯世家》所載，極為通俗曉暢的一個故事。東園公姓庾，字宣明，居園中，因以為號。夏黃公，姓崔名廣，字少通，齊人，隱居夏里，故號夏黃公。用（音路）里先生，河內軹人，太伯之後，姓周名術，字元道，又號「灞上先生」。

相傳此四人為秦七十名博士官之餘，通古今，辨然否，典教職。因不忍秦政暴虐，隱居商山，過著「巖居穴處，紫芝療飢」。漢興以後，也拒絕了高祖劉邦的徵辟，世傳曾以〈紫芝歌〉明志：「莫莫高山，深谷逶迤。曄曄紫芝，可以療飢。唐虞世遠，吾將何歸？駟馬高蓋，其憂甚大。富貴之畏人兮，不如貧賤之肆志。」

沒多久，高祖欲廢呂太子劉盈，立戚夫人之子如意，張良便請商山四皓為太子輔弼，劉邦自然大惑不解，謂：「我求訪四位老先生多年，諸位總是畏避不見，今天卻願意追隨小兒出入，這是甚麼道理？」四皓應道：「陛下輕慢士人，好謾罵，臣等義不受辱，只好逃亡藏匿。竊聞太子仁孝，恭敬愛士，天下人莫不延頸欲為太子死者，所以我們也就來了。」劉邦於是便指著這四個老人，示意戚夫人：「而今我就算想要另立儲君，卻有這四人輔之助之，看來太子羽翼已成，難以撼搖了！」

李白對這掌故並不陌生，可是卻不明白趙蕤此時藉言此典的用意，正待要問，趙蕤已繼續說下去：「劉盈即位，亦非明君，何故？四皓耄耋矣、昏瞶矣，其識人之不明如此，堪見也就是浪得虛名而已；以浪得之名而受顧命之責，是留侯不肯自己放手作；留侯不自為，乃付之於四昏瞶老人，是留侯早知劉盈之不可輔、不能弼、不成材。明知其不可輔、不能弼、不成材，卻又假手於人，如何有據？」

李白也給這一問問住了，只得搖了搖頭。

趙蕤像是早知他答不出來，逕自接道：「寄託天命國祚於四皓，便只因四皓有天下名，可以孚天下人之所望。然則，容某再問：這天下名，究竟從何而來？道理也很簡單，從高祖求之不得而來。於是可知：這名之為物，本有一理；求之而得，儘管名噪一時，未幾或敗；求之而不得，則聲價不墜，歷久彌新。如此，汝子明白也未？」

「難道這就是『使有名，非常名』麼？」

「然！」趙蕤道：「若刺史一舉而應之，汝便得一小官，窮守三數十年，猶不免賫志以歿；若舉而不應，汝便乘名直放天下四方，萬里京國！」

34 手攜金策踏雲梯

趙蕤的預言一點沒有誇張。就在李顒一行人離去未幾，道途之上就已風傳起來，說是大、小二匡山術士施展神通，引來鳳凰、大鵬還有孔雀，其兆大吉。而刺史也據此上表奏聞。依照往例，朝中必有封賞。閒話裡，每每提及趙蕤和李白的姓名。過不了幾個月，大明寺的慈元和尚便來了。

慈元趕了輛驢車，帶來李客轉託交付的衣物、米穀、和大批油鹽茶醬之屬，還有一封簡札，和幾句要緊的口信——口信不外就是吩咐李白專志讀書，上進不懈。簡札則是要言不繁地囑託趙蕤一件事——李白讀書向道，皆是本分。不過，如果行有餘力，實在應該讓他能夠「放跡江湖，磨礪行腳，以圖自樹立耳。」

這一份居心，趙蕤當然明白，李客自己是千里萬里胡塵漢水走闖出身，長幼二子也早就及時立業；唯獨這李白行將弱冠之年，好容易不再遊手好閒，可是看來還不能通曉世事，練達人情；這一層憂慮，委實與日俱增。

月娘從趙蕤手中接過信，順口問了句：「每年開春，李客都要往三峽隨船浮江東行，今歲卻不見行蹤？」

慈元稽首合什，垂眉低臉，一言不答。

趙蕤則趕緊招呼李白將車上糧貨卸了；見他走遠，才低聲問道：「李客呢？」

「官司事了，」慈元低聲道：「便下三峽去了。」

月娘仍舊大惑不解，作狀要追問，趙蕤抬手止住，又低聲對慈元道：「昌明市上傳聞若何？」

「都說刺史上了表薦，」慈元猶豫了片刻，才道：「遂不便來。」

「虧他心思細密。的確，不來的好。」趙蕤點著頭，可是一轉眼，便沉下了臉色，道：

「只這歲月遷延，某還真不敢說：他父子幾時能復相見呢？」

月娘：「天倫至親，有何不可相見？」

「賈人之子，倘若傳揚開來，日後如何取清要之官？」趙蕤說著，又轉向慈元，道：「然則，李客行前還說了甚麼？」

「只道今秋回不得鄉，盼能於來秋與檀越一會。」一面說著，慈元一面從海青大袖中摸出一卷紮縛停當的文書，捧付趙蕤：「這些都是李施主多年間往來成都經營所得，合是為李郎具備的盤纏。」

「是契券？」

「是『無盡財』，敬奉檀越轉呈李郎。」慈元道：「李施主還說：倘若李郎此行尚有敷餘，便請檀越收取了，以為薪水之資。」

隋唐以降，佛門的福田思想已經逐漸發展成熟，以為寺院資產之恢弘，即是菩薩行之踐履。所謂「無盡財」，便成為大唐立國前後日益普遍的一種觀念和教條了。《釋氏要覽・寺院長生錢》有云：「律云無盡財，蓋子母輾轉無盡故。」這是將佛法廣大與萬物無盡藏相互認證、相互詮解，以為佛寺資產必須經由不斷的布施，以供養佛、法、僧、眾生，日日常不斷。

所謂布施，其事淺明。由於寺廟本身擁有資產，出借於窮困、急難或是缺乏生產之資的百姓，有時只是為了助人度過饘粥不繼的生活難關，有時則幫助了小家小戶得以務農、習藝甚至經商。緣借貸而收取微息，便是所謂的「子母相生」了。

然而所求者眾，方便之門無時不開，總有遇事周轉的需要。有的僧侶也願意拿出私蓄來發展無盡財，其中自然不免有以慈悲發心者，也少不了藉著這手段累積一些個人財富，而未必歸於叢林常住者。無論動機若何，一旦寺廟窮於應付借貸方無邊無際的需索，便得求助於家資雄厚的施主。從施主的立場而言，能夠幫得上寺院的忙，接濟窮困，深廣福田，討諸天神佛的歡喜，也是值得稱道的情懷——更何況其中仍有微利可圖。

慈元和李客所締結的友情，便有了這一層通財之誼。不過，這僅僅是浮光一面，其底蘊尚與大明寺的來歷有關。

綿州大明寺原本是一個獨立的叢林，施行子孫繼承之制；建寺以來，原先都是由本寺僧徒中擇賢擔任住持。不過，大明寺所奉《像法決疑經》並不常見。本經敘述佛陀入滅一千年後的佛法衰變之相，主旨在於勸導僧俗眾生「修佈施大悲之行」。由於從來不知此經譯者之名，而被視為「偽妄亂真」，開宗數代，聲聞不彰。

因此，寺僧群聚商議，叢林應改弦更張，由本寺徒僧先向十方傳法寺院請法，接受法印。之後，復於本寺子孫徒眾中遴選耳目聰慧、知見高明、德業賢能者嗣法主持。之所以如此，除了開拓本寺修業之外，也使大明寺有了向外傳法的資格。

《像法決疑經》之所傳，帶有某種堅決的理念，一言以蔽之曰：「義」。經文大旨，就是勸人將一切眾生視同自己的父母、妻子、兄弟、姊妹……等親眷，因為這樣一個家族之間本來具有相互照拂、看顧的義務。而這「義」字，又本有相反兩重意涵——其一曰「宜」，凡事之恰切合理而正當，無庸置疑；其二曰「假」，於是俗有「義父」、「義兄」之稱，也就反證了這個字的第一義——說的正是「以假為真」——這是一種要把原本非親非故者視同親故的感情能力。此義，又與一個一百多年之前、由佛教俗家信徒結成的信仰團體密切相關。

李客與慈元的通財之誼，還要從這個有些年月的秘密組織說起。

35 賢人有素業

話說昔年外號人稱「射雕手」、「落雕都督」的斛律光，雖然曾經為北魏高歡、高澄父子所信用拔擢，卻在晚年遭到高澄之侄高緯——也就是北齊後主——的疑忌，派力士劉桃枝將他襲殺於涼風堂。

斛律光尚未遇害之前，家室烜赫，當代無可與比肩者。他的弟弟斛律羨、以及斛律羨的兩個兒子斛律世達、斛律世遷，這父子三人在斛律家族被誅滅之前，一直掌握著一個秘密的組織，長達一、二十年；由於後世對此所知不多，也只能猜測。斛律家族最後存活的七年之間——也就是斛律羨擔任幽、安、平、南、北營、東燕等六州軍事都督的期間，曾經相當頻繁地資助並聲援了這個秘密組織的工作。

這個組織沒有其他名稱，就叫做「義」，而且就連這個「義」字，也不是組織中人用以自呼或互稱的。

李白出生之前的一百六十年，高歡奉孝靜帝於鄴城之後，北魏分裂為東魏、西魏二局，江山殘破，收拾艱難。尤其是北方各個據地自雄的軍閥連年征戰之餘，遍地皆是無人收葬的腐屍枯骨，綿延數十百里，行者怵目驚心。

當是時，有一個頗富貲財、名叫王興國的佛教俗家信徒，基於不忍之心，率同了十個鄉人，將戰場上殘留的輜重大車修繕如初，沿著涿水兩岸逐一撿取無名的枯骨，聚埋成大塚。也由於不能確認死者的身份里籍，便一律視同本鄉父老子弟，稱之為「鄉葬」。

此一義舉源自於十一義人，純粹本乎釋氏慈悲的襟懷，實在沒有其它的動機。善行卻招致了意外的發展。許多失去家人的百姓寧可相信自家失散的亡者都已經入於大塚，得到安息，於是聞風而來，到鄉葬墓所前祭拜。

於死者，王興國已然動容戚心；於生者，更不能拂衣袖手。一見來者都赤貧無可聊賴，王興國便又發起諸鄰里親友，為這些跋涉而來的陌生人埋鍋造飯，供應漿水，且不索酬值；只說這飲食是基於佛道之義，故為之「義食」。「義」這個字，恰是在這一時代背景之下，才開始具有眾人集資、地方公益以及慈善事業的語意。

十方來者泰半受到鄉葬、義食的感召，盤桓不忍遽去，但是佇留當地，卻仍然缺乏衣食之資，反而不免忍飢受凍、以至於憔悴病苦。同時，在附近瀛州、冀州、幽州等戰事仍然膠著之地，尚不斷地湧來大批難民，他們都是聽見道途傳言，以為鄉葬之地可以託身寄命，想要來此渡過此一時的災劫。

流離之勢既不可擋，王興國則處於善門難開、善門難閉的窘境，就算是金山銀山的累積也未必能夠支應。除了想盡辦法貢獻一己的家產，還須四處拜謁所結識往來的富人，廣為化募。這時，有人給出了主意，謂：「欲開布施之門，須邀豪貴之家；欲邀豪貴之家，須博高尚之名。」這話的用意雖然不見得純厚，但是點出了一個事實：豪貴之家維繫於高尚之名，而高尚之名還倚賴能傳揚周知的布施。

東魏孝靜帝武定二年，經由當地——范陽郡——首屈一指的高門大戶盧文翼所紹薦，請來當世知名的高僧曇遵，親自到鄉葬義食之地弘法。這時，大塚旁已經粗建起寬達數十架、深可十多間的「義堂」，日夜前來就食的人何啻千百之數？曇遵一眼看見，不覺為之感動而泣下；這一泣，猶如佛泣，也感動了所有的人，以及日後將要聞知這一盛況的人。

曇遵師承於地論派、四分律宗的宗師慧光，慧光授《十地經論》之根據地即在鄴都，傳人極夥，影響至巨；日後的華嚴宗和律宗也從此一譜系而展開。從佛教史上看，曇遵在宗法教說上或恐不及其師之化移廣遠，但是在對「義」這個慈善組織的長久聲援和支持，則為他奠定了不容磨滅的地位。他當下裁示隨行的五十多名弟子，將鄉葬、義食、義堂的布施廣為宣揚，到處勸化。此外——可以說全然出乎盧文翼等人之所預期；曇遵竟然在范陽郡駐跡五年，並派遣兩個堪稱富室的俗家弟子馮昆、路和仁，拓殖經營，開設「義坊」，供應「義診」。

也就在這一段期間，曇遵和他的弟子便於宣講佛法之際，時時將「義」與「福」牽連成一體，所運用的，是一部《像法決疑經》。

有說佛滅五百年為正法時期，此後一千年為像法時期，再後一萬年為末法時期。紛紜其觀，說亦不同，有改五百為一千者，亦有改一千為五百者。總之，佛滅渡之後，法儀未改，有教有行，有證得果位者，稱為「正法」。像者，似也，法儀不行，隨而無證果，但仍有教有行，唯與佛法行相似，稱為像法。至於「末」者，微也，但有教而無行，更無證果，稱為「末法」。《像法決疑經》就是在佛滅之後千年應運而生的一部佛經。

在《像法決疑經》裡，不斷敘述常施菩薩向釋迦牟尼佛請示：在「像法時期」，何種福德為首要？佛祖所再三開示者，乃以布施貧窮孤老為要務：

善男子，若復有人，多饒財物，獨行佈施，從生至老；不如復有眾多人眾，不同貧富貴賤，若道若俗，共相勸他，各出少財，聚集一處，隨宜佈施貧窮孤老惡疾重病困厄之人，其福甚大。假使布施，念念之中施功常生無有窮盡，獨行布施其福甚少。

這就是把「布施」和「聚集」綰合為一的論見。甚至隱隱然有「獨行不善」的諷喻之意。

不但如此，濟苦救貧也終將顯現「福田」所涵括之事究竟幾何？除了施衣布食、興造墳塚，人之孤貧堪濟之務多矣，大難來時，「道長食盡，苦口焦唇」，至少要能供應旅人解一時涸渴；那麼，鑿井以奉茶水也是福田之一端。天南地北，相望不能及；那麼，修建橋樑以利往來也是福田之一端。酷暑逼人，每有一經曝曬便瘐斃於荒野者；那麼，種樹成蔭自然也堪為福田之一端了。

由曇遵親自率領躬行的善行，對於俗家廣眾而言，大約便可以名之為「營構義福」的事業。

馮昆於此後十三年一直留守范陽，日夜勤劬奉獻，撫輯流亡，發展人丁家戶，直到北齊篡東魏之政以後，病故於武成帝天保八年。曇遵和路和仁則在一度應武成帝徵召入京奉職一年多之後，堅辭官事，回到范陽。他們持續著從鄉葬而發展出來的「營構義福」，可以說在「佛法之義」——也就是「道義」——的基礎上，為孤苦寒弱的百姓重新建立了一個人倫環境，所謂「設供集僧，情同親里，於是乎人倫哀酸，禽鳥悲咽。有茲善信，仁沾枯朽，義等妻孥，恩同父母」形成空前廣大的感動。

不料，這卻為整個以鄉葬義食為核心的慈善事業帶來詭譎的變數。

一如前述，從東魏嬗及北齊之間，斛律光家族曾因累世軍功而貴顯無倫；再加上與皇室聯姻的緣故，聲勢幾可與皇室並駕，這是很難免於疑忌的一種處境。當斛律羨和他的兩個兒子也基於佛教信仰而大量捐獻，以「營構義福」之事一旦為皇室得知，便引起了廣泛的遐想和陰苛的猜測——斛律家族如此耗資散財，廣結黎庶，他們究竟想在范陽作甚麼？

斛律光的女兒是北齊後帝高緯的皇后，兒子則娶了當時的公主，世傳彼時北周大將韋孝寬謾造謠歌，稱：「百升飛上天，明月照長安」——「百升」即暗喻一「斛」字，「明月」則是斛律光的號，這十個字的歌訣意旨相當鮮明，就是說斛律光已經和長安的北周政權暗通款曲，即將謀取天下。

然而徒謠曲不足以為據，真正令高緯痛下殺手的傳聞是：斛律光和他的兩個兒子已經在范陽整頓民伕，編裝部曲，號稱「義福」，欲合六州軍民，一舉而下鄴城。高緯於是將斛律光招入涼風堂中，拉殺了時年五十八歲的落雕都督，詔稱稱斛律一家謀反，盡滅其族。

「義福」之作為一個叛亂部隊，原本是子虛烏有之事。曇遵名望崇隆，高緯亦不敢擅加誣罔。但是為了招顯在范陽的所作所為，俱屬大慈無私，曇遵再度去至鄴下，請謁至尊，隨即奉詔而出，不多久，曇遵便生了病，「坐誦《維摩》、《勝鬘》，卷了命終，卒於鄴下，時年八十有五。」

經此霹靂當頭的一擊，與曇遵較為親近的五十弟子之中，有的不免灰頹喪志，而那些曾經蒙「義」之恩、受「福」之惠的人，容或惴惴不安，也奮起了同仇敵愾之情。然而，慈悲之廣大確乎能超脫生死、是非、成敗、得失與夫榮辱；這般憤慨的情緒，很快地便在僧人們的主持之下平靜了。他們知道、也相信：「義福」不是虛設之詞，「營構義福」若真要發展為一個更強大的團體，也並非不可能之事。

曇遵的弟子之中有多半從此離開范陽，他們原先是擁有義堂、義坊的布施者，事之後卻成為雲水天涯接受布施的人。然而，恢復宗派、光大教義、「以道義為福田」的思想傳承從未中斷。相反地，在艱困卓絕的行腳生涯裡，更多的善男信女受到他們修行的感召，而投入了自苦為極的布施行列。

最初的這一批僧人沒有特立名目，只是約定以吃苦、忍辱為宗旨，每天只進一餐由乞討得來的飯食，且恪守不向寺院求乞的法則。他們在道途間，遇見了任何男女，皆施以揖拜之禮。由於不能擁有私財，若受了一日一餐以外的布施，便要返還眾生。

與其他僧俗廣眾更不相同的是，一旦去世，連屍體都不能入棺槨、成殯葬。為了不妨礙觀瞻，必須將肉身棄置於於森林之中，以為鳥獸之飼養，號之曰「即身佈施」。

這一代的僧侶很快地吸引了、也啟蒙了原本窮困無依而激切善感的青年、少年，常常起而追隨他們行腳四方，雖然也還就是過著有如丐者一般的生活，卻備受士商黎庶的尊重。漸漸地，他們也由於反覆談辯、議論，而開展出類似教義的綱領；除了一日一食、即身布施之外，還反對念佛三昧，主張不唸阿彌陀佛，只唸地藏菩薩。以為一切佛都是泥塑之像，不必禮敬；而真正的佛，就是眾生。

而北齊、北周與南朝對峙的時代也兵疲馬困地落幕了。隋文帝楊堅統一天下，就在此時，一個曾經在相州法藏寺出家、法號「信行」的僧人，忽然在該寺「捨具足戒」；也就是公然宣告不再遵守加入僧團時所誓守的戒律。

信行的用意，並不是還俗，而是更進一步地宣揚、實踐種種親服勞役，節衣縮食和濟貧救苦的職志，所謂：「修道立行，宜以濟度為先；獨善其身，非所聞也」、「願施無盡，日日不斷」。這個信行僧，正是生小受到從范陽流亡天下的僧人影響極大的人物。「無盡藏」也就是從這裡發軔的。雖然信行本人體弱多病，不能永壽，在五十四歲上就圓寂了。但是他捨戒之後反而形成了更廣大深刻的感動，他創立「三階教」，並興建化度、光明、慈門、慧日、宏善等寺，顯然也都是當年由曇遵及其五十弟子所啟發、傳衍的「營構義福」之親切實踐。

「三階教」依時、處、人三者而立其宗。所謂的「時」，也就是指佛滅後的正、像、末三個時代而言。所謂的「處」，也就是指業報所在，分淨土、穢土與戒見俱破的眾生世界。所謂的「人」，則是因「根機」不同，而劃分的「一乘」，包括持戒正見與破戒不破見兩種；「三乘」，包括戒見俱不破和破見不破戒兩種、以及「世間根機」——為戒見俱破的世間顛倒眾生。

關於「人」的這些論理，都相應於「三時」而成立。信行認為：他所處身的這個時代，已經是第三階的末法時代，善根普滅，正見不存。縱使研讀佛經，輾轉注釋，也無濟於僧俗兩界。反而由於各持經義，別持偏見，因是因彼，乃生愛憎之心而各執一端；一旦言辯，不免謗法。

所以，不論為了弘揚佛法，還是為了拯救知見，唯有力行布施，才是唯一的正道。緣布施而建立寺院，寺院便成為「無盡藏」，必須經營將本出息、子母相生的「無盡財」；這與先前的任何宗派以寺院為誦經禮佛之窟的見解，可以說全然不同。這就引起了許多寺院僧團的不滿。

而從信行圓寂六年之後的開皇二十年起——也就是李白出生前的一百零一年、直到李白出生前兩年——的整整一世紀之間，三階教數度被隋、唐兩朝官方宣布為異端，敕令禁行，或是明令指責其經籍違背佛意，將之「盡送禮部集中，作偽經符籙論處」，下場不外是焚燬。此後，這個教派的文字論述可以說就淪亡大半了。不過，在現實生活上受布施而勉強活命、而維持生計者，依舊於感恩戴德之餘，奉之不移。

朝廷之所以嚴厲控制三階教，除了因為其他自居正信正見的僧團圍剿之外，也不免憂心這樣一個看似無所求報的組織會掩翳了天蔭皇恩，而不能不予以遏阻。但是，對於三階教「無盡藏」之提倡布施，積聚財物，卻又顯然有不得不倚賴其分責分憂的苦衷。換言之：當局所無力為之的救濟事業，又委實需要有人代勞。

三階教，便在這樣一個政教的夾縫之中，繼續傳承著「營構義福」的慈悲事業。而大明寺，正是「無盡藏」的一個傳燈之地。

36 豈是顧千金

大明寺初建於東魏曇遵再傳弟子之手，奉《像法決疑經》，但是於貞觀年間由原先的子孫繼承之制改向十方傳法寺院請法，接受法印，緣此而得一名僧，成為住持。此僧俗家姓史，是犍為武陽人，在益州嚴遠寺剃度，法名道會。

由於「蜀門小狹，聞見非廣，乃入京詢訪，經十餘年，經論史籍博究宗領」，道會最後來到長安，入三階教的創始者信行所興立的化度寺修業。這段因緣，使得他他日後深造回蜀，一心想要大開義福之教，導引後銳。

方此之前，隋、唐易代之初，唐高祖李淵深知：蜀地不平，天下不安；天下既定，蜀地亦不能縱令自完。遂興開發蜀地之念，敕命詹俊、李袞為軍帥，即將展開對地方上前朝殘餘勢力的清剿。

為了不使故鄉遭致兵燹之禍，道會立刻上疏，提出了一個空前的看法，希望皇帝能不以軍事行動為務；而他願意一馬當先，用宣揚佛法的手段，為新成立的王朝作一綏靖地方的先鋒：「會請躬率徒隸，振錫啟途；折簡宣威，開懷納款。軍無矢石之勞，主有待成之逸。此亦一時之利也；惟公圖之。」

他的觀點非常奇特，加之以文章優美，詞采華麗，本來極可能打動天聽，可是上疏之文卻為派駐在蜀地的安撫使淹留不發，這一番藉佛法安人心的宏圖壯志也就遷延下來。

道會潛心釋氏，卻力持十分激進的想法，曾有「天下改觀（按：即道觀）為寺」的論調。在不斷努力奉道教為國教的李唐王朝治下，試圖將道教勢力全面清除，顯然是不合時宜的。當時因弘揚佛法言語激烈而招嫉受謗的案件很多，不少犯了忌諱的僧人還因之而下獄、革除僧籍，道會也曾經被牽連下獄。「遂被拘執，身雖在獄，言笑如常，為諸在獄講釋經論。」事實上，在極端困頓的情況之下，還能談笑弘法的，不只道會一人，另外還有十多個同他一起被囚的僧侶，他們經春至冬，人人「衣服襤褸，不勝寒酷」，可見慘苦。

也因為實在不勝寒酷，他在獄中曾經向化度寺求助，寫了一封駢四儷六，情詞並茂的書信，有這樣的一段堪稱經典的文字：

> 自如來潛影西國，千有餘年；正法東流，五百許載。雖復赤髭青眼，大開方便之門；白腳漆身，廣示歸依之路。猶未出於苦海，尚陸沉於險道。況五眾名僧，四禪教首，頭陀聚落，唯事一餐；宴坐林中，但披三納。加以無緣之慈想，升錘以代鴿；履不輕之行，思振錫

以避蟲。今有精勤法子，清淨沙門，橫被囚拘，實非其罪。遂使重關早落，睹獄吏而魂飛；清室晚開，見刑官而思盡。嚴風旦灑，穿襟與中露俱飄；繁霜夜零，寒心與死灰同殪。若竟不免溝壑，抑亦仁者所恥。

這封信一向乏人重視，但是，它卻堪稱為「無盡藏」事業歷史的一宗重要文獻。書達未幾，化度寺便派人到獄中送來了足以禦寒的皮裘和鞋襪。三階教僧團還運用朝中大臣信徒的力量，隨即開釋了道會，放之歸蜀。此後，道會即在大明寺住持。

當道會離開京師的時候，三輔名僧，華蓋萃集，車駕數以百計，簇擁塞途，齊送高僧出城門。道會即席賦〈與諸遠僧別〉詩：

去住俱為客，分悲損性情。共作無期別，時能訪死生。

當下不問道俗，聞者皆為之墮淚，其胸懷器識之動人如此。

道會於貞觀末年圓寂，得年七十。生前對於三階教「無盡藏」在蜀地的發展，貢獻極深；可想而知，當初淒寒極甚之時，獄中一裘一鞋之助，其猶雪中送炭。爾後大明寺之放貸濟貧，也可以從那一封「若竟不免溝壑，抑亦仁者所恥」的情懷上窺見端倪。

僧尼放貸，早有傳統。史冊明載：北魏尚未分裂之前的世宗永平二年，即有沙門統（總理天下寺廟之僧官）法號惠深者上奏：「比來僧尼，或因三寶，出貸私財」。「無盡藏」將本取息，母子相生財富的確是不斷累積的。這一份資產平素分為三份，一份給全國修理寺塔，一份施天下貧窮老病，一份由僧團自由支配。不過，惠深上奏的寥寥數語仍舊顯示了「無盡藏」的好幾重意義。

其一，僧尼的確可以擁有自己的財產。

其二，僧尼可以為了恢弘佛、法、僧三寶在世間的影響而出貸財物，其間即使有些許微薄的獲利，未必歸於「常住」，也不會受到指責。

其三，從相對的借方言之：由於普遍的困窮，入不敷出、寅吃卯糧是絕大多數百姓的生存景況，凡有家戶者，幾乎無不仰賴一時借貸，遂使薄有資產者也能稍事放貸取利。

其四，不向官方或民間富家巨賈求助，而向寺院僧尼舉債，則顯示無論借貸是否附帶質押條件，請方外人解燃眉之急，的確是「方便門」。

三階教初期以「無盡藏」為布施之本、營構義福，更不為求利，要求借方償還少許利息，不過是希望福田漸廣。這一時期的三階教僧眾不但自奉甚儉，衣食窘澀，極為困苦，且不能為主流僧團所同情，處境堪說十分艱難。這就使得想要速畢其功者也慢慢走上了累積資產的手段——由於受惠者眾，多有一時受助而略得發跡變泰者也回頭投入了營構義福之事。在當時，有一個專有的語詞來形容這些援助三階教僧人的財主：「缽底」。

梵語「陀那缽底」。「陀那」是「施」，「缽底」是「主」。取陀字音轉為「檀」，復取義「超升度越」之「越」，故「施主」又名「檀越」。《增一阿含經．護心品》稱：「覩檀越主，能成人戒聞三昧智慧，諸比丘多所饒益，於三寶中無所罣礙。能施卿等衣被、飲食、床榻、臥具、病瘦醫藥，是故諸比丘當有慈心於檀越所，小恩常不忘，況復大者。」

由此可知，所施捨的不一定是金錢，也可以是任何堪為日用之物。「缽底」二字，也有一種反客為主的假設——這些隱身在僧眾背後出資的人，無論動機是報恩、種福、行善或者分潤微利，都可以稱之為叢林放貸事業的資主——說得更深刻一點，也就是寺院的東家。

李客便是藏身於大明寺佛身影翳之下的一個「缽底」。

37 以此功德海

關於李客，李白幾乎絕口不言。世論多以父子不甚親近而奇之，或者以為這是詩人特立獨行而不同於流俗的情感形式。其實並非如此。李白之於父親，實有不得不隱之、諱之的苦衷。

李客囑託慈元轉交錢糧書信，以及作為李白出遊各地川資的契券，以俾歷練世情，這趟旅程，可以說是李白開始認識父親的起點。這一年李白初滿二十歲，三十五年之後，他偶然地寫下了一首詩：

青蓮居士謫仙人，酒肆藏名三十春。湖州司馬何須問，金粟如來是後身。

這首〈答湖州迦葉司馬問白是何人〉是七絕，寫於至德元載，也就是李白五十五歲的那一年，當時正值安史之亂初起數月，安祿山已盤據洛陽，稱「大燕皇帝」。李白避地剡中，道經湖州，為了答覆湖州司馬韋景先所提的一個問題：「汝竟是何人耶？」所作。

韋景先與李白是舊識，還會刻意作陌生驚奇之態，問這樣一個其實無須回答的問題，純粹是出於對李白詩才風趣的讚嘆。而在這一問、一答之後未幾，韋景先便因病過世；李白寫這首詩的時候不可能知道，他此生也只剩下六年的歲月，而且他也由於窮途潦倒，深恨知遇艱難的感慨，即將犯下此生最嚴重的一個錯誤。

趑趄於生涯盡頭，一旦被問及：「汝竟是何人耶？」一個流離顛沛了五十多年，猶自滿眼風塵、寄人籬下的詩人，即令仍慣然故作灑脫，仍不免透露心上磨痕。

當時兩人都喝醉了，李白藉由詩中佛經典故回答了「我是誰」這個令人一生一世都不得不面對、也可能一生一世都答不出來的疑問。儘管提問者或可能只是在表達對詩人之天資秉賦難以置信的歎服，李白還是逃避了問題的核心：「我是誰？」而漫應之以「金粟如來」之後身。

《維摩經．會疏三》：「今淨名，或云金粟如來，已得上寂滅忍。」在《昭明文選》的注者李善所撰之〈頭陀寺碑〉注復引《發跡經》說：「淨名大士，是往古金粟如來。」

李白所自詡的「淨名大士」，也就是維摩詰居士。維摩詰居士來到娑婆世界，化身為在家居士，以助釋迦牟尼弘揚佛法。據較早的傳聞，謂維摩詰居於印度恆河北之毗舍離城，妻子名喚無垢（也就是『淨名』之意），其子女分別命名善思，以及月上。

維摩詰居士之家財無數，這一點，深刻地呼應了北魏「營構義福」思想以降，僧俗兩界的集體渴望。布施者儘管發展出早期三階教那種一日一食、餘糧餘財皆付布施的行止。在另一方面，布施者也會令人感念之餘，聯想到富可敵國的維摩詰居士散無盡財救助貧民、布施僧侶的修為。

此外，維摩詰居士還有一個特性，也與初期三階教僧侶極為相似，那就是不執泥於「當下」以及「外顯」之相，而能平視王侯奴婢，直以眾生為佛，而善待之、禮敬之。據說他雄辯無礙，妙語繽紛，為了度化眾生，說法的對象不分神魔仙凡，也不畏親貴豪門，不避外道，不棄污穢。

在庸眾心目之中，維摩詰居士就是財神。而李白的確以「千金散盡還復來」的生命實踐代李客奉行了菩薩道。這要越過三十六年光陰，從韋景先死後，李白為他的遺孀所寫的一篇文字〈金銀泥畫西方淨土變相讚〉說起。

在佛教的歷史上，王舍城是一座名城，釋迦牟尼佛修行之地。向北不過二十里，即那爛陀寺，四面環山，經呼「靈山」，東山距城不過一箭之遙，是名靈鷲山，佛祖曾經在此講述無數經典——包括非常知名的摩訶般若波羅蜜多心經。佛滅之後，弟子們首度群集之地，亦在此。奚山，則有溫泉，佛浴於此，相傳水中有靈，於百病皆有療效。

在更古老的時代，王舍城為摩揭陀國的國都。分舊城與新城兩域。舊城焚毀後，國王阿闍世建新都宮於此，棟宇豪華，文飾縟麗，人稱但能為王者之居，遂命名曰「王舍城」。日後阿闍世王復遷都波吒釐，王舍城便逐漸荒廢了。

阿闍世王一代明君，身世也非比尋常。

話說摩揭陀老王頻婆娑羅年邁無子，深恐江山基業，無人繼承，日益憂心。有日忽然傳語於市井之間，謂：城東山中有一位道術不凡、具備前知之能的修行者。這修行者曾經在無意間向人透露，說自己死後將前往宮中投胎——那，就是國王之子了。

頻婆娑羅王望子心切，就派侍衛去斷絕了修行者的飲食，還不能愜意，又一不做、二不休，再派親信去結果了那修行人。修行人死後，王后韋提悉果然懷了孕，生下了王子，取名阿闍世。國王殺了修行者，惡靈不能甘休，立誓他日必害父母，以報殺身之仇。

阿闍世出生，頻婆娑羅王也心虛未已，又怕真有惡靈報復，還居然動了先下手為強的念頭。幸虧韋提悉后溫言婉勸，曉以大義，才讓頻婆娑羅罷手。然而無論如何，阿闍世王便是在這樣一個危疑險厄的環境之中長大成人的。

阿闍世王的身世也與佛教早期歷史中的提婆達多事件有關。提婆達多是釋迦牟尼的堂兄弟，後因為異議而離去，另外成立教團。

在不同宣教目的的經典與傳說中，提婆達多的形象、評價很是不同。《釋迦譜》稱其「四月七日食時生，身長一丈五尺四寸」、「大姓出家，聰明，有大神力，顏貌端正」；《妙法蓮華經》謂之犯五逆之律；《十誦律》則謂其「出家做比丘，十二年中善心修行：讀經、誦經、問疑、受法、坐禪。爾時佛所說法，悉皆受持」；《出曜經》稱其：「坐禪入定，心不移易，誦佛經六萬」可見其博學精進，且變貌多端。

提婆達多以其聰明、博聞、禪定、戒行精進，復有神通而深受王子阿闍世的禮敬，於王舍城極受敬仰，自認與佛陀同「姓瞿曇生釋家」，而欲向佛「索眾」。勉強取解釋，是說他以僧眾為資產而要求分家。佛陀則認為：舍利弗智慧第一，目犍連神通第一，都未付之以攝教眾僧之責，何況提婆達多「噉唾癡人」——這令提婆達多常懷悵憾，耿耿於懷。也為了取代世尊之地位，提婆達多時現神通，令摩揭陀王子阿闍世信服。不徒此也，提婆達多又教唆太子取頻婆娑羅而代之；阿闍世遂囚禁了父親，下令不給飲食，必欲使之病死而後已；阿闍世也因此得取了王位。

頻婆娑羅王的夫人韋提悉后不能力抗此局，只好暗中服事。她澡浴清淨，以酥蜜、麥粉與葡萄漿，奉食頻婆娑羅王，頻婆娑羅王進食之後，體力逐漸恢復，合掌向耆闍崛山遙遙禮拜釋迦牟尼佛，求大目犍連授八戒。世尊除了遣大目犍連尊者以外，又遣富樓那尊者為王說法。經過了整整二十一天，阿闍世王忽然睜目回頭，問守門者：「我父，尚健在否？」

這原本是一個兒子發懺悔罪的徵候；也是前世惡靈放下仇心的機緣。然而阿闍世王一旦聽說是韋提悉后奉食頻婆娑羅王，而使之得以延命的曲折內情之後，殺心又熾烈起來，並遷怒於母親，登時怒加幽禁。韋提悉后也只得再一次透過禱祝，向當時還在耆闍崛山的釋迦牟尼念請求助。

世尊遂與目犍連、阿難兩位尊者親自來到王宮之中，而韋提悉后灰心已極，不願再置身於娑婆世界，佛示現十方佛剎樣貌，而韋提悉后選擇的，卻是西方極樂世界：「唯願世尊為我廣說無憂惱處，我當往生，不樂閻浮提濁惡世也。」

韋提悉后可以說是在情感上一無所有之後放棄了生命。臨行時，她留下了絕望的大悲之歎發起佛廣說《觀無量壽佛經》。後世所傳的諸多西方淨土變相畫，都繪製了這個殘酷、悲哀、但是仍於淒涼至極之地鼓舞著眾生向善的故事——

帶來生命之人，竟也是取走生命之人；取走生命之人，竟也是帶來生命之人。以此為變喻，則見出萬事萬物相生相害、因離因合，這正是閻浮提世界的本質；也是七情六欲得以上演之境域。唯於生死大別之際，才能催動旁觀者略識浮相。

「西方淨土變相」便常以這阿闍世王與父母之間的愛恨情仇為題，連牆繪飾，以為警世之教。其間用金銀泥畫者，別是一種功課。那是用箔金為地，於七彩髹漆山川、人物、宮室、花鳥、鬼神、禽獸形象之外，塗以銀質畫線，作為薦獻神明，保佑亡者之靈的一種奉祀之物：「以伉儷大義，希拯拔於幽途；父子恩深，用薰修於景福。」此處的「薰修」，也出於佛家的解釋：譬如燒香薰染衣物，香灰飛滅，香氣著衣。不能說這香還存在，因為香體已經化為空無；但是也不能說它不存在，因為香氣畢竟還留在衣服上。

李白五十五歲那年，在湖州與韋景先大醉當夜，寫下「湖州司馬何須問，金粟如來是後身」之句。當下，兩人還噱笑訂約：作為金粟如來的後身，李白自得信守維摩詰居士的行徑，於韋景先致仕歸林之後，開福德方便之門，融通銀兩，作夥經營酒樓。說來有如玩笑，可是韋景先與李白的醉中辭氣，都極為認真。不出數日，他和妻子宗氏在逆旅中便接到衙署中差役撻戶報聞，傳話的是韋司馬的夫人秦氏，口信只有兩句：「司馬疾篤，恐不治」。

原來自從那一回縱飲大醉之後，韋景先即病酒不起。這原本也是貪杯之人的家常，宿醉未解，貪睡一兩天就恢復了。然而韋景先的病勢似乎不輕，無論吃甚麼，才下嚥，隨即原樣吐了出來。

李白為患者把了脈，只覺脈來圓滑如珠，抖跳不定。問家人就醫的情形，秦氏只是飲泣，隨侍的蒼頭則只能約略轉述：幾個大夫都說是腹中虛寒，開的藥煎服之後，也依樣嘔得滿床滿几。

李白搖了搖頭，道：「不是虛寒，這叫『洞風』；是風氣於五臟六腑之間隨勢竄走！」

秦氏聞言但覺不妙，也顧不得防嫌，揭開紗簾便出來了，一臉淚痕地問道：「救得轉否？」

「古來陽慶子有心法：『安穀者過期，不安穀者不及期』，彼所謂期，不過五日而已。」李白欠身作一長揖，道：「看司馬吐息和緩，容色不殊，這就是『安穀』之效，平素慣習食粥所致。粥所以充實胃氣，才熬過了這些天。如今已滿七晝夜，而天地養機有限，不能多所賒貸——就請夫人節哀了。」

李白看著韋景先酡紅未褪的容顏，想著的卻是多年未曾憶起的趙蕤。

38 匡山種杏田

那是他第一次離開綿州之前的春天，慈元和尚來送書篇油糧的那一天傍午，趙蕤興致出奇地好，將慈元留在子雲宅用飯，他檢視了一回園中和灶下所有，除了平日餐飧一向少不了的青精飯和水英羹之外，特別吩咐了兩道菜：一道叫「端木煎」，另一道叫「椿根餛飩」。趙蕤還捧出原本不知藏於何處的一罈陳釀，與李白對飲。

當日，慈元顯得有些不安。雖然佈食的几上除了酒是犯戒之物，其餘皆為園蔬，揆情按理，不應有所忌諱，他卻不大舉箸。踟躕數刻，才脹紅了臉，賈勇道：「處士乃是道者，不亦有五戒乎？」

「有之，與貴道無異。」趙蕤頷首，不改容色，繼續同李白舉杯而飲。

慈元沉默了，捱過老半晌，似又不能按耐，復道：「貧道猶記，貴教五戒中亦有『不得嗜酒』其一……」

「有之。」趙蕤說時，又滿飲一杯。

慈元木訥人，不善與談者機鋒相抗，他的確對趙蕤飲酒之事有著深深的疑惑，可是趙蕤如此實問虛答，他也一時為之語塞，無言以為繼。趙蕤則與李白對飲了三數杯之後，忽然將原本另在灶間進食的月娘也喚了來，四人各據方面，憑几圍坐。趙蕤才轉臉對慈元道：「和尚可知某何以奉此『端木煎』為齋食否？」

慈元搖頭囁聲答：「實不知。」

「『端木煎』，北人呼為『簷蔔煎』，乃取新發梔子花之肥而大者，以牛眼沸水滾過，瀝乾之後，和甘草末，拖麵油煎而成。」說著，趙蕤用箸尖輕輕撥了撥菜篕中的梔子花瓣，道：「看此花涵潤豐實，今春郡內雨水已足，此後二十日，天晴無雨，堪合就道了。」

「就道？」李白和月娘齊聲脫口而出。

趙蕤並不答話，從身邊几下取出一副尺許長寬的蓑皮包裹，繼續對慈元說：「至於這椿根餛飩，也須知其所用。椿、樗二物雖然同種，卻有薰、蕕之別，一香、一臭，各有用處。椿木結體正直，利用全在枝葉；樗木結體屈曲，利用全在根皮。用以為藥，兩者之利皆在肝。以椿製藥，於皮膚毛髮有益；以樗製藥，於血氣陰竅見效。作用於內，可以消除腸風，通暢滯痢，使人安神悅志；作用於外，可以滌淨瘡疹，消解丁毒，使人好顏媚色。汝須知：修治椿根，以不近西頭者為上。採出之後，拌生蔥蒸熟半日，銼成如此細末，懸掛屋角南畔陰乾，如此經年可用。」

慈元聽趙蕤雲山霧沼地說了一大套，並不理解日後果然有用處，只唯唯應了幾聲。

「和尚今歲雲水之行頗為頻繁，某別無長物可以奉贈，準備幾斤椿葉樗根，隨汝行李登程。」趙蕤這才頓了頓，轉向李白：「我同和尚說的這些，汝可記下了？」

在狀似隨意的言談間授受知見，本是趙蕤慣技，李白略不意外，答道：「記下了。」

然而令李白大為意外的是趙蕤接下來的話——但見他一舉杯，凝眸直視李白，道：「飯罷稍事休憩，汝便也收拾行囊，同和尚一道去罷，午末未初就道，昏暮時分差可以到宿頭。」

此言一出，月娘也為之一愣，道：「遣他去何處？」

趙蕤笑了，回頭問慈元：「汝欲何往？」

慈元自也是悚然一驚，期期艾艾地咕噥了一句：「貧道此行甚遠——」

「看得出來。」趙蕤抬手指了指屋簷下的一宗筐篋：「容某一猜，汝可是往西南而去？」

「噫！」慈元心神一顫，原本攣縮的身子不覺挺了挺，道：「是——」

「峨眉？汝篋邊綑縛的，乃是一泥金髹漆匣軸，其中若非度牒，果係何物？方外人度牒隨身，本無異樣。可是如此鄭重其事，必然是有上寺觀光之行。然否？」說罷，趙蕤仍舊微微笑著，再傾一盞，飲盡，又道：「峨眉乃佛光道氣會集之地，是該去參禮一回的。不過，此行迢遞，或恐另有俗務須待和尚料理耶？」

「人稱處士是神仙，」慈元抖著唇、顫著聲，道：「果不其然！」

「無它——」趙蕤從袖子裡摸出李客的那封短簡、抖擻開來，逐字唸了其中幾句：「『或同佛子遊，亦可相照應，唯蠻瘴逼人，須囑稍防』。」唸罷，趙蕤又對李白道：「汝父寫信，錯字滿紙，一片雲煙，僅此寥寥數語，便訛寫了四、五處，某卻是看見和尚的那一軸度牒，才參透的。此簡原意，是盼你能與和尚同行，卻怕蠻瘴之氣相侵，惹受無端災病，囑汝提防；所以某才為汝等備此椿葉乾菜，日夕佐餐，可以防癘疫。」

他並沒有將信交付李白，卻隨手從另一隻袖子裡摸出了先前那一疊契券，遞了過去，並道：「我粗粗寓目一過，此物有大用處，契券是有次第的，千萬不可顛倒、淆亂了。」

李白一時之間還參不透趙蕤話中玄機，而這一疊從未出現在眼前的契券，顯然是和尚所攜來，便轉眼看了看慈元，慈元竟然搶忙低眉垂臉，像是有甚麼不便開口的心事。而趙蕤只不理會，仍舊侃侃而談：

「此去往峨眉，若無它故，一百八十里至漢州，再一百里過益州，復南行二百里便到眉州，前後計程五百里。倘若某推估不誤，汝等步行，可得二十天晴明春日，一路寒暖合宜，可緩緩去矣。」

「我──」李白看趙蕤說得興高采烈，心頭之疑卻越聽越不可解，終於覓著個間隙，問道：「我卻去峨眉則甚？」

「無所事。」趙蕤傾身向前，為李白也滿引一杯，道：「遊歷而已。」

「到何處？」

「處處是。」

「幾時回？」

「回時便知。」趙蕤忽然揚聲道：「汝客歲詩中不是還說：『大道如青天，我獨不得出』麼？」

如此突如其來地展開一場沒有目的、也不知歸期的遊歷，李白有些不知所措，他恍恍惚惚地喝了面前的這一杯酒，道：「真不知如何出。」

「出即出矣！但有三事須防。」趙蕤道：「見大人，須防失對；見小人，須防失敬；見病人，須防失業。」

「見大人，須防失對」很容易明白，說的是遇見了衣冠中人，若有酬答的機會，可以儘量施展所長，不要坐失了發揮才學的機會。「見小人，須防失敬」也是耳熟能詳的勉勵，意思是要他勿因所見者為鄉野黎庶，就心存輕鄙。唯獨這「見病人，須防失業」，怎麼揣摩也不能會通意旨。

趙蕤看他皺眉瞑目的模樣，便明白了，當下道：「汝隨我修道向學，至今也大半年了，日夜操持百工，能熟習農醫諸藝，多學益能，本非惡事。不過，汝須知士農工商，各實本行。農與農所能商量的，不過是春耕夏耘、秋收冬藏；工與工所能通款的，不過是機栝精巧，鍾斲細密；商與商所能謀畫的，不過就是三五六九，加減籌算；士人與士人所能言道的，不過就是詩文歌賦，人倫天理而已。何謂『失業』？便是不與同行言同行，或是與同行不能言同行。古云：『失業者賤，得志者貴』，即是此理。」

「然而『見病人，須防失業』之理，實在不明白。」

「以某視之，汝天資穎悟，望聞問切的手段雖然未窺堂奧，卻也頗能為人調和水土，燮理陰陽了。遇有不忍其苦的病家，汝若出手診治，未必不能奏功。」趙蕤接著道：「汝或要問：祛疾救人，怎生說『失業者賤』呢？」

李白點點頭。

「一旦以醫得名，便入濁官之流，從此遠離清要，再也不能回頭。試問——」趙蕤的聲音有些沙啞，像是雜糅著無比的期盼與無奈：「汝果欲以一醫得名哉？則何不就昌明市上懸壺去，竟來匡山所學何事？種杏成田乎？」

趙蕤的話是說得重了些，然而他的顧慮卻是合乎現實的。趙蕤自己在破天峽一診成名，遠近患者像潮水般湧至，門前車轍馬蹄不絕。然而人間疾苦，入目自然關心，不能忍此，只好日復一日地救人，不知伊於胡底。直到有一天，忽然覺得自己還有未竟之志、未踐之行，可是年華已經不容許了。

另一方面，醫之為術，同於百工。在朝廷制度而言，與天文、監牧、占卜、造酒、舞樂、建築之官略等，由於需要專門的技藝，這些技藝的傳授，又向來不多入士論，總被看成是「方伎之途」，並為「濁流」。這也是唐人無可改變的觀念，必將「士職」與「非士職」分流，所謂：「士庶清濁，天下所知」。這兩句話出自比李白早生一百多年、初唐詩人王績之口；不過，這只是一整段話裡的前一半。

王績，於隋末出生在一個世代居官的高門大家，幼有夙慧，「八歲讀《春秋左傳》，日誦十紙」，被視為「神仙童子」。十五歲入京見楊素，驚才絕豔，滿堂歎服。以如此出身、積學與遭遇而求官，何職不可得？可是他從年紀很輕的時候就染上了酒癮，見美醁輒不能自已；寧可放棄諸多簡任清要之官的機會，單挑太樂署的「太樂丞」求任——原來是太樂署中有個名叫焦革的府史，很會釀酒。

只為了能就近喝到美酒，王績寧可「棄清就濁」，所以在「士庶清濁，天下所知」之下，王績卻反其道、逆其理，認為即使天下人都知道清濁有別，真正偉大的賢哲，卻不會在乎所居並非清要。於是他接著說服選司：「不聞莊周羞居漆園，老聃恥居柱下也。」

選司終於被王績說動，讓他做了太樂丞。可是這酒仙口福不佳，只幹了幾個月，焦革就死了。是後，焦革的妻子袁氏還繼續供應他一年多的美酒，也跟著過世了。王績乃掛冠求去。太樂丞這個官，的確因為王績當過的緣故，而位躋清流。可是有唐一代，也只此一例。即以王績任官的資歷來說，他畢生也只擔任過這麼一任濁官而已。至於醫、卜、星、牧等濁流之官，則終不能入清流，其數已定。

趙蕤見機獨深，也果然料中了李白在旅途中發生的事。

39 禪室無人開

慈元受李客之託，原以為只是順道交付什物、信札，不意卻尋來了一個伴當。他口雖不言，心裡卻止不住地懊惱——這一趟峨眉之行，他還有不足為外人道的事要辦。多了個李白在身邊，他每走一步路，都覺得尷尬。此中曲折，與大明寺之沿革有關。

從道會力行三階教法義之後，大明寺一時成為巴蜀間旗幟鮮明的一個福地。道會曾因宣教言辯的牽連而蹲過囚牢，深知當世佛法諸宗忌諱，雖不敢鳴鐘擲鼓，廣肆宣揚。可是唐初天下疲敝，這反而讓寺院——尤其是能夠興辦福田的寺院——不得不分擔濟世之責，甚至也因之而分擔了天下戶口。

太宗貞觀年間律令，朝廷應分授天下人戶田地，每丁應受三十畝。但是普遍不能足數，即使在江南富庶之區，每戶也只能實受五畝、十畝大小。

除了授田不足，還有畝產量少的困境。從陸龜蒙〈送小雞山樵人序〉所稱：「余家大小之口二十，月費米十斛」可以推估，每人日耗糧大約一升又六合，倘若某戶實受田四十畝而年產糧四十石，不過果腹而已。以這樣困窘的生產，還要應付賦稅——唐高祖明令行租庸調制，每丁年納粟二石，調絹二丈，綿三兩。此外，每丁歲服勞役二十天，日折三尺之絹，則為農事而不能應勞役的，還得補繳六丈的絹匹。更不消說：還有地稅每畝二升，四十畝地便是八斗，這也還沒有算上府、州、縣署另行名目以折納、攤派的稅捐。試看，百姓如何能免於貧病凍餒？

欠田難以補實，眾口不能充飢，是以人人需要借貸。即使今日向人求助，明日為了翻得微利，或許還寧可將所借來的錢糧絹布轉貸於他人。於是可以想見，若在赤畿繁華之地，沿著坊街行過，所見市肆，無不是放貸之主；而如果逐鄰里而入，每至一門戶輒登堂叩問，大約也無不是賒借之人。

但是，若在赤縣、畿縣以外，也就是緊、望、上縣以下，甚至比較偏遠荒僻的中、下縣地區，寺廟就成了放貸的淵藪。大明寺所在的綿州正是這樣的一個地方；而道會圓寂之後，無巧不巧地，此寺的處境也有了很大的改變。

前曾述及：寺院財富之聚積，營構義福，隨緣而散，但是亦因子母相生，成為無盡之藏。此外，大批不得地利而行將輾轉溝壑的百姓也湧進了寺廟，成為幾乎無須價費的勞力，這反而使得寺院有餘力從事更多的產業活動，財富自然繼續增長。

從南北朝起，許多人丁為了逃避繁重的徭役，便利用出家為手段，成為寺院所領之民奴。南朝蕭梁時，「道人（指僧人）又有白徒，尼則皆畜養女，皆不貫人籍，天下戶口，幾亡其半。而僧尼多非法，養女皆服羅紈。」不僅逃役、受窮的人爭相入寺執役餬口，即使是貴盛之家，也有為了佞佛而為奴的事例。《魏書．裴植傳》：「其母年逾七十，（入寺）以身為婢，自施三寶。布衣麻菲，守執箕帚，於沙門寺灑掃。」最後還是讓子女花費了「布帛數百」贖回，這與南朝梁武帝三度捨身入寺為僧，而由朝臣贖回，是同樣的道裡。

擁有無盡的奴工勞力，使得佛寺的經濟活動更加暢旺。寺院領有的莊園規模與範圍也日益增加。由高僧大德所經管的施利錢銀滾聚到一定的數量，除了羅糶五穀器用，以擴充借貸品項之外，最多的就是「買莊」、「買園」。也有僧徒能夠純粹憑藉一己之力置田興宅，其中有的還是經由質押而得。

唐初，長安僧慧胄主持清禪寺四十年，能使「九級浮空，重廊遠攝，堂殿院宇，眾事圓成。所以竹樹森繁，園圃周遶，水陸莊田，倉廩碾磑，庫藏盈滿，莫匪由焉。京師殷有，無過此寺。」又有因虔誠信仰而捐獻的金銀，讓大筆的錢財滾裹增加，這也其來有自、淵遠流長——

早在北魏初葉，魏太武帝西伐自稱天台王的蓋吳之時，一鼓作氣打下了長安，於不期然間發現佛寺裡藏有大批的兵器。太武帝聲稱：這是寺僧與蓋吳串謀頑抗。在震怒之下，他下令將一寺之僧眾全數屠殺，並且親自檢閱寺中財貨，才赫然發現：除了原先暴露的兵器之外，尚有大批釀酒之具。以及州牧郡守、豪門仕紳所「寄藏」的私人財物。清點之下，居然光是品項就超過了萬數。可見得這是一宗長久而持續的買賣。換言之：那批兵器也許只是另一個身為武將的官吏向寺院舉借財物的質押品而已。

就私通政敵蓋吳而言，佛寺可能是冤枉的。但是魏太武帝卻揭露了一層過去並不坦蕩的僧俗關係。早在李唐立國以前近兩百年，寺院就有從事「質庫」——也就是典當——以取利的經濟活動。

就在開元年間，皇帝還曾經頒下敕書，禁止高利盤剝：「比來公私舉放，取利頗深，有損貧下，事須釐革。自今已後，天下私舉，質宜四分收利，官本五分收利。」這道敕書暴露了一點：由於官方和民間商賈放貸的利錢極高，而官方特甚，其本利之比竟然高達五成。相對而言，寺院取息不過三分上下，還算是比較低的，所以一般而言，庶民寧可隨寺借貸。其中，個別僧尼如果蓄有私財，在不影響本寺常住——也就是共有資產管理——的前提之下，也往往以較小的金額、更低的取息，成為善男信女的債主。尤其是當這些僧尼個別又有俗家親近的財主為後援，則益發長袖善舞，方便挪移了。

此外，寺院與寺院之間——尤其是教判、宗法不同寺院之間；在經濟活動方面原本各行其是，然而遇上歸債求息比較不太方便的狀況，還是需要僧人奔走其間，甚至略施手段，做許多酬值調換的庶務。慈元此行峨眉山，一路之上就得處分幾宗這樣的事；而這番折騰，則肇因於道路間的一個謠言。

大約就在李顒上書舉趙蕤、李白為「有道」的同時，京城裡傳來消息，朝廷正在籌畫著頒佈敕書，明文允許僧、尼、道士和女冠可以擁有數十畝不等的私產。這一風聞，傳到了偏遠州縣，引起了浮躁不安的議論。

任人皆知：沙門擁有私房已有數百年舊例，舉凡田宅、商店、器物、禽畜、被服、經籍，都可歸屬僧尼自有。近百多年內，公然取與珠寶、契券的也無時無之。到了晚唐信州軍押衛都團練討擊使劉汾的筆下，已經有這樣的告誡：「凡諸僧人在寺住持，務要各守本分，不許貪花好酒，妄將田地移坵、換段及盜賣等情。」這篇〈大赦庵記〉所述，早在盛唐時已發其端，所謂「移坵換段」，就是寺僧個人或寺廟常住與其他僧人、僧團以交換質押契券來取得對雙方或方便、或有利的土地。

道會圓寂之後，新任的住持僧遠引一心只巴望著能維繫那「營構義福」的事業於不墜，可是俗情唯名僧是瞻，一旦僧名不振，寺院的聲譽便一落千丈。在這樣一個普遍重視門第、郡望、聲價、名銜的世界，大明寺不得不放眼中州四京、淮右江左，訪諸其他叢林作為，才發覺一個竅竅：若要博寺院慈悲施捨之名，不能不積聚財富。且本寺規矩，更應獎勵僧尼「放貸納奴」。

從遠引開始，大明寺風調不變，僧眾四出宣講，多以勸募信徒施捨為重，舉凡田地、錢糧、縑絹、牛羊，或至家用器皿，未有不可施者。這些物資有的可以轉手出貸於所需之家，有的則用以充實叢林所領有的莊園。從「修戒行」轉向而「營田業」，布施一事也就從「予人」的目的轉變成「利己」的手段。

連大明寺都不能倖免於積財求名，便可知天下寺院逐利之切了。朝廷為了防止寺院過度膨脹其資產，只能再祭出新的法條予以限制。這一則首先由雜報傳出來的傳聞並未言及詳細，只說各部尚書正在研商，日後會須明令二事；其一是寺產與僧尼私產需作分別區處；其二是無論常住共有、或者私人自持，應一律以田畝計數而限制其額度。

世事既已如斯，律令隨之而已。不過，一旦明文頒訂，意思就很不一樣了。有了法條，就意味著先前在寺廟中僧團財產便要進一步清點，以與私人所擁有者分割明確；此乃慈元這一趟行腳的底蘊。大明寺僧團差遣他到成都、眉州一行，路經好幾處叢林，就是去同各寺院執事僧商議，無論是常住或個人所持有的借貸契券，能否移換——也就是將已經斷送於貸方的質押土地作成債權交易，方便各寺或僧尼就近持有，日後皇帝如果真像傳聞所言那樣，下了敕書，果決分割常住與私有的財產，僧尼也好因應。

也由於這樣牽涉廣遠而操治繁冗的事向無前例，各寺院既不能像尋常商賈那樣熟悉各種物業的時價，又礙於方外清修的身份，實在不方便雇請俗家人代為運籌，只好經由個別寺僧詢訪熟識交易門路的施主，再依樣與他寺打交道。李客經營商隊多歷年所，規模非但遍及旁郡，還能沿江直抵東吳，識見、手段都足以為大明寺拿主意；經他指點之後，慈元才得以成行。

李白對此等事業則懵然無所知覺；他隨身行篋之中除了月娘給備置的一個布囊、趙蕤交代的一封書簡和幾包草藥之外，無多衣物，儘是十數卷他還在追擬描摹的《文選》，還有百餘紙南朝名士的詩文鈔——大多是以山水遊觀為題旨者。趙蕤翻檢了一回他所攜帶的詩文，翻到十餘紙郭璞的遊仙之作，微笑道：「汝此行所過，盡是神仙地，倘若遇見了騎羊之子，一念不察，隨之而去，便回不了頭了。」

「我腳隨我意，豈便讓人隨手牽去？」

「這恰是仙人『騎羊』而去的底細！」趙蕤的臉上仍掛著笑意，侃侃說道：「試想：羊何等柔弱？其負載幾何？仙人豈必騎羊？」

李白答道：「故可知神仙身輕也。」

「六畜之中，唯羊知覺渙散，不堪驅使；鞭之策之，皆無可指麾——」趙蕤追問：「驅羊者難以定歸止、設遊方，又何說？」

「這也合乎諸仙周遊八極、來去無定、不拘一地的意思——」李白笑道：「吾師即號神仙，當知神仙豈有必去之地？」

「然則，那羊手到擒來，不費揚灰之力，教行便行、教止便止，其順馴如此；這說的便不是仙、而是羊了。羊之為物，向無所謂神智；」趙蕤道：「不信，日後你若見人騎羊，不免要追隨而去之際，還須慎念吾言——書簡在囊中，到時取出一讀便是。」

李白情知趙蕤大約是根據某物某理，而預見了某因某果，就像囑咐他「見病人，須防失業」一般。可是他不一樣，他只是要讓天地萬物自來眼前，隨遇而安罷了。他根本不在乎是不是能撞上騎羊的神仙，也不在乎自己是不是會像神話中的羊一樣，乖馴地任隨仙人乘去。他一逕敞向未知之人、未知之地、未知之造化。

他也沒忘了配上隨身的長劍和匕首，將那鞘刃爽爽然抽拔了好些回；這一刻，已經有無數縱躍橫飛的句子，在山煙巒雲之間閃爍，像是為這一番即將展開的壯遊向天地咆哮著了。

40 有巴猿兮相哀

慈元與李白所走的這一條驛路是由長安西南行往益州、姚州、與黔中道播州的幹道。自京師出南山，另有沿斜水、褒水而行的褒斜道，以及駱儻、子午二谷道。褒斜道時通時廢，駱儻道人跡稀少，到開元年間連驛棧都荒堙了。子午道分新舊二途，舊道王莽時即已開通，久經戰亂，又鮮少修治，日後索性就廢棄了。到了南朝蕭梁時期，又修築了一條子午新道，北口在長安縣南六十里處的子午谷，西南至洋州署衙所在的龍亭，通往梁州。這一條道路平坦堅實，可以奔馳快馬，多年後的天寶時期曾經廣置驛所，為皇室貢荔枝，一時官事往來頻仍，直到安史之亂以後，往來之利才逐漸中落。

興元府再往西南深入五百里為利州，復行二百里到劍南道的劍州，再走三百里，才是綿州。置身在綿州驛道口東北一望，浮雲悠悠，山巒隱隱，長安恰在千里之外，李白此行的前途卻在完全相反的方向——他要再沿著這條驛道幹線往西南走五百里。

行前想像，道路間不過是他與慈元二人相伴，應該頗為寂寥。然而一旦來到了驛路上，他才發覺不是那麼回事。

在大唐數萬里驛路程途上，兩驛之間三十里，泰半皆屬荒野。朝廷為了確保郵遞平安無擾，便布置了驛兵往還巡行，三十里布兵三百，歸兩驛節度；也就是每驛單向調遣一百五十兵員，均數則堪稱每里有五名武士捍衛。

慈元和李白一旦步行就道，舉目所及，每見荷戟跨弓的士卒；他們大多身穿薄棉纊衣，衣裡微微露出輕甲，有的看似為了提防馬匹騰踏，還繫掛了胸鎧，也有掛著虎皮批臂的、也有登縛戰靴的。這些驛兵一旦瞥見李白身上配了劍，總會多眄幾眼——畢竟，他們都還身負保護驛路的職責。

其次就是驛所例行伕役的往來。

驛所亦有等第，上驛宏大，飼馬六、七十匹；中驛配十八到四十五匹，是律定數額，許多許少，但視養活與否；下驛狹小，也有八到十匹健騮在槽。這些，都需貯備草料，就要由驛所自行開墾牧田以足給用了。常例，每驛有七百畝牧田供應苜蓿，光是應付養植、收割、貯備等日役，便須仰賴民伕傜役，春日雜工繁重，還得額外雇傭，以為支應，如此一來，入眼也儘有一番熙來攘往的熱鬧。

另外，結隊同行的商旅也出乎李白意料之多。

驛所依里程構建，經時既久，有些不乏井水之利的地方，就會自然而然形成逆旅的聚落。這些散處營生的人多被稱為「火集」，例皆供應爐灶器皿，有的還齊備衾褥席榻。客商們算計行程，多能就這樣的所在落腳；慣常也由於行客總是自備穀糧菜蔬，來時差遣火集上司役的丁婦代為執炊，不過就是充飢而已。每逢春夏之日，夜長候暖，許多人都只小憩一兩個時辰，也就結群登程而去了。

不趕夜路的，每於一夕將息之後，黎明即起，也就聚伴搭夥，少則三五成行，多則數十人，喧鬧出入。也常見故友舊誼，天涯重逢，而喜笑歡踴的；或者是旦暮締交，倏忽辭別，而涕泗紛揮的。果然人情如阡陌，縱橫百出。

慈元與李白走了一程，正值黃昏時分，來到次一驛——地名露寒，是個下驛。若是按照趙蕤所估算的，應該就是在此間覓一火集而宿。可是慈元卻另有打算——他知道：前行十里出驛路入山，有一蘭若，名為福圓寺。他得趕到寺與執事僧交割幾宗移轉債務的文書，正因為不方便當著李白的面處分，於是交代他：自於露寒驛上尋一處人跡較密的火集住下，次日午時到前路福圓寺山門再會。

李白凡事無可無不可，自便於露寒驛駐足，信步在諸家火集間徜徉。無意間一瞥，見道旁一挑招，黃竹一丈，藍布八尺，雙幅迎風飄搖，五個大字：「神品玉浮梁」。字跡頗似前輩書家褚遂良，可是用筆稍淺，勾畫較瘦，也堪稱是十分秀逸的書跡了；然而玉浮梁三字雖然認得，卻不識為何物。儘此一不知，便引得李白大步向前。

此地閣舍也與相鄰諸火集大異其趣。旁處為便利往來行旅，門前多設施一竈，客至隨即發付水火，烹茶煮飯，煙火迷離。相較之下，「神品玉浮梁」則顯得淡雅多了。迎路並無門牆，倒是栽植了許多應時花木，不過丈許深的青紅園圃，繁茂紛披，一步近前，即忘卻身後塵囂。

過了這一陣花木，是一棟泥牆木柱所構築的屋宇，寬只二架，深約三間，唯廳堂盡處復有一門緊閉，其後通往何處？深淺若何？復有多少房舍？便不得而知了。只這廳堂，滿室浮動著酒香，其馥郁逼人，像是看得見一片天雨醍醐。

原來廳中陳設，也大不同於時尚——環堵間一無几榻、二無胡牀，遍地壓塵的草薦大約從來沒有更換，或許隔些時便重新鋪墊一新，這省工費料之法，據說是從胡地那些幕天席地的旅棧中傳來，所費不貲；倒是踏腳所及，異常柔軟，頗解奔波勞頓。

更不常見的，是陳設了十餘口大半埋在地裡的陶缸，缸面壓一厚板，已經有些早到的旅人圍著缸，或跽或坐，嘈哳而語，不外就是隨口寒暄，或是催促侍奉。侍立者乃一胡姬，身著白圓領窄袖襦、翠綠披帛覆胸、朱色長裙，素花錦帶繫腰，挽了個鴉巢髻子，正忙著支應。她伸手推開板上一槽門，當下酒香又浮湧鼓盪起來——莫道這酒原來就在木板之下、行客圍坐的缸裡。

此時卻有一人，年事已長，一部亮銀髯鬢，三尺蕭森；然而長身玉立，挺拔不減少年。他面南而立，戟指向著面前的粉牆，像是比畫塗抹、像是拂拭摩挲，又像在仔細尋找牆面上隱藏著的某宗物事。他身邊另有一人，盤膝斜倚，手擎一只盛餺餺的巨碗，碗中波光碧綠，有如春潭掩映，須便是香氣淋漓的酒了。持酒者年紀較輕，卻也鬢髯雜白，他凝神仰臉，看著摩挲粉牆的老者，不住地頷首微笑，狀似極其賞識的一般。

李白正待呼喚那胡姬打點，卻聽見面牆而立的老者忽然開了口：「踟躕了！」

這一歎，相當不尋常。他用語簡潔，「踟躕」兩字鏗鏘，慨歎所關，寄意曠遠。而盤膝倚坐的中年人整了整頭上軟巾，接著吟誦起詩句來：「驅車越陝郊，北顧臨大河。隔河望鄉邑，秋風水增波——」

「狂客居然還記得？」老者笑了，俯身就壓缸的板上擎起另一隻大碗，鯨吸一口，道：「長庚星主臺前，吟此拙作，豈不愧煞老夫？」說著時，竟回頭深深看了李白一眼。

李白當下打了個寒顫——這，是我聽錯了麼？

中年人這時也轉臉衝李白微微點著頭，道：「後生！汝不聞夫子之言，曰：『遠人不服，則修文德以來之；既來之，則安之。』——汝且坐。看薛少保作畫。」

被稱做「薛少保」的老者則轉回身，繼續向壁指畫。中年人大約熟門熟路已慣，也不召喚胡姬，逕自探手從缸邊勾掛處摸出另一隻巨碗，並瓠杓一支，推開板槽活門，下手便舀了一杓，酒漿之色，翠碧晶瑩，好似向光的墨玉。中年人隻手高高捧了，令李白接去飲。

這酒軟滑清涼，入喉不滯，一注落腹，通體暢朗。只是醅釀未臻透熟，還殘留了些許浮蛆微粒，彷彿帶脂的果瓤。中年人此刻似亦有所覺，即道：「略咀嚼，令齒牙間稍轉其味——」

李白嚼了嚼，果然口中那渣滓一般的蛆脂隨即融了，甜膩稍減，轉出另一股較為沉著的醪香，他忍不住讚道：「真醍醐也！豈人間所有？」

「別有天地，何必人間？」面壁指畫的老者隨聲應道。

李白循聲抬眼，眸光閃爍，更吃了一驚——難道是驀然間受了酒力而神馳眼離了嗎？只這一瞬，他竟然看見了老者在牆上所指畫的，是一巨幅山水，當中是一頭白鶴，雙翼若展若垂，一隻纖細的腿獨立於煙波微茫之處——正是先前老者所歎之語：踟躕。

踟躕，說的是徘徊不安、猶豫不定；欲前又止，欲止又前。才一眨眼，壁間忽然閃現的白鶴便銷形而匿跡，也就在鶴形忽現忽滅之間，粉牆上那一片看似巴山寫景的畫圖上，居然此起彼落、聲聲不歇地揚起了一陣又陣的猿鳴。

一山啼猿，萬里穹霄之眾生亦能為之切切而哀，李白聽過，這是遙遠無端的感動。便在這颯然不知其來處的猿聲裡，中年人繼續吟誦起先前那首詩，全文如此：

> 驅車越陝郊，北顧臨大河。隔河望鄉邑，秋風水增波。西登咸陽途，日暮憂思多。傅巖既紆鬱，首山亦嵯峨。操築無昔老，采薇有遺歌。客遊節回換，人生知幾何？

這首題為〈秋日還京陜西十里作〉是老詩人的舊作。當時詩人還在陜縣供事，奉召還京途中，出陜縣西行，來到第一長亭，已是荒郊。在不知多少年月以前，有人給這一亭起名為「望蒲亭」，對於詩人來說，這地名十分鬧心——因為他的故鄉就在一水之隔的蒲州。「北顧」匆匆，只能一望而過，這讓迎面撲打而來的秋風，像是將河水催激得更洶湧，而河面也顯得更遼闊了。

蒲州有二山。一名傅巖——又名傅險；相傳為商代起身於版築之業的名臣傅說發跡之地。另一座山叫首陽山——也稱雷首山、或者首山，位於蒲州永濟之南。首陽山要比傅巖更為人所熟知，是因為《史記．伯夷列傳》記殷遺民伯夷、叔齊兄弟義不食周粟，作歌采薇於山，終至餓死之事；後儒引為大義，而享身後之大名。詩人將傅巖、首山並舉為對，是有意在思鄉的主題之外，更推拓出宏大的胸懷與感慨。此則唐人「客宦」、「遊宦」之一主題，集鄉思、國事、天下憂熔於一爐而治之，為人生無常之遇，平添沉摯蒼鬱之情。

唐初以來，為取士任官而愈形鑄造端整的「律句」規格讓日後一千多年的「近體律絕」成為吟詠之主流，但是律中格調所規範者，往往不傳其所以然。譬如說：五、七言八句之律體，中兩聯須作對句，否則即是「落調」。至於何以非如此不可，則並無因緣果證可說，大凡照章敷陳、不忤前例則可。

然而，正是在這古近體交相發皇、而古體尚未因朝考制度之偏倚而逐時讓位於律體之際，詩人還能相當細膩地掌握「對句」出現的個別美學作用，而不只應付聲調、僵守規格而已。

即此〈秋日還京陝西十里作〉，明明是五言古風，卻在「傅巖」以下四句，作成工麗的對偶——「傅巖既紆鬱，首山亦嵯峨。操築無昔老，采薇有遺歌」這就是有所為而為之、求其所以然而然的典範。質言之：此處修辭，若不用對仗之句以呈現反覆遲迴之態，便不能表現其進退宛轉、行止蹉跎的隱衷了。至於因為應考規範所需，而不得不在首聯、尾聯之間作駢偶、講黏對的「中式」之作，就不能與這樣的技法相提並論了。

至於踟躕二字，恰是此詩神髓。

李白不識老詩人為薛稷，字嗣通，蒲州汾陰人。他的曾祖父是隋代名滿天下的文人顯宦薛道衡。薛道衡歷仕北齊、北周，隋朝成立，任內史侍郎，加開府儀同三司。卻因為經常訾議時政，而受同僚之謗，說他：「負才恃舊，有無君之心。見詔書每下，便腹非私議，推惡於國，妄造禍端。」

終於因為這種隱昧的罪名，薛道衡遭隋煬帝賜死。他原有名句：「暗牖懸蛛網，空樑落燕泥」為一時所傳誦。據說在臨刑前，隋煬帝還留下了切齒之言：「更能作『空樑落燕泥』否？」而薛道衡這種橫遭巨禍、殘斲清才的命運，似乎不能及身而止。

薛道衡的曾孫薛稷，比李白大上五十二歲，大半生也是名爵顯赫，官資堂皇——曾任黃門侍郎、參知機務、累官至工部、禮部尚書。薛稷的外祖魏徵、祖父薛收、從父薛元超，也都是唐初朝廷顯宦。他本人則是在武則天朝舉進士，前半生多於中朝任官，睿宗李旦的女兒仙源公主還是薛稷的兒媳。

李旦登基，薛稷益發貴盛，封晉國公，加太子少保，賜實封三百戶。此外，薛稷更是知名的畫家和書法家；曾師事褚遂良，張懷瓘《書斷》將之載入「能品」，稱道他：「書學褚公，尤尚綺麗媚好，膚肉得師之半，可謂河南公之高足，甚為時所珍尚。」而竇泉的〈述書賦〉有說薛稷的字比褚遂良還要「菁華卻倍」，形成「青出於藍」的美譽，是以後人還將他與虞世南、歐陽詢與褚遂良並列初唐四大書家。此外，薛稷還工於繪畫，長於人物、佛像、樹石、花鳥，尤精畫鶴，一時皆稱「鶴侍郎」、「鶴尚書」。

這樣一個文才、藝事、官祿俱全之人，為甚麼會有踟躕二字之歎？這又要從中宗朝宮中之一隅說起；而這一起宮廷之變又牽絲攀藤地捲上許多原本無關無涉之人與事。

41 功成身不退

武則天死於神龍元年十一月。本年初，她還在病中，宰相鳳閣侍郎張柬之，結絡左羽林將軍敬暉、鸞臺侍郎崔玄暐、右羽林將軍桓彥範、司刑少卿袁恕己等發動禁軍攻大內，率羽林郎五百，至長安洛陽宮北面的玄武門迎接中宗，斬關而入，殺了武氏的面首張易之、張昌宗兄弟，環逼長生殿，宣稱二張謀反，請即傳位。

三天之內，身心俱疲如風中之燭的武氏退位、中宗復辟，武氏仍被尊為「則天大聖皇帝」，可是國號已然恢復為唐；朝政歸於張、崔之手。到武氏賓天，掌政凡四十六年，以皇后干政二十四載，太后稱制七年，稱帝十五春秋。

或許中宗一向並不以為他所寵信的皇后韋氏也會步上武氏的後塵，武氏當國時，中宗被廢困於房州，與韋后共此患難，而有：「一朝見天日，誓不相禁忌」的誓諾。他與韋氏所生之女——安樂公主——嫁給了武三思的兒子武崇訓，因此這一對父子得以時時出入宮禁，穢亂時有所聞；武三思分別與韋氏和上官婕妤有私，這是公開的秘密，而中宗似也不以為異。

武三思之謀主為博陵崔氏世族之崔湜。湜與其弟液、滌皆有才能文，每以東晉王、謝二家自況。其放誕之態，較兩晉人物猶有過之。崔湜本來是張柬之一方的僚屬，以考工員外郎為敬暉所用，派遣他為耳目，以伺武三思之動靜。

然而，此託非人；崔湜其實另是一副人格。他曾經將妻妾和兩個女兒都奉與睿宗之子楚王（後改封臨淄王）李隆基——也就是日後的玄宗皇帝。崔湜本人風姿佳美，不但「私侍太平公主」，還與安樂公主通款情洽，這也絲毫不妨礙他依附武三思，一路由員外郎遷中書舍人、兵部侍郎。《朝野僉載》記：「湜妻美，並二女皆德幸於太子。時人牓之曰：『託庸才於主第，進豔婦於春宮』」——這話就說得過謔了。

世傳崔湜在洛陽天津橋上走馬吟詩，遊人爭睹，士女側目。有「春遊上林苑，花滿洛陽城」的名句。然而，只比崔湜稍長四歲、也封公拜相的張說就曾經豔羨不已地說：「此句可效，此位可得，其年不可及也。」

張說所謂之「不可及」，從表面上看，是崔湜後進年輕，前途無量；但是骨子裡所悵憾的，卻是門第。因為唯有如此備受尊敬景仰的世家門第，才會讓一個年輕人獲得那樣優渥的官品、待遇以及皇室的恩寵。的確，崔湜自己也常驕傲地對人說：「吾之門第，及出身官歷，未嘗不為第一。丈夫當先據要路以制人，豈能默默受制於人？」《唐摭言》則據此判斷：崔湜正是因為這樣一意進取，不給人留餘地，到頭來才落得個極為悲慘的下場。

但是通盤說來，對於門第高下異別，崇鄙分殊，連皇家都不能自免——因為出身隴西狄道的李氏一向頑固地執泥於數百年來中原士人階級所特別獎重的家世觀念，必以此為自尊與用人之本。

所以，在皇室的擘劃和推動之下，才將鮮卑族之「李」這個原屬隴西狄道的姓氏，透過諸般穿鑿附會，形成了和西涼李暠、甚至西漢李廣之間直系血緣的譜系，改宗為「隴西成紀」。在打造這個譜系的同時，也廣泛地將天下氏族皆予以羅織、安置——可以想見，當然是「欲高者高之，欲抑者抑之」。

唐太宗命高士廉、韋挺、令狐德棻與岑文本等修《氏族志》，是其發軔。書成之後，太宗並不滿意，還發還重修。很顯然，從太宗以降，修撰這一類的譜牒就是為了打擊特定的政敵，或是揄揚從屬的黨羽。《舊唐書．高士廉傳》所謂：「是時朝議以山東人士好自矜誇，雖復累葉陵遲，猶恃其舊地。」的話，雖然可以看出山東士人的跋扈，卻也毫無保留地暴露了皇室及其關隴集團的覬覦棖觸之心。

此後，從武氏、中宗以來，幾乎時時有重修姓氏之錄的奏議和詔敕，直到玄宗皇帝即位，更迫不及待地將已經翻修過無數次的《姓族系錄》二百卷呈請御覽，主其事者，便是竇懷貞、崔湜、陸象先、魏知古、徐堅和劉知幾等。

編撰期間，徐堅和劉知幾於中途另有任命，分身編校《三教珠英》的巨帙——劉知幾甚至在景龍二年便辭去了史官的職務，立志以一己在野之身，從事史料的整理，由此可見，劉知幾的史識與當道之所期許者，是有相當巨大的衝突的。

剩下的這幾個《姓族系錄》的編者，都在玄宗皇帝即位之後的第二年，牽連進一場太平公主所發動的宮廷政變，除了揭發事端的魏知古以外，竇懷貞、崔湜及株連在內的許多官員，都以死罪論處；陸象先則由於先一步與太平公主為了廢李隆基為儲君之事曾經發生齟齬，因而倖免於刑。至於大規模改造皇室及其所寵信、倚仗者的族譜一事，也就汗跡湮滅而死無對證了。

先是，中宗皇帝的太子本來是李重俊，封衛王，遙領揚州大都督。由於非韋后所出而一向遭到排忌，安樂公主偏又有仿效武氏而為女主的野心，時時與夫婿武崇訓商議：如何能慫恿中宗廢儲，另立安樂公主為「皇太女」。李重俊積怨已深，終於在神龍三年——也就是景龍元年——與左羽林大將軍李多祚矯詔發羽林軍三百人，斬殺武三思、武崇訓父子及諸親黨十數人。

此變最初的布置完密，中宗狼狽竄走，帶著韋后登玄武門門樓避難，手下僅門衛一旅。唯令雙方都感到意外的是，叛軍將領王歡喜等倒戈，情勢一時逆轉，李多祚等反而兵敗被殺，太子李重俊從肅章門逃出長安，奔赴終南山，不多時也被自己的親信所殺，亂事敉平。

太子造反，確乎罕見。中宗再糊塗也無法不對身邊的韋后和安樂公主有了異樣的觀感。韋后亦有所覺，也就越發積極鞏固原先武三思的餘黨——其中包括她的哥哥韋溫，以及日後李白之妻宗氏的祖父宗楚客。

三年之後，韋后和安樂公主、宗楚客合謀，下毒鴆殺了中宗皇帝。也是基於對朝議和公論的畏忌，韋后與安樂公主不敢逕窺神器，只好先立溫王李重茂——也就是中宗的第四個兒子——為太子、隨即推戴即位，史稱少帝。

宗楚客非徒倖進，而且性急。他與崔湜是蒲州同鄉，也和崔湜一般，是個面目明皙、美鬚髯的俊爽男子。不過，由於欠缺長遠的洞見和縝密的佈局，不待於朝廷中形成有支持力的輿論，宗楚客在中宗被弒之後未幾，便貿然上奏，請求韋后效武氏故智，即位稱至尊。

這反而給了李唐皇室一個相當有力的把柄。他們是相王李旦、李旦的三子李隆基、以及武則天的女兒太平公主，他們都站在韋后母女的對立面，也由於當年李重俊倉促起兵、虎頭蛇尾的教訓，這一次為了徹底翦除韋武餘黨，他們掌握了京師最強大、也最集中的武力——玄武門的羽林軍，也就是北衙禁軍。

繼「重俊之變」而後，李隆基與太平公主的這一次兵變操作得十分細膩，參與的主要人物是太平公主之子薛崇簡、前朝邑衛劉幽求，以及宮苑總監鍾紹京——他是三國時代的書法家鍾繇的十七世孫，本人也以善書而入直鳳閣當字差，從為宮中諸建物書寫門榜、牌額，轉擢而庶理皇家總務；這一次兵變，他帶領著自家戶奴丁壯，隨軍而行，居然一刀斧豪傑！

史稱「唐隆之變」的當日，李隆基親自勒兵於玄武門外，夜鼓三更，靠近宮苑北牆之處已經可以聽見軍士們喧譟之聲——攻勢瞬間發動，鍾紹京緊隨李隆基、率領羽林郎殺向韋后所居的太極殿，韋后逃進飛騎營，卻在營中被士卒割下了首級，獻於李隆基。安樂公主遇害的時候，手上還拈著畫眉筆。

上官婉兒畢竟大器雍容，她親執燭火，率領宮人迎進李隆基，拿出被毒殺的中宗死前遺詔，說是大位本來就應該歸於溫王，韋后與安樂公主弒而未篡，大統亦未旁落於人——這是別出心裁的一招；顯然有意藉遺詔而自保，殊不知李隆基正不願世間有此詔，也完全不顧劉幽求在一旁說以法理，當即將上官婉兒斬於旗下——這已經宣示：李隆基並非向外戚掙回李唐的法統，而是在李唐傳承的法統之內，形成隱微深刻的篡逆。

肅清韋后和安樂公主一黨，並沒有為宮廷帶來寧靜。睿宗即位，改元景雲，李隆基受「平王」封，立為太子。可是太子和姑母太平公主之間的扞格之勢也逐漸明朗了起來。睿宗景雲二年、也是太極元年，皇帝傳位太子，自為太上皇。李隆基即位，改元先天，史稱玄宗。

日後史載：太平公主包藏「不臣之心」，固以太上皇為後盾，擅政專權——據說當時宰相七人，有五人出自公主門下；另一說則是「宰相有七，四出其門，天子孤立而無援。」無論七中有四、或是七中有五，至少包括：竇懷貞、蕭至忠、岑羲、崔湜等；至於不附和公主的，則是郭元振，以及同修《姓族系錄》的魏知古和陸象先。此外，擅長畫鶴的薛稷也列名其間；他雖不是宰相，然平素與公主及竇懷貞過從不斷，身為太子少保，名高爵顯，動見觀瞻，也成為帝黨攻擊的對象。

七月初，魏知古上告：說是公主「欲以是月四日作亂」，但是，另據《上皇錄》的記載，則說：「公主謀不利於上（按：指上皇）與今上，更立皇子，獨專權，期以是月七日作亂。今上密知其事，勒左右禁兵誅之。」無論哪一種記載，都沒有太平公主發兵作亂的具體細節。

所謂公主所卵翼的大臣「密謀再次廢立」，卻是在李隆基即位之前，太平公主曾經和竇、蕭、岑、崔等人商討，這些人和公主都同意應該另立宋王李成器為太子——那是因為李成器居長之故。商談中陸象先不同意這個看法，他的理由是：「（平王李隆基）既以功立，當以罪廢。今實無罪，象先終不敢從。」從這一段對話看來，並無所謂舉事叛亂，而是從立儲君的正當性上參酌。雖然陸象先的發言令公主「怒而去」，卻也反證了一點：這不是一次

「謀反」的密商，而是一次無論同意廢立與否的兩造都參與的公開討論。

當魏知古向帝黨出首提告之後，玄宗皇帝立刻展開了行動。他親自下令龍武將軍王毛仲「取閑廄馬及兵三百餘人」，從武德殿入虔化門，將原本與公主親近的左羽林大將軍常元楷、以及知右羽林將軍事李慈先殺了，再至內客省擒下中書舍人李猷和右散騎常侍賈膺福，復於朝堂執拿蕭至忠、岑羲，一舉斬盡。

竇懷貞慌不擇路，逃匿於御溝之中，情知必不能免，畏罪自縊。他的屍體受到戮刑，一家改姓為「毒」，以昭炯戒。曾經在東京天津橋上吟唱「春遊上林苑，花滿洛陽城」的崔湜，本來被判的是流放嶺南竇州——距離京師六千一百里；行至中途，卻忽然有宮娥元氏攀告，說崔湜也曾同謀要進毒謀弒皇帝。

元氏在刑迫之下，指證歷歷，居然說得出那毒藥是混在平日皇帝服用的「赤箭粉」（某種可以『益氣力、長陰肥健，輕身增年』的補藥）之中；而從來沒有機會接近皇帝用藥的崔湜，也就因此而為皇命「追賜死」；其地為荊州一驛，其時在先天二年。

至於薛稷——

42 孤飛如墜霜

牆上的畫雖似石上水痕，瞬間湮滅，但是留給李白的心象卻無比鮮明。

像是從山巔——甚或雲端——俯瞰所得之景。有長川一帶，曲流於層巒之間，當真是巖樹參差，林葉茂密。在群峰拱衛之下，還有宮城數起，城之一側，似有長橋垂柳，不過，大面敷塗的柳蔭卻被圖中明顯的主題之鶴給遮住了。

這鶴看似便是向觀畫之人銜飛而來，長喙微啟，有如發出了一聲唳鳴；最奇的，是鶴的眼睛，似乎仍垂眸凝望著千仞以下的宮城，而顯現出依依不捨之情。

「鶴，多言鳥也。」薛少保微露些許嘲弄之意地說道：「多言賈禍，左氏早有明訓；然而，來此人間一度遊衍，不能鳴幾聲，豈不悶煞人？鶴之能鳴、好鳴，而不妨壽考，固是一德，這不容易——狂客也是能鳴、好鳴的人，汝以為然乎？」

狂客，指的是那鬚髮花白的中年人，聞言卻像是頗不同意，大搖其頭：「鶴能長壽，正因為不德；汝老而不學，《神異經》難道尚未寓目耶？——後生，汝讀過《神異經》未？」

《神異經》相傳為東方朔所作，李白並未通讀。但是這狂客所問的一節，並不生僻，李白的確從趙蕤處聽說過：西海之外，有一號稱「鵠國」的地方，男女老小，身長不過七寸。其為人好自然，有禮節，喜讀經綸，日常多跪拜揖讓，人人壽三百歲，行步如飛，一日千里，倏忽便不見蹤影，百獸不敢近犯。

這鵠國人其所畏懼的天敵，便是鶴。海濱之鶴，一過即掠而吞之，則此鶴也就有了三百年的壽數，也能一舉千里地飛行。而在鶴腹中的鵠國之人並不會死，只是沒有書讀，極之困頓無聊賴，常會吟誦先前所記憶的典籍詩文，雜於鶴鳴聲中，便不易辨讀。古人謂讀書不熟、反覆期艾，即稱之為「鶴吞」。

這是雜說野聞，李白一時之間也沒有聽出個中寓意，遂懵懂搖頭，不置可否。

「不然！不然！汝口口聲聲樂道遊仙，讀《相鶴經》卻不熟，豈有此理！」薛少保卻執意和那狂客辯下去，轉過臉、搬弄著手指頭，對李白道：「淮南八公《相鶴經》說得明明白白：鶴者因金氣、依火氣以自養，金數九、火數七，是以七年一小變；九七一十六，於是又有十六年一大變。百六十年變止；千六百年形體定——這是何等年壽？無庸置疑：壽德其一也。

「還有，鶴之為物尚潔，故其色白而不染，猶勝於霜雪之清晶，老子對孔子說過：『夫鶴，不日浴而白』，則天成其潔淨，不待藻飾，這也是即目可見，無庸我這老朽穿鑿附會的。故曰：鶴之潔德其二也。

「《詩經．小雅．鶴鳴》篇說得好：『鶴鳴于九皋，聲聞于野』就是世間隱者所常居之地，必有鶴棲在側；這是與德為鄰，多麼難能可貴的情義？而能代隱者鳴其不平，一吐而大快，這又是有義、有直，可以算是三德了罷？」所言到此，薛少保忽然湊近李白，道：「啟明、長庚皆是太白星之名，看汝膚色明皙如月，又字太白，能不愛鶴乎？」

薛少保不問則已，一問，反倒挑起了李白的疑惑：我初出匡山，與世情一無牽連，然而這兩個前輩高年之人怎麼像是對自己瞭如指掌，而且一見投契，像是欲有所為而來，念頭這麼一轉，頓時生了戒心；他捧碗過額，略示一敬，隨即大口飲了，清喉漱齒，滌舌潤唇，運用了趙蕤所授的「是曰非曰」之法，應聲答道：「自其不德者觀之，也不是不能成說。

「鶴之表，略無青黃二色，是故木土之氣未接，夜不歸林，只堪傍洲依水，夢亦漂泊，又豈能安土化俗哉？此其不德者一。」

話還沒說完，狂客已經鼓瞪起一雙黑白分明、珠丸也似的眼睛，喊了聲：「妙哉！」

李白接著侃侃論道：「鶴之形，龜背鼈腹，委曲求全；其啄食也，斤斤於薄潟淺灘之處，披沙取蟲，不免與鴟鷺爭食，而日汲夜營，所為何事？果腹而已。又豈有雲霄之志哉？此其不德者二。」

薛少保聽著，神情黯淡了下來。然而李白還不放過，碗中酒漿仰飲立盡，朗聲道：「鶴之神，軒前垂後，恃危臨險；然而熟其體，僅以高脛纖趾，聊支局面。古人不亦有云乎：『千金之子，坐不垂堂』，此好生、全命以成德行之本。不能好生、復不能全命；以致時刻猶疑，造次顛躓，似亦可減鶴之三德。」

李白話聲才落，狂客已經忍不住撫掌大笑，道：「胡紫陽信不我欺！此子真非凡間人也！」

胡紫陽？不是元丹丘那苦竹院餐霞樓的師傅麼？李白不禁為之一愣，正待追問，薛少保卻捧起碗來，對李白道：「孺子連詞敏捷，窮理邃密，談鋒雅健，老夫實不能及——然而這鶴之德，卻不是空言。他日若有塵緣，汝能一見許宣平，便會得老夫今日之意。」

「少保心念所繫，還就是許宣平的那幾句詩吧？」狂客說著，像是怕李白不明白，回頭細說道：「許宣平與少保同庚，深習道法，辟穀有術，常保童顏。此公曾為少保養鶴，名冠京華——」

「狂客此言差矣！」薛少保打斷了狂客的話，逕道：「他不是為我養鶴，他是借我千頃池田，為天地養鶴。」

李白指了指畫圖隱而復現、現而復隱的白牆，笑道：「這沖霄而去之物，便是了？」

「孺子好眼力。」薛少保接著道：「許宣平在我鶴澤園養此奇禽八百，容我日夜描繪，寫成稾草萬紙有餘；不是老夫誇口，於鶴之情狀，無論是飛鳴飲啄，昂立顧視，我可是形神兼領，曲盡風姿的了——」

「除了飛鳴飲啄，昂立顧視，」狂客也像是微微地報復一般，打斷了薛少保：「還有踟躕！」

薛少保不但不以為忤，卻應和道：「確然，確然。老夫只差一步未曾追隨許宣平，便落得個天淵之別。」

「『天淵之別』！」狂客不住地點著頭，雜以一聲深長的嗟歎，以為薛少保作旁注。

「一步未曾追隨？」李白問。

「遙想當時，」薛少保看一眼那淨白如玉的牆面，像是指著那遁入虛空之中的鶴，也像是指著窅然不見的宮室樓台，更像是指著那一片曾經皴寫分明的山煙溪霧，道：

「那是先皇帝景雲元年春日的事了。忽一夜，許宣平不知施了個甚麼手段，避過巡邏的邏卒，直入府邸來見，但說：八百羽客皆安頓妥適，禽差已了，可以歸隱去了。還說他黎明便要啟程，特來辭行。我問他要往何方去，他答得也妙：『隱即隱耳，豈有去處？既示蹤跡，何必曰隱？』當時，老夫果有一念，庶幾便隨他去罷了。」

「怪不得徘徊不安、猶豫不定；欲前又止，欲止又前；不過，」狂客道：「少保倒向來不曾說過此節……」

「我是捨不下那八百羽客，」薛少保說到這裡，沉吟了，顫著手舉碗欲飲，碗是空的，李白接過手，拉開板槽活門，舀出一杓酒漿盛上，聽這老者說下去：「說來可笑，我一生畫鶴，丹青萬變，畢肖形容；想來，不過徒事眷戀形貌而已，卻始終學不得那鶴高飛遠舉的神思！」

「然而，」李白笑道：「許宣平為少保所豢之鶴，不也都還在千頃池田之間『飛鳴飲啄，昂立顧視』麼？」

「非也！」薛少保搖了搖頭，並未接著說那八百頭鶴的下落，回身向牆上又是一陣拂拭塗抹，李白定睛凝望，這一番，牆上出現的是字跡，薛少保一邊寫著、一邊說：「此乃許宣平贈別的詩句——」

負薪朝出賣，沽酒日西歸。路人莫問歸何處，穿入白雲行翠微。

寫罷這詩之後，薛少保轉頭衝李白道：「許宣平另遺我一三寸箠策，謂：即今起，經三春，於清明、穀雨之間，吹鳴此管，請公效支道林故事。」

原來養鶴不難，控鶴不易。若欲令此野禽安於庭囿之中，一步一飲啄，而忘卻沖天之志，是做不到的。一旦蓄之於樊籠，囚之以房舍，則禽鳥遨翔的精神便萎頓了。是以古來養鶴之人，能令野鶴留連不去，自有秘技。

此法說來無足為奇，就是找出鶴雙翼之下的兩根翮羽——晉人嵩以「翔翮」稱之；將這翔翮齊毛處剪斷，這鶴便有如雉雞一般，騰跳不過三尺，奔馳不出一丈。當然，鎩羽還有講究，不能剪破出血——一旦出血，此翮便難再復原。也由於天生萬物，必助長其本性，如果飼養得法，復時時挑撥，不使失卻高飛之志，鎩羽之後的鶴，經過二、三年的復育，翔翮重新生出，便又可以飛了。

許宣平逕自歸隱，卻讓八百頭鶴又留在鶴澤園整整三年，薛稷得以日夕揣摩，又畫出了不少得意之作。

所謂「效支道林故事」，則是頗為通人所熟悉的一個典故，出於《世說新語．言語》。說的是名僧支道林愛鶴，在剡溪東邊的岇山隱居之時，有人送了他一對幼鶴。豢養經時，看看那鶴羽翼漸豐，不時撲擊著翅膀，踴躍上下，像是有飛去的意思。

支道林捨不得，便採鎩羽之法，斷其翔翮。那一對鶴雖然不時地振翅，卻騰不起身，低頭顧視其一身羽毛，還流露出懊喪的神情。支道林遂道出了他的兩句名言。對於鶴來說，這話並不公平；然而以之儆人——尤其是官場中人，卻頗有振聾發聵之功：「既有凌霄之姿，何肯為人作耳目近玩？」支道林或許對名利場中之人看得相當透徹，不過，他還真為這雙鶴養成了翔翮，日後縱之於野，還天然以所生。

薛少保果然沒有違背許宣平臨別之言，在第三年清明、穀雨之間來到鶴澤園，取出那三寸箄簾，對空一陣長鳴，驚得群鶴紛紛振羽而起，它們顯然早已經忘記了自己還能夠飛翔，卻是在受到箄簾聲的驚嚇之後，一飛而群應，八百頭鶴先後繞空盤桓數匝，不多時便遁入雲空之中，消失了形影。

「不過——」薛少保語聲一沉，雙眼之中含著欲落不堪落、欲收不能收的淚光，道：「老夫看那群鶴飛去，杳然不回，也只能徒事顧盼而已；人，卻仍舊執迷不悟；彼時，乃在今上即位之初，那是禪讓之年……噫！好一個禪讓之年啊！不過數月之後，乃有『太平之難』。」

43 君失臣兮龍為魚

當李隆基斬除韋后與安樂公主的勢力、為睿宗鋪設了一條登基之路的時候，李唐傳國的隱憂並未滌除。一方面，這個在個性上「謙恭孝友」，在學行趣味上「好學、工書，尤愛文字訓詁」的人，並沒有攘權持政的企圖與能力。武氏當國執政，政事一決於太后，他即位而後被廢，是史上唯一由皇帝轉任皇儲者。中宗被毒殺、韋后被誅除，他一再受驚嚇，二度即位當政，便時時想著：如何能夠全身而退。

另一方面，也由於太平公主忌憚李隆基之英武有為，總想「更擇闇弱者立之，以久其權」；她的手法則是不斷在宮中朝中提出「太子非長，不當立」的議論。此外，不時謠諑紛陳，一再有消息指稱「術士能觀氣象，言五日之內當有急兵入宮」，諸如此類，顯然都指向手握重兵、且不斷擴充禁衛武力的太子。當是時，宮中武力之「左右百騎」已經增編，號為「萬騎」，加上左右羽林，都為北門四軍，率領這一支強大武力的，就是昔日幫助李隆基剷滅韋、武的大將葛福順。

處身於妹妹和兒子的夾縫當中，睿宗深不自安，終於在景雲二年四月，召集群臣，發表了一席談話：「朕素來懷抱澹泊，並不以為萬乘之尊有何可貴，昔日受封為皇嗣、為皇太弟之時，也都懇辭過，諸卿應該記憶猶新。而今朕想把大位傳於太子，汝等以為如何？」

這話很快地傳到了李隆基的耳中，自不免也是一驚；卻又不方便出面婉拒，只能派遣東宮近臣右庶子李景伯固辭其議，可是睿宗心意十分堅決，指日欲行「禪讓」大典。甚至在景雲二年四月間下詔，明令：「凡政事皆取太子處分。其軍旅、死刑、及五品以上除授，皆先與太子議之，然後以聞。」

這對太平公主來說也是青天霹靂，遂匆忙發動殿中侍御史和逢堯上奏：「陛下春秋未高，方為四海所依仰，豈得遽爾？」這幾句話明明是相當嚴厲的頂撞，非一般臣下可說。皇帝一聽就明白，事出於太平公主指使，於是只能嘆了一口氣，索性拿和逢堯的名字聊以解嘲：「惜汝空負『逢堯』之名，朕卻不能遂堯之行耳。」

欲禪讓者的確不想再當皇帝，被禪讓者又只是故作姿態，這事便拖不了多久。又勉強捱過一年，秋七月，太平公主又鬧出一樁弄巧成拙的把戲。此番，她又唆使術士上奏：天象本有定論：心宿三星，中星為「明堂」，是天子位，而明堂之前星則為太子。此月彗星見，使心宿之帝座及前星都有變動，這術士的解釋不無聳動：「彗，所以除舊布新，又帝座及心前星皆有變，皇太子當為天子。」

這一招險棋本來是要栽誣李隆基有「篡逆」之謀，卻給了睿宗名正言順的理由，遂行禪讓：「傳德避災，吾志決矣！」皇帝還說：「當年中宗皇帝在位的時候，群奸用事，天變屢屢發生，朕當時就請中宗擇一賢良之子為儲君，以應對災異，可是中宗皇帝還非常不悅；朕當時憂恐交加，幾天不進飲食。相較於今日，豈能在彼而能勸、在今則不能行呢？」

李隆基聽見這話，趕忙馳騎入宮，自投於地，叩頭懇請不受。皇帝說：「宗廟之所以能夠再得保全，朕躬之所以能夠重掌天下，皆為汝之功勳。而今帝座有災，天象示儆，正所以轉禍為福，汝何疑耶？——汝既為孝子，難道非得在朕的靈柩之前才肯即位麼？」

此年八月，睿宗禪讓為太上皇。上皇猶自稱「朕」，布命曰「誥」；皇帝自稱「予」，布命曰「制」、「敕」。三品以上除授及大刑政決於上皇，餘皆決於皇帝。在這一個「弱主空負禪讓之名」的背景下，先前太平公主的一切掙扎、擘劃，反而都成了李隆基日後窮治其黨的伏筆。

李白對於這一段不過是幾年前才發生的宮闈秘事，原本並不熟悉，然而，由「和逢堯」之名而引出睿宗的那兩句感歎——「惜汝空負『逢堯』之名，朕卻不能遂堯之行耳。」——卻使他豁然開朗。

李白於此刻忽然想起來：當日在趙蕤處雜覽群籍，曾經讀過一卷《竹書》抄本十三篇，其中有兩段與儒家經典大異其趣的記載：「昔堯德衰，為舜所囚也。」以及「舜囚堯，復偃塞丹朱，使不與父相見也。」

《竹書》始出於西晉武帝汲郡古墓，編年記事，故亦稱《汲冢紀年》，是秦皇焚餘之物。

所述古史，大多與漢興以來官修史書內容不同。其犖犖大者，如夏啟殺伯益、太甲殺伊尹，多非歷代宗儒法聖之正論。其中，李白最覺震撼的，是「堯幽囚，舜野死」之說。

便趁此時，李白自傾巨碗，滿飲而下，忽然脫口道：「原來禪讓之本事竟然如此！然則，少保於『太平之難』若何？」

薛少保悽然一笑，道：「也沒甚麼，不過就是死了。」

李白尚來不及訝異，但聞那狂客已經拿起從來沒有動過的牙箸，向碗沿上敲擊著節奏，隨即亢聲唱了起來，其詞似歌非歌，似詩非詩，雖若古調，長短變化恣肆汪洋，入耳卻字字分明：

彼為一死鬼，余乃一生魂。餐霞樓上精魄在，豪興憐才過劍門。天有獨鍾之佳氣，數年五百王者至。微斯人其誰與歸？丹砂樟藥不足貴。咸陽南，伊闕水；直望天涯五千里。分明岩壑勒飛湍，勢挾蟲魚搶壁死。崔嵬雲嶺碧穹開，四出巴猿天上哀。哀我十方不遇之士子，般般猶向帝京來。堪憐太白即此下寥廓，平生常似遠行客。應知鶴澤故園中，八百靈禽空翦翮。顧我鏡湖春始波，歸舟不發可奈何？徒留畫影埋荒驛，為汝一吟仙鶴歌。

這首詩用字明白曉暢，只有「丹砂樟藥」帶了些許用典的色彩。說的是東漢建安七年，道教「靈寶派」——也就是「葛家道」——始祖葛玄，在閣皂山採藥行醫，煉丹傳道，後來他還在此地白日飛升，顯為得道；小說家言「太極仙翁」便是此人。「靈寶派」與龍虎山「正一派」的張陵一向分庭抗禮，到了唐中宗時，靈寶正式受敕封，閤皂山成為「天下第三十三福地」，神仙之館，一時無兩。這個地方，原先又名「樟樹」，既然是道教首次採藥之地，故以「樟藥」名之。葛玄的侄孫葛洪號抱朴子，人稱葛仙翁，更是眾望所歸的醫家、博物家，他日後也在閤皂山採藥煉丹，並撰成《肘後備急方》傳世，並醫道丹仙於一身。

狂客一連唱了三回，隱然有使李白不要忘記字句之意。李白不住地舀著酒漿，一面放懷豪飲，一面跟著狂客唱這〈仙鶴歌〉，唱到第三遍，已然銘記深刻。而且深深感念這詩人的用意——

逐字推索，看來幾個月前隨李顒造訪大匡山的丹丘子，的確於出蜀東歸之後，向苦竹院的胡紫陽說了些甚麼，流言蜚語，應該還都是豔讚之談，才會引起這狂客的「憐才豪興」。而當世道術家本有脫生魂、御死鬼的符籙，得之者交通陰陽兩界，必有用意。

在李白看來，〈仙鶴歌〉已然說得相當明白了：藉著飼鶴之事為喻，雜以薛少保親身所歷的不白之冤，狂客用這首古意盎然的詩，向下凡來的太白星君提出警告：帝王的權柄就像是橫斷於蜀中與漢中之間那劍閣上的飛湍，其勢激烈而巨大，身為臣民，不過是瀑布中被粗暴的水勢挾攜上下，翻騰不能自主、一至於粉身碎骨的蟲魚而已。

這不是鼓勵；倒像是帶著詛咒意味的恫嚇。而狂客的感慨似乎比薛少保更為刻骨銘心。一唱三歎下來，老淚縱橫，涕泗滂沱，簡直不可遏抑。

這狂客無姓無名，可是說起典章故事，如數家珍，看來應該是中朝大臣無疑的了。李白於是迷濛著雙眼，問道：「閣下風神俊朗，蹤跡肥遯，以某觀之，似乎是冰炭滿懷、不能苟合於時流的人物。請教：可以賜告高姓大名否？」

孰料狂客聞言之下，長袖一揮，又將〈仙鶴歌〉末四句唱了一遍：「顧我鏡湖春始波，歸舟不發可奈何？徒留畫影埋荒驛，為汝一吟仙鶴歌。」

末句末字落拍之際，李白眼前一片袖影籠天，有如紗隔燈火，霧失遠山；先前牆上的鶴彷彿已經充盈著真實的生命，破壁而出，迎面飛來，其下則是千仞萬仞的雲空，以及巍峨矗立的宮室殿宇。只不過這憑空俯瞰的視野，卻讓李白猛然間覺得身形傾側，腰腳顛躓，居然就一頭伏倒，透底醉了。

卻像是在夢境——他聽見在薛少保漸行漸遠的催促聲，夾雜著狂客留下幾句話：「星君來此世界已近二十年，吾與汝便再訂一二十年之約——汝心不死，我魂即生，後會可期。」

李白再度睜開眼時，端的是一室窅然。人跡、酒痕俱不見，三間兩架的室內只能狀之以窗明几淨四字，朝內的那一側壁間原先緊閉的木門已洞開，裡頭是綿延不知所止的客室，像是正準備接待無窮無盡的旅者。

頭上綰了鴉巢髻子的胡姬向他嫣然一笑。

44 罕遇真僧說空有

再見慈元之時，李白吃了一驚。不過是半日辰光，這僧卻像是老了幾歲，苦皺著一張乍見滄桑的臉，與另一身著緇衣的和尚在路邊喁喁交談。一見他來，便住口不說了，作勢拴縛著驢車上的行李，稽首合什，同那和尚告別。

一俟就道，其抑鬱幽悶，真同烏雲密蓋、不透一絲閒風；走起路來，更是步步如踏針氈。來到一亭，李白再也忍不住，試問道：「和尚，我吟一首詩你聽來，可好？」

慈元不作聲，腳下卻加緊了步伐。

「看和尚心事重重，此行還有好山好水五百里，豈便盡付於汝這愁眉愁眼的將就？」

「貧道實實無心貪玩山水。」

「事可商量否？」

慈元眄了他一眼，搖搖頭，道：「佛事延擱不得，趕路要緊。」

李白看他實心著急，愈發覺得有趣，笑道：「我便吟一首詩來你聽，不礙佛事。」

慈元拗他不過，仍垮著臉，道：「施主且吟將去，貧道只是走路。」

「夜來某與一鬼、並一生魂共飲玉浮梁，盡一缸之量，痛快！」李白道：「復觀壁上幻畫，畫中山川宮室，廟堂江湖，還有沖霄一鶴，於是乎才明白了〈小雅〉之詩所云：『鶴鳴于九皋，聲聞于野』究竟是何意——和尚錯過了，可惜。」

「貧道持戒，施主莫要忘了。」

「酒後之詩入耳，則不犯戒。」

李白原本並未作詩，可是百無聊賴，橫順便是逗這和尚作耍，當下放聲吟道：

貰酒知誰醉，憑仙放鶴飛。露寒失畫壁，蟻綠染僧衣——

「罪過！罪過！」慈元垂下臉，本來就糾結的眉頭鎖得更緊了，步履也有如要逃避甚麼似地益發地急了：「僧衣向不近酒，染不得、染不得的！」

「和尚大量寬懷，廣示方便，年前某落難到寶剎將息了數月，汝便曾借某僧衣，某時時穿著，至今存念，不敢或忘。」

慈元一逕搖著頭，只能三復斯言：「染不得」、「染不得」。

未料李白從這脫身一襲袈裟的皮相，轉出另一層作意——易言之，從這一句導出的僧人，也就未必是眼前這棲棲遑遑的慈元，而那想像中的人物，僧耶？俗耶？是仙？是道？已經不能辨其為何方神聖了。正由於用意有別，修辭風調亦為之改容，從接下來的一句上奮拔出格，不復倚傍近世時興的俗體、依律摹聲，一變而成為古調。他繼續吟下去：

僧蛻峨眉山煙裡，翠微猶帶經聲起。浮梁餘藥飲行人，行來一片天河水——

慈元不通詩，不知道所謂「浮梁餘藥飲行人」，恰是將前一天晚上所飲的「神品玉浮梁」當作是服食之後可以長生不老的昇仙之藥。在此處，李白運用了《水經注》裡的事典，以淮南道家仙跡混入蜀中佛家成相，可以說是頑謔已甚。

據載：淮南有肥水，西分為二，右行一支是肥水舊道，後來積聚廣泛，成為「船官湖」，多停放較大型的舟船，以避風波漂逐。船官湖之北，正對的是「八公山」；此山外貌之奇，在於略無樹木，是座童禿之山，山上有淮南王劉安廟。

劉安是漢高帝之孫，厲王劉長之子。劉安一向折節下士，篤好儒學，而彼時的儒家，大多兼習方術。在劉安帳下之儒，各領徒數十人，都是一時俊秀。這一群士人朝夕鑽研神仙秘法鴻寶之道，其中最出色的是八個鬚眉皓素的老人，名曰左吳、李尚、蘇飛、田由、毛被、雷被、伍被、晉昌，號稱八公。

傳聞中的八公初次詣門請見，看門的人告以：「我王好長生，而今看諸位老先生似乎並沒有駐顏止衰之術，不敢為爾等通報。」這話才說完，八公搖身一變，都成了童子。淮南王聽說了這當面神蹟，當然開懷禮敬，待之如上賓。

《水經注》也記錄了這「八公」「竝能煉金化丹，出入無間」，到後來甚至同劉安攜手登山，埋金於地，肉身則白日昇天。留在登仙之處的器皿之中，還殘留著未曾服食的餌藥，凡有經過的雞犬舔舐，俱得上昇。這山，乃以八公為名，日後才現草木蓊鬱，百鳥嚶鳴之象。

李白這四句誇酒漿為仙藥，還只是起興，跟著就是轉韻敷陳：

水色天涯共茫茫，聽我為君吟短長。心事隨身參同契，金丹不老老伯陽——

這幾句就掉轉了意思，直指憂心忡忡的慈元了。

《周易參同契》，東漢魏伯陽作。一說以為此書言簡意賅，不外就是透過語言連綴，將

《易經》、《老子》之言拼合假借，轉相注釋，看似說的是用爐鼎燒丹，指喻實為人身經脈流通變化。也有一說以為燒煉黃金水銀之屬，可以吸收先天一炁（同「氣」），歷一紀而神丹可成，服食之後，肉身化炁飛昇，遂為仙矣。

李白在此，只是把「心身內外」浮泛地論為一體；所謂「參同」，就是參覈一個人所思與所事，是否有「形神相通，體性相符」之理。本事：魏伯陽在打通儒、道、陰陽各家之說的時候，必從「同類相變」來立論，故有所謂：「欲作服食仙，宜以同類者」、「類同者相從，事乖不成寶」。

在李白而言，放在詩句之中的也不是多麼艱深難曉的道論，只是基於此理，用乎此語。「心事隨身參同契，金丹不老老伯陽」所喻十分明朗，乃為慈元的心境和處境。說得淺白些，即謂：成於內則發乎外，此人既然形容枯槁，必定心志憔悴。不料，慈元終歸不明白詩句用事的機關，但聞「隨身」、又聞一「契」字，忽然心頭一凜：莫非，莫非李客已經在書信中同李白透露了玄機——也就是他此行要與各地寺院勾當的種種內情？

然而李白作詩，只是天真，其命意常隨字句而飄移、而流動、而飛躍。每看似岔走於邈然不可及之處，復將詩旨使轉，所以汪洋恣肆，迴環自如，未可以常理節度。既然這詩開篇用遊仙領出旨趣，又因「身心參同」而轉到了魏伯陽，更是他極有興致的題目，遂再扭折一回聲調，用急促的入聲為韻腳，顯現出一種迫不及待的節奏和情味——也就在這一刻，他轉身奔向道旁一灣春日初漲的淺溪，摘採了一大把劍刃也似的菖蒲新葉，遞過來，對著慈元傻笑，繼續吟道：

河車丹鼎生紫液，姹女初成朱雀碧。即此奉君食菖蒲，蓬萊瓜棗識痕跡。

慈元仍在迷惘和憂懼之中。看李白載吟載笑，越發糊塗，頗覺遭了侮弄。實則李白此作發展到這四句上，反而是在嬉謔之間，流露出一層深情款款的祝福。

魏伯陽《參同契》開丹道之先河，有一不可須臾離之的要旨，即是將煉丹的藥鼎看成一具體而微的天地，陰陽五行，世間萬物，無不凝形縮影其內。

其後，無論民間附會神話裡的漢代人物鍾離權，或者是在江湖之間亦正亦邪、神出鬼沒的呂洞賓，以迄於劉海蟾、張紫陽者流，皆為「內丹」一派；其主要的原因就是魏伯陽所標榜、推闡的外丹之術沒有足夠的技術細節，可以供為操持實踐的張本。像是在煉丹所必備的器物、材料方面，多出之以隱語，令學習者感到難以辨別，又不勝其煩擾。倒是將外在天地與我身宇宙相縮和的內丹之說，雜以周天練氣之術，即身可行，日進有功，反而很快地為人所理解而樂於參習。

而李白的這幾句詩，便是十分稠密地組織起外丹術語而成。

根據道教典籍所載，有蓬萊修煉之法，在這些法典中，一般稱水為「河車」，稱火為「朱雀」。術士們為了故作神秘，不以常名而呼，多少有些惑人耳目以玄秘自珍的用意。例如「姹女」，原意為少女——由於舊時有以守宮砂（亦稱硃砂）辨認處女的俗尚，而製作守宮砂又必須使用水銀，遂使「姹女」成為「水銀」的代稱。

煉丹得水銀，書記十分粗略，大約是取水一斗置鐺中，生火煮沸，再放入九兩水銀礦石——呼為「聖石」；水銀一旦燒出，便是「姹女」了。其次而成者，則稱「玉液」。再向後，還會隨火候而變化，呈紫色結晶者謂之「紫河車」，呈白色結晶者謂之「白河車」，其餘青色、赤色之結晶亦然。詩句：當「姹女」結晶，火色轉藍（朱雀碧），便可以說大功告成了。

不過，煉丹只是一個過程，李白在這一節所欲傳達的意思，實在次一聯。不意間發現路旁溪畔的菖蒲，點亮李白一點靈光。那是曾經在《楚辭・遠遊》裡出現過的人物：「奇傅說之託辰星兮，羨韓眾之得一。」東方朔的〈七諫・自悲〉中也有：「見韓眾而宿之兮，問天道之所在；借浮雲以送予兮，載雌霓而為旌。」

韓眾是古老神話裡的一個神仙，《神仙傳》上說他為齊王採藥，而齊王不肯服食那藥，韓眾只好自己吃了成仙。《抱朴子》上形容韓眾：「服菖蒲十三年，身生毛。日視書萬言，皆誦之，冬袒不寒。」不知菖蒲即齊王所不肯服食者否？倒是李白取菖蒲奉饗於慈元，不免因為和尚頭頂無毛，食之如韓眾而「身生毛」，或可稍禦頭頂之寒，這，當然不無取笑在其中。

至於下一句，用的是《史記・孝武本紀》裡一則流傳很廣的故事：「（李）少君言於上曰：『……臣嘗遊海上，見安期生，食臣棗，大如瓜。安期生，僊（仙）者，通蓬萊中，合則見人，不合則隱。』於是天子始親祠灶，而遣方士入海，求蓬萊安期生之屬，而事化丹砂諸藥，齊為黃金矣。」

所謂「蓬萊瓜棗」，恰是勾出遠遊求索的心情——無庸置疑，求仙，不能只看到表面的仙字；於李白，這就是對這玄黃天地、洪荒宇宙的無窮好奇與探索。吟誦到此，詩思有如脫韁之馬、離弦之箭，再也收束不得；李白只恨自己的口齒不夠敏捷，當下聲字噴出，意興隨之湧至；轉韻入平聲，以五言十二句重新勾回首聯「放鶴」的情境，結構出一個完足如彈丸的篇章：

> 客有鶴上仙，飛飛凌太清。揚言碧雲裡，自道安期名。兩兩白玉童，雙吹紫鸞笙。去影忽不見，回風送天聲。舉首遠望之，飄然若流星。願餐金光草，壽與天齊傾。

這一切，慈元顯然都沒有聽懂，他更沒有成仙的打算，只反手推開了晶瑩碧翠的菖蒲葉，冷冷地應道：「休要作耍！李郎既知我隨身盡是契券文書，須見人生瑣瑣，道途迢迢，應是趕路打緊。」

此詩無名，為李白初旅之跡，後人似乎也可以這樣看：當現實的人生展開之際，那詩句中的仙境，便隨著腳步而一句一句地凋零了。

> 貰酒知誰醉，憑仙放鶴飛。露寒失畫壁，蟻綠染僧衣。僧蛻峨眉山煙裡，翠微猶帶經聲起。浮梁餘蘗飲行人，行來一片天河水。水色天涯共茫茫，聽我為君吟短長。心事隨身參同契，金丹不老老伯陽。河車丹鼎生紫液，姹女初成朱雀碧。即此奉君食菖蒲，蓬萊瓜棗識痕跡。客有鶴上仙，飛飛凌太清。揚言碧雲裡，自道安期名。兩兩白玉童，雙吹紫鸞

笙。去影忽不見，回風送天聲。舉首遠望之，飄然若流星。願餐金光草，壽與天齊傾。

45 儻逢騎羊子

李白此行看來走得倉促，實則無論行腳遲速，都在趙蕤的算計之中。月娘交代的物事，也果然實用。那是一個外觀膨脝似鼓、內中縫綴了幾十個口袋的布囊，每一只口袋之中，都分裝了足供兩人一餐所需的生米、糗麵、豆餅和雜糧餑餑等等——《詩經．大雅．公劉》所謂：「迺裹餱糧，于橐於囊」便是這個意思；囊中有袋，方便路客充飢時零星取用，不可或缺。一般而言，乾餱之屬，果腹而已，取其食用方便，不計風味。在跋涉途中，即使錯過了驛所，只消在野處能夠覓得水火，聊事煮炊，總能勉強湊付一頓。

趙蕤所設想的不只於此。他明明知道：李白一旦登程，是可以流連而忘返，迷途而未覺的，於是臨別之際，曾發付了一封書簡在布囊之中。李白每每野處炊食，取用餱米的時候，總會看見那皮紙密封的信，偶爾好奇，便想拆開來看一眼，可是即目所見，既無仙、又無羊，何必多事？遂強自按耐了。

倒是慈元，時時看見那書信，總覺得其中有些消息，終於在一長亭歇腳處看李白將一小袋雜著黑稗的糙米倒進煮粥的銅鐺之中，書簡隨手擱置在一旁地上，便閒閒問道：「趙處士交付的？是給誰的？」

李白這時正解開水囊，使紗網濾了濾驛路邊打來的溪水，順手指了指自己的鼻尖。

「何不拆看？」

「無事不須看。」李白一面說、一面取出火石生火，把那書簡又收回了布囊裡。

慈元仍舊不死心，復問：「如何是有事？」

「某師臨別時吩咐：須見羊，便有事。」

李白言者無心，慈元的臉色卻沉了下來——難道趙蕤真是活神仙？連這樣一樁啟程之後才發生的事，他都有預見之能麼？

這事十分棘手。

先前為了處置便宜，慈元從福圓寺僧人處交易來一批契券，有的在向原先貸主借取穀種、麻油、被服甚至經卷的時候，就已然白紙黑字寫定，無須質押。也有的則以田地為擔保，屆期如果不能償還，便可以割地償債。這在經營借貸取息已經有多年經驗的寺院而言，本來相當尋常。可是由於事涉「移坵換段」的周轉，鑑別土地肥瘠、利用厚薄的工夫不能不謹慎為之。

「鑑田」平時便有：各處叢林原本就雇得些擅長農事的寺奴，日暮往來奔走，仔細勘驗，大約估算出某地每年每畝耕耘所得的穀米之數，就用之以甄別田價。若所值與原先的借貸本利有等差，可以另用現銀、制錢、或者其它能夠兌價的實物權抵。

這一回令慈元不能不擔憂的，是一張金堆驛驛卒的借貸文書。借據所具姓名為「馬千里」，成貸日為「開元元年七月十二日」，內文字句是這樣的——

開元元年七月十二日，金堆驛卒馬千里為急要錢使，交無得處，遂於福圓寺僧虔一邊，舉錢三千文。其錢每月頭分生利一百八十文，如虔一自要錢用，即仰馬千里本利並還；如不得，聽任虔一牽掣馬千里家飼羊群，將充錢直（按：即值），有剩不追。恐人無信，故立私契，兩共平章，畫指為記。

借據之後列名的「舉錢人」是馬千里，「同取人」則是馬千里的妻子黨四娘、妹妹馬五娘。謂「同取人」，記同列為借方，也有具名為保的用意。

這還只是大明寺與福圓寺之間、在比兌了許多可以作成交易的田土之後，恰足以充抵餘額的契券。其棘手處不只一端。首先，是借貸形式，並無質押品；無質而貸，講的是人面信用；可見福圓寺與馬千里相當熟識，或恐有不便催討的情分。其次，是馬千里在借貸之後不過一年多，就被驛廄裡的一匹發狂的老馬給踢死了。

馬千里生前欠的債不能還，利錢卻還繼續滾著。黨四娘和馬五娘頓失天倫，無以謀生，三千文債務就如同滾雪，再也回不了頭。虔一和尚既不欲強人所難，也不情願吃虧；看來顧去，只有藉著「移坵換段」之舉，讓出債權，取得他方轉來的利頭，才不蝕本。

然而，收了這張契券的慈元卻有另一層難處——他還要趕在佛誕日上峨眉山；就算能狠下心腸，赴馬千里家中憑券取羊群，總不能趕著這一群羊遠赴峨眉朝山罷？若要等朝山之後回程再議，則手中得以與其他寺廟交易的契券可能所餘不多，換言之：能夠再將這筆債權轉出的機會，就更加微乎其微了。在這「攘其羊、抑不攘其羊」的兩難之間，慈元還真是別無長策，嗟歎不已。

這一刻，聽李白說起「須見羊，便有事」，慈元還以為趙蕤參透了所有的機關，登時四體一軟，滿面頹唐地說道：「趙處士果然是活神仙！」

李白一面淘淅著鐺中之米，一面細細撿取稗粒，漫不經心地應道：「和尚有煩惱，何不說來？」

原本只是「羊」之一字陰錯陽差的誤會，卻牽引著李白的這一趟遊歷步上意想不到的歧途。慈元一念轉來，愈覺趙蕤料事如神，無可隱諱，卻仍吞吞吐吐了好一陣，才交代了他的難處。末了，終於說開了：「貧道畢竟是方外人，設若驅彼一群羊往集上兜售，似也曲折佛面。」

李白明白了這七周八轉的債務原委，自然不覺得與神仙蹤跡有甚麼干係，可是看這和尚一臉愁雲慘霧，很是不忍，便道：「同行同命，某此行既無非去不可之處，亦無不可去之處，便隨和尚往金堆驛，看如何處置就是。」

金堆驛在六十里外，兩人這一程改了走法，腳下不分晝夜，逢光即行，有亭便歇，歇時不拘久暫，長亭短亭但有頂蓋，便和衣而眠。行止間漸漸能說上些話，李白才明白慈元為甚麼眉目之間，總顯得僝僽猥瑣，心事重重。

原來時當北魏末葉，此僧上溯六代前，有一祖曾犯重刑，淪為「佛圖戶」。這是一種劃歸寺院管轄的人戶身份，其地位接近奴婢。由於編入各州鎮的寺院，是以又稱「寺戶」。這種身份的戶民，除了為寺院服事灑掃雜役之外，還得付出相當沉重的勞力，開發寺廟所擁有的土地，經營農耕，產出五穀。他們是寺院及僧團的搖錢樹，但是極為低賤，唯有日夜就近向佛前懺悔罪孽，算是唯一的方便與福慧。

未幾，北魏一分為二，宇文泰所領控之西魏日後篡立為北周，就在北周武帝當國的建德三年，皇帝發動了一次徹底的滅佛行動，順手廢除了佛圖戶。很難說這是不是給了許多佛圖戶民一次「置之無地而後有」的機會；他們不再從屬於寺院，不再聽命於僧團，也不再以勞動和尊嚴抵償祖先所犯的罪刑。

從慈元的父母這一代上，有了編戶國人的身份，而他則具備了出家為僧的資格。家世如斯，慈元即使入了叢林，仍是一身卑奴之氣，揮之不去。此人行事，錙銖必較，些許得失，就添無限煩惱；觀其形貌，就像是關押多年之後初獲釋放的人犯。即使身在佛門清淨之地，別無汙穢經身，仍顯得憂忡猶豫，常帶著一種身後有人追拏的惶恐；又像是渾身包裹著冤情，任誰來開脫都不得洗雪——也由於相貌如此，才到金堆驛，就招人注目了。

金堆驛有六條小溪交匯，誠所謂溝壑縱橫，山巒疊嶂，地勢與秦嶺深處、華縣東南的金堆鎮極為相似，昔日開通驛路的主司便以「金堆」命其名。群山幽深，多古木異草，開採藥材者不虞匱乏，只消從溪谷攀緣而上，來到驛所，就近流通，所以往來客商極夥，十分熱鬧。也因為聚散繽紛，人事雜沓，前後兩驛的駐卒常到此地邏巡。

這一天眾目睽睽之下，赫然見這眉眼慌張的僧人，催趲著驢車一駕，運載龐大，真與一般雲水之遊絕不相同；而旁行的少年雖然風標俊朗，骨秀神清，可是腰間卻佩著一柄十分招搖的長劍，怎麼看也不像是和尚的道侶。這兩人交頭接耳，四處問訊指點，看來更不尋常。

李白一心一念，只在打探那馬千里的家眷，未及其它。倒是黨四娘、馬五娘似乎人人識得，問過幾處街坊，略一拼湊，便有了下落。原來自馬千里死後，這一對姑嫂不能再寄居於驛所，三數年前就遷居到山野裡去，仍以飼養群羊為生。牧務繁重不說，風俗法令，斷屠為至要之禁，幾乎沒有可以違逆之隙，生計便更加艱苦了。

齋月、齋日斷屠，從來已久；南北朝時期，舉凡佛光普照之地，每年正月、五月、九月，皆不可殺生。此外，每個月都不能免的，初八、十四、十五、二十三、二十九、三十等「六齋日」，也要嚴行「普斷屠殺」——這還有個名目，叫「年三月六」。

「年三」，指的是三個持長齋的月份。唐代之人在這三個月裡，非但斷屠，也不許執行死刑，連官吏之走馬上任都得避過，為之「忌月」或「惡月」。「月六」，亦不殺，也略有古典根據。據傳：釋氏《四天王經》記載，每個月的六齋日是四天王秘密遣使、或是微服出巡，來到人間查察善惡的日子。凡人守戒、行善、不殺生，必可獲得延年益壽的福報。行善求福的表面文章一旦刊為法禁，就是天經地義，不可動搖了。

自從高祖武德二年正月下令：更將斷屠之日擴充於每月的初一、十八、二十四、二十八四天，這是為了表現唐王朝對李氏為祖的道教之崇敬而設的。斷屠詔一出，有「釋典微妙，淨業始於慈悲；道教冲虛，至德去其殘殺。」的教訓。也因為擴及「年三月十」，一月之中，每逢八日都斷屠，而有「三八」之說；故《妙法蓮華經》亦有云：「三八鎮遊諸寺舍，十齋常具斷葷辛。如斯淨行清高眾，經內呼為女善人。」

善人越來越多，牧戶和屠戶的活路卻越來越窄。一法高懸，竟至一年有二百餘日不得食肉，也就令牧屠之輩二百多日不能謀生。無怪乎《佛祖統記》有載：高僧善導居長安化人念佛，一時全城向化，皆斷肉食。遂有一屠姓京，苦於蕭條，別無生理，乃由煩惱而生殺心，瞋恚難忍，持刀入寺，欲殺善導。故事裡的善導為說淨土法門，指示西方現淨土相，竟然還說動了京某，從此發心念佛不輟。卻沒有說明白：這屠戶日後怎麼討生活？

黨四娘和馬五娘養羊活口，實無尺寸生機，足見艱難。李白與慈元可以在驛所裡等候，說不定到那許令屠宰之期，他姑嫂便來市上營生，算是容她們自投羅網罷了。然而，道情之人尚有一語說得好：「該來時，人也未必就來。」

盤計多方，李白以為還是該循路找去。二人復於驛中寄了驢車行篋，只收裹了聊供一餐可食的囊袋，步行涉溪過野，直到天色盡墨，才找著了那一起勉強有竹籓土牆遮風蔽雨的破落戶。一眼望去：散處之羊的確有些，大多病瘠無毛，三五可見不可見之數，很難說是一群。更不堪聞問的是，兩個半老婦人看來都病在榻上，奄奄一息而已——無非是飢寒交迫而無力活下去的模樣。

室內寒燈一檠，放在灶上，似是有人藉此用飯，還來不及收拾。看灶間猶有餘火，釜中只剩幾莖泛黑透黃的野菜，浮粒可數，漂在稀薄的湯裡。李白喚慈元門裡門外尋了些散柴來，將灶火續上，另燒了一鐺水；自己則為兩婦人把上了脈。

純以脈象論，兩人都沒有甚麼惡病，然而寸關尺三部，輕按皆無力，重按則空虛，看來氣血兩不足，不能鼓動脈搏。此外，姑嫂二人的脈徵，都呈現了浮與遲之狀——浮，乃是由於內傷久弱、陰血衰少，而陽氣不足；遲，則是脈動緩慢，宜屬病寒之證；寒則元氣凝滯，血行無力；說得直白些，就是坐困愁城，等待瘐死。

李白當下解開隨身囊袋，一如這幾日道途間手段所施，將穀米稍事滌洗，盡數傾入那釜中，待烈焰沸過之後，抽柴減火，以微燼慢熬。不過片時，一釜白粥便煮就了，供應那姑嫂二人一時狼吞虎嚥，恢復了活人的神氣。

黨四娘與馬五娘也都未曾料想得到，天外居然有仙客飛來，給張羅了一頓飽餐；登時喜極欲泣，趴在那缺了兩角墩子的破榻上不住地叩首、頂禮、道謝。李白避而不受其禮，拉著慈元趨出門外，低聲問道：「和尚，若仍欲討取此券舉錢，恐須勾留些時日。」

「幾日？」

「即令我等日日前來煮粥供養，充其量，傾囊與之而已——算來麼，亦不出二、三十日耳。」

慈元簡直不能明白李白的用意，只能追問：「然則？」

「渠等——還是要餓死的。」李白冷冷地說完，別無他語，回身入室，並不理會那兩婦人，逕自收取隨身攜來的布囊，扭頭衝外走了。

慈元更不知所措，前瞻後望一陣，顧不得撇下屋中二婦人，追步上前，且行且問：「如此，則、則——罷了？」

李白沿著來時之路，一意匆匆前行，走出里許開外，才忽然扭頭對慈元道：「某今日始稍稍悟得『辟穀』之究竟。」

令慈元訝異的是，當李白這麼說的時候，嘴角顯現出諷謔的笑容，而眼眶之中，卻似有淚光閃爍。

46 心亦不能為之哀

辟穀名目極多，又稱卻穀、卻粒、絕穀、斷穀、修糧等，其術所從來久矣。

自秦漢以降，與夫道家的逐漸蓬勃，修身練氣、養命長生、服食昇仙以及辟穀導引種種神異其能、非凡其事的傳說便不脛而走，天下喧騰。

即使連《大戴禮記．易本命第八十一》都有這樣的記載：「食水者善遊能寒，食土者無心而不息，食木者多力而拂；食草者善走而愚，食桑者有絲而蛾，食肉者勇敢而悍，食穀者智慧而巧，食氣者神明而壽，不食者不死而神。」如何從「智慧而巧」，精進身心，以達於「神明而壽」、「不死而神」就成為此下千年之間修道者的使命。得以只飲水而「不衣絲麻，不食五穀」，善於「吹呴食氣」的術士，非但常保「童子之顏色」，還有「肉色光美，徐行及馬，力兼數人」的模樣和能為。

不進用常人飲饌，堪稱神乎其技，其事則車載斗量。其例大凡若此：《神仙傳．魯女生》所記的魯女生，「服胡麻餌術，絕穀八十餘年，甚少壯，一日行三百餘里，走逐麞鹿。

鄉里傳：世見之二百餘年。入華山中去，時故人與女生別後五十年，入華山廟，逢女生，乘白鹿，從後有玉女數十人也。」

另，同書記封君達之事，也相當近似：「服黃精五十餘年，又入烏鼠山，服鍊水銀，百餘歲往來鄉里，視之年如三十許人。常騎青牛，聞人有疾病待死者，便過，與藥治之，應手皆愈。」隨手摭拾無數，而看似不相關的辟穀之人，在傳聞中也能往來無礙——封君達就見過魯女生，還曾經為魯氏「授還丹訣及《五嶽真形圖》」。

辟穀不同於絕食，《抱朴子》曾錄董京之〈辟穀方〉：「以甘草、防風、莧實之屬十許種搗為散，先服方寸匕，乃呑石子大如雀卵十二枚，足辟百日，輒更服散，氣力顏色如故也。」此處的「方寸匕」是量體單位，取一寸立方，大約十粒梧桐子。

歷代方術之書，逐漸衍生派別，彼此涇渭分明，但是於辟穀服食之物，所錄則大同小異，不外乎黃精、玉竹、芝麻、天冬、大棗、黑豆、靈芝、松子、白朮、桑椹、胡桃、蜂蜜、麥冬之類；或復添以雲母、雄黃和硃砂等礦石，更與煉服外丹家數結合為一體了。在趙蕤為李白打理的隨身草藥裡，就半是此物。以其深謀遠慮，不會不知道李白此行還真不免要冒上挨餓的險，是以貯裹完足，以備不時之需。

然而目睹兩個受飢寒交侵、即將成為餓殍的婦人，李白自知：除了隨手布施，勉成一時飼養，其餘也無能為力。他不得不想起傳說中那些或則服藥、或則服氣，總之在飢餓中猶能不礙於維持容顏、體魄、精神、壽命的高人，他們或則「斷穀三年，步陟登山，終日不倦」，或則「但求三、二升水，如此年餘，顏色鮮悅，氣力如故」，或則「斷穀三十餘載，唯以澗水服雲母屑，日夜誦《大洞經》」——這些人的方術，若是能普施於哀哀生民，不是時刻能挽救萬千條性命嗎？

或者——李白所轉出的另一個念頭則是：這些斷穀仙方，雜以方士們吐納導引、高壽輕身，以及各種光怪陸離的怪譚，或則根本就是用以欺誑眾生，使之在垂死掙扎、無以為繼的生之邊緣，彷彿還寄託了、攀附了最後一宗遇仙而化、隨仙而去的希望。

在疲憊、絕望以及摻雜著慚愧的憐憫之情中，李白與慈元踐踏著薄水碎石，越過溪谷，挑了一處較平緩的坡地，向驛所走去。他們遠遠看見爝火連行，人聲鼎沸，兼有馬鳴驢嘶，喧嘩不已——看情狀，像是夜行商旅休憩已畢，準備登程了。然而，李白卻感受到一股沉鬱之氣，打從四圍八面漸漸湧迫而至，這使得他腰間的劍輕微地抖動了起來。他停住腳步，鞘中長劍抖動依然。

放眼再朝驛路上望去，夜空中的爝火便如同撲展著火翅的鳥兒，竟向他和慈元包圍過來。李白凝眸以觀，立刻明白了：是黃昏時分乍到金堆驛時撞見過的——那十多個橫刀執戟的驛卒。

當先一人，戴扎巾軟帽，兩條束帶從腦後繫上頭頂，此人面容豐腴，方口大耳，可是滿嘴無牙。他的上半身外罩半甲，內裹棉衣，底下穿了素褶子，腰紮革帶，足登一雙長筒靴，靴子很舊了，踝折之處的皮面磨損欲穿。褶子打從當央撩起，反掖在腰帶底下，這就露出了裡頭的粗布褲，打遍了補丁。再看他右肩斜搭一革帶，上鑲方玉版，帶上懸一束鞘腰刀——這是一柄胡刀，刀面寬大，其彎如鉤，刀鞘上浮雕著梔子花紋，花色塗金，閃閃亮眼。

豁牙的這個身後是一排穿著與他相似的驛卒，有的手執長竿鐵矟，有的脅下跨著朴刀，間雜一人搶步上前，回頭止住了這群驛卒的前進之勢——此人體態高大，頭角稜削分明，裝束又與他者略不相同，他身披前後兩面明光鎧——不過，前一面是鍛銅鑄就，後一面則是皮革鞣製，顯然是拼湊而成。他在轉回身時，已經連鞘抽出了腰間一刀，對李白喊了聲：「住！」

「昌明李白，大明寺僧慈元，路過金堆驛。健兒可有差遣麼？」李白道。

尊稱「健兒」，對於驛卒人等來說，表現了十足的敬意。本事：「健兒」是由朝廷派遣使者，與各地州縣官聯手為之，這是一種在常額的「府兵」、以及強行徵募的「兵募」之外，向地方上簡召自願軍而給予的頭銜。與「健兒」相當的，還有「猛士」，也是一種招募而得的士兵，前來投效的，必須身強體壯，甚至武藝出群——在此，當然是一個敬稱。

為首這魁梧的驛卒向後揮刀畫了半圈，列卒分別向兩旁閃開，接著就從驛所門口滾出一宗行李來——不消說，是李白的籠仗。緊跟在後的，是那頭驢，已經鬆脫了輗軏，孤零零不知讓甚麼人打從驛後廄舍裡掏了出來，慈元惶恐了：他的箱籠筐篚都該在驢車上，可是看來那車已經叫人給劫去了。情急無著，掏出了袖中的契牌，哭嚷著：「貧道一車什物，寄在驛上，皆屬寺中常住所有——」

「好說，貴寺『常住所有』，呵呵，畢竟是貴寺啊！」豁牙的一咧嘴，回頭去地上取過一物，其大如瓜，往面前地上扔了——那是原先拴縛在車轅上的一只軟橐，一落地，在塵土中散了口，滾出無數金銀燭燈臺座、翡翠念珠、寶石鑲嵌的金剛杵，還有些看不出用處的晶黃燦白之物。

「這是、這是敝寺發付貧道赴峨眉山供奉之物——」

為首之人並不理會慈元的辯解，他雙目炯炯，直盯著李白的佩劍，像是怎麼也忍不住似地笑道：「此物？」

李白低頭看一眼自己的劍，他從來不知那劍有甚麼可笑的。然而，對方來意不善，這笑意便值得玩味。無論此人是想要這把劍，或者不以隨身攜劍過市為然，為甚麼眼中會流露出如此明白的輕鄙？

「家傳一劍。」李白道。

這身量高出李白一頭的大漢接著道：「汝家在安西？」

李白猛可一怔——這還是有生以來頭一遭，有人向他說起「安西」二字。那是他祖父執意要讓李客歸根中土的一個漫長旅途的起點。日邁月征，歲時忽焉而過，關於安西都護府的民情風物、日常瑣屑，他已不復記憶，但是這柄劍與丁零奴，則心象鮮明，無時不可重睹，且歷歷如在目前。

劍，是丁零奴從碎葉水一役的戰場上拾回來的。

此劍原本還不能稱之為劍，而是一支帶桿而折斷的丈八長矟，矟頭將近四尺，重十餘斤。此矟原先的主人是誰？已窅然不可蹤跡。只能推測是當年為唐朝大將蘇定方所擒服的西突厥之主——阿史那賀魯——身邊近臣之所用。能夠使得動這樣一桿長大而沉重的矟，應該是一員身形巨大、膂力驚人的勇士。不過，在那樣摧枯拉朽的大規模戰事之中，儘管有萬夫不當之勇，恐怕也難以抵擋一時翻捲如潮的人海淹襲，是以半桿折斷的矟，便成為丁零奴無數不費本錢的什物家當之一。丁零奴本意欲將母鐵熔了，冶成鍛鐵，再鑄造成堪用的耒耜鋤銛等農具；要不，打造成車軸、車轅、車衡上的覆鐵也很合適。

不過，打從戰場上拾荒歸來，拔出了半截斷桿，那矟便不時地發出一陣陣哀猿孤鳥般的呼嘯。丁零奴情知其中有異，當下帶著那矟頭，返回碎葉水，在焦土骨礫之中，拈土為香，向天禱誓。歷時一晝夜，他得著了鬼神的應許——持此矟殺生者、以及被此矟取命者，共誓一大悲願，那就是同留其魂魄於天地之間，遂行「摧伏怨敵，弭止紛爭」之事。丁零奴願以巧匠之藝，因其形、改其勢、合他金，並減其半重，重新打造成一支短柄而斜鋒扁長、單側出刃的兵器——劍；此劍有合乎古體與時樣者，也有丁零奴自家別出心裁的細節。

經歷過刀戟戰陣、或是略微通曉兵書之人都知道：自從西晉東渡之後，中原戰役進入了一個兵器的新時代。早在三國、兩漢甚至遠古以來，一向被視為地位崇隆、且多少還具備實戰價值的劍，已經廣泛地被刀所取代。大體而言，弧形、薄脊、單刃、闊面，靈活易於施力的刀器，遂成為短兵器實戰史上的新寵——這是西北草原牧胡之刀所過之處，以鮮血寫成的教訓。

一劍隨身，或許還有些許風姿儀態上的考究，臨陣對敵，卻很難派上用場。丁零奴製此劍，本不是作兵刃用；反倒是帶有祭器或禮器的性質，所謂別出心裁的細節，關鍵就是劍莖與劍首，固然與劍身一體鑄就，而丁零奴作了一番花樣——他把劍首雕鏤成金剛杵四瓣連環之形。

蓋金剛杵在古天竺與吐蕃之佛教信仰中皆「象徵堅利之智」，有摧破怨敵與煩惱之義。《大悲心陀羅尼經》中為第六手眼，其底蘊為「若為摧伏一切怨敵者，當於金剛杵手」，這就更不是尋常殺戮戰鬥者所能意會的了。

上下打量了李白兩回，大個子的笑意更濃了，他將手上的刀往李白的劍首上磕了磕，道：「汝自報家門是昌明之人，這劍又是家傳之物；既屬家傳，卻如何是敕勒鑄匠的手藝？」

李白萬萬不能料到，身過巴蜀蠻山，居然會遇見一個曾經從征於西極萬里之外的驛卒，他當然拿不出安西地方的身牒，這就很容易引起誤會或導致誣陷——即使像這種連衛士都算不上、有如供役人等的驛卒，也可以揚威仗勢、數落他是逃役丁口，或者是挾贓亡命的歹徒。

果不其然，大個子接著回頭對眾驛卒道：「比來逃役丁佚四處奔走，拏不勝拏，笞不勝笞；也作惱人！」

此言一出，李白又轉出另一層驚駭——依律，他在前一年就是編丁了。常法有約束，編戶之民年滿十八，可以受百畝田，也因之而必須繳交以及服事征派。此制，稱「租庸調」法。

唐人沿襲前代而形成的均田制聲稱：「有田則有租，有身則有庸，有戶則有調」。每丁每年要交粟二石，這個名目謂之「租」；除此之外，還需納絹——或者是其他絲織品——二丈、棉三兩，也可以代之以納布二丈三尺、麻三斤，這個名目謂之「調」；丁男每年要服正役二十天，如不服徭役，每日折絹三尺或布三尺七寸五分，這個名目謂之「庸」；庸可以「留役」，也就是以服力役代替繳交「調」、「租」——滿十五日免調，滿三十日「調」、「租」俱免。

當然，大部分地區的丁口根本領不到百畝田，絕大多數賴耕稼為生之民，連四十畝地都分派不到。然而應須上繳之「調」、「租」不能稍減，應須供應之力役則終需以「調」、「租」補償。即使多數明白劃歸為某丁所有的田地，也常常是不可耕地，朝廷所推行之「均田制」不過是具載於典冊文書，從無確切施行之一日。

為了確保人力不至於非法流失，唐代的戶籍管束極為嚴格，號「鄉里鄰保」。民戶有「百戶為里，五里為鄉，四家為鄰，五鄰為保」的連坐組織。地方官署最重戶籍，此「編戶齊民」之大體。無論籍隸何等，都逐時嚴控。各戶戶主每年自報「手實」，詳列家人姓名、年齡、性別、職業以及所擁有的土地畝數。「手實」之上另註明各人來年應服課役，也有的還細舉積欠，這也有名目，謂之「記賬」。「手實記賬」每三年編修一次，一方面的確就是均田制與租庸調的憑據，一方面也是確認編戶之民各安其業、各盡其賦、各守其分。

可是，折算每人每日勉可賴以存活之糧，約在一升又半之數，那麼，一擁田四十畝、年穫穀米四十石的農丁，僅僅是自食其力，已然罄其所有，哪裡還有餘糧可以上繳呢？這是大唐初立以來，民間底層一向未曾改善的窘境，若不融通以借貸，就只有逃役；也就是從法定派服勞役中，擠壓出勉強餬口的勞動力。

由於長期的災亂與兵禍，唐初戶口大約只有二百餘萬，縱使貞觀之治，頗能與民休息，至高宗永徽年間，編戶不過三百八十萬。到了李白出生前後，也就是中宗神龍年間，天下丁戶幾乎倍增，約六百萬。然而僧侶、賤民、客戶與軍人，則皆不入戶籍。這是相當龐大的一筆人口，總數亦不下於百萬。朝廷雖然沒有逐一駕馭、以追索賦役的能力，卻經常催促地方上的各級官僚嚴予監管，一旦有邊警或征戰，就可以發動形格勢禁的追捕。

其中，僧侶和軍人還可以因其身份而不受干犯；賤民與客戶的處境卻異常狹仄。當年趙蕤一遷破天峽、再遷大匡山，遑論其間飄泊多年，居無定址，這樣的人，即屬「客戶」，算是化外之民。如以編戶之法論之，如此自生自滅，本來就與全天下為數不啻百萬、逃賦避役的丁口沒有兩樣——在深受賦稅徭役壓迫而難以存活的老百姓而言，惟有減低戶等，才能不受形勢盤剝；要不就多立門戶，以博田畝；要不就私買度牒，假作僧徒；要不，就生生世世甘為流徙之人。

李白孤劍在腰，鋒刃未曾出鞘，卻已經為形勢所困，成了逋逃流亡者。

孰料，屋漏偏逢連夜雨。正當李白還不知道該為腰間之劍編派個甚麼來歷之時，豁牙的那驛卒隻手強拉起驢頭搴索，朝慈元臉前一湊，慈元待要退躲，脊樑後卻教另一驛卒給頂住了，於是驢頭對僧面、僧面對驢頭，惹得眾人皆樂不可支。

李白一轉念，想起右臂上還縛了一支匕首，若疾取此匕刺擊大漢脅下明光鎧夾縫，則彼必然猝不及防，反手再取豁牙，一刃試其頸，大約也不至於失手。然而往後再戰，便不容易了——他不指望慈元也能動手拚搏，可是要在轉瞬之間、連取兩人性命，還得拉驢套車，勉強就道，不出一半里路，恐怕就要讓次一驛的邏卒撞上，就算能夠避過，前行又能走出幾亭去呢？

他這廂殺念尚未停歇，豁牙又朗聲喝罵起來：「這禿，看來也是個頂冒的和尚！」「貧道度牒隨身，健兒不可冤枉佛前子弟——」

「汝且看！」豁牙果然力大，右手再扭那驢頭向著熘火，左手探指向驢左頰一抹，但見驢眼下兩寸有餘處、叢生短毛之間，赫然露出一個火烙的「出」字。豁牙瞪起一雙虎目，斥道：「此乃在牧之驢，怎麼成了和尚的馱負？」

唐代天下官畜，皆用烙印，一則以利辨識，再則謹防流失。律令分明，凡在牧之馬，於右肩膊烙小「官」字，右大腿烙生辰年，尾側左右則烙以初生時管監所在之名。

有那形容端正、體勢健偉的，得解送於京，由「尚乘局」專人飼牧馴養，只有這種馬，約於滿兩歲的時候，測量其負載奔馳之力，上選者不烙監名，而以「飛」字烙左肩及左大腿，至於次一等的雜馬，也有解送尚乘局的，就在左肩處烙以「風」字；蓋以乘騎者跨鞍而上的一側在焉。

不徒馬匹用之，騾、牛、驢、駝、羊例皆用印。騾、牛、驢等是在左肩處烙以主官司之名，在右大腿烙以監地名。駝、羊則是在頰邊誌其官司之名。

此外，朝廷或皇帝的賞賜，也需要經「賜」字印；如果是配軍以及充應傳驛的，就會在左右兩頰都烙上「出」字。也就是說：一旦「在牧」出身，無論是否上供殿中省尚乘局，其烙印字樣、部位，都有專式，也就將牲口的身世都注明了，無論如何輾轉遷入別所，配送軍方或者隸屬驛所，履歷俱在。

官畜，只能夠供官吏因公駕御，甚至嚴格到不可以挾帶十斤以上的私物，有「違者一斤笞十，十斤加一等，罪止杖八十。」即此可知：慈元以官畜載了一大車數百斤不只的物事，無論是常住所有、或者私人所持，都是算不清多少笞杖的罪過。

驛卒顯然也非不通曉世故者。他們從慈元的神情就可看出：這和尚應該不是甚麼作奸犯科之輩。充其量，就是該寺該僧，以債取質，或者是以物抵債，收取了某驛上報衰老的驢——真要論處起來，普天之下，哪有驛所人等不靠私殖馬騾、隱匿牲口，或者是轉報衰病而從中圖利的呢？

可是這幫人另有想法。他們藉端仗勢，未必真要入李白、慈元於罪責，不外就是將人趕走，再朋分了那一車的財物。然而，為首的大漢驀地改了心意，只見他高抬雙臂朝外揮舞了兩下，臉上仍掛著那輕蔑的笑，示意眾人退開幾步。持爝火的伶利，當下圍作半弧，把大漢與李白、慈元讓在中央。李白在昌明市上與結客少年作耍，一目而了然——這是要與他「起霸虎」了。

可以歸諸為蜀地特有的一種風土民情，「起霸虎」由來甚早，相傳打從漢代司馬相如之時，民間即有此習俗。操練武術的人，往往互邀對搏，參與這搏擊的人，特名之為「敢鬥」。「起霸虎」多以長兵對敵短兵，如此較能相互印證手眼身法的不足；又恐失手傷及性命，多畫地設限，並倩前輩武士持白楊木桿為令，敢鬥兩造須依仲裁人口斷行止，任何人手中兵刃若是斲缺了白楊木，便得判負。司馬貞作《史記．司馬相如列傳》索隱，提到司馬相如少時好讀書、學擊劍，曾引用《呂氏春秋》佚文〈劍伎〉篇稱：「持短入長，倏忽縱橫之術也；揄才起霸，飄然上下之形也。龍遊虎步，俠士行焉。」這段話顯然也擴充解釋了「起霸虎」的語意。

不過，另有一說，可能更接近這種鬥毆的本質。杜佑的《通典．卷一七六．州郡六》中，稱：「巴蜀之人，少愁苦而輕易淫佚。周初，從武王勝殷。東遷之後，楚子強大而役屬之。洎於戰國，又為秦有，資其財力，國以豐贍。漢景帝時，文翁為蜀郡守，建立學校，自是蜀士學者比齊、魯焉。土肥沃，無凶歲。山重複，四塞險固。王政微缺，跋扈先起。故一方之寄，非親賢勿居。」

這一段簡要的文字，勾勒出蜀地綿延千載、尚豪又重文的習俗由來。尤其是基於地理上的屏蔽自固，資產豐沛，僅用「王政微缺，跋扈先起」八個字，便有力地刻畫了此間「不師律法、自決勝負」的強悍民風，而「跋扈先起」與「起霸虎」或恐就是一音之轉，古常民之語也許正是「起跋扈」。

大漢緩緩抽出刀，將刀鞘拋擲了，也自報了家門：「劍門侯矩，久聞敕勒部所鑄之劍能驚天地、泣鬼神，某生平尚未遭遇；今日一會，倒是難得。」

李白佩劍，只是裝飾；往昔乘醉使氣，咆哮閭閻，全仗著青春筋骨。這一番，忽然想起當日在市井間揎拳伸腿，縱躍奔跳，不外就是與同儕少年嬉鬧玩耍而已。真要動這生死刀兵，他可是全然不能應付的。

大漢侯矩抱拳反手將刀鋒向地一指，刀環之聲琅琅然——這算是開門之禮，隨即遊手繞肘，將刀柄拉回腰際，左掌順勢向前，虛虛按著刀脊，這便是請李白拔劍了。李白稍停片刻，仔細回想著前些年看人「起霸虎」的景況，卻怎麼也記不得該如何開門請禮了；一時情急，不假思索，「霜」的聲把長劍拔了出來。

那端的是一柄好劍。劍身平直，至鋒頭三寸處微微向脊作弧，單刃冷峭，逕泛著一綹藍光，可見鋼質精粹不蕪。劍身離鞘之後，猶自嚶嚶作響，像是頗有棖觸不甘之情。慈元瞪眼看了，不覺背脊森涼，齒牙滲冷，登時倒退幾步，腿腳打起了寒顫。

李白從未以對陣之態向人拔劍，這一拔，連他自己都吃了一驚——但覺劍身忽然沉重萬分，幾乎不容擎舉。他就這麼一劍在握，遙指天星，人卻門戶大開地站著，或許只是一轉瞬的工夫，但聽得耳邊爆起如雷的狂笑。

領頭笑的，還是那大漢侯矩，緊接著的是所有在場的驛卒——笑聲飄散在驛路之上、搖曳於溪谷之間、更千迴百折地勾引了夜色中綿延有如蜃龍一般的群山。從山間兜轉回頭的笑聲則顯得愈發猖狂而扭曲。李白並不知道：在他拔劍的這一霎時間，究竟發生了甚麼事，低頭上下自顧，形色更顯得愚拙狼狽。他這才看出來：自己身服長衫，倉皇拔劍，腰間所懸的劍鞘，還兀自晃蕩著，這般與人對敵，不過是作態而已。

偏在這一刻，驛路邊的坡地下方，傳來一聲呼喊：「侯十一！」

聞言之下，侯矩登時止住笑，更撒了手中的刀，直向路對過疾行。不只如此，先前圍聚的驛卒們也各持爝火，追隨著侯矩奔竄而去。李白聽見侯矩道了聲：「四娘嫂難得出門——」

「住了！」來者喘著氣、卻一步不肯停緩地直衝李白而來，手中還揮晃著一張紙——走近前，認出來了，是先前在那破落戶中奄奄待斃的黨四娘。

李白收了劍，聽見黨四娘一陣窸窸窣窣的叮囑，那侯矩只是頷首稱諾，辭色十分恭敬，與先前簡直判若兩人。黨四娘的一番話像是交代了兩三回，侯矩忽然扭頭衝眾人喊：「和尚的驢給拉回槽上去；此處凌亂，且收拾妥當；一干物事，都發還了行客——」接著，他轉向李白，連聲腔也和緩下來：「承蒙貴客仁心妙手，某在此謝過。」說著，竟然躬身向李白和慈元各作了一個長揖。

此刻，黨四娘抖著手，遞過那紙，原來是李白擱在灶上的借據。她的眼中既有感激、亦不免疑惑，還夾雜著幾許像是很難啟齒的期待。李白看一眼慈元，道：「汝等生計艱難，和尚也有慈悲；這契券，便向灶下燒了去罷。只是——」李白轉向侯矩，容顏肅穆，道：「汝與某，還戰否？」

侯矩又低頭瞥了一眼李白的劍，搖頭笑道：「汝全不曉劍術，有何可戰？某殺羊殺雞，還得幾餐血食；殺汝則既不能為之喜、又不能為之哀；直須惹天下豪傑恥笑耳！」

47 相識如浮雲

行人在道，暫寄行李驢馬於驛所，還可以通融。但是不具備官客身份者，謂之私客，於律不容接待或留宿。驛卒們這時一改容色，商議了片刻，把慈元和驢迎入廄中，整治了一處乾爽透氣的角落，容他歇息，供應些素食乾糧；辭色之間，頗有告罪還禮的意味。

李白則順手從篋中包裹了藥材，交黨四娘帶回去煎服。侯矩蹲在驛所旁一座長年不熄的烽爐邊上，不時往爐裡添些枯枝，冷眼看了半晌，待黨四娘一去，便問道：「汝為士人？」

李白搖搖頭，道：「白身耳。」

「讀得書、識得字，便是士人了。」侯矩道：「本朝乃是士人之天下！信然。」

「汝亦自安西來？」

「已然不記來處了。安西曾殺過幾人，瀚海亦殺過幾人，北庭也須是殺過幾人。」

那是阿史那賀魯在碎葉水一役大敗之後，又過了將近二、三十年，西突厥十姓部族時叛時降，卻一再被唐軍清剿得七零八落、日益離散。直至武則天垂拱元年——也就是李白誕生之前十六年；西突厥僅餘兩部族，分別以漢語名之為「興昔亡」與「繼往絕」；顧名思義，是要保留這種願意歸附大唐之異族的一脈根苗。

五年之後，是為天授元年，其中受封為濛池都護的「繼往絕」可汗，名叫斛瑟羅的，收輯各處殘餘部眾，大約有六、七萬人，入居內地，以大規模移民爭取唐朝廷的信任，遂官拜右衛大將軍，改號為「竭忠事主可汗」。「竭忠事主可汗」領有平西大總管的頭銜，鎮守碎葉，稍稍得到了喘息。然而，這只是從中原遠眺所及見者；自突厥內部視之，則「竭忠事主可汗」卻是一個殘虐兇暴之主。

果然，平靜了不過三年，就出了內亂。西突厥有一別種，名曰「突騎施」，酋長烏質勒，原本是為斛瑟羅手下一官，官名「莫賀達幹」。此人能撫下用士，頗立威信，一時諸胡皆附，乃崛起。以一萬四千兵，奪取碎葉城、弓月城。此人用兵飄忽無定習，出沒無常兆，於攻破碎葉城之時，把「竭忠事主可汗」趕回了內地。

烏質勒一夕崛起，控御所及，盡有斛瑟羅故地，東鄰突厥，西接昭武九姓。但是此君並無驕恣雄霸的野心，而願意與唐廷交好。武氏聖曆二年——也就是李白誕生之前兩年；烏質勒還遣送其子入朝。

突厥各部起落，無論就近就遠，皆多少牽連可及於李白早年的身世，以及日後的遭遇。李白五歲那年，一家人就是在這樣一個倥偬不安的情勢之下，繼續向東漂泊，而號曰歸鄉。同一年，烏質勒受封為懷德郡王；復二年，更受封西河郡王，然使者未至，而烏質勒已死，其子娑葛代統其眾，陳兵三十萬，極為強勢，唐封之為金河郡王。然而，娑葛與其部將阿史那忠節不和。《大唐新語》完整地記載了這件事，並且提到當時與之有關的一個大人物——宗楚客。宗楚客是武三思的爪牙，神龍年間擔任中書舍人之官。當娑葛與阿史那忠節鬧糾紛的時候，安西都護郭元振提出一議，要把阿史那忠節所部吏民徙往內地。可是宗楚客和他的弟弟宗晉卿、以及朝臣紀處訥等，由於收受了阿史那忠節的賄賂，不但不接受郭元振之議，反而發兵進討西突厥，也就是準備一舉殲滅娑葛。

娑葛震怒之下，舉兵入寇，襲擒阿史那忠節，殺了唐廷使者馮嘉賓，擊潰安西副都護牛師獎。郭元振始終以為：儘管鬧出兵禍，可是娑葛理直無咎，遂上表請赦其罪，才算安撫了這一場亂事——娑葛日後為突厥默啜可汗所殺，默啜的人頭卻曾經在侯矩的手中飄零數千里；而宗楚客的孫女，卻嫁給了李白。

李白在金堆驛烽爐邊聽到侯矩說起往事之膚廓，大約也只能想像：當他這一家人高車健馬、冒牒潛歸之際，侯矩正以「征人」之身，向西進發。

唐代兵制，以府兵為核心。大體言之，舉國府兵之數，約在四十萬，一般為五番輪役；每番供役五分之一（也就是八萬人上下）屬常備役，番番輪替而行；其主要的任務為「番上宿衛」，其次才是「征戍鎮防」。不過，除了隸屬各折衝府的府兵之外，還有為了應付突發而大規模征行任務，各地州縣尚須召集兵員，點名應卯，強制從軍，這種「兵募」所招來的男丁，沒有「衛士」的頭銜，於律稱之為「征人」。

「征人」不隸屬於折衝府，而是以州為單位，較常見的情況是：某州須要從當地征發軍行，便自行招募，不從朝廷派遣。招募之後，也由州統一發放軍行器械、裝具。「去給行賜，還給程糧」，也就是說，從應募之地（州），到服事之所（軍），往返衣食之需，例由當局供應。有些時候，由於荒欠的緣故，在籍丁男不能按時完糧納稅，情急之下，倏忽應兵募而去。

畢竟，朝廷用人孔急，往往顧不得餘事；而壯年之人所有，無非一肉身。到雄關絕塞之地，博一博天命時運，比起困死在鄉里隴畝之間，可要痛快得多。這些人之中，也有不少能夠獲得一些微薄的升賞，而恍若衣錦還鄉者，閭里中人反而多以「邊城兒」呼之。

李白聽侯矩此地亦殺人、彼地亦殺人，看來不在本籍、亦不拘里貫，或即經常在邊關之地衝鋒陷陣者；遂不禁好奇一問：「汝係兵募乎？」

侯矩仍舊像座鐵塔似地蹲著，不屑地揮揮手，一挺腰桿，朗聲道：「某乃私裝從軍！」

「啊！」李白不覺驚呼出聲：「是義征，看汝魁偉過人，真不似尋常兵募的士卒！」

這話脫口而出，並非恭維。有唐立國之初，霸業四圖，積極向外用兵。太宗征高麗的時候，就曾經在常備的府兵之外，增以「兵募」。在太宗、高宗兩朝之間，「兵募」還是軍旅中戰鬥的主力。高宗中葉以後，更準確地說，是顯慶五年大破百濟、苦戰平壤之後，情形顯然不同了。

劉仁軌在麟德元年十月間給高宗的上書中就曾經提及……「貞觀、永徽年中，東西征役，身死王事者，並蒙敕使弔祭，追贈官職，亦有回亡者官爵與其子弟。」可是，到了高宗剿滅西突厥的顯慶五年前後，卻變了局面；從征士卒「頻經渡海，不被記錄，州縣發遣兵募，人身少壯，家有錢財，參逐官府者，東西避藏，并及得脫；無錢參逐者，雖是老弱，推背即來。」這就是「兵募疲敝」的實況。

大唐天子志在九州八極，所從來久矣；廣取天下丁男，仍嫌不足，另特許各路行軍總管自行招「義征」——也就是繞過州縣官府，直接發動那些自覺驍勇善戰，而又不能在本籍加入「兵募」的年輕好鬥、或者是側目功名之徒。當年在征遼一役中大放異彩、身價百倍的薛仁貴，便是這樣一個出身。於是「義征」之人，自詡非凡，他們入伍，和「府兵」、「兵募」最大的不同是自願從軍、自備衣裝、自為一營，有一種激動奮發的元氣。但是——

「戰罷回鄉，仍須勾當這驛丁生涯，真真悶煞人也！聞道突厥入寇涼州，某不免還要去海西走走。」侯矩拿刀柄敲了敲胸前的明光鎧，道：「倒是汝輩識字之人，在此無事之地，同那和尚盤桓些甚麼？」

李白一尋思，還真不知道該如何作答，支吾片刻，勉強道：「天下山川何啻千萬，隨和尚行腳，開一眼界罷了。」

侯矩聞聽此言，先前臉上那輕鄙之色又浮露了出來：「汝可知——敕勒部奴鑄此劍者所為何事？」

「劍者，百兵之君，狹處對敵，長兵不可及，唯劍——」

「不然！」侯矩揚手止住，道：「汝家傳此物，而無傳家之語乎？」

「有。」李白道：「謂此劍能『摧伏怨敵』。」

侯矩又縱聲笑了，道：「此劍乃是降者之劍！」

「降者？」

「兩軍對壘，必有勝負。」侯矩道：「敗軍之將，可以戰死，亦可以奔亡；兩者皆不能，而猶欲保全部曲屬民，唯有一降——降將請以此劍斬首！」

於此，李白聞所未聞，勉強揣摩昔年那丁零奴贈劍的用意，一時還摸索不著端緒。難道，授首於人，便是「摧伏怨敵」嗎？他沉吟著。低頭看一眼腰際之劍，忽然覺得這劍竟然如此陌生；也不免為之一懍：啊！那個在記憶中面目愈發模糊的丁零奴，竟也同樣如此陌生。

「士子！」侯矩從鎧甲中掏出一塊乾餅扔過來，道：「汝與某素昧平生，日後未必得見，即此奉勸一言：這劍，還是收藏了妥切。」

李白笑道：「今來受汝一餅，他日不免將得珍饈一席以報，怎說未必得見？」

「看汝行程所向，應須去益州？」侯矩也笑道：「某在金堆驛充服這小徭役的庸期也將滿了，家中又無田畝可以完納租調，或恐還是要赴涼州投軍去——與汝自是東西兩途。他日若有珍饈一席，天涯兩地，遙舉一杯作耍罷？」

人生初見，恰似浮雲，李白與侯矩都沒有料想到，整整三十年後的天寶八載，他們竟然重逢了。

那是一個罕見的酷寒之冬，行年將近五十的李白身在梁苑，仍是羈旅。那時他所拋棄的家室在魯地，拋棄他的皇帝在長安，他相親相敬的友人則散處天涯海角，有的遭到貶逐，有的投靠了邊帥，有的遇害殞身，有的抑鬱而死。他忽然醒覺到：以自己年力，生之前景，即將溷入一片萎爛的泥淖；而他，再也不可能為朝廷建樹甚麼偉業、或是為自己掙得一份令名了。

他從一座剛剛脫手賣訖的酒樓中一步邁出，口中還信自喃喃作聲、吟誦著修訂一篇新作——〈雪讒詩〉；但見眼前階下一人，端嚴九尺之軀，昂藏如山，頷下是一部雜灰透白的三尺虬髯，點點紛紛沾帶著飄雪。更惹眼的，是半遮臉的一頂大氈笠子，上頭遍是紅黑斑斕的陳年血跡，還有那一肩行李上插著的朴刀，刀環在朔風之中琅琅扣響。

來人從笠簷之下看了李白老半晌，不肯移動半步，猛可道：「士子！果耳開眼界了？」

李白一眼不及認出，再打量時，才看清楚，卻又都看模糊了。淚眼迷濛中，像是看見了三十年前一夕談，無酒無餚、無茶無飯，甚至無一語道及文章、無一言涉於學問；然而較諸平生際會，面前這個已然蒼老無比的侯十一無疑卻是最讓李白心動的人。

那一夜金堆驛烽爐邊的閒話，侯矩說了三件事，對李白的一生影響，無日或已——大流星、默啜頭、魯門劍。

48 何用還故鄉

金堆驛李白、侯矩一晤之前五年，也是大唐開元二年，五月二十九日夜，有大流星出沒，京師所見，其大如盆，可是房州一帶傳來的流言就不得了了，說流星之大似甕，亙古未曾一見，這恐怕會是一次前所未有的災異之象。

流星自西南天際竄起，貫穿北斗，向西北天穹落去。且大流星並非獨行，小流星之追隨者難以數計，當這一群流星劃過天頂之時，原本居宮在位、如如不動的群星也為之搖盪不已。這景象，連夕皆見，自夜半直到拂曉乃止。

由大流星啟其端，災異沒有停過。緊接著是六月，大風旦暮而至，其勢極為暴烈，許多州縣都傳出了「拔樹發屋」的災情。京中尤其險惡，據說長安城街中樹，十之七八連根而出，竟有上百株吹至萬年縣界者——偏偏吹到了縣界即止，一木也未曾逾越。這究竟該解釋成「變不及萬歲」？還是「受其變而不能臻於萬歲」呢？坊巷之間，迄無定解。

幾乎與此同時，京郊終南山上的竹子居然在數日之間，全都開了花、結了子，花形如麥，數十百萬竿的竹花竹子綿亙於山丘，有如盛夏之雪，蔚為奇觀，也平添了幾分妖氣。

就在竹子開花的同時，獨見流星如甕的房州傳來噩耗：前溫王、一度受韋后、安樂公主簇擁即位為少帝、現領房州刺史的襄王李重茂忽然死了。內廷宣布：輟朝三日，追謚襄王曰「殤皇帝」。

大流星所兆者，都可謂天高皇帝遠，其事看似無一與侯矩有關。然而皇帝身邊的日者卻遙遙推算出來：遠在劍南道劍州普安郡，一個列等於中下的小小縣分——劍門——竟是流星生成之地，日者並聲稱：若不能及時收拏、誅除地方上的妖孽，則「不出三年，人主即當之」。

蜚短流長，不脛而走，劍門丁戶大為惶恐，不知這「收拏、誅除」究是何意，於是紛紛遠走避禍，真可以稱得上是十室九空。侯矩便是在彼時脫籍出奔，到漢州投軍，第一度成為義征之卒。奇的是果然不出三年便有了徵應，太上皇——也就是睿宗皇帝——在開元四年六月癸亥，以五十五歲之年崩於百福殿。李旦自初登帝寶，凡三十年，四次讓位——讓母、讓兄、讓侄、讓子；竟以保全。此殆天數，不是人德人力所能致之的。

「且休論編戶於何處，列民於幾等，天涯海角，俱是皇帝家院。以此之故——」侯矩為李白所帶來的第一個匪夷所思之論如此：「士子，汝切記吾言：家戶，死地也！」

這是侯矩遁走邊荒的源起。用他自己的話來形容：「從此十步殺一人，等閒而已。」——這，就說到了默啜頭。

高宗末季，永淳元年，突厥後裔頡利可汗族人阿史那骨咄祿招撫流離，以一群十七人之黨，招聚族親，漸至五千之數，大肆擄掠敕勒九姓牧民的羊馬，自立為頡跌利施可汗。原本因分裂為二部、而為李唐各個擊破的東西突厥，至此寖然有復興之勢。

大唐立國整八十年的聖曆元年，女后主政，對於西北邊事，一仍高祖、太宗時舊例，儘力懷柔而已。就在這一年的六月，武氏派遣內侄孫、淮陽王武延秀西出長安，奔波於道途間兩月有餘，來到突厥南廷黑沙城請婚；他要娶回去當妃子的，是阿史那骨咄陸的孫女、也是當時突厥可汗阿史那默啜之女。

阿史那默啜的回話卻是：「我欲以女嫁李氏，安用武氏兒邪？此豈天子之子乎？我突厥世受李氏恩，聞李氏盡滅，唯兩兒在，我今將兵輔立之。」默啜不但拒絕婚約，還將武延秀扣押為人質，拘囚了六年。

默啜這樣回應並非粗率魯莽，在他的想像裡，中原氏族與士人官僚應當不會排斥他「效忠李氏」之大纛。這樣做，顯然有利於他分化唐廷對於用兵突厥的戰和方針。事實上，他的分兵突襲也於靜難軍、平狄軍、清夷軍所在頗有斬獲；於是又隨即進兵媯州、檀州，定州及趙州。

武則天則以彼之道、還彼之身。她一方面立其子廬陵王李顯為太子，奪回了尊李的旗號，另一方面又任命李顯為元帥，討伐突厥。實際的領兵者為當時已經六十八歲的副帥狄仁傑。默啜聞風退走，卻屠殺了從趙州、定州掠得的男女，為數近萬；也有的記載顯示，這一場屠殺的犧牲者數目高達八、九萬。

兩年之後的武后久視元年——也是李白出生的前一年；狄仁傑一病不起。默啜則再犯隴右，橫劫諸監廄馬萬餘匹。明年復奪鹽州、夏州羊馬十萬口。接著立刻在七月裡入侵代州，九月攻忻州。此後十餘年間，或索戰、或議和；戰時劫掠，和時請婚；作態交好，則縱還人質；逞勢相凌，則斬殺遣使，其無常如此。

直到十一年後的睿宗景雲二年初，默啜再度遣使請和。三月，以宋王李成器之女為金山公主，許嫁默啜，以結永好。這件事拖到當年十一月，看來還頗有眉目。居間斡旋的，便是在四月間令睿宗慨嘆：「朕卻不能遂堯之行」的御史中丞和逢堯。

和逢堯為此而兼攝鴻臚卿之職，親赴突厥都城，逞其三寸不爛之舌，對默啜說：「可汗何不襲唐冠帶，使諸胡知之，豈不美哉？」默啜還果真戴上襆頭、穿著三品官紫衫，南向行跪拜禮，對唐稱臣。

然而到了第二年——也就是玄宗先天元年：夏六月，左羽林大將軍孫佺征伐奚族和契丹，被俘，奚族人將這些俘虜縛交默啜，默啜居然把孫佺等一干軍將都給殺了。這一次婚約又成幻泡。

向中原用兵，力有未逮；默啜卻不能不持續兼併各部族的土地、掠奪各部族的物資、收募各部族的人力。爾後四年間默啜也同時發動了北向的襲擊，那裡是漠北之地，方圓千里，有鐵勒九姓之一，號拔曳固，又稱拔野固，也叫拔野古。有民六萬帳戶，可戰之兵一萬餘。由於居處水草豐美，良馬成群，默啜即可汗之位二十餘年以來，時時想要納入所部。

開元四年，默啜發兵襲擊鐵勒九姓，旗開得勝，大破拔曳固於獨樂水。這一場勝仗卻讓年老的默啜失之驕矜，在回師的路上疏於防範，他和一隊近臣且行且唱，聲喧於天，而沒有料想到已經脫離了大軍。

更不料卻有拔曳固的散兵游勇，名喚頡質略者，聞聲而潛隨於徑旁樹林深處，於萬不可測之際，忽然間從柳樹叢中騰身而出，只一刀，便砍下了默啜的頭顱。登時刀勢如電，斬得那頭顱離頸之後，還昂然唱了幾句，飛出數十丈外——而左右近臣小隊則人人為之怖駭潰逃，不成行伍。

當其時，唐軍臨邊的大武軍有一小將郝靈荃，正奉使於突厥。這拔曳固的小卒頡質略手提默啜的首級，貿貿然來，也是一臉惶恐。郝靈荃猛可想起來，他曾經聽說過一段中朝舊聞：昔年淮陽王武延秀求婚不遂、反而遭到囚禁的時候，武氏曾經在朝廷上咬牙切齒地說：

「安得一健兒，為朕懸此虜頭顱於廷哉？」

郝靈荃是軍使，總不能親手捧著出使之國的可汗首級，千里間關，跋涉進京。這時帳下有一虞侯低聲道：「不如輕易為之。」

「默啜，巨憝也！豈可輕易其事？」郝靈荃看著盛裝在木匣之中的那顆肉色泛青、唇色透紫、圓睛隆準的人頭，被落腮鬍鬚圈住的一張嘴，還方方闊闊地張著，似有言未申、更似有歌在喉。郝靈荃睹此而肝腸扭絞、心膽欲裂，逡巡不敢接近。他有義務將默啜的頭顱護送回朝，可是他辦不到。

「漢州新投一卒，甚長偉，有勇力，善近戰，可應此遣。」

那便是侯矩了。大武軍為此差頒了他一副前銅後革的明光鎧。他把裝著默啜頭顱的匣子用黑綾包裹了，捆紮在背鎧之上，單人獨騎在前，郝靈荃的一百小隊在後，相去半驛之程。

軍令日行六百里，逢驛換馬，兼程回到長安。一路無別話，只是每到暮色陰昏之後，侯矩便聽見背後傳來一陣一陣的歌聲。有時幽咽而哀戚，有時慷慨而激昂，有時宛轉而蒼涼；侯矩奔馳在道，不數日，居然還能跟著哼唱起來。彼時，他但能識別聲腔，依隨曲調，是後四、五年隨軍出沒西極瀚海、北庭，遂漸漸明白了默啜之歌的意思。

開元八年，在金堆驛烽爐邊，侯矩為李白帶來的第二則閒話裡，便有默啜的歌，這大漢唱了幾遍，七零八落地將突厥之語解譯了一通。其源出於北疆牧民之謠，本無多少深意，即目感興而已。可是，李白聽侯矩娓娓道來，竟然止飢忘倦，他這一生都將記憶著那些歌裡簡單、稚拙而動人的意思，大約說的是：

我眼之碧，得之於水草；磧沙之紅，得之於鮮血；彎弓射月，弓即月；射落之時，一天飛大雪。

侵晨時分，霜寒刺骨，侯矩為慈元套驢上車，招呼館舍庖丁供給了二行人饘粥、漬菜與豆乳，算是相當豐盛的朝食。臨別時，李白果然將隨身之劍取下，收入籠篋之中。

「某非士子，不詳古事。流蕩湖海多年，所聞所見，也都淺陋得很。」侯矩說到這裡，向李白抱拳施了一禮：「汝於四娘姑嫂二人有大德，說甚麼感恩戴德的話，也是徒託空言，不如指點汝一去處。」

侯矩在這時說起了魯門劍。

「時無劍術，唯陽關韓氏尚有一技之長。」侯矩這時又從爐火之中撿出一根燒得通紅的柴枝，朝土沙裡狠狠畫去；他畫的，是曲折迤邐的線條；好半天李白才認出來，是河道歧出之形。陽關，關山極東之地，於李白而言，簡直是在天之涯，沙地上那蜿蜒河道的盡頭。

沙畫的起點是一大圈，謂為洞庭湖，李白點點頭。洞庭湖東下長江，一去不知千百山川，一路皆是水行，揚帆順流而下，走勢如飛。來到一處，古稱廣陵，前隋之時稱揚州，設有總管府，並置江都郡。到了唐代，改置兗州、邗州，之後又成了揚州。

從揚州向北折，是謂漕渠，漕渠再往上，轉一彎，入淮河，之後是南泗河、洸河、大汶河、牟汶河——牟汶河再向東出；侯矩將柴枝在盡頭處一插，柴枝入土尺餘——到了，徂徠山西南隅，是魯門，也是陽關。

「彼處又稱石門。」一面說，一面使腳一踏，柴枝又入土半尺，侯矩接著道：「當地耆老言，乃是在古魯道之上，北與齊門遙遙相望，亦是魯國北界之門。」

「陽關。石門。魯門。韓氏。」李白道：「某記下了。」

「當地有一山，山名徂徠，山南復有一山，是為龜山。」

「啊！」李白雙眸一亮，道：「這兩山之間，必有農桑之業。」

「是有良田千頃。」侯矩忽然疑惑起來：「山東之地，萬里之遙，汝既未到，豈能知之？」

「《春秋》魯定公十年有云：『齊人來歸鄆讙、龜陰田』」李白道：「龜陰即龜山之北，汝復謂龜山在徂徠山之南，然則兩山之間，似應有田。」

「士子畢竟是士子！足不出戶，能知萬里以外事。」侯矩感慨了：「誠有如此大才，汝又何須學劍呢？」

「洞庭自古稱雲夢，七大澤浩渺蒼茫，無涯無際，耳聞已久。果能藉一帆而去——」李白探指隨著那沙畫痕跡，神色飛揚，爛漫無比：「竟能、竟能直至魯地；縱使無劍術可學，也該遊歷一番！」

「魯地凡事崇古，是以劍術猶未淪失。」侯矩並不在意李白對於遠遊的憧憬與亢奮，繼續說下去：「某又曾風聞：韓氏之劍，能敵萬人；而裴氏之劍，更在韓氏之上——只某未曾親見，不敢妄斷。」

侯矩所親見的韓氏劍，又源起於戰國以來仉督氏的射藝。此一淵源，侯矩亦不能屢述，須另明之。

東周以降，王綱解紐，燕太子遣荊軻刺嬴政，曾經獻上督亢之地圖，而匕首藏焉。督氏一族，原本是宋國華父督之後，不知何代遷於督亢——這個地方，也就是東魏孝靜武帝時代、高僧曇遵「營構義福」嚆矢之所在的范陽。遷居於范陽之後的督氏又與從魯地遷來的仉（音掌）氏連姻，以「仉督」為姓，世代獨傳一門據說是源自孔門儒生的弓箭之術。仉姓，即掌氏，戰國時孟子母即是仉氏，或謂即魯黨氏之庶孫。

遍歷兩漢、兩晉、南北朝數百年間，這一門在春秋時代卿士大夫人人都能上手的技藝，早已淪而不彰，仉督氏僅以家學傳之，一向不收外姓弟子。到了隋末，天下英雄並起，有一個日後為唐高祖李淵用為左驍衛長史的王靈智，自幼聽說仉督箭藝冠絕天下，遂身攜鉅資，不辭迢遞，從大興出潼關，來到范陽。

當是時，創彼「營構義福」的高門豪紳盧文翼已物故多年，其後人仍持其金、繼其業、廣為布施。王靈智出手豪綽，散財攀交，經由盧氏一門的耳目廣為掃聽，才知道「仉督氏」於人世間已無香火，還有一脈傳承者，稱「督氏」；當家立戶的名叫督君謨，年僅十八，比王靈智還年輕好幾歲。

督君謨一家數十代以來，無論在哪一行，除了密傳射藝這件事始終不輟之外；謀生治事則一敗塗地，尤其是北朝動盪期間，數十年淪為奴工、乞者，時受義福接濟。也緣於這一份活命的恩德，幾經盧氏代為懇求，也為王靈智至誠所感，督君謨終於答應：授藝三年，「視其所能，但傾其所能而與之」。

王靈智從督氏學射之事，日後頗有誤傳。或謂：在自以為盡得督君謨之技以後，王靈智曾經要射殺督君謨，以自高於天下。《酉陽雜俎》就曾經這樣記載：「有王靈智者，學射於君謨，以為曲盡其妙，欲射殺君謨，獨擅其美。君謨志一短刀，箭來輒截之。唯有一矢，君謨張口承之，遂嚙其鏑而笑曰：『汝學射三年，未教汝嚙鏃法。』」

這個說法去實過遠，也就不能因之而明白仉督氏之射，與韓氏之劍的因緣關係了；箇中情由，便在那把「短刀」。《酉陽雜俎》稱之為「短刀」，是為了誇飾督君謨「箭來則截之」的驚險，實則就是隨身一劍。

原來仉督氏所傳的射藝，不只是彎弓搭箭、控弦中鵠而已；以劍敵矢，相互攻防，是箭士與劍客兩造都必須熟習的技術。進一步說：射箭的一方，除了發揮「長兵之極者」，力求準確，制敵於百步之外，於一射不中之際，還能再射、三射、四射，所以從取箭到扣弓，勢須極為敏捷。而用劍的一方，則不但要能在百步之外以劍摒擋或削移來勢極猛的箭矢，還要以靈活跳躍的身形步法、快速欺近所對之敵，逕以鋒刃斬殺之；其間若有閃失，也很容易在近地為箭所傷。

這一套攻守之術，本是熔長兵與短兵於一爐而冶之，彼此照應，不可偏廢。王靈智襲射督君謨，更是師徒之間精進藝事的鍛鍊，哪裡有甚麼「獨擅其美」之計呢？《酉陽雜俎》顯然是混淆了類似的故事，將遠古時后羿與逢蒙、飛衛與紀昌兩對射藝師徒之間那種「計天下之敵己者，一人而已」的忮心，移植於督君謨、王靈智師徒身上來了。

王靈智所為，若真有甚麼背恩負義之責，倒是將督君謨一姓之所傳，另又傳授於外姓——三年學成，他本來想要返回都城大興，督君謨問他：

「還故鄉有何用？」

「隴右風光，豪傑滿地，」王靈智道：「欲大用於天下。」

督君謨猛搖頭，道：「仉督氏之射，仍有未竟。汝宜復東行，至故魯國之地，求諸仉氏血胤，所學或能略進於某。」

王靈智果然聽從了這年輕師傅的話，繼續其未竟之旅，來到魯地徂徠山。可惜的是，他沒有尋著仉氏，卻將督君謨所傳授的射藝分別交給了裴氏、韓氏兩個徒弟。也或可能是基於氣性秉賦的差別，裴氏精於射，韓氏精於劍，兩支皆不能兼善。

裴氏日後傳裴旻，裴旻年少昂藏，從征頗立戰勳，有將軍行。然而此君「喜有功，尚微名，與人相笑謔，蕩不知檢。」落拓不能大用，淪落於市井之間售藝，能「擲劍入雲，高數十丈，若電光下射，漫引手執鞘承之，劍透空而入，毫釐不失；觀者千百人，無不驚慄。」居然憑著這一技而令天下聞名，與李白之詩歌、張旭之草書並稱三絕。至於韓氏，傳於韓準，也在二十年後將所學傳於李白，那是徂徠山。李白詩稱韓準：「韓氏信豪彥」，一語之褒，榮於華袞——算是報答了藝業。

至於韓氏的劍術究竟如何？侯矩是這樣描述的——

「劍即步，步如飛；學劍，莫如學步。」

49 千里不留行

默啜一死，突厥部落則陷入進一步的離散，其兄骨咄祿之子闕特勒把默啜的兒子「小可汗」也給殺了；默啜諸子、親信幾乎盡滅。這就開啟了突厥部族的另一個世代，謂之「毗伽可汗」。

同時的奚族、契丹甚至拔曳固等諸部得知默啜的頭顱已歸天朝所有，紛紛內附。內附，從表面上看，是以移民屯墾的方式，尋求安定，可是在與此輩打過多年交道邊塞老吏眼中，北地異族請求依託，多半只是權宜之計，蓋以其國喪亂，故相率來降；等到有朝一日安定下來，終將不耐漢家制度的約束，仍然要叛逃、甚至劫掠以去的。

開元四年尾，十二月酷寒，皇帝想到東都洛陽去暖和一陣，此事因道路崩阻和群臣爭議之下遷延到第二年的二月，終於成行。宋璟擢為刑部尚書，又加封了吏部尚書、黃門監——也就是先前的門下侍中之官；實領相權。這給了他一個獨行其政的機會。

先是，宋璟非常重視一篇還沒來得及奏報的上疏，出自并州長史王晙之手。王晙有遠略，看出突厥各部紛擾不定的根本原因，還有一著，那就是和邊地軍州官民私通聲問，互探底細——由於多歷年所，雙方間諜迭出，昨是而今非，日月滋久，奸詐越深。而王晙所計議的三策是：「徙之內地，上也；多屯士馬，大為之備，華夷相參，人勞費廣，次也；正如今日，下也。」

宋璟本人就是一個「風度凝遠，人莫測其際」的幹才，非常重視為大臣者之胸次與眼界。他明明知道：大舉遷夷狄於內地，有其艱難，卻極為欣賞王晙的想法。然而他知道，若要遂行上策，必先使中策看來像是下策——他於是特別壓抑諸將策勳，以挫其驕心。首當其衝之一人，便是迎回默啜頭顱的郝靈荃。他刻意延遲郝靈荃的升賞，直到這一年的年底，且只予升授一級，由「子將」而為「郎將」。郝靈荃氣得慟哭終日，活活就哭死了。

侯矩則在彼時轉入營州都督兼平盧軍使宋慶禮麾下，到柳城築壘營田，並且專務狙殺那些身份不明、行蹤詭密的異族細作。與他共事的，即是魯門韓十七，名喚韓愃者。

也是由於韓愃，侯矩才明白：他背上那千里相隨的頭顱之所以會唱歌，其來有自。

當時邊事煩冗，朝臣主張不一；有一意掃蕩者，有力持綏撫者；既有以內遷落戶而化之育之的意見，就有以深溝高壘而拒之禦之的意見。有全然不以北虜為人類，而無論如何都要將之殲滅的人；也就別有一種總是要討好胡族之人，似乎頗以為讓步承歡，必可以保永久之好。就在這種不能齊心協力的環境之下，開啟了「知運不知運」的一戰。

先是，單于副都護張知運把突厥內附降戶的兵器都沒收了，才許渡河而南。當時這些降戶便嘖有煩言，囂囂不平。正好遇上一個處事與張知運大異其趣的巡邊使姜晦，聞聽降戶來訴，人人爭說：沒有弓矢，便不能射獵，這是斷絕生計的勾當。姜晦立刻下令：立刻發還其兵仗。降戶等刀弓一旦到手，登時就叛了。

張知運雖然政令嚴刻，可是在軍事上卻沒有相因相應的作為，與叛虜大戰於慶州之北、靈州之南的青剛嶺，居然被突厥俘了去。大軍呼嘯而過綏州，遇上另一個名字也叫「知運」的郭將軍，邀借朔方兵來救，大破突厥於黑山呼延谷，才救回張知運。皇帝卻震怒了，問以喪師之罪，將張知運斬了首級。

郭知運則從朔方兵處得知一宗怪事：毗伽可汗之所以能夠在青剛嶺將張知運一網成擒，是藉助於從南方請來的飛頭獠，供輸大軍情報。

嶺南西隅溪洞遍地，在鄰鄯之東、龍城之西，有地千里，皆為鹽田。早在秦代，此地已有所謂「飛頭獠子」，傳言：這種獠人可以身首異處而不死。

飛頭獠在頭飛一日之前，就有徵兆，繞脖子一圈漸生紅色線痕，像是勒縛而成。此時，家人便應留心看守，細觀動靜。直到入夜之後，這人彷彿生病一般，狀極痛苦。頃刻之間，頭即離身而去，飛行如風；往往至近水岸邊，泥濘之地，尋些螃蟹、蚯蚓之物吃，直到拂曉之前，才又飛還，恍如夢覺。

飛頭獠族之人目無瞳仁，專祠一種神，號稱「蟲落」，所以常民也稱他們為「落民」。除了飛頭離身，並沒有別的異狀，在嶺南與人雜居，平素也頗為相得。有的「落民」能使頭飛南海，左手飛東海，右手飛西海，總之是昏夜而出，未及天明而返；若天明而不返，就收拾不得了。偏有些散手解腳的，在外出時受大風所摒檔，從此便飄零於海外，其人也就殘疾終生了。

落民飛行，以耳為翼，瞬間可數千百里，不但速捷，且行蹤詭秘。仗恃著這本領，有那心眼靈動的，南來北往，四出打探，聽說有甚麼地方、甚麼人有需要掘隱發微者，便去兜售此技。

毗伽可汗聽說了，立刻遣使遠赴龍城，與落民酋長商計，每有飛頭而出者，便至唐軍各城壘營堡窺伺動靜，隨即前往虜帳稟報；事成，當即在那飛頭的口中放置一塊黃金，庶幾於黎明前飛回。由是，唐廷軍情，不免班班洩漏。

侯矩轉赴宋慶禮麾下不久，便撞上了這些落民。起初，夜尋於營壘之間，但覺蒼穹濃湛，夜色闃深，似有異物如蝙蝠者，在頭頂上飄然來去，久而久之，稍能辨識些了，無論是用稍撲打、發箭扣射，都不能中。有時想要追逐蹤跡，忽忽一眼看見，忽忽再一眼就放過了。

某夜，魯門韓十七與他一同值更巡營，驀然間又見一黑影如盤，橫空而來，掠風而去。侯矩縱身一躍，擲稍出手，只差分毫便射斷了軍旗。韓恆在一旁勸道：

「彼等『落民』，同汝某一般，也是生靈。既無犯，何必殺？」

侯矩仔細詢問了「落民」來歷，韓恆也不隱諱，只當是家常瑣事，款款告之。雖說赤縣廣大，無奇不有，這事卻著實有幾分駭人；然而更令他覺得不可置信的，是韓恆雲淡風輕的神色。

「汝既知彼等來探軍情，何不拏下這些細作問處？」

「經歲無事，我朝有何等軍情信須保守？」韓恆笑了，道：「姑養之。」

「養之？」

韓恆低聲道：「無事，便養之；有事，即阻之。」

一夜無話，連夜亦無話。過了不知多久，忽而又是一夜。韓恆突然來喚，身上無盔無甲，只半身短衫、半身皮褲棉襦，背負一物，似劍非劍、似刀非刀。叫了聲：「隨某來。」兩人出了營壘，步行西去十餘里沙磧，愈走砂質愈軟，拔足復陷，任侯矩何等矯健，也感到有幾分吃力。回眼看那韓恆，雙足踏沙，如履堅土，不入分毫。既而來至一處胡人祭壇，前後三百丈方圓，有五尺高的平台多所。韓恆復低聲道：「西北數去第七壇上，有累累如瓜者，即是。汝躡行而過，勿眄，即掩襲之，或能攫其一；得之，莫使囓住，並不可放手。」

侯矩依言而行，果然遠遠看見有五、六枚胡瓜也似的圓顱黑影，半圍成弧，狀似交談，卻未出聲。待稍稍靠近了，他運足一氣，拔身斜出，有如星火般竄向那祭台，順手一撲，果然攫住其一。也就在那一眨眼之間，他忽然想到：「若這飛頭獠咬來，我如何躲過？」

這廂一念尚未轉定，回頭卻見韓恆竟朝東北竄身而上，騰空丈餘，飛身之際，早已抽取了背上的物事，雙手握柄，順身形所過，橫向腳下一揮——這一揮，原先那似劍身、又似刀身者，居然灑開一片八尺見方的細網，韓愐踏網而下，恰恰裹住了一個黑影。只此時，侯矩再一低頭——發現他手裡緊緊抱著的，還真是一枚瓜。

不消說：此番聲東擊西，是韓愐早就設下的機關。一見飛頭獠入網成擒，侯矩扔下了手中的瓜，抽出腰刀，便要上前撲殺那飛來的細作。卻讓韓愐舉手攔下；韓愐轉臉對網中那落民道：

「侯郎欲結果汝，可好？」

那獠頭夷夷吾吾說了幾句獠語，又間雜了幾句突厥語，神色惶懼，其意不問可知。

「放汝回鄉，果還來否？」韓愐一逕還是笑道：「前番被某擒了，誓言不再來；卻還是來了。今番復縱汝歸去，不能不防範些個。」說時，探手扯下侯矩胸前明光鎧上的一片銅葉子，另隻手隔著絲網、緊緊扣住那獠的雙頰，使不能閉口，接著，他小心翼翼將銅葉子塞進那獠的嘴裡，塞得很深，直迫喉頭，致使不能嘔出。侯矩尚未明白韓愐的用意，但見他隨手一張揚，網開八面，便縱那頭飛向夜空中去了。

「放他去了？」

「去即去矣！千里前途不留客，再耽延些時辰，待天一大亮，此獠便回不了家了——」韓愐道：「縱使他還想去黑沙城請賞，虜性狐疑，一見他口中鎧鎖，便知為我軍擒過；然則，無論他再說甚麼，也不會有人信了。」

韓愐的身法，正是魯門劍的精要。在侯矩看來，騰身、踮足、灑網、踏墮，這轉瞬間令人目不暇給的起落，環環相銜，嚴絲合縫，看來無一動有殺招，但是無一動無殺機；恰為難得一見的用劍之道。

「某便借那韓十七一言贈汝：『千里前途不留客』，汝等——可以登程了。」侯矩說到此，大步居前引道為禮，走出一箭之遙，又像是忽然想起甚麼來，轉頭囑咐李白：「須知『時無劍術』，縱使汝學成，天下人也無眼識得，其侘傺無聊可知。」

「既然『時無劍術』，」李白笑道：「也便『時無敵手』。」

「非也非也——士子須知：劍術淪喪，雞犬喧填，」侯矩指了指自己、又指了指身後亦步亦趨追隨而來的豁牙漢子，仰天大笑道：「才容得我輩小人橫行無度。」

「夜來失禮，郎君莫嗔怪！」豁牙漢子也跟著笑，一面笑、一面還從布褲補釘裡摸出幾枚銅錢來，強塞進慈元的手裡。

侯矩不容他二人答話，又接著道：「士子！汝與我輩，畢竟不是一池中物，天運際會，止此而已。」說到這裡，直矗矗站在道旁，不再舉步了。

李白只覺侯矩的話有趣，此時，他尚不能深刻體會天下丁男受租調、傜役驅迫，流離失所的根本。他也不知道，那句「畢竟不是一池中物」所隱含的是：他們這種人，在世間一無父母，二無妻子、三無親友；一旦為飢寒所侵而不能忍，他們隨時可以持戟仗、握刀槍、翻臉忘卻談笑，一變而為鬼道之阿修羅。

十年之後，李白初入長安，受盡了豪貴大人們莫名其所以的揄揚，以及莫知其所由的調笑，眨眼間由親而疏、由貴而賤；所謂「冰炭更迭，霄壤翻覆」，頓時墮入不可知、不可測之大劫。李白從而坎壈失意，開始與市井少年狂飲縱歌，浪遊賭門，甚至結夥橫行於市肆之間，以至於干犯了北門衛士——那是天子親領的近衛重兵；不意而衝撞了這般人物，李白立時遭到挾捕，下獄成囚。

在牢中，他想起了十年前侯矩「時無劍術，雞犬喧填」的話，也發覺當下境遇並不陌生；他早就在金堆驛經歷過了。身處於囚牢之中的李白，既不沮喪懊惱，也不忿恚憂愁；只怔怔忡忡地自問：

「何以吾不能是彼輩？」

50 日照錦城頭

成都，劍南道益州治所，領有百姓之眾，僅次於長安和洛陽。遠非那些個名城——如江南東道治所蘇州、嶺南東道治所廣州、淮南西道治所楚州、河南道治所汴州——等可及。但是李白萬萬不曾料到，金堆驛上那豁牙漢子布施給慈元的銅錢，到了此處卻不能花使。市上一肆商隨手挑了一枚，向戥子上過了過，瞑眼撇嘴道：「此錢不足兩銖，是惡錢，官敕不許用的。」

大唐立國未幾，高祖武德四年，開鑄一種名為「開元通寶」的錢；由於形制質樸，極易仿作，天下各地盜鑄者不計其數。到了高宗顯慶五年，發兵征討百濟、困戰於平壤前後，民生愈發困窘，惡錢偽冒日多，朝廷不得不應對，便懸令「以一善錢售五惡錢」，計以為百姓一旦繳交出這些成分竄劣的惡錢，再由官司收取，統為熔冶，補益銅質，鑄造成「良錢」，也是善政。

老百姓的想法卻不一樣。試問：原本並無法定價值的錢，一旦由官司明令作價，則不能復以偽冒視之，而是有了等同於「良錢」的身價——雖只五分之一而已。此時民間不但不以五易一，反而將盜鑄的「惡錢」妥為收藏，以待日後朝中弛禁變法，到時不一定以二兌一、以一兌一，則利頭就遠非當下報繳之可比了。僅執此念，還有人索性將船駛入江中，就在船上起爐鑄錢，避人耳目。

果不其然，到了武氏當國的時候，非但不再雷厲風行地緝拏盜鑄，市上之錢但凡沒有穿孔，或者不是一經手眼即可看出含鐵、錫過多而過於失真者，都得以公然交易。

玄宗登極，初號先天，長安、洛陽兩京繁盛，錢溢如海，盜鑄者十分之一二，居然通行無礙，遷延兩三年，朝廷一直拿不出有效弭止的對策。只能下令：官鑄銅錢一枚二銖四分，不到這個分量的，便歸於惡錢，一律禁止發行。

這時皇帝想起被外放擔任廣州都督的宋璟。打聽之下，聽說這位在中宗時期已經官歷宰相之職的大臣，居然在萬里外的嶺南仍有驚人的政績——他懸令禁築茅舍草屋，教導百姓以磚瓦建蓋屋宅，減少了當地經常發生的火災，人人樂道，有膏雨時化的令名。不過，宋璟先前是因為司理一宗杖刑的時候，失之於輕省，顯然有「市恩」之嫌，而李隆基一向疑忌大臣如此，遂外敕貶睦州。一直到了開元四年，他才被調返京師，主持刑部。

這一回，宋璟和當朝名宦蘇瓌之子——也是極具才華、謀略與擔當的蘇頲；商計出一套新的政策。他們知道，當年「以良錢一易惡錢五」的手段有一定可行之處，但是失之於粗糙。於是他們繞了一個大彎——首先還是寬鬆通貨，請出太府錢兩萬緡（每緡一千），於京中置南北市，以平價買取百姓家中「不售之物可充官用者」；也就是說，憑空生造出一筆又一筆原本不會出現的買賣。

同時，宋璟與蘇頲還有第二步；他們主張以不收取利息的方式鼓勵兩京群官，儘量預支俸錢。而這些太府錢、借支錢，當然都是良錢。此一措施既使交投熱絡，也充分供應了良錢，加之以收取惡錢於不著痕跡之中，很快地就讓惡錢變少了。

宋璟較蘇頲年長七歲，自是一代人；宋、蘇之相得，原因不只一端，主要的原因，在於蘇遇事不與宋爭，而宋論事則多得蘇之助。

蘇頲的父親蘇瓌也曾歷任刺史、揚州大都督府長史。中宗神龍初年之時，官尚書右丞、遷戶部尚書、拜侍中。由於通曉典章法律，嘗奉命刪定律令，一朝格式，皆出其手，封許國公，為太子少傅。死後玄宗贈以尚書僕射，稱得上是一代名宦。宋璟曾經公開論列蘇氏父子：「僕射寬厚，誠為國器。然獻替可否，吏事精敏，則黃門過其父矣。」可見對蘇頲的看重。

據說，蘇頲年少時不得父意，常與僕夫雜處，可是卻能惕厲自修，好學不倦。每欲讀書，苦無燈燭，嘗於馬廄灶中，吹火照書讀誦，其苦學如此。至於蘇頲的名爵官資，雖然也位居國家大臣，但是通盤看來，不若乃父。

蘇頲滿二十歲的時候就舉進士第，很順遂地從烏程縣尉起任。武后朝，舉賢良方正異等，除左司御率府胄曹參軍、監察御史，轉給事中、修文館學士，拜中書舍人。與詩人、燕國公張說都因為文章而頗負時譽，時號「燕許大手筆」。同時，蘇頲也由於書法精美，多為時人撰碑，曾經借朔方兵大破突厥於黑山呼延谷的隴右節度使郭知運碑，便出自蘇頲之手。

史家於年輩稍早的姚崇稱「應變成務」，而於宋璟則許以為「守法持正」，可知其為人剛直，遇事果敢，而蘇頲則能「盡公不顧私」地襄助宋璟推動政務，使得當世唐人每以高宗時代的房玄齡、杜如晦喻之。

然而，這不是沒有隱憂——宋璟在遷都洛陽一事上，曾經和皇帝有過正面的衝突。那是開元五年春，正月的時候。由於宮中太廟原本是前秦苻堅時代所興建，年久失修，因而腐朽崩壞，宋璟、蘇頲就曾經聯銜對奏，以為睿宗升遐未滿三年，皇帝還在服孝期間，遽爾行幸東都，恐怕是由於天意不愜的緣故，才以此示儆，希望皇帝「暫停車駕」。可是，姚崇卻以為「王者以四海為家」，太廟崩壞則不應歸諸迷信，應該將責任付諸有司，先暫遷神主於太極殿，再更修太廟。玄宗在這件事上，嘉許了姚崇，甚至因而特命「五日一朝」，可見倚眷深重。

自從為世子、太子時便久歷權勢傾軋的李隆基是深謀遠慮的，他知道：身邊不能沒有一個看起來經常與他作對，但是又不至於真正違逆他意志的大臣。在表面上，皇帝要表現得虛懷若谷，謙抑從諫，這也得臣下在犯顏直諫的同時，還能滿足他的虛榮——而玄宗很快地發現：宋璟的確具備這樣的智慧。

就在太廟崩毀的同一個月裡，發生了另一件事，讓皇帝對宋璟徹底改觀。

東幸洛陽終於得以成行，皇輿來到崤谷，卻發現道路沒有整治妥當，皇帝受了顛簸，以為河南尹李朝隱和知頓使王怡失於部伍，督導民伕不力，都該治罪。宋璟上對，以為：巡幸才開始，便以民力之不逮而降罪於官吏，將來受害的還會是老百姓。

皇帝聽進去了，正要釋放李、王二人，宋璟又道：「陛下罪之，以臣言而免之，是臣代陛下受德也；請令待罪朝堂，而後赦之。」這幾句話讓皇帝深深放心了，他發現：宋璟的確既可以為皇帝博一納諫之名，又可以保全皇帝在百官群僚面前的無上恩威。

然而對於宋璟，皇帝從未疏於瞷伺、防範，他隨時都在找一個適恰的機會，排去其逐漸強大的勢力——正因如此，和宋璟一向同聲相應、同氣相求的蘇頲也因此受到牽連，一時俱去，才得以在他的下一個官職——益州大都督府長史——任內與李白相遇。而這份機緣之所以成就，正是由於嚴禁惡錢。

也就在李白和慈元啟程南遊之前的三個多月，監察御史蕭隱之奉命搜檢江、淮地區市面上盜鑄的惡錢，朝廷法令與民間經濟，看來各處極端——惡錢之所以氾濫，乃是流通所需，也有不得不爾的情由；蕭隱之搜檢嚴苛而急躁，大殺百姓生機，又引起了相當激烈的民怨。

皇帝先貶了蕭隱之的職官，接著追究政令所出；眾矢一時而集，隨即指向宋璟和蘇頲。未幾，宋璟罷為「開府儀同三司」。這個官位，從六朝以來便無實權，高掛宰相的閒缺而已；蘇頲，則遷為禮部尚書，實施了整整兩年的錢禁於是開弛，惡錢再度滾襲於天下各地，其勢不能復扼。

可是，益州偏處西南，地方上大小官署還在猶豫兩可之間，商鋪或張或弛，並無定準。

加之以李白和慈元行色匆匆，一看便知是外鄉人，身行所有，泰半為市肆中人指為惡錢。這令李白大為不耐，低頭尋思片刻，忽然想起了一事，遂向慈元道：

「和尚，酒樓去得否？」這話當然是玩笑，李白也未指望慈元答應，逕自接道：「某另有俗事，所去處，汝亦到不得。看這錦城也消得幾時盤桓，何妨就此別過？」

慈元滿懷所罣念者，還是在福圓寺那筆契牒移換上，蝕了幾千文錢。每念及此，便怏怏然若有所失，心下早就琢磨著：得在成都當地的廟宇，藉著別宗交易，勻些資本回來。倘若李白不在身旁，何止耳根清淨？他也能心無旁騖，從容商量，仔細勾當。於是相約三日後亭午為期，散花樓前再會。

慈元卻沒有料到：李白所謂的俗事，也是討索債務，只不過另有名目。

便在李白的行篋之中，李客早就為他準備妥當了。此行無分水程、路程，一路之上，但凡所經過的通都大邑，都有李客原本應該前去「抬舉」的契券——就好比官司中徵發賦稅而作的「手實記賬」一般；旅人來到某地，手持到期文書，尋著了舉債之家，登門索欠，謂之「抬舉」。

舉，借貸也；抬，償還也。據說這是從翻譯佛經而輸入的語詞，一方面是指借貸償還，另有利息，故所舉之數，應須加抬。另一方面，在常民語言裡，抬舉也含有扶持、照料的意思，一如孫舫〈柳〉詩所謂：「不是和風為抬舉，可能開眼向行人？」說來頗為溫煦動人，這就表示貸方之於借方，還有通財施捨的情誼、義理。

李白打的主意很實在：既然坊市間多指路客的錢「銖兩不足」，也就是惡錢，其中分明藏有藉機高其物價的意思。應對之道，便是讓對造納出現錢。這是李白混跡江湖的第一筆生意。至於「酒樓」，並非設席飲酒之地，而是一釀酒坊。

唐代開國，承襲了隋文帝開皇三年「罷酒坊，與百姓共之」的政策，官方、民間都可以經營酒業，釀酒、賣酒沒有認證或許可之制，業者也毋須將營利歸公。直到代宗朝，才發生了變化。那是李白過世之後兩年的廣德二年十二月，皇帝敕書：「天下州（縣），各量定酤酒戶，隨月納稅。除此外，不問官私，一切禁斷。」

再過八年，到了大曆六年二月，又進一步確立了這種榷酒制度——也就是由國家控管生產和營業，將官方許可的酤酒戶按量產額度，分三量等，逐月收取稅錢，還可以用布絹供抵。這樣改制，當然有其長遠的背景。其一，就是飲酒者眾，利潤龐大，國計所需，豈能不分一瓢飲？其次，天下人以糧製酒，酒貴而糧賤，一旦任令自由供需，也會壓迫到糧食供應。

其後，顯然征榷過重，唐德宗曾經一度頒〈放天下榷酒敕〉。然而為時不久，基於發動削藩之戰，軍費靡耗繁劇，府藏散減空虛，不得不從榷酒的利益上彌補，於是又確立了此後近千年的榷酒制度。僅僅從榷酒確立施行之後的幾十年間計算，宣宗大中七年時：「每歲天下所納錢九百二十五萬餘緡，內五百五十萬餘緡租稅，八十二萬餘緡榷酤，二百七十八萬餘緡鹽利。」也就是說，榷酒所得，將近挹注了國家總歲入的十分之一。

而在李白生活的這個時代，酒麴尚未為官司壟斷，只消操持釀造的技術，人人可以藉此而謀生。李白一生之中最是功名偃蹇的時候，也最是飲酒無度的時候，他幾番在東西兩京和魯地開設酒樓與這一趟遊歷有著相當的淵源。

李白行篋中的第一份契券，是成都陳醍醐酒坊主人陳過所賒欠的三百碩麥子，文書注明歸還之期為開元四年八月，顯然過了時日。

貞觀元年，唐太宗分天下為十道，舊日楚地分屬江南西道、山南東道和黔中道。而長沙一向都是為楚之糧倉；果有「楚粟熟，天下足」之稱。這顯然也是環境使然。以長沙為核心，作為農產集散的大邑，有基於水利之便的四大渠道。其一，是從湘江至洞庭，可沿長江下達揚州。其二是越洞庭湖入長江至漢水、荊襄抵中原。此外——也就是李客行商天下的幹道：經由澧、沅支流過巴蜀，以及過靈渠、漓水通嶺南一路。

常年以來，李客組織商幫，看上了「楚粟」之豐之美，一旦東行貨船空艙西返，往往趁著麥熟之時，多羅糧米，於返櫂時沿埠躉售。這也是因為當時「諸郡出米至多」，「潭、衡、桂陽，必多積穀。關輔汲汲，只緣兵糧。漕引瀟湘、洞庭，萬里幾日，滄波掛席，西指長安，三秦之人待此而飽，六軍之眾待此而強。」

除了供應萬民食用，李客轉運「酒米」、「酒麥」還有一個令釀家樂於與之交道的好處：他為人寬和，不汲汲於蠅頭之利；每逢買主手頭不大寬綽時，他便道：「一諾為然，豈必取錢？」

對於李客多年以來走南闖北的生意之道，李白十分懵懂，貿然來陳醍醐酒坊，只道是依契取值，拿了錢就上路，以充盤川而已。豈料主人陳過一看那契券，一時肅然。他十分慎重地詢問了李白的行止，得知三日後與慈元尚有散花樓之約，於是立刻安排李白的下處——就在散花樓旁，尋覓了一潔淨的逆旅，接著便是設宴款待；迎勞十分隆重。

明明是不速之客，陳過卻煞費苦心地安頓著。他四處探聽：李客父子在成都還有何淵源？有何戚眷？或可相納於一座之上，聊共歡忭。可是訪來問去，一無所獲，直到臨開席，才約莫得著一句：「據聞綿州刺史舉荐過李客之子，但不知是不是這個兒郎？」

這就更令陳過為難了，看李白形容佻達，舉止逸蕩，不像士人；然而傳聞果若不虛，此子竟能蒙一郡諸侯青眼，則更不能不謹慎迎將一番了。商計謹慎，才想到一個在錦城幾乎無人不知、無人不曉的酒徒，名叫盧煥。

此公年少時曾經一第中舉，近五十年前在成都附近的新都擔任過縣尉，與當時極負盛名的文士盧照鄰同僚，兩人相去將近二十歲，雖然年輩參差，但是意氣相得，連宗以兄弟相稱。秩滿之後，盧照鄰在蜀中遊歷了幾年，這一對忘年之交仍時相過從。爾後盧照鄰赴洛陽，被禍下獄，罹患了風疾，又因為服食丹藥而手足俱廢，侘傺潦倒，隨即投潁水自盡。

盧煥則始終沒有離開成都，他自號「倒載山人」。這個諢號，來自東晉民歌，所形容的是竹林七賢之一的山濤之子山簡，詩云：「日暮倒載歸，酩酊無所知；復能乘駿馬，倒著白接䍦。」「倒載」說的是醉倒之後給倒馱在馬背上歸來，朦朧間勉強起身坐穩，白帽子卻反戴著。單憑這諢號可知：盧煥大約是個甚麼樣的人物——總之招酒即來，乘醉而去；看來也不會計較甚麼緩急尊卑。

不過，盧煥與李白初識，僅能以「一言不合」狀之。盧煥只道來者是一行商之子，又夤緣見過郡牧，還是前來抬舉債務的，不免先入為主，憾其顏色驕矜，還道不上幾句寒暄，便端顏整襟地說：「孺子行年弱冠，猶未留心於文場乎？老夫深以為可惜。」

話裡彷彿另有話，像是對於李白不在士人行中頗為詫訝，表面上像是有幾分惋惜，但是聽來又不無輕鄙，倒像是質問他：怎麼不及早謀一個像樣的出身呢？

李白在趙蕤處讀書，從來不是為了應科考、守銓選。在他看來，天下之謀、郡國之計，不外就是從經史學問之中搬取故事，開濟當前；換言之：從讀書到致用，本來便是一蹴可幾、一以貫之的事。而這老人家開宗明義，如此直言無隱，看來對於仕宦之道，還有相當不同於趙蕤的成見，於是李白拱手一揖，道：「唯有請教。」

「國朝重文，貞觀、永徽尤盛，比之於三代，應該也不遑多讓；此即天子朝廷為士人開一蹊徑所致。」盧煥搖頭晃腦地隨手指點著當央主人陳過的席几，道：「彼等商賈，所日徵月逐者，不外錢穀而已；渠設筵款待我輩，便是親沐教化了。然則，我輩如何便有教化可施呢？還是以出身為有據。」

陳過連忙頷首稱諾：「盧少府教訓得極是。」

「老夫年耄矣！可以杖於鄉國了——」盧煥不由分說，接著道：「當年某十九歲舉明經，偏逢天下才人鑫出，人人都是國器；某守選多年，恨不能再進一階，以宏詞登科，少說也能討得一個集賢校理，然而說耽誤、也便耽誤了。」

這一感慨，滿載著士人求官的辛酸。陳過與他酒坊中來陪席人等未必明白，李白卻是瞭解的。由於只中進士不能得官，一般保守資格、等待銓選，就算是進士科出身了，也要等上三年；明經科的則要等七年左右，才能分配到官職。

有的士子大約就在這一段期間繼續讀書，應「博學宏詞」或者「書判拔萃」等制科，百人之中，取不過二、三。這一科雖然比較難，但是榜下即用，可以不必守選。但是，盧煥顯然沒有考中「宏詞」、「拔萃」，至少不能入集賢院，得一份校書的差事；這一類的職務雖然沒有品秩，但是外放到縣裡當個最基層的縣尉，就有了品階，也得以寄取俸祿。總之，雅號「少府」，已經說得很清楚：盧煥一生便是縣尉到頭，飄零諸郡，沒有再升過官。

「汝年華正好，聽說又蒙太守青眼相加，焉能不一心向臺閣大用而去？」盧煥一口氣將場面話說到此，轉問李白：「本朝文章，至高宗皇帝時為之一變，汝可知否？」

李白搖了搖頭，道：「某多習前代詩賦，於國朝文筆委實無多浸潤。」

「不當不當。」盧煥皺起眉眼噘著嘴，道：「文與時俱化，這是千古不易的道理。欲有用於彼時，便直須作彼時之文；欲有用於此時，便須會作此時之文。老夫年耄矣！可以杖於鄉國了。當年老夫任官時，可謂躬逢其盛，士人文章，萬流歸宗，匯聚江海，偉業也。那是楚國公上官相公所倡，真可以說是天下風從、天下風從啊！」

李白之於上官儀，只能說多聞其名而略知其人，在趙蕤處求學讀書，也向來不曾關心過這位大前輩的詩文。一旦聽盧煥如此推重，也就了無置喙的餘地了。

上官儀，陝州人。其父為隋代江都宮副監，死於亂。上官儀當時只有九歲，乃私度為僧，隱埋十年，為揚州大都督府長史楊仁恭舉薦赴科考，以〈對求賢策〉、〈對用刑寬猛策〉中了進士。詔授為弘文館學士，累遷秘書郎，從此展開了他長達三十七年的仕宦生涯。

後世多所言及者，是上官儀的下場——他曾經以武則天「專恣，海內失望，宜廢之以順人心」的先見，草詔廢后。因而得罪了皇后，緣事被誅，家遭籍沒。直到中宗即位之後，他的孫女上官婉兒在宮中封「昭容」，始追贈上官儀為中書令、秦州都督、楚國公，以禮改葬。史稱貞固幹濟，尤其是文章博學，可為一代翹楚。而盧煥所稱道的，不但是他在詩賦創作上的表現，更是由於上官儀，才算是開啟了一代詩律的定格。

上官儀在揚州寺院裡苦讀，或以為「頗受南朝宮體影響，文並綺豔」，這並不確實。也有人認為：他的詩辭采華麗，稱「上官體」，是由於官爵顯要，也不完全入理。究其根源，寺院幼學所帶來的長遠影響，其實是長期轉讀佛經的訓練所致；而「上官體」之所以能夠風行景從，亦非個人聲譽昭著而已，實是聲律劃入制度使然。

中原音讀，本無四聲，直到南朝轉讀佛經，借取古天竺聲明論之平上去三聲，合中土特有之入聲，都為四聲。此事大備於南齊永明七年二月二十日，竟陵王蕭子良大集天下「善聲沙門」於王都金陵，製造經唄新聲，所做的，就是考文審音，確認聲字音讀，這也就為同時代的周顒、沈約等詩論家提供了「四聲八病」等音律之學的講究基礎。而上官儀，則是在將近一百五十年後的大唐時代，將這種講究施之於考試去取準則的推手。

「汝且聽老夫吟來：」盧煥本自精神矍爍，說到了詩，眸子更炯炯生輝，他清了清嗓子，道：「一首〈入朝洛堤步月〉有句如此：『鵲飛山月曙，蟬噪野風秋』這般因景造意，是何等手筆？還有，另一首〈故北平公輓歌〉有句如此：『遠氣猶標劍，浮雲尚寫冠』這般隨形賦采，又是何等格調？人說楚國公纏綿綺麗，以老夫視之，此論簡直有眼無珠！」

李白回味了兩遍，隱隱然覺得這老人家所言，恰恰與趙蕤對反——趙蕤再三期勉於李白的，就是打破這種琢磨聲字、安頓韻律，不厭其煩追求熟巧，再於無地步處咀嚼旨意，雕鑿奇警的技法。可是，盧煥卻恰好逆其理而行，而且看來對於趙蕤所不屑為之的這種「時調」，竟然有著難以自拔的欣羨和賞慕。

「子曰：『小子何莫學夫詩？』」盧煥的興致來了，似乎無意就此罷休，也不讓主客就飲食，語氣則更顯老橫，道：「後生！汝可學詩否？」

「偶作。」

「詩賦，乃是士道之根器，不能偶作！須日日作、時時作，食亦作、眠亦作；造次顛沛必於是而已。」教訓及此，老人家忽然揚了聲：「可有佳句否？」

李白略微思索了片刻，忽然間覺得自己確實久久不曾在合律的文句上下工夫了，遂道：「有寫月之句：『萬里舒霜合，一條江練橫』，曾蒙業師稱許。」

盧煥聞言沉吟，微微一點頭，道：「老夫年耄，可以杖於鄉國了；此生閱人多矣——後生麼，才，是有的；然所作不應只此二句？」

「當下可作，請公命旨。」

「此間有前朝蜀王楊秀所建園林，摩訶池、散花樓，址觀猶在，其金閣玉闌，極其壯麗。」盧煥道：「後生得一瞻仰否？」

「尚未。然，前事亦不鮮，《世說》引〈天台賦〉、《晉書》作〈天台山賦〉，或謂孫興公亦未嘗至天台山，而有賦焉；昭明太子不察，必以為有斯遊而後有斯文，始題《遊天台山賦》。」李白道：「此作有『赤城霞起而建標，瀑布飛流以界道』之句，豈非上官相公『遠氣猶標劍，浮雲尚寫冠』所胎息？」

「後生書史甚熟，」盧煥被李白頂撞得不覺笑了：「且賦散花樓來——」

李白毫不遲疑，琅琅接吟道：「日照錦城頭，朝光散花樓。金窗夾繡戶，珠箔懸銀鉤。飛梯綠雲中，極目散我憂。暮雨向三峽，春江繞雙流。今來一登望，如上九天遊。」

51 雕蟲喪天真

在這裡，李白刻意出入於律與不律之間，也就是將盧煥極為重視的詩文規矩玩弄於指掌之間。這要從聲調和對偶兩方面看——這兩方面，也都與盧煥所說的：「本朝文章，至高宗皇帝時為之一變」有關。

從聲調言之。在錦城，李白、盧煥初見之前整整二百三十年，南齊永明七年底，舉朝善聲沙門造「經唄新聲」，對於同時代沈約撰寫〈四聲譜〉的影響是相當明顯的——儘管沈約很得意地宣稱自己發明了詩的憲章：「以為在昔詞人，累千載而不悟，而獨得胸衿（襟），窮其妙旨，自謂入神之作。」

沈約明瞭：詩文修辭必須有種種抑揚變化，但是這一套「獨得胸衿」的「入神之作」，只能運用現成的、陳舊的名詞引發聯想，做成譬喻——如：「玄黃律呂」、「宮羽相變」等等；這也就是以扭曲、擴充「玄黃」、「宮羽」之類的字眼，轉遞出平仄四聲參差高下的意思，可是表述起來，卻更為玄遠，不容易理解。

由於沈約沒有更精確而令天下人醒目會心的語詞，以為解釋，此後一、二百年間，只能聽任詩人瓌詞自鑄，摸索喉舌。其間一旦有大家名流之奇思妙句廣為傳誦，那作品的聲調便備受重視，引為範本，也因此而逐漸形成了較能依託，也較為穩定的格式。之後，唐代科考以詩賦為根本，更將沈約那「前有浮聲，後須切響」、「一簡（簡，即五言一句）之內，音韻盡殊」、「十字之文，輕重殊異」的講究，開立為聲調的律法。

先是，六朝之時，七言別是一種體裁，尚未普遍被視為歌詩。當時所謂的詩，專指五言。五言一句，兩句一段；十字之文，顛倒相配；這是句型的構造。在詩句裡，每個字聲調布置的關鍵，就在於將聽來「飛浮」、以及聽來「沉切」的字隔別而用，以見變化。另一方面，也由於常語慣例多用兩字為一詞，所以聲調浮沉，也以兩字為一節，並且以每節的第二字為準據。

由於佛經轉讀定音，四聲考審殆無疑義，便將發音明顯比較「飛浮」的平聲字歸為一類；復將發音明顯比較「沉切」的上去入聲字歸為另一類，於是才有了「平」、「仄」的名目。由此而依據「前有浮聲，後須切響」的要求，在詩中，一節讀來是「平平」的語詞之下，接著的就該是「仄仄」；再往下的單字便又是「平」了。相對而言：一節讀來是「仄仄」的語詞之下，接以「平平」；再往下的單字便又是「仄」了。

此外，基於古來用韻的習慣，韻字以平聲居多，所以唐人科考也以押平聲韻為主流、為大宗。於是五言詩和漸漸也越來越多人試作的七言詩，都有了固定聲調的依歸——不但每句之中「浮切相參」，前句後句之間，更有了「黏」和「對」的講究——也就是把一句「前有浮聲，後須切響」的變化，擴充到通篇四句、八句、十句甚至長達數十百句的篇幅。

以後世用語解看：這種「合式」的詩篇，仍舊依循兩句一段，每段一韻，通篇不換韻的法式。不用韻的前一句謂之「出句」，用韻的第二句謂之「落句」。落句的第二字，要與本段出句的第二字平仄相反，這叫「對」；落句的第二字，還要與下一段出句的第二字平仄相同，這叫「黏」。第二字如此，則五言詩的第四句也如此，七言詩的第四、第六字亦復如此。

到了盧燦所聲稱的「至高宗皇帝時為之一變」時，知名的詩人盧照鄰、王勃、杜審言、沈佺期、宋之問……儘管生死窮達、先後有別，大約都在那一個時代寫出了大部分吻合聲調法度的當代之詩，人稱「近體」。

除了聲調之對，還有字義之對，一般咸稱「對偶」。盧燦開口閉口所推崇的「上官相公」，大約就是最早將各種對偶方式臚列立論的詩家。或謂上官儀著有《筆花九梁》，其中就有詩之「八對」。九梁，指朝冠橫脊，其梁數多少，可見官品之高下。《筆花九梁》原書早佚，後世莫睹，唯殘存八對之說，大約如此：

一曰的名對，「送酒東南去，迎琴西北來」是也；二曰異類對，「風織池間樹，蟲穿草上文」是也；三曰雙聲對，「秋露香佳菊，春風馥麗蘭」是也；四曰疊韻對，「放蕩千般意，遷延一介心」是也；五曰聯綿對，「殘河若帶，初月如眉」是也；六曰雙擬對，「議月眉欺月，論花頰勝花」是也；七曰回文對，「情新因意得，意得逐情新」是也；八曰隔句對，「相思復相憶，夜夜淚沾衣。空嘆復空泣，朝朝君未歸」是也。

這是進一步將聲調裡的「對」延伸到字義之中，讓詩文意象經由看似重複而實際對反、側異、互為張弛的衝撞之感，形成協調、勻稱有如建築一般工穩的結構。早在上官儀之前千年，古人修辭即有此，只是不成文法而已。《易經》有：「水流濕，火就燥；雲從龍，風從虎」之語，《書經》有：「滿招損，謙受益」之語，甚至《老子》有：「有無相生，難易相成。長短相形，高下相傾。音聲相和，前後相隨」之語，都可以說是自然天成的對偶，不必待唐人始稱發明。

只是，上官儀——還有比他略微年輕的元兢、崔融以至於較李白年歲更晚的詩僧皎然——都曾經再三翻注推論，試欲總括對偶之說。其中，應屬日僧遍照金剛在《文鏡秘府論》中所揭櫫的二十九種對最為詳贍。

不過，對偶之論越經發揚，就越顯現了詩人對於格律的掌握，不只是遵從而已，還有抗拒。也就是說，在講究聲字對仗的實踐上，立論者日益發現：在某些已知的對仗規矩之外，還有別種看似不能對偶的語句，也刻意囊括之。高宗總章年間曾經在太常寺擔任過協律郎的元兢，即是其一。

元兢，字思敬，鮮卑族拓跋氏之後，曾經以任官職司所見，撰有一本後來也亡佚了的

《詩髓腦》，論及六種對，其中的「聲對」，所舉的例子是：「彤騶初驚路，白簡未含霜」。「路」和「霜」本來不能作對，可是「路」的同聲字有「露」，便因之而對上了。再如「側對」：「側對者，若馮翊、龍首，此為馮字半邊有馬，與龍為對；翊字半邊有羽，與首為對，此為側對。」也就是一字之中，只要能在出落句相應的字位找到意旨相近的偏旁或字根，也算是「合式」的對仗。

元敬思之後，還有崔融。進一步發展出「雙聲側對」，舉例有：「花明金谷數，葉暎（映）首山薇」，「金谷」和「首山」雖然字面上完全不對，但是「金」與「谷」、「首」與「山」分別同紐雙聲，也就「合式」了。同理，也就冒出了連詞性都不拘的「疊韻側對」：「自得優遊趣，寧知聖政隆」，「優遊」兩字疊韻，「聖政」兩字亦疊韻，也視同有出落句「有對」。

其後再到了皎然筆下，「蕭蕭馬鳴」可以對「悠悠旌旆」，「出入三代」竟可以對「五百餘載」；「亭皋木葉下」可以對「隴首秋雲飛」，而「日月光太清」竟可以對「列宿耀紫薇」。更極端的例子則在《文鏡秘府論》，遍照金剛舉了一首前代詩人、也是四聲詩說的創立者——沈約——的作品〈別范安成詩〉：

生平少年日，分手易前期；及爾同衰暮，非復別離時。勿言一樽酒，明日難共持。夢中不識路，何以慰相思？

舉此例詩之餘，遍照金剛還說：「此總不對之詩，如此作者，最為佳妙。夫屬對法，非真風花竹木，用事而已。」

此事誠然兜了一個大圈子。倘若連「總不對」都算得上是一種對偶，則盧煥之流所斤斤自守的典範、規矩，也就是「本朝文章，至高宗皇帝時為之一變」所標榜的格律美學，便不只是一逕步入嚴密的藩籬、同時也一逕以無限之風情意味，開往寬泛的道路了。

對於李白即席之詠，盧煥是訝異的。尤其是第二聯「金窗夾繡戶，珠箔懸銀鉤」一經吟出，不覺為之長吁擊節；因為李白的用語，恰恰使用了南朝宮體之開創人物——梁簡文帝——極其慣用的手法和語彙。這個作法，是有意透露：藉由想像中的隋代藩王宮室之建築細節，推拓於整個南朝詩歌所鎔鑄的閎麗格局。

梁簡文帝蕭綱，字世纘，是梁武帝蕭衍的第三個兒子，也是昭明太子蕭統的弟弟。昭明太子早卒，蕭綱立為皇太子，爾後嗣位。據傳：蕭綱七歲那年就有「詩癖」，也就在這一年，受封為雲麾將軍，領石頭（即金陵）、戍軍事。而儲君所謂「開王府，選幕僚」之事，究其實，也就是在一群「文學侍從之臣」的包圍之下，完成其童年以迄於少年的詩文教養。

這一群文人，前有徐摛、張率，繼有庾肩吾、王規，益之以劉孝儀、劉孝威，多至數十百人。顯然是由於皇家貴胄的環境之故，於雕聲琢律的創作之餘，這一批君臣還相當嚴正地提出了他們對寫作的主張，以為：「立身先須謹重，文章且須放蕩」。

東宮養德十八年，並沒有能夠成全蕭綱一世的帝業，他不幸遭逢侯景之亂，僅年餘，先為俘虜、後為傀儡，終成冤魂。從尺幅廣大的歷史角度看去，他和他的文學集團所倡導的「宮體」，便被歸諸於浮詞豔句、緣情綺靡，正是儒家所鄙斥的「鄭衛之聲，亡國之音」。

然而，也就是在這一個時期，皇室所提攜的文學侍從集團，使傳統的詩賦創作有了非「王化聖教」的目的，也不再顧及「觀風俗、知得失、自考正」的高論。那些個在君臣之間的往來遊戲，出之以應制、聯吟、共賦、唱酬，赫然顯現了一種博弈的、娛樂的趣味。也基於遊戲的逞才、炫學、競捷、爭勝等等形式，對於聲律的講究、典事的鑽研，不但遠非前代可以追攀，諸作者也因此而無甚著意於更廣泛的題材、更直質的表現。

他們甚至有意忽略那些不能以「翫吟弄詠」來處理的沉重情感——比方說，他們幾乎不碰觸人生或家國巨大而共有的喪亂。他們為詩歌開啟了通往冶遊園林的門徑，也讓詩歌關閉了通往烽煙市井的城闕。

從梁簡文帝最負盛名的一首詩〈詠內人晝眠〉，可見其概：

> 北窗聊就枕，南簷日未斜。攀鉤落綺帳，插捩舉琵琶。夢笑開嬌靨，眠鬟壓落花。簟文生玉腕，香汗浸紅紗。夫婿恒相伴，莫誤是倡家。

若是讓李白這個時代任何一位甄別士子的考官來判評此作，他應該會指出，這首詩的第三與第四聯「失黏」。也就是說：「眠鬟」之「鬟」，是去聲，屬「仄」，在一個原本應該是平聲的字位卻出現了仄聲字，也就不能與下一聯出句的「簟文」之「文」（平聲）相同而相承。然而，這說明了在梁簡文帝時代，聲調的「黏對」只是「講究」而尚未及於「法度」。或者也只能說：早於李白整整兩百年的梁簡文帝所樹立的規模矩範，恰為後來那些法度的模糊張本。

至於盧煥所歎，則另有原委。

那是他從李白的句子裡翫味出梁簡文帝用字鑄句的意趣。如〈詠內人晝眠〉中的「攀鉤」即是，它如：〈和湘東王名士悅傾城詩〉中的句子：「衫輕見跳脫，珠概雜青蠶」、〈孌童〉中的句子：「羽帳晨香滿，珠簾夕漏賒」、〈和徐錄事見內人作臥具〉中的句子：「熨斗金塗色，簪管白牙纏」亦可見；更不消說那一首〈東飛伯勞歌〉：「網戶珠綴曲瓊鉤，芳茵翠被香氣流」——李白的這一聯，分明是將楊秀的散花樓當成蕭綱的顯陽殿來寫了。

可是一旦登臨，細節盡去，視野朗然遼闊起來。也由於這恢弘的眼界，聲律亦隨之遽變，下一聯非但不作對偶，也出之以與先前極不同趣的古調：「飛梯綠雲中，極目散我憂」，這已經是魏、晉風度了。再下一聯益發傳神：於字義方面，李白的確用了相當工穩的對偶，把樓觀之境帶向更為寬廣的江河天地：「暮雨向三峽，春江繞雙流」；而在聲調上，卻盡其揮灑，全不顧「雙」字應仄而為平的「不合時調」。末聯「今來一登望，如上九天遊」語句倏而歸於平淡，卻毫不費力地將登樓換喻為升仙，這更非尋常依景造意的俗手所能辦。

盧煥此時收斂起先前的一臉倨傲，欠了欠身，道：「李郎之才，出入今古，敏捷奇奧，老夫堪說：受教了。不過——」

李白等他說下去，盧煥支吾了半天，仍舊遲遲不言。只是舉杯邀酒，開啟了李白此行前所未曾經歷的飲啖。他們吃得很慢，話題果真從散花樓而顯陽殿，由宮廷舊事而坊巷新聞。乃至於歷數數千里外，南朝金粉敷陳之下的諸般種種風物塵跡。

陳過等人不嫻書史，除了提到前朝、當代之間米穀糴糶之價，如數家珍，頗見精神；要不就是說起了天下各州溪泉河川之水，有何特異之時，頗能應對，之外唯唯而已。

但是，李白有興味的卻直是天下穀水風味，那是來自一個又一個他向未涉足，也無從揣想的地方。原本，他只能從古籍故紙之中識其文、辨其名，對於哪怕只是飲食中至為平常的二物，也無從踏實地分別、感受。其情果如《中庸》所言：「人莫不飲食也，鮮能知味也。」

實則李白也很難逆料：酒坊主人陳過在未來兩日的短暫交談之中，為他所啟迪的知見，卻牽連廣遠，使他真正明白了穀水和酒、明白了醞釀、明白了磨礪與割捨，也將於回味中明白了人之有情與無情。

倒是在散席之際，盧煥還是忍不住，將先前嚥回肚子裡的幾句牢騷藉著酒氣噴出了口：「今日幸會李郎，然老夫語有未盡，請恕直白。」

「敬領盧少府教誨。」

盧煥自斟自飲了一杯，慢條斯理地問道：「既然飽讀前代之文，李郎可有抗手傾心、誦之不置者？」

52 無心濟天下

李白有些意外，他從來不曾想過這事。

那些在過往不知多少歲月以來，浮生隨波、一去而不返的人，留下的便是文字；用趙蕤經常用的譬喻來說，「歷歷如星辰」，其字句璀璨者，吟之詠之，親即如在眼前，若可一觸，每有相彷彿的處境時，便覺得某文某意特別生動佻達，像是專為千百年後的自己而作；遭遇了另一人事，便又會想起某詩某賦之中，合乎當前情態的形容，類此懷抱不一而足，又怎麼能夠專拈出某一人來概括議論呢？

他想說說屈原，可是他不喜歡這個人憂心悄悄；也因為屈宋齊名而想起了宋玉，可是，依照趙蕤縱橫者流的論理和思路，他總覺得宋玉的名氣多半是建立在其人對屈氏的抱屈和讚嘆之上，引起了同情屈原者愛屋及烏的的尊敬；至於文筆才思，遠不能及〈離騷〉、〈遠遊〉諸作，恐怕還真沾了屈子的光。

從際遇而文采，李白當然也想起了賈誼和司馬相如。賈誼，看來儘是英才招忌，時命多舛，滿身涕泗嗟歎，似無足以撐持起一個文章家偉麗而豐富的面貌。

司馬相如的賦，曾經十足感動過他——當時他還年幼，不明白一個人怎麼可以識得那麼多的字，還能將這些字一一構築布置，打造成精緻輝煌的宮室殿宇、池沼園林，並隨手指認飛禽走獸、奇巖怪石、珍花異草、鳴蟲游魚。那些讀之非但令人神往、更使人氣結的大賦之作，居然都卷藏於一個人的方寸之間，多麼奇妙？

不過，這一份孺慕之情，並未撐持太久。當李白自己也開始仿襲前人手筆，作賦之後，便赫然發現：司馬相如的賦，徒見形貌瑰美，膚廓閎麗，卻失之繁縟，盡於誇飾，名物璀璨而情味寡少，往往不耐三讀。

倒是由於愛慕藺相如的為人而改名，李白覺得司馬相如還真有眼光——李白這時忽然神馳萬里，想起趙蕤在夜課時藉《兔園策》「相如題柱」的故事，問過他兩句：「藺相如非文章家，司馬相如慕之而何？」

那是從題柱故事而來。據說：司馬相如初入長安，題市門曰：「不乘赤車駟馬，不過汝下也。」這是漢代以降，蜀中人人熟知且稱頌的一個情節，推崇司馬相如為鄉先賢的人們一向以此勉勵少年子弟：蜀地雖僻處偏遠，然而志量恢弘，包舉宇內，司馬相如探功名如取囊中物，一賦千金，何其容易？然而趙蕤所問，李白竟答不出。司馬相如位高金多，茂陵女兒羅列以進，願事箕帚，這不都是文章使然嗎？奇怪的是：他怎麼會因為「慕藺相如之為人」而改名的呢？

趙蕤的答覆令他驚奇而印象深刻。他認為：太史公著《史記》行文次第十分要緊，往往是命旨所在。〈列傳〉中說到司馬相如「慕藺相如之為人」而改名之後，隨即插敘梁孝王入京朝覲，「從游說之士，齊人鄒陽、淮陰枚乘、吳莊忌夫子之徒」，而相如隨即稱病、放棄了原先以金錢買得的「武騎常侍」之官，這一緊密承接的文法，有對比之意，說的是戰國時的談辯之徒，即同於漢時的語言侍從之臣。

漢代辭章，人稱高古，啟迪了爾後八百年詩賦傳習，可是回頭推看，其文筆義法之嚴密，旨趣之警策，音韻之鏗鏘，聲調之迭宕——趙蕤道：「難道不是從戰國縱橫口舌而來者乎？」

的確。太史公暗筆深藏的，正是作為一個文章家的司馬相如，其所濡染、瞻望、仿習者，未必是另一位前行的文章家；而後世詩賦的淵源也未必就是前代的詩賦。

此際，盧煥又為自己斟上一杯，環手向各席作勢敬了敬。看來此問相當慎重，他耐心地等著李白的答覆。

李白躊躇了半晌，勉強道：「齊、梁以下，謝宣城深獲我心，晉、宋之間，則唯謝東山、陶靖節、謝康樂，讀之令人閒愉不倦。」

盧煥聞言，一語不發，雙瞳凝滯，像是隨著李白的言辭而一一懷想起謝安、陶潛、謝靈運和謝朓這些熠耀的名字。然而他的回應也讓李白一時為之語塞：

「自其顯而易見者觀之，這幾宗手筆，都是託身於山水之間，寄情於天地之外，不過——」盧煥微微一笑，道：「李郎所愛，竟然俱是世家顯宦，而長懷放浪之心，乃以詩為『餘事』者。」

這是個不大尋常的說法，就連奇辯層出、機鋒四射的趙蕤都從未如此立論。李白欠了欠身，道：「請公明示。」

推本於故事，盧煥所言，不算強詞奪理。

謝安出身陳郡陽夏士族，四歲時即有「風神秀徹」的美譽，十三歲已名滿天下，連遠在遼東的慕容垂都曾致贈厚禮表達敬意。原本謝安屢違朝旨，不肯任官，時人乃有：「安石不肯出，將如蒼生何？」的慨嘆。之後由於士族家業所繫，王命在焉，不得不出仕。謝安歷任吳興太守、侍中兼吏部尚書、揚州刺史，都督十五州軍事兼衛將軍等職。對外，在前後五載之間，以淮南、淝水兩役，大敗前秦苻堅，維繫了東晉的一線生機。對內，則以寬和辭讓的風度與布局，與桓溫、桓沖兄弟相周旋，維持長江上下游間軍事與政治勢力的均衡和穩定，其一生成就，堪稱國柱宗風。

就文章而言，比對《晉書．列女傳》和更晚出的《詩經偶箋》所載，謝安曾經問過他的姪女謝道蘊和姪子謝玄：「毛詩何句最佳？」謝玄所鍾情的句子是〈小雅．采薇〉中的「昔我往矣，楊柳依依；今我來思，雨雪霏霏」。謝道蘊所賞愛的句子是〈大雅．烝民〉裡的：「吉甫作頌，穆如清風。仲山甫永懷，以慰其心」，謝安因此而稱賞謝道蘊「有雅人深致」。

至於謝安，他心目中最佳的詩句，繫意不在辭章之趣，也不在情志之雅，卻顯現了心懷之遠大。那是〈大雅．抑〉裡的：「訏謨定命，遠猷辰告」——堪稱一個大政治家念茲在茲、無時或忘的理想：要將足以懸之十方、垂諸後世的謨命，在適當的時機，宣示於所有的人民。毫無疑義，謝安即使不以功業震鑠天下，也不會以詩人自命。

歷來稱「東山再起」，即是指謝安三十五歲時再度出仕之事。東山再起後五年，陶淵明出生。他在十二歲上遭到父喪，家境由此而日益艱困。

然而，陶淵明的三世祖陶侃，原為東晉一代名將，平定過杜弢、張昌、陳敏、蘇峻之亂，為太尉，封長沙郡公，都督荊、江、雍、梁、交、廣、益、寧八州軍事。他的祖父陶茂做過武昌太守，父親陶逸相傳也在安城主持過政事。他的母氏也十分顯赫，外祖孟嘉曾經擔任過當時征西大將軍桓溫的長史。在這樣的背景下，躬耕田畝，不慕榮利，雖然是個人情性志節所嚮，也樹立了千古以來極為獨特的風標。然而，出身世家，殆無疑義。

李白出生前整整三百年，也是晉安帝隆安五年，陶淵明在桓玄幕府，七月返江陵官署。經過塗口的時候時，寫了一首〈辛丑歲七月赴假還江陵夜行塗口〉，其中有這樣的幾句：

商歌非吾事，依依在耦耕。投冠旋舊墟，不為好爵縈。養真衡茅下，庶以善自名。

「商歌」典出於《淮南子．道應訓》：「甯越欲干齊桓公，困窮無以自達，於是為商旅，將任車，以商於齊，暮宿於郭門之外。桓公郊迎客，夜開門，辟任車，爝火甚盛，從者甚眾，甯越飯牛車下，望見桓公而悲。擊牛角而疾商歌。桓公聞之，撫其仆之手曰：『異哉！歌者非常人也。』命後車載之。」

原文三用「商」字，可是就像詩中提及的「冠」和「爵」，這裡的「商」字也絕非泛泛之言，不該只作「買賣」注解。甯越敲擊著牛角所唱的「商歌」，雖然與「生意」、「販售」之商同字，但是一語雙關地表明了自己是「商人之後」，這就是「商代人」的涵義了；而能夠在齊桓公面前重視並顯揚「商代人」的出身，無怪乎齊桓公會立刻訝異地察覺：這個歌者不是尋常之人，而是一個貴族。

陶淵明用「商歌非吾事」明志，也清清楚楚地表達了雙關之意。一方面，他的確出身高門，二方面，他已經不再唱高門的高調了。這樣才能「投冠」（摘除並扔棄象徵身份地位的官帽或儒巾），回到廢墟也似的故里，不受爵祿的羈絆。這已經透露出陶淵明絲毫不眷戀的身份實則有如烙印一般難以洗除——他確乎有著不同於他獻身於「耦耕」的身份。

謝靈運出生於東晉孝武帝太元十年，也是淝水之戰的第二年，曾祖父是謝安的長兄謝奕，祖父則是謝玄。謝靈運為後世所稱的別名「康樂」，便是從謝玄受封為「康樂公」的爵銜而來，當然也是一個世家子。李白對謝靈運之所以傾心，除了詩篇神韻流麗，情采深摯之外，還有兩個原因。

其一，是謝玄以下，三代單傳，族親不免擔憂此子能否順利長成。偏巧就在他出生之前沒有多久，傳聞錢塘一帶道士杜明師者，夢見東南方有人來投宿於他的館邸。就在當晚，謝靈運呱呱墜地，而其出生地寧墅，恰在錢塘東南。於是謝、杜兩造協議，由杜明師撫養謝靈運，以道家淨室神明之庇蔭，或能使此子平安長大。謝靈運以是而直到十五歲才回故家定居，由此而有「阿客」、「客兒」之呼，他自呼「越客」，而後人也叫他「謝客」。而「客」，正是李白的父親自命之名。

其次，是劉裕篡晉之後的宋文帝元嘉八年——也是李白出生前整整三百七十年——謝靈運受命為臨川內史，他一意遊山玩水，荒廢政務，司徒劉義恭遣使收之，而根植於對前朝追懷、以及對時事的憤慨，他卻興兵拒捕，這就是公然謀反了。幸而文帝愛才，減死一等，流放於廣州。其間情志起伏，具現於一首不太合乎他平日詩風的作品之中，詩題〈臨川被收〉：

韓亡子房奮，秦帝魯連恥。本自江海人，忠義感君子。

由晉而宋，易幟改朝已經十二年，謝靈運之所以忽然以不自量力之身，敢當顯戮滅門之禍，必須從其高門大族、苟延殘喘而受盡冷遇、誣陷的背景去看。於忍無可忍之際，猛然間慷慨為誓，要以謝安、謝玄之子孫自勵自高；明明是拒捕，卻偶存「恢復」的幻念。終於埋下了日後慘遭棄市的伏筆，他被禍身亡時，得年僅四十八。

畢竟，當謝靈運臨川拒捕的一刻，心中那一絲全然不切實際的、試圖僥倖而光大門第的妄想，卻深深打動了李白；他，也有相似的妄想。只不過，李白尚不能印證自己的門第是不是正如父親李客那「天枝之一指」而已。

另一方面，李白也一直崇仰、傾慕謝靈運這首詩中第二句所提及的魯仲連。

長平之役，秦將白起坑殺趙卒號稱四十萬，戰後還圍了趙都邯鄲，時在趙孝王九年。當是時，鄰國至親的魏安釐王既派出不認真打仗的將軍晉鄙在趙、魏兩國的邊境上「觀兵」，又派遣了一個名叫新垣衍的說客由小路潛入邯鄲城中，企圖說服趙王「尊秦昭王為帝」。縱橫家魯仲連則力圖說服平原君對秦抗戰。

《史記．魯仲連列傳》敘述魯仲連雄辯滔滔，和新垣衍在平原君的面前足足五個回合的口舌交鋒，使新垣衍「起，再拜，謝曰：『始以先生為庸人；吾乃今日知先生為天下之士也。』吾請出，不敢復言帝秦。」

這不是魯仲連第一次以口舌之辯止戰息爭。前此二十七年，燕將樂毅以五國之師犯齊，六個月之間，除即墨、莒城外，齊國已無完城。五年之後，即墨守將田單以火牛陣大敗燕軍，一路打到聊城。聊城燕將也硬頸不屈，雙方相持不下了一年多。

身為齊人的魯仲連在這個時候出現，援筆給那燕將修書一封，導之以義、脅之以勢、誘之以「終身之名，累世之功」，歷數墨翟、孫臏、管仲、曹沫等遠近史事，勸他不要再頑抗。魯仲連將書信以一箭射入聊城城中。那燕將讀了信，一連哭泣了三天，猶豫不能自決——他想回燕國，卻害怕國人疑其已叛；想降齊，又擔心鏖戰過久而仇釁難排，說不定還要受折辱。燕將為書信中之「義劫勢奪」，而又深知不可能「全名立功」，遂道：「與人刃我，寧自刃。」這燕將居然自殺，而解了聊城之圍。

按諸平生作詩慣常可知，終李白一生所吟，用魯仲連為典實的句子，不下數十處：「齊有倜儻生，魯連特高妙」、「魯連及夷齊，可以躡清芬」、「岧嶢廣成子，倜儻魯連生」、「魯連善談笑，季布折公卿」、「仍留一枝箭，未射魯連書」、「恨無左車略，多愧魯連生」、「君草陳琳檄，我書魯連箭」、「魯連賣談笑，豈是顧千金」、「所冀旄頭滅，功成追魯連」……可謂不勝枚舉。

最令李白嘆服的是，魯仲連總是飄然去來，從容談笑，於看似無所為之際建不世之奇動，事了拂衣而去。而在李白所過目的前代詩家諸作之中，恰只有謝靈運提到過魯仲連。這就使得王謝子弟的歷史面貌，又讓李白多了一份親即之感。回顧盧煥的話，與李白所深引相契的謝靈運，也著實鑿枘相合——謝靈運，仍是一個「世家顯宦，而長懷放浪之心，乃以詩為『餘事』者」。

此外，還有謝朓——

流放到廣州的謝靈運不意再度遭到讒謗，被控謀反。一個遠在江淮秦郡的盜匪趙欽，攀誣謝靈運出資購買弓箭刀盾，圖謀劫囚起事，此說純屬子虛，而當道則寧可信其有；背後是否出於彭城王劉義康的教唆，則大有可疑之處。謝靈運死後三十一年，謝朓出生。

謝朓的高祖謝據，為謝安之兄，祖父謝述是吳興太守，祖母是《後漢書》撰者范曄之姐，母親是宋文帝之女長城公主。物換星移幾度秋，當謝朓活躍於朝廷的時候，已經是南朝蕭齊的時代。他除了擔任過豫章王蕭嶷的太尉行參軍，還是竟陵王蕭子良幕下的功曹，與沈約、王融、蕭琛、范雲、任昉、陸倕、蕭衍合為「竟陵八友」。其中，蕭衍日後以軍功受禪於宋和帝，成立南朝的第二個政權，國號為梁。

謝朓則是在南齊建武二年出任宣城太守，世稱「謝宣城」。也是在這個職守上，他為了避禍，而舉發岳父王敬則謀反。雖然當即受了升賞，出任尚書吏部郎，一時騰譽於朝，而極為齊明帝所倚眷。然而，他的妻子卻從此利刃隨身，欲殺謝朓，為父報仇，夫妻以此而決裂，他甚至也因之而成了笑柄——范縝便常搬弄《詩經》上的句子：「刑于寡妻」來嘲弄他。之後，也不過三、四載光景，謝朓雖然拒絕了始安王蕭遙光與貴戚江祏、江祀兄弟合謀的篡立，卻仍由於首鼠兩端、兩面應付的為人，還是不免遭到誣陷，死於獄中。

竟陵八友中的蕭衍曾經說過：「三日不讀謝詩，便覺口臭。」足見其傾倒。蕭衍之子

——日後的梁簡文帝——也在〈與湘東王書〉中盛稱：「至如近世謝朓、沈約之詩，任昉、陸倕之筆，斯實文章之冠冕，述作之楷模。」對於謝朓，堪說推崇備至了。而八友的領袖沈約，則在謝朓死後寫了一首〈傷謝朓〉，其詩云：「吏部（指謝朓之官尚書吏部郎）信才傑，文鋒振奇響。調與金石諧，思逐風雲上。豈言陵霜質，忽隨人事往。尺壁爾何冤，一旦同丘壤。」

這首詩結語自是為謝朓之冤鳴不平，次聯出句的「調與金石諧」則一筆勾魂，盡道其篇什的特色所在，就是藉由聲調音律的鏗鏘諧暢，形成可與天籟媲美的結構。這也呼應了謝朓自己對於詩境的追求，他曾經如是說：「好詩圓美，流轉如彈丸」。之所以能臻於此，而令六朝其他詩人退一頭地，正因為謝朓的作品平仄協調，對偶工整，開啟兩百年後唐代號稱「近體」律絕的先河。

李白日後以落筆不能自已之句書寫謝朓者極多，有時是稱許和懷想，像是：「解道澄江淨如練，令人長憶謝玄暉」（〈金陵城西樓月下吟〉）、「三山懷謝朓，綠水望長安」（〈三山望金陵寄殷淑〉）；有時是借鏡而自況，像是：「我家敬亭下，輒繼謝公作」（〈遊敬亭寄崔侍御〉）、「我吟謝朓詩上語，朔風颯颯吹飛雨」（〈酬殷明佐見贈五雲裘歌〉）；有時是感嘆斯人斯文竟無後繼者，像是：「獨酌板橋浦，古人誰可徵？玄暉難再得，灑酒氣填膺」（〈秋夜板橋浦汎月獨酌懷謝朓〉）；有時又豔讚某家某作頗得謝朓之精神；像是：「諾謂楚人重，詩傳謝朓清」（〈送儲邕之武昌〉）；有時不為了甚麼，或許就是忽然間一興突發，天外飛來，所觸仍是謝朓：「明發新林浦，空吟謝朓詩」（〈新林浦阻風寄友人〉）。

這幾個李白脫口而出的名字，俱是前代大家。做為士人，他們留在世間的功業的確有霄壤之別；作為詩人，個別的情性、風調也絕不相同。然而，就連李白自己也納悶：為甚麼不假思索，轉念便是他們？

這時，眾人皆已停杯止箸，唯獨那盧煥老者，酒興尚酣，索性捧起酒壺，就唇邊再豪飲了幾口，拍著胸膛道：

「李郎，彼等身在貴盛之中，原本無心濟天下。有如謝東山者，以望重而入仕；有如陶元亮者，以心遠而地偏；有如謝康樂者，不免懷憂而玩世，一死卻博得了殉舊之名，而竟能與孔北海、嵇中散齊肩；至於謝玄暉者，不過是畏禍及身，反覆無常的一個人物——李郎若是真心傾慕此數公之作，則正應了老夫先前所欲唐突之事。」

「不敢，盧少府是前輩，儘管教訓。」

「李郎心儀前代貴盛之人，口吟近古質野之調，似有不屑為時下聲律所約束的意思。」盧煥越說，聲辭越發激動高亢而急促：「殊不知，汝若生於四百年前、與謝東山同時，三百年前、而猶及一睹陶靖節與謝康樂，抑或二百數十年前、尚能聞見謝玄暉一吟『餘霞散成綺，澄江淨如練』……」

一口氣說到這裡，盧煥竟然捉著胸前衣襟，渾身顫抖，另隻手連忙撐住几案，陳過等人見狀有異，也紛紛離席，近前支應。盧煥性倔，非把喉頭言語說完不可：

「若在彼時，以汝一介白身，能作半句詩否？」說完，又仰頭滿飲了壺中餘漿：「在彼時，在彼時——」

李白一驚。盧煥的醉言醉語彷彿揭開了他從來不忍探看的一個角落——原來是這「一介白身」四字；縱令如何致力於文章書史，滿心想要追隨那些聖賢、英雄、高士、才人；他猶原一介白身耳。說甚麼太白金星下凡，只消不在貴盛之家，偏能空懷鉛刀一割的假想，他其實甚麼都不能做。

53 傳得鳳凰聲

如果生在南朝，李白根本作不了詩。

「『大江流日夜，客心悲未央』、『雖無玄豹姿，終隱南山霧』——」老盧煥醉倒了，一几狼籍，淋漓嘔瀝，可是談興酒趣卻不稍減，也毫不在意橫陳於榻上的狼狽模樣。吟罷了這幾句謝朓的詩，喘著氣，道：「這等詩句；非但吾輩琅琅上口，或恐也將於千載之下，與屈、宋及曹氏父子爭名。李郎，汝可知其中緣故？」

「謝玄暉其人，雖然畏怯反覆，不過一旦論及詩心，則大不同。就好比——」李白悄悄探過手去，將三指搭在盧煥的腕脈上，細細數量，一面應付著答道：「就好比盧少府今夕喝了不只一斗，體貌亦不見寬肥，人云：『酒在別腸』是也。詩心，也不同於常心。」

「汝未答我問，」盧煥仰著臉，一肚子酒食早已化作糊泥，不時從嘴角漫溢而出，但是，他顯然還神智自明，字字朗落地搶道：「後生莫道我醉了！老夫問的是：謝玄暉詩句如何能與屈、宋及曹氏父子爭名？汝若不知，便道不知。」

「某不知。」李白正不欲同盧煥爭辯，但覺他的脈象洪大有力，起伏如波濤，可是來時洶湧去時衰，大起大落，看來內熱不歇，有一種邪灼之感。他擔心老者會就此發熱不止。

而盧煥卻仍一意糾纏著，他忽然坐起身，低聲道：「汝須得翫味聲字，乃能知其中竅竅——『大江流日夜，客心悲未央』、『雖無玄豹姿，終隱南山霧』，每句二字、四字，聲調皆是對反，這便是我朝以聲律考較士子的樞紐。知否？後生！」

「然，『餘霞散成綺，澄江淨如練』則兩句二字、四字皆平，又何說？」

盧煥沒有料到李白會以子之矛、攻子之盾，只好悻悻然道：「偶不合例而已。汝看：『天際識歸舟』即合。」

「『雲中辨江樹』便不合。」李白隨口敷衍了一句。

盧煥簡直有些生氣了，抽開手腕，不讓切脈了，道：「『魚戲新荷動，鳥散餘花落』還是合。」

「『去矣方滯淫，懷哉罷歡宴』兩句的二字、四字都無對，卻又不合例了。」

「汝再讀：『徒念關山近，終知返路長』、『逶迤帶綠水，迢遞起朱樓』，便無不合。可知我朝詩法，正是依從了這『好詩圓美，流轉如彈丸』之論而來。」

李白日夜隨趙蕤談辯，豈肯輕易棄甲？於是也提起了精神，道：「依某看來，也無常例可言——盧少府，試問：『常恐鷹隼擊，時菊委嚴霜』，『囂塵自茲隔，賞心於此遇』出句不合，落句合；可是，『辟館臨秋風，敞窗望寒旭』、『長夜縫羅衣，思君此何極』出句合，落句卻不合。由此可知，句中聲調，但憑天成，實在不能以一律繩之。」

盧煥越聽越上火氣，吐息疾劇，臉色通紅，連話也說不出來了。只含糊地吟唸著謝朓的詩句，誰也聽不明白。他依稀聽見李白囑咐陳過：要趕緊為老人家煮一鐺白粥，雜以蔥白數兩，速解其內熱為上。

李白交代完醫事，匆忙作別，直奔逆旅。這一場辯難下來，他不比盧煥好受，雖然臥處寬敞，席榻爽適，難得還有主人細心安頓的茶水燈燭，都是他料想不到的奢遇。不過，他卻一夜輾轉，怎麼也避不開盧煥的那張醉醒中的老臉。

顯然，鬱結所在，非關謝朓的詩句究竟能合於「圓美」聲律者多少，甚至也非關乎「圓美」聲律之應該遵守與否。李白何嘗不明白，儘管在口舌上，盧煥看似不能與他爭鋒；可是，這老人家留意謝朓的詩，居然不問情志、不究襟懷，只追步於聲律的高下參差、迭宕變化。這種執念，反倒指出了一個令李白幾乎不可解的困惑——

那些看來穩切工整、矩矱分明的格律，難道不是為了讓詩臻於「圓美」而設？卻是為了讓更多像他這樣「一介白身」之人能夠有所依循、有所持守而設？天下寒門，觸目即是，盧煥當然也是此中之一，終其一生，遊蕩於下僚，已經讓他感到榮幸而滿足；他不能不追隨和掌握這詩的法度，奉之、行之以為「不刊之弘教」。因為只有如此，他——以及千千萬萬一代又一代的白身之人——才能夠很快地捕捉到詩篇抑揚頓挫、宮商流轉之美，其情猶似墮於江海之流、而不能泅泳者，終於攫著了浮木，只要能依傍聲調、講求對偶，吟來不失平仄，就差可以厠身於六朝諸大家之間了。詩，從而也就憑藉著格律，打開了王謝家的大門，成為一種福緣廣被的布施，救拔能文之士，脫離白身。

那麼，一條拔人出於泥淖的繩索，又怎能偏視之、鄙夷之為束縛之物呢？

然而這使李白感到一種說不出來的不安，猶如亂蹄踩踏在礫石地上，時近時遠，不辨東西。他躺在榻上，反覆撥弄著忽長忽短的燭燄，低吟起宴席上口占的那一首詩：「日照錦城頭，朝光散花樓。金窗夾繡戶，珠箔懸銀鉤。飛梯綠雲中，極目散我憂。暮雨向三峽，春江繞雙流。今來一登望，如上九天遊。」

除了首聯次句的「光」字本是樓觀的名稱，實在不能更動之外，以下諸句：如果將「梯」字改為「級」字，將「目」字改為「觀」字，「繞雙」改為「迴對」，「一登」改為「登一」，聲調便合乎盧焕所講究的變化，可是，若這樣的詩句放到趙蕤的眼前，不又換來一通「拘牽瑣碎，此即時風所染！」的訓斥，或者是「學舌鸚鵡，不知其為學舌，何以言詩？」的嘲笑了嗎？

他分明記得，初從趙蕤受業之時，他還曾經豪邁地說過：「神仙！我寫詩恰是隨意！有時意到，有時無意；有時因意而生句，有時憑句而得意；有時無端造意，字句便來，有時字句相逐，不受節度，也任由之、順從之，落得個亂以它意——」

也不過就是大半年前，他還毫不猶豫地吐出這麼一番痛快之語，如今隻身在這陌生的城市，忽一夕而眼界大開；從盧焕身上，他有如看見了百輩儕流、千萬士子。這些略識之無、手把經書，日夕吟諷讀寫的人，同他李白沒有甚麼太大的差別，人人必欲爭先得志，而汲汲營營，近體格律則讓他們得心應手，操縱自如，獵取功名。那麼，李白不能不自問：我還能像先前那樣縱意所如地寫詩嗎？

偏在此際，片刻之前那一陣走過礫石地的雜沓聲，竟然自虛無縹緲懸念深處走了出來了——果真是一隊硬蹄牲口，從逆旅的石牆外行過，間歇傳來頸繫的木鈴橐橐，雜以驅羊之鞭，全無節拍地起落，也像是在伴奏著他愈益沉墜的心緒。接著，讓這些不中節度的蹄聲、鞭聲完整統一起來的，卻一句一句的吟唱：

代有文豪忽一發，偏如野草爭奇突。鋪張咫尺掬清英，肯向風塵申討伐。吾輩非今兼妒古，疑他王謝笑屈父。驚聞舉世不觀書，卻對燈灰吹寂苦。寧不知樽前幾度竟成懽，且樂鯨吸化羽翰。一飲三吟羞夢囈，百年九死悔儒餐。狼毫颯颯攀銀壁，龍墨殷殷伏玉盤。再約明朝看筆跡，猶知波磔愧蹣跚。悄賦留仙曲，忍聽錄鬼簿。臨老見真章，平生欣然託。

此歌不拘一體，乍聽之下，有一種「律而不律、散而不散」的趣味。它的每一聯和上下兩聯之間，看似極為鬆散，卻總能憑藉著非常纖細、薄弱的意象相勾連。起筆，先是訕笑世人狂妄不學，而學子拘牽於腐儒之業，不外謀生而已；進一步，又讚賞和欣羨那種純粹飲酒、書字、賦詩，而無經世致用之念的寫作。然而，隨著時光流逝，哪怕只經歷了昨夜、來到今朝，卻又對先前引為得意的作品與生活不能愜意，一輩子，也就這樣蹉跎著過去了。

此歌吟到末了，倏然一變，刻意用了與通篇字句不一致的四個五言短句作收，前兩句還作成相當工穩的對偶，後兩句則又一翻揚，從齊梁結體，搏扶搖而入於晉人風調，一聽就明白：是從陶靖節詩：「眾鳥欣有託，吾亦愛吾廬」化來。

除了自己，李白從來沒有聽過任何一個人用這樣的語法、句式來吟詩。那人在牆外低唱，歌聲在牆裡迴盪，李白聽著，翻身肅立，又聽了幾句，決意要見一見這位歌者。

雖只一牆之隔，逆旅有管束出入的顧慮，客居之地，只得從正門出入。李白等不及再換持那一盞夜行時能避罡風的短檠燈，逕直撲門而去。就在歌聲之中，摸索著一片闃黑天地，他隔著牆、也扶著牆，跌跌撞撞繞過院落中重重的迴廊，到聽見那一句「平生欣然託」的時候，餘音已在數丈之外。他依稀看見了，蹄聲所自、鞭聲所著，是一群羊；也正因為羊群走得遲緩，所以歌聲迴盪得如此悠遠漫長。

而那唱歌的人，竟然騎在羊背上。

是個仙？李白轉念便想到劉向《神仙傳》裡所記載的葛由。

葛由，是羌族人。相傳生於商末周初，在周成王時已經成立，是個靠手藝維生的木雕匠人，好刻木羊，在市集上兜售。有這麼一天，人見葛由居然騎在他手雕的木羊背上，直向西南方蜀中之地揚長而去。

蜀地也有達官顯貴，道途風聞此人奇蹟，不免好事，一路緊緊跟隨。然而，無論追趕的人腳程如何之快，總是差了幾丈遠。大多不能畢其功，中道而廢，徒呼負負。也有一意堅持，愈行愈遠的，便那麼亦步亦趨地跟著葛由上了綏山。綏山在峨眉山西南，其高無極，後人並不能探其究竟如何，只傳言：騎羊、逐羊而去，且一去不回的人，都成了仙。

羌人源流甚早，自夏以迄於商，一向散居於後世所稱青、甘與川西、滇北之地。葛由之後，蜀中始有羌人為這樣一個既沒有功業、又沒有嘉言、好似也沒有甚麼德行的異人立了一座廟，居然香火鼎盛。

里諺流傳：「得綏山一桃，雖不得仙，亦足以豪。」這諺語將諧音「逃」的「桃」字和仙作為一事聯繫，確有深意——像是宣稱：吾人所景仰、企羨、而追之不及的仙，不過是率先逃離俗世生涯的人。也是經過葛由故事的傳述，後世才會以「騎羊」來譬擬得道成仙之人。

李白毫不遲疑，飛步追趕，可是無論他如何竭盡渾身氣力，就如同葛由故事裡那些跟著上了綏山的人一樣，相望不能相及。追逐著時，還分明聽見羊背上的人又換了首曲子唱：

木可為羊，羊亦可靈。靈在葛由，一致無經。爰陟崇綏，舒翼揚聲。知術者仙，得桃者榮。

的確是《神仙傳》中所記載的那首葛由之歌。李白先前未曾措意，直到騎羊者這一唱，他才了然。羊之馴良，唯牧奴深知，不是因為羊的性情柔好，而是因為其物遲鈍愚蠢；用木頭雕牛刻馬、乃至驢、騾，都不足以狀述那牲畜的冥頑，也就是無靈之極了，卻能役使之、驅趕之，使之馳走如風，而人不能及，可見道術畢竟還是在騎乘者的身上。

故事裡鋪陳木、羊，都是藉資反襯那「一致無經」——也就是學不來的——「靈」。凡人逐仙，其枉然亦復如此，追著追著，只能消失於人世，當然不能像仙人那樣。這也就是歌詞最後兩句至為悲涼的深意：故事所象徵的世界從來也永遠不會改變，得道者早就得道了，追隨者只是襲取了成仙的名聲而已。故云：「知術者仙，得桃者榮」。

李白在這裡停下腳步，喘著氣，發現晨霧如紗，已經於不知何時籠身而來；他逐漸看不見那騎羊者，也看不見羊，甚至看不見兩旁原本歷歷在目的街道與房宅。他伸出手，不見手；轉身更不見來處。這一霎，果然是無邊無涯的茫然。

正因為看不見他物，李白感覺自己也在一寸一寸、一分一分地消失。他想起葛由故事裡那些放棄了家園、拋擲了生計，一心一意只想趕上前去，緊緊追步於神仙的人，終於耗心竭血，筋疲力盡，迷失在綏山嶙峋的岩石之間。是世人無知自欺，才會說他們也成了仙。或者，更殘忍地看：世人刻意隱瞞了這些灰心失望而不知死地的冤魂，以癡以妄，賦予成仙的虛名。

迷霧中，歌聲漸遠，李白知道：騎羊者不會讓他追上，但是總還會來他身邊周旋。倒是他沒有忘記：行篋之中，還有一封趙蕤交代的書簡在等著他，當初吩咐得明白：「日後你若見人騎羊，不免要追隨而去之際，還須慎念吾言，到時取出一讀便是。」

他停下了追隨的腳步，啞然失笑，的確，不能再那麼浮塵也似地飄盪下去了。

54 了萬法於真空

濃霧忽來乍散，霧中黑幢幢出現了一條身影，且一逕發出悲不自勝，幽咽難禁的啜泣之聲。李白閃開路央，要讓那傷心人過了，幾至於錯身之際，才發現來人是慈元。他上前拽了拽襟袖，見那一襲出門時看來猶是簇新的僧袍，竟然處處都是綻了破口。

和尚若有意、似無意地眄了他一眼，仍就是哭，哭得眸光渙散，了無魂魄。問緣故、問來處、問車騾下落，皆不答。李白牽衣回頭向逆旅行去，慈元也就跟隨著，悲聲不減，彷彿那哭，就是呼吸的意思了。

慈元不言不語、不說不道、不茶不飯，哭啞了嗓子便出納氣息，淚水倒真是源源不絕，將破僧袍沁透了一大片。經這麼一驚亂，李白直便忘了趙蕤交代的書簡。他也想不出別的主意，唯有反其道而察之，央請陳過打聽：左近寺廟是不是有人見過慈元。

陳過是個本分人，放下生意，親自奔走，隔了一整日，才由各方片段風聞中約莫拼湊出一個輪廓。

本地大通寺有一和尚，法名道海，是該寺的綱領職事，也就是維那僧，職司所在，就是「綱維眾僧，曲盡調攝」。凡寺中往來儀仗設施布置，都由維那作主。外來遊僧與本寺堂僧出入許可，發給憑牒，也都由他操持。一般說來，寺僧諸法皆空，例無爭執；若有所爭，多在法義，這是要敦請方丈辨析調停的；然而偶有法度、秩序或是資用、分工或是尊卑次第方面的庶務，便由維那僧裁奪。事由，或可能即是出在這裁奪上。

原來大通寺新死一老僧，法號依筏。故例：僧眾的遺產原本可以自行支配，但須先立遺書；若無遺書，則依僧團律定處分。依筏原是立有遺書的，可是遺書上卻隻字不及他與大明寺之間還有一份債務。慈元手持債契而來，債契上也明明白白寫了：大明寺轉讓了一宗為數六十斤、價值不止萬錢的逐春紙，供大通寺寫經供佛之用，居間周轉此事的，便是慈元和依筏本人。

道海身為大通寺三座主之一，當然要竭力維護當院常住的信譽，為了表示處分平正得宜，還讓寺僧將依筏的遺書謄錄了一份：

開元八年二月一日大通寺僧依筏忽罹疾病，日日漸加，恐身相無常，遂立此告，非是昏沉之語，並為醒熟之言。依筏於莊上有牛一頭，折錢迴入常住。道場有幡一蓋一，楨像二，一切捨入當院普賢閣下道場，永為供奉。金十一兩二錢，銀四十六兩，並捨入峨眉山清涼寺修功德。家具、什物、用器，捨與當院。錦城溪新置稻地、菜園，與齋街劉員外共有，僧領其半，亦捨入當院普賢閣下道場。溪濱柴莊，書契俱在，並捨入常住。另，僧於本家父母離世後領有家生奴子務本，向在當院洗缽服事，並留與常住發落。

從這一份遺書看來，依筏的私產雖然不多，可是品類繁複，好在無論是折錢、還是原物，既然全都捐捨，無論是迴入大通寺常住，還是附近州縣的上寺，除了一塊稻田和一處菜畦是與人共有之外，別無紛爭。從文字上看，這僧念茲在茲的，也還就是事佛。

倒是道海，據云：他初見慈元便顯得相當冷淡，聞知來意，只說：本寺向未臺買逐春紙寫經。隨即扣留了那一份委買逐春紙的文書，說是要核對依筏生前筆墨，隨即將慈元請出。慈元不依，兩造吵了起來，大通寺僧手段也忒剛烈，上來幾個精壯的，直呼慈元野和尚，竟這麼掏出了山門，騾車卻還在寺裡。

陳過老於世故，聞言略一思忖，道：「大通寺是知名蘭若，不會劫人輜重。維那僧如此處置，明明是不怕見官的。」

「若付官司了結，何不逕去？」李白疑道：「卻將人這麼趕了出來，想他恐怕也是走闖了一夜山路，榛莽難行，狼狽如此——這，也不該是出家人的慈悲。」

「不不，這還是維那僧一念之仁，深思熟慮。」陳過搖著手，看一眼呆若木雞的慈元，道：「貴友在寺鬨鬧，不能自休，一旦大通寺當下報官，無論文書真偽如何，他這一身袈裟，就保不住了。維那僧或在將信將疑之間，才把人趕出山門的。」

「這我就不明白了。」

「設若貴友詐作書契，招搖於途，則趕出寺來，也不為過。」陳過抽絲剝繭道：「設若他言行在理，義所當為，非訴之於官不可，那麼，以常人常情推之，他也不會在公堂之上自責其鬨鬧道場——如此，也就不至於節外生枝了，只消當堂核對筆墨，公論昭昭，自然曲直分明。」

「陳公此言，是出於君子之心，那道海果是君子僧乎？」

「維那僧若非君子，豈肯多費手腳，為我輩抄錄一份依筏的遺書呢？」

李白恍然大悟，搖晃著手中那份遺書的抄本，道：「然則，某這便去縣廳訴官？」

陳過笑了，道：「見官評說曲直，但求一個信字。信諾相成，何須他求？汝若信得過維那僧，也就不必訴於官了。」

「噫！陳公真是明達人，我便去大通寺走一趟。」

「只今天色已晚，山路也確實不便夜行，明日早去不妨。」陳過道：「某，卻另有罣懷之事，不得不先交代。」

說時，陳過當下招手示意家奴上前，那奴早就在一旁伺候著，立時捧上來一只黃花梨木的提盒，掀開盒蓋，分上下兩層，上層平鋪一紙，正是先前李白攜來的契券；下層一屜，略一抽看，是白澄澄的滿屜雪花銀。

接著，也不理會李白究竟是不是在意，陳過便逐字逐句解說起契券來。

那是當年李客轉賣楚地大宗糧米的載記。契券上密密麻麻地言明：穀糧交割之後，取賣方「便易之期」清償，也就是趁李客行腳來往的方便收取，並以清償當時穀價論計。過期滾利三分——較諸尋常市肆，這已經算是相當微薄的取息了。

不過，幾年來穀價升沉不定，斗米有時二十錢，有時十錢，差額近倍。尤其是開元五年以來，比歲天下豐收，穀價益賤，籠統勾稽，這些年來滋生的利息，都被日益滑落的糧價沖銷了。然而斗米十錢，一碩百錢，累積糴入的近千碩酒米，約當十萬文，折銀一百多兩，粗略合算，差不多是升斗小民養活五口之家近十年的收入。

「李郎行走道途，攜錢數萬，也頗是累贅。是以換成銀兩，沿路需使錢時，再與殷實商家兌換。」說罷，陳過將原契取了，擱在一旁，又從袖中取出另一咫尺見方的硬黃紙，上頭工工整整錄列了某縣某街某商坊的人名地址，不消說，正是那些可以兌錢之地。他正要將梨花木盒扣上，一隻手卻讓李白給按住了。

「陳公方才說：信諾相成，何須他求？」李白拉開木盒下方的屜子，摸取了其中兩錠白銀，道：「此物沉重，攜負拖沓。我便取此數完契足矣。」

陳過還來不及應對，李白回身將兩錠銀子放置在一旁盤膝癡坐的慈元手中，就他耳邊說道：「以此銀商補那逐春紙錢，敷敷有餘了，明日一早，汝且隨某取行李去。」

陳過卻顯得有些意外而慌張了，連忙道：「如此不合宜，某得便宜過甚了！不合宜的……」

「夜來妙聞盧少府一席教言，勝某觀書百卷；又得知天下美酒麴釀之法，勝某千里之行——這都是主人成全。」李白笑道：「今日擾累陳公奔走、啟發，更無可報，已覺慚愧了。至於一紙陳年契券，換來好酒一席，高誼滿座，還填補了這僧的紙錢，更有甚麼不合宜的？倒是陳公若不嫌棄，明日同赴山寺遊賞若何？」

對於走訪大通寺，李白則憧憬不置，他直覺那道海一定不是個尋常的僧侶。不過，一旦入寺，所見所聞卻簡直難以置信，與他寄身洗缽數月的大明寺，簡直不可同日而語。

錦官城自是通都大邑，物流繁昌，仕女雲集，大通寺也便與俗世略無隔閡。寺中唱導師經常出入民居，少不了募化交際，也經常以販售經懺而招引遊人。至於沙門貴族，時時不免要與地方官長周旋接納。一般僧侶，有如亡僧依筏那樣，和地方上的仕紳通交合資做生意的，也不計其數；有的經營莊園，收積稻穀；有的從事碾磑，榨油取利。更多的則是直接輸布銀錢放貸，這也增加了寺院熱鬧。由於和俗家往來親近，歲月漸久，連寺院的庭園也講究起來，不時開闢花樹園圃，營造亭臺樓榭之觀，引得遊人如織，終年都有人潮。

這一日，偏逢著極不尋常之事，為之「俵唱」——也算是依筏的後事之一。

由於此時百丈懷海禪師尚未托生，寺院裡諸般儀式、法制並無一定矩範，凡事多取決於因明果斷之僧，這一類的僧人便常居維那之職；除了辨理清晰、言事條暢之外，維那僧還有一個講究，就是嗓門開闊，綸音宏亮。因為其職分之所在，經常是維持秩序，所以言談號令，都必須嘹亮清楚，作「獅子吼」。

「俵唱」之「俵」，有公開分發之義。一般發付給遊僧赴齋的憑據，便稱「俵子」。而俵唱，則是將亡僧遺物訂價為底標，在寺院道場中公開估唱，由願意出錢購買的僧眾當場喊價，出價最高的，可以當場交錢取物。與後世所謂「拍賣」者極似。

此日俵唱，正是在普賢閣下道場，但見殿中高處供奉一佛，鬚髯朱紫，雙目棗圓。佛前一壇，似是臨時以堅土或泥水版築夯實而成，壇坫高可近丈，中立一僧，手擎一黃蓋，上有紅線線繡八寶四象，並金箔玉珠懸飾，既莊重、又玲瓏。那僧擎著黃蓋繞壇漫走了一圈，但聽得半空之中傳來一串宏鐘之聲：「軒蓋一頂，乃亡僧依筏遺物，與故侶結物緣，不可賤唱。」

這時在場圍觀、不下數百有餘的僧人們窸窸窣窣地議論起來。他們一開始尚有所畏忌，不敢高聲朗語，不過片刻，便蜂鳴無歇，蟬噪如沸，卻始終沒有出價的。這時，半空中又傳來了霹靂之聲：「直須出價，休得妄語！」

有人出了五十錢，惹來一陣鬨笑。接著有人出了八十錢，不免還是招笑。李白聽了覺著有趣，幾乎忘了身在寺院；而身邊這些僧人也的確與市集上討價還價的商販買家並無二致。

便在這一瞬間，西北角上忽有一僧冒出來一聲：「三百文！」這一喊，先引來了群僧驚歎，繼而人叢中不知是誰低低咕噥了一句，又勾得眾人噱笑不已。這出價的見無人競喊，隨即又得意地喊了聲：「三百文！」

豈料這一下逗來了好事的，登時東北角上也有人喊：「四百文！」西北角上那僧遲疑了，東北角上的這個正待要喊第二回，西南角上卻又喊出了第三家：「六百文！」這更騷動得僧眾一片譁然，人人探頭擺腦，東張西顧，顯然人人都想知道：是誰這麼闊綽？偏在這時，空中又悠悠傳來幾句：「出價不改，更須仔細，後悔難追！」

許是這俵唱之物，並不常見，壇上的僧人也顯得十分起勁，不時繞走，甚至還勉力搖曳著軒蓋，頗有幾分兜售的排場。這廂出價的三方也像是受到了鼓舞，隨即唱價添逐，取次漸高，很快地便添成了一貫多錢。空中獅子吼隨即為之一發：

「買取亡僧之物，是為息貪而化情，了法於真空，勿囉噪呀！」

最後這一吼，居然聲震棟宇，繞柱迴樑。接著，殿中高處那尊大佛猛可站了起來。當下群僧只是靜默無語，李白卻著實嚇了一跳——原來那朱紫鬚髯者，並不是甚麼佛像，他就是大通寺的維那僧，道海。

55 秋浦猿夜愁

俵唱事畢，時過正午，道海早就在高處望見李白一行三人，自然明白他們的來意。但見這僧打從壇後高座上一躍而下，寬袍大袖，施施然上前宣了聲佛號，逕直招了個服事的淨奴上前，一同帶路，從道場西側的月門踅出，迤邐而行，曲曲折折穿過了兩處廳堂，來到一靜室，引他三人登榻分席坐定，低聲吩咐了淨奴幾句，那奴頓首離去，道海方才開口，獨向慈元道：「法子，今日清涼了？」

慈元滿臉羞紅，把頭垂得更低了。他心裡不是沒有疑惑，可昨日一場喧鬧，畢竟由於自己失檢無度，此時也只能諾諾相應幾聲。還是陳過老於世故，居間圓場，據先前與李白兩日交接所知，相當簡練而穩熟地將來客重新介紹了一番——李白，是「綿州昌明出遊士子」，而慈元則是大明寺差遣赴峨眉山問道的遊僧；夜來嗔詬扞格，實出無心云云。儘這一番客套言語，便迂繞了半晌。

道海倒是個敞亮人，一句冗詞贅話也無，隨即轉向李白、陳過，道：「書契已然覈實，確乎是依筏手筆，敝寺理應承當了。」

這一來，的確大出李白和陳過意料之外。他們原本只盼能取回騾車行李，至於亡僧依筏究竟在生前營治了甚麼勾當，大約誰也不願細究了。然而道海卻不這麼想，他捋了捋頷下那一部鬚髯，仍舊中氣十足地道：

「既然事出有據，例依本寺常住議決而行。昨日也已就所商討，請示了上座，上座開示：唯以書契所載是從。目下尚有一端不能明白，須向法子請教——六十斤逐春紙一向未入本寺山門，敝寺亦無人識得此物，若需原物璧還，著實力有未逮。倘若折錢迴入貴寺常住，又不知時價若干，唯恐訪查紙價，徒然延宕抬舉之期，究竟該如何處分，尚請法子示意？」

債務裁處得明快，話也說得坦蕩，只這慈元擔不了事，像是深恐再給人打出山門去似的，渾身哆嗦著直搖頭，簡直六神無主；顯見他也當真不知紙價。

而那道海既不催促，也別無閒話，從容等待之餘，先是隨手撥弄著席前一琴，十指略一輕觸，登時便好似打從千山萬壑之間，流洩出淙淙的溪澗之水；然而也便是那麼驚鴻一瞥，道海只隨手一撫，任聽者宮山商水，聆之而動搖魂魄，他卻了不在心，全沒有彈奏那琴的意趣；一陣流泉跳珠，乍與松風相合，不過轉瞬，即付諸杳然——道海順手將琴推開，自顧閉目養神，看似無所事事，淡淡說了句：「此事猶關乎依筏聲譽，容徐圖之。」

過了片刻，先前告退的淨奴回來了，手上捧著一方茶案，身後跟隨著另一奴，那奴的手裡，則牽著一騾一車，佇立於小院之中。直到這一刻，慈元臉上才稍微浮露出平靜的神色。李白看著慈元的那張臉，忽而若有所悟了——他想起早幾日在金堆驛路邊濾水生火，當他提起臨行前趙蕤交代了見羊讀信之事，當時慈元不住地嘆服趙蕤能前知，有如神。而就在前一日，如此漫天大霧之中，居然讓他不費吹灰之力地撞上了迷路的慈元，也還是因為騎羊人的緣故。可是那封書簡，畢竟還在行篋之中。

轉念及此，他也不及招呼主賓人等，猛可縱身而起，一個箭步躍入院中，扯下車旁籠仗，取了書簡，拆開一看，裡面的確是張折疊得嚴嚴實實的方箋，一展、兩展、三展……展了個八開大敞，不過就是平日裡任他寫作詩稿的紙，也是趙蕤抄他那部長短書的紙；說甚麼「書簡在囊中，到時取出一讀」，一張兩尺長、一尺寬的大幅紙面，一片空無，僅僅在邊角上小草書寫四字，每字方圓不及半寸：「聲聞而已」。

李白從來沒有聽趙蕤提起過這四個字的來歷，而這刻意寫得極其微小的文句，又看似與騎羊化仙的故事了無瓜葛。他持紙兀立，一心茫然。卻是慈元遠遠望來，眸光一亮，若有所見，不覺移身下榻，一步步走向院中。當他靠近李白之時，也跟著低頭細看，忽然發出一聲驚叫：「是了！」叫罷，渾身又不自主地打著哆嗦，扭頭衝道海喊了聲：「是——是、是逐春紙。」

李白前後一尋思，有如摸黑行路，迢遙望見些許燈明，笑了：「神仙不負神仙名！難怪把字寫得這麼小——消息盡在紙上。」說時捧著紙，回身入室就席，將之平鋪在几上，繼續說下去：「我那師傅，或恐即是差遣我來，還依筏僧一個清白的。那一宗紙，應須是在業師手中，的確未曾奉入貴寺。」

慈元終於緩過了神氣，點著頭接道：「不數年前，義淨三藏法師圓寂，天下寺院爭抄其書，據依筏說，他也發願要在有生之年，抄寫一部《毗奈耶破僧事》，書契的確是依筏立與貧道的，那紙，未料那紙……」慈元說到這裡，不得不想起和他長年唇齒相依的「缽底」——李客——當下似有顧忌，看了一眼李白。

李白倒是坦率自在，絲毫沒有為尊親者諱的意思，道：「家父行商，出入銀貨，周旋已慣，應須是順手人情，將紙送給了敝業師，以為某束脩之資，箇中原由，大凡如此。只可惜這抄經的功德，卻耽誤了。」

「檀越一念在這功德之上，便不枉。」

「不然，」李白道：「想那依筏僧遷化之前，志願未完，不免悵惘。前後因果纏綿，數來還是我所虧負。這樣罷——請容某借取維那僧方才的話：『此事猶關乎李白聲譽，容徐圖之。』但不知，依筏僧為甚麼偏要抄那一部《毗奈耶破僧事》？」

「凡我僧侶，必有各自徹底之惑。」道海道：「這《毗奈耶破僧事》二十卷，多言世尊在時，屢為提婆達多所困之事——或恐，依筏於提婆達多一生的行事為人、胸期意緒，也別有懷抱，而必欲覓一個究竟罷？」

接著，道海說了一個俱載於《毗奈耶破僧事》上的本生故事，姑且名之為「獼猴捉月」。

在遠古不知何年何月之時，有一閒靜林野，獼猴常成群出沒，遍處遊衍。忽一夕，諸猴來到一井前，俯觀井底，看見了月影，群猴遂連忙奔告猴王，道：「大王，月墮井中，我等今應速往拔出，依舊天上安置。」

這時，獼猴也都贊同此議，可是要救拔入井之月，必須入井，入井之後，就算救得了月，猴又怎麼脫身呢？其中有那機靈的便道：「我等連肱為索，一一攀串，次第銜接即可。」

於是令一猴在井邊樹上抱枝而住，其餘援手相接。獼猴既然為數不少，樹枝彎折而低垂，勢應可為。群猴卻沒有料道：那攀垂在最下方的獼猴一旦伸手撈月，月影即碎，而井水則當下變得混濁，不能再見圓月。稍過片時，水面恢復清平，一輪明月看是又墮在井中，於是群猴紛紛鼓譟，再欲撈取，情同先前。

一連數過之後，樹枝終於折斷，群猴紛紛沓沓，墮落井中，莫說是月，連猴也一個不得救出了。其間，竟然沒有一隻獼猴抬頭望月。

經上乃有這樣的記載：「時有諸天而說頌曰：此諸癡獼猴，為彼愚導師。悉墮于井中，救月而溺死。」而在這一誦過後，佛陀開示：「往昔獼猴王者，即提婆達多是。昔時由自愚癡故，以愚癡而為眷屬，今時亦為愚癡眷屬。」這個添加於原出故事的告誡，不徒為指陳「愚癡相鄰相結而增益其愚癡」，更將「相鄰相結」落實在提婆達多之為異端朋黨。

然而，異端真的那麼愚癡麼？

「傷心，傷心。」李白喃喃道：「畢竟群猴不能抬頭望月，恰是不忍見月溺於水的悲心所致，豈能再責之以愚、斥之以癡呢？」

本生故事源出民間，萬千情節常只是異聞談助，了無教訓之意。一但為佛說滲入，不免附會穿鑿，尤其是將「率領五百眷屬」的種種愚妄，安置成提婆達多及其追隨者抗佛自雄，而終於招致覆滅惡果的教訓。可是李白卻不這麼想，反而對那藉著故事諷刺提婆達多的釋迦牟尼起了反念。

「檀越這麼說，乃是別具慈懷，倒讓貧道想到另一起往事——」道海的一雙圓眼凝視著李白，復道：「《毗奈耶破僧事》言事無數，然其中四十四則，皆諷提婆達多。貧道昔年曾赴綿竹山拾普寺，取本生故事說法，未料卻為人一語攻破，從此自誓不作俗講，算算，至今也有十二、三年了。」

那是另一個獼猴故事。

說是往昔之時、異方之地，有二獼猴王，各有五百眷屬。其中一獼猴王率其眷屬遊行人間，來到一處聚落，見一金波伽樹，果實茂盛。當時群猴見了樹頭好果，即稟告猴王：「此樹果子纍纍垂垂，枝將欲折，可見果瓤豐美。我等遠來疲乏，就取此解飢止渴罷？」

爾時猴王，上下端詳了這樹一番，登時說唱一頌：「此樹近聚落，童子不食果。汝等應可知，此果不堪食。」說完此頌，便率領諸獼猴遠遠遁去。

之後未幾，其第二獼猴王也與五百眷屬，漸至此村。一樣看見了果樹，群猴爭告：「我等跋涉疲勞，想吃這果子安穩一陣，再向前行。」獼猴王答應了，於是群猴攀登搶食，枝頭金波伽果一時俱盡，但是過不多時，吃了果子的獼猴都死了。

接著，釋迦牟尼佛的教訓指向諸「絆芻」——也就是受過具足戒的比丘僧眾——「汝等勿作異念。其不食果獼猴王者，我身是；其第二獼猴王者，提婆達多是。隨順我意者，平安得達遠離苦難。隨提婆達多意者，悉遭苦難。」其主旨，就是告誡所有僧眾：不聽信佛說而追隨提婆達多者，必然會因失智而遭惡譴。

「《世說》亦有此事。」李白說的是《世說新語．雅量》所載：「王戎七歲，嘗與諸小兒游。看道邊李樹多子折枝，諸兒競走取之，唯戎不動。人問之，答曰：『樹在道邊而多子，此必苦李。』取之，信然。」

王戎小兒，默觀世事，能夠推見出隱藏在表象之下的真相，所以在《名士傳》裡，就說「戎由是幼有『神理』之稱」，這個只有幾句話的故事非但顯現了王戎從孩提時代就具備的聰慧，也直指「雅量」的本質，必須有超脫飢渴的從容。

李白寧可相信這是在啟示：非凡之人不為一時物欲所蔽而失去神智。然而佛經所述，卻在近似的情境之下毒殺了五百獼猴；甚至還以之為不信佛者的懲罰。李白搖著頭，又不忍地說道：「更是傷心，更是傷心。」

可是十多年前在綿竹山拾普寺作俗講的那一天，才說完這個故事，正當眾人尚不及反應、間不容髮的一瞬，忽然傳來朗朗一聲，道：「如此鄙道，何足究辨？」

僅僅丈許之外、相鄰一棚，棚中端坐了一位麗人，正是拾普寺旁名曰「環天觀」的女道士，說時手中銅槌逕往一磬擊了，鳴音脆亮，迴環綿長；那麗人款洽一笑，道：「一猴號曰覺，一猴號曰迷；覺不救迷，而竟嗤笑之，此謂佛耶？」

聽者知道這是兩個道場之間較勁，麗人顯係成心挑釁，不免大噱，拊掌歡笑，人群遂有如江潮，居然洶湧而去，都轉向鄰棚聽那麗人論道去了。

「檀越的談理思路，與那麗人倒是不謀而合。」道海說著，移軀向前，俯首審視几上那張逐春紙，小指尖在「聲聞而已」四字旁輕輕劃了兩痕，道：「這話說得好！偏就是此理。」

「某於此大惑不解，還請高僧指點。」

道海雙目一瞑，又養起神來，並低聲問道：「令師發付此信之時，有何言語？」

「只說：日後若見人騎羊，不免要追隨而去之際，還須取出一讀。」

「『騎羊』想來必是一喻，只不知所喻者為何，」道海想了半晌，圓睛忽啟，不由得「噫」的一聲驚呼；「令師是——」

《妙法蓮華經．譬喻品第三》上曾經用一詞形容不得正信、未入佛道者的處境，名曰「火宅」，一棟著了火的房子。如何脫離這火宅，就有種種因人而異的法門。最淺白而常見的說法是「三車」之喻：「長者告諸子言：羊車、鹿車、牛車，今在門外，可以遊戲。汝等於此火宅，宜速出來。」

最簡明直接的，是以佛為師，遵其言傳身教，持戒修行，證沙門果。若再仔細論究，則是指那具備智性者，一旦跟隨佛祖，「聞法信受，殷勤精進，欲速出三界，自求涅槃」。這樣的修行，便歸入於「聲聞乘」的一種；「乘」，依舊是古語之「車」字。而《妙法蓮華經》復進一步將「聲聞乘」比喻為駕取「羊車」，出於火宅——之所以用「羊」來做譬喻，乃是因為羊神智閉塞，不顧後群的緣故。

眾生之中，也有的追隨佛祖，聞法信受，其目的並非解脫輪迴，而是進一步求得智慧，自了疑惑；也就是說，能夠悟識諸法因緣，這就入了中乘，也有舊名為辟支佛乘，也叫「緣覺乘」；緣覺，俗語覺緣亦可解，即是徹底了悟諸般因緣的意思。進一步的比喻就是駕取「鹿車」，出於火宅——之所以用「鹿」來做譬喻，乃是因為鹿性不依人，從他聞之法少，而自推義多的緣故。

不過，在眾生之中，還有一種人，雖然一樣殷勤精進，卻還能夠「求一切智、佛智、自然智、無師智、如來知見、力無所畏，愍念（按：即慈悲憐憫之心）安樂無量眾生，利益天人，度脫一切，是名大乘，菩薩求此乘故，名為摩訶薩。」

這樣的人除了讓自己身心安定，因緣融通，知見具足，更能承擔他人廣眾之業，如此便入了大乘，也叫「菩薩乘」。進一步的比喻就是駕取「牛車」，出於火宅——之所以用「牛」來做譬喻，乃是因為菩薩慈悲化物，就像牛性安忍運載。

無論是為了救月而墮井的獮猴，或是追隨猴王食果而中毒的獮猴，看來都是因執迷而殞身。俗講藉著這樣的本生故事，喚起恐懼，發動教訓，而令人追求正信，就彷彿是讓人藉由羊車而脫離火宅。如此說法，所面對者，端的是「聲聞乘」眾生。

「啊！」道海一連歎了三聲，擊掌而起，笑道：「以貧道生平閱歷，當世知機之深，言事之切，而能為此偈者，非潼江趙處士東巖而何？」

「東巖子正是業師。」李白也亢奮起來，道：「高僧果然知人。」

「不！貧道僅在下乘，倒是汝狀貌邱墟，風神磊落——看來，趙處士於汝頗有玉山喬松之期，才會出以『聲聞而已』四字之目。」

「正要請教。」

聽李白這樣請教，道海的神情凝重起來，俯首低眉想了許久，才道：「取譬不煩話遠，貧道便以先前所敷衍的俗講故事來說罷，」道海道：「這『聲聞而已』當有三層用意。其一，欲汝萬勿效法那救月之猴，輕隨所見而妄發慈悲。其二，欲汝萬勿效法那食果之猴，輕隨所欲而妄斷因果。這其三麼——」

道海說著，仍忍不住搖頭喟嘆，似是對趙蕤的前知之術，有著難以抑遏的讚賞，他繞室踱了兩圈，回席落座，將先前推放到一旁的琴捧了起來，雙手舉前，呈向李白，道：「此琴名『綠綺』，汝且攜去峨眉山清涼寺，見一僧，呼他『濬和尚』，他若應汝：『來洗缽。』汝便從之，不必作它語。其後若何，貧道亦不能知。」

李白小心翼翼將琴捧納在懷，左看右看，但見那桐木琴身漆光蘊藹，古意斑斕，忙不迭接口問道：「莫非即是當年司馬相如那一把『綠綺』？」

「可不？」道海轉向陳過，意有所譃地大笑，道：「自司馬長卿來此賣酒之後八百年，家家有琴皆號『綠綺』。」

「『濬和尚』乃是僧法號？」

「彼僧在家名『濬』，初出家時，法號『緣覺』，日後別號百數十餘，貧道亦不能都記。不過，」道海指著那張逐春紙上的小字，道：「令師別有所囑，盡在此中。」

「『聲聞而已』，則『聲聞』以後，乃是『緣覺』！」李白點點頭。

「貧道偶從善居士處得此琴，能應彈者之心。某年，這濬和尚雲遊來敝寺掛單，聽貧道撫〈風入松〉一曲，渠意以為格調不愜，曾說：『和尚彈來便是松入了風，而非風入了松。』貧道便將琴付他彈來，聽來但覺他風自風、松自松，根本兩不相干。」

說到這裡，眾人皆開懷大噱，連堂下的淨奴都跟著笑了。道海看見，招手向那奴道：

「務本！汝且來。」接著，他轉向李白：「此奴即是依筏僧生前交代，歸入本寺常住者。只今發付他持貧道書信，攜琴隨汝而去，一路之上，聽憑差遣。」

李白聞言大是意外，直覺身隨一人，還須旁加照應，頗添累贅，正待婉辭，轉念又一想：或恐道海是捨不得將琴託付了並不熟識的人遠路持護，那麼，這奴的來去，也就不容他置喙了。

「堪笑濬和尚終是不能服論，癡心忽起，一連彈了十九遍，」道海又接續著先前的話，說了下去：「越彈越明白貧道那『風自風、松自松』之說，絕非譫妄；當即罷手而去。或恐是他日後自以為心境改常，情懷別樣，想起了此琴此曲，寫過幾封信來，央我抱琴過峨眉一晤。可惜，貧道寺中瑣事雜沓，豈能分身以事遊觀？看來，檀越卻是濬和尚與此琴的緣法了。」

56 歸時還弄峨眉月

《通志・樂略》有三十六雜曲之目，較為知名的，包括了：蔡氏五弄、幽蘭、白雪、清調、胡笳、廣陵散、楚妃嘆、風入松、烏夜啼、石上流泉、陽春弄等。這些名目，或表初造的來歷、或注樂器的名稱，或藉由某種事物的形象來隱喻此曲情境之所近。

〈風入松〉並無本事，算是一種練習指法的曲子，故以為曲有名而必欲歸之於古代的名家，就有人說這是晉代嵇康所作，然而這也只是附會而已。

到了宋人作詞，屬雙調，七十四字，有平仄兩格。平韻格增減字有七十二字、七十三字、七十六字等好幾種體例。發展到南宋以後，又以晏幾道、吳文英之作為正體，仄韻格便不流行了。不過，這還都是唐代以後景況——聲詞之事，已為文章所奪，琴曲本務，自為樂師所專；寫作者也就逐漸脫離了音樂。

在盛唐濬和尚而言，文字只是曲式的附庸，充其量就是曲譜的提示，即使有以古曲譜配詞的嘗試，也僅僅是呼應原曲所展現的種種技法或情感而已。

〈風入松〉這樣的練習曲是把撫琴的兩手喻為二物，其一為風，其一為松。風與松原本都是無聲之物，一旦風入松間，松帶風行，便形成了交響。針針葉葉，密密疏疏，瞬逾千萬的變化，其聲正如莊子所形容的「大木百圍之竅穴」，激昂的，像是海濤澎湃，尖銳的，像是箭簇呼嘯。仔細追摹，彷彿聽見人斥罵歡笑，或是喟嘆呼吸，也可以聽出噭噭嘶喊，也可以聽出喁喁呢喃。

這數之不能盡、計之不能全的聲音，究竟是來自於風？來自於松？還是時而由風主之？時而由松主之？是因為松阻風而成？還是因為風破松而成？幾乎是不能分辨的。撫琴者十指連心，情動入微，儘管聲譜俱在，抑揚緩急皆不得不隨之；可是就在撫琴的當下，每一剎那的思慮、感觸也有纖細的牽連，彈奏得越熟練，這牽連也就越清晰。

偏偏峨眉山清涼寺，便有林相邃密，氣韻深沉的十萬好松，來迎送這一闋琴曲。

當那濬和尚迫不及待地將〈風入松〉撫過一遍之後，又撫了一遍，拆開道海的書信讀畢，才抬起頭，看了李白、慈元和務本一眼，道：「來洗鉢？」

「諾。」

「奴子與僧作何安頓？」

「僧來禮佛，奴為琴介。」

「汝來何事？」

「欲識清涼。」李白這麼說，純是應付，而濬和尚似乎並不以為忤，頷首一笑，復問：

「道海謂汝從趙東巖而學，所學何事？」

「農醫自理，亦讀史作詩。」

濬和尚又突如其來地問了一句：「作詩喜用何字？」

李白毫不遲疑地笑道：「吟時不能自禁者，常是一『弄』字。」

「『弄』字也是琴曲。」濬和尚道：「語云：『絃不調、弄不明』，又云：『改韻易調，奇弄乃發』，皆指此——汝亦撫琴否？」

「否。」

「作詩常詠何物？」

李白仍舊不假思索地答了：「月。」

「何以是月？」

「我從天上來。」

李白如此作答，神情如常，並無輕薄之態，濬和尚似乎也不以為這答覆有何異樣，只點點頭。再問道：「作詩慣用何語？」

「某前讀《漢書》至〈賈誼傳〉有云：『婦姑不相說（悅），則反唇而相稽。』不免失笑。」李白彷彿早就知道他不免有此一問，而應聲答了，且答時一點都不像是在說笑：「某一念而來，似有一意要說，卻必有一意對反而生；不免由信入疑，欲解而惑，也因此疑、此惑而別出意思——看來也是一腔婦姑不相悅，反唇相稽罷了。」

「如此大辛苦。貧道不能詩，然領悟佛說時，亦常如此。」濬和尚說著，又搖了搖頭，道：「道海同汝言〈風入松〉許事也無？」

李白道：「說濬和尚撫此曲時『風自風、松自松』。」

「渠不曉事。」濬和尚看似也不作惱，面無表情地道：「汝自山巔樹下聽去，便知婦姑究竟相悅、相稽與否。」

李白在清涼寺鎮日無事，就是讀書，看松、賞月、聽濬和尚彈琴。他並沒有料到：如此弄玩，一盤桓竟然待了一年多。慈元是在佛誕大典之後不久便回大明寺去的，行前濬和尚囑咐了他四個字：「勿近水火」。倒是道海發遣的大通寺淨奴務本卻留了下來——「維那吩咐：琴去、奴去；琴回，奴回。」務本說：「琴在，奴在。」

初來聽風入松，一片渾沌，只道它如潮似浪，滾滾滔滔。聽時也不甚凝神，總想著心事。心事也總是忽然而來——對於拂衣出門、千里行遊之後的李白而言，最奇妙的體會莫過於此。

由於天地萬物皆好似全新打造，迎目而來，掠耳而去，無論是山川人物，草木鳥獸，都帶著無比新鮮和突兀的興味。這興味，尤其是在他獨處的時刻特別激昂，猶似隨時都有驚奇，來自天地，也來自心頭。不多時日，他就發現：如果濬和尚再問起：「作詩喜用何字？」他的答覆就不一樣了，他會說：「吟時不能自禁者，常是一『忽』字。」

忽然間，他也開始墮入充滿了聞見細節的回憶。

與前一年寄身戴天山的那一段時間是多麼地不同？在子雲宅，他幾乎沒有想起過昌明，沒有想起過父母兄弟、甚至忘了他還有一個名叫月圓的妹妹，也很少憶及曾經朝夕相與的吳指南。

而在清涼寺，一個全然陌生之地，李白卻一點一滴地想念起前此的一切。他想著和他一同在在昌明市上仗劍奔逐、持酒嬉鬧的結客少年，他們應須過著和從前一樣的日子；他想著父親策馬驅車的背影，走在阡陌如織的無盡原野之上，之後不知經歷了多少晨昏寒暑，這條黑影復策馬驅車，從阡陌如織的無盡原野回來；他還難得地會想起母親——那個膚色白皙、高鼻深目、安靜到堪說是啞了的女人；不過，就在想起母親之時，李白似也失去了語言。

他也想著趙蕤。

或許是由於松木氣息之故，記憶中最鮮明而揮之不去的，是趙蕤從岷山之西、黑白河口掘回來夔牛角、犀牛角和一束四尺、五尺長的象牙的那一次，他驅李白挑了水，將七尊銅鼎注滿、烹沸。

趙蕤則親手一一調理柴薪，一律給換上發火較輕的松炭，還為各鼎添注了五顏六色的粉塵。有些一撮、半撮即止，有些則傾囊而下，瞬間讓沸湯滾成稠漿。李白仍舊不敢追問這些物事的來歷與用處，倒是趙蕤忽然探指到鼎下撥了撥藍燄苗中的炭枝，問道：「盡目所及，可有何物不見？」

李白環視了一圈，遠近高低，仔細打量，翠嶺佳晴，並無異樣，遂答道「無不見。」話才脫口，他從趙蕤的肩頭往後仰看，猛可發現了門楣處一空，忍不住「噫！」了聲，雙眉乍皺，再覷了覷鼎下篝木，歎道：「『子雲宅』付之一炬了？」

趙蕤提手指著另一鼎下，笑笑：「『相如臺』亦然！」

就為了一副不知究竟煉成何物的丹麼？李白啼笑不得，即此一刻，他突然間覺得趙蕤的清靜高遠竟然極不真實。他閉上雙眼，勉力追憶著原先那兩塊匾額上暗淡而蒼勁的墨跡，然而一旦刻意揣摹，卻覺得所欲追攀之相，益發昏暗模稜，隨時渺然。

「可惜了。」李白道：「神仙說過：此乃東晉王大令遺墨。」

趙蕤卻驀地笑了：「非也。」

李白一懍，又不禁歎了聲：「神仙好頑笑。」

「不是頑笑。」趙蕤矍然一瞪雙眼：「原本就是假的。」

清涼山與戴天山相去五百里，如此迢遞，音容笑貌卻無比清晰。在這一片喬松環繞之下，李白猜想趙蕤打從一開始告訴他那兩方題額出自王子敬之手的時候，就已經盤算周全：將會有那麼一天、將會有那麼一刻，忽然、忽然、忽然——趁李白猝不及防之際，他便要在烈焰之中讓李白為之驚異、為之惋歎、甚至為之憐惜而哀傷，爾後再轉覺先前所見之膚淺、之愚昧、之虛妄無明。

在時而溫柔、時而狂暴的松聲之中，李白最常想起的是月娘。

那是他剛到清涼寺落下腳來的一天傍晚，山行或出外踏青之人都已經迎面取道而回，他卻偏向山深林密之處走去。這任意而行，也還是追摹趙蕤的行徑，就連隨身所攜之物亦然。

李白身上那布囊就是趙蕤之物，裡頭總裝著少許的餱糧，和一壺酒。這一行，囊中放的是陳醍醐相贈的酒，酒盛在一只雙身龍耳白釉瓶中，一步一琳琅，有如敲奏著李白輕快愉悅的心情。他和路上每一個錯身而過、並不相識的人打招呼，看些女郎羅扇掩面行來，粉蝶逐香而聚，也毫不矜持地上前稱道：「此香恰是天香，無怪乎天使齊聚拜舞。」還有那些紮裹著行裝、風塵跋涉的路客，李白也坦易上前，相與攀談，好奇地探詢道途見聞──哪怕是幾句時節天氣，說起今歲榆樹晚發，花葉同放；或是楊花暴盛，鋪山如雪，明明只是尋常景致，也充滿了興味。

直到往來行人皆不見，暮色乍地昏暝下來，鳥棲蟲眠，月上星出，天地間只有去零零低隴高丘的腳步和晃盪蕩前伏後仰的酒漿聲。也竟是一瞬之間，酒香四溢，李白回手觸著那柔軟的布囊，原來是酒水從白釉瓶中滲出了些許，把那囊也濡濕了。他捧起囊，聞了聞，酒香之中竟然還混糅著片刻前曾經嗅及的那種「天香」，女人香。

在這一晚的月光撫照之下，他不得不想到了月娘。

自當夜而後，此念不時油然而生。每在他打開籠仗，取出布囊的時候，總不能免。

這是太陌生的一種想念，他從未經歷過──每當念來，總是初見月娘那一刻，從門開處綻現的笑容，忽而迫近眼前，胸臆間則一陣掏掘、繼之以一陣壅塞；一陣灼疼，繼之以一陣酸楚；空處滿、滿處空，像是春日裡眼見它新漲的江水入溪、溪水入塘，而晴波歷歷，微漪湯湯——似無可喜可愕之事，亦無可驚可哀之狀。但是再一轉念，月娘又出現在田畦之間，出現在織機之前，出現在戴天山上每一處曾經留下影跡的地方。初看當時，只道遙不可及，亦未暇細想；回思良久，則揮之不去，更傾倒難忘。

有時月娘的容顏也會湮遠而蒙昧，越要以心象刻畫，卻越轉迷茫。有時，她的樣貌會與他人相容融，以至於彼此不可復辨；偶或是露寒驛上露齒而笑的胡姬，偶或是青山道旁散發著天香的姑娘——偶爾也有些時候，是他忘懷已久的母親和妹妹。

這一夜，他作了兩首詩。第一首用唐人時調，相當謹慎地持守著黏對的規範，這是此夕尚未沾酒之時，即景而吟成的，題目就叫〈春感〉：

茫茫南與北，春色忽空懷。榆莢錢生樹，楊花玉糝街。塵縈遊子面，蝶弄美人釵。卻憶青山上，雲門掩竹齋。

第二首〈箜篌謠．寄月〉，則是在松林間滿飲一瓶之後所作：

登臨似還鄉，欲親不能語。月下臥醒花影零，亂滿人襟作輕舞。冰壺傾兩處，濯魄看相同。此身寧可易，猶如風入松。兩者俱寂寞，聲聞安所從？往來幽咽生，愴惻任西東。穿林一呼嘯，直上清涼峰。託之寄嘈切，路遠信無蹤。達者坐忘久，月移花已空。

這一首〈春感〉，日後由王琦收錄在《李太白全集》之中，內容稍有更動。王琦並在詩後引宋人楊天惠所著《彰明逸事》（按：彰明即昌明）解其本事如此：

（李白）隱居戴天大匡山，往來旁郡，依潼江趙徵君蕤。蕤亦節士，任俠有氣，善為縱橫學，著書號《長短經》。太白從學歲餘，去，游成都，賦此詩。益州刺史蘇頲見而異之。

楊天惠的記載對於這詩所涉情境十分簡略，尤其是明明提及了李白干謁蘇頲時曾經奉呈此詩以表才具，卻沒有提到〈春感〉內容的改變。

稍加比對可知，原來此詩的第二句——也就是點出〈春感〉二字、使情景交織的「春色忽空懷」——竟然改成了「道直事難諧」，這一句改得匆促，也改得生硬，與前後文圓鑿方枘，不能相容，既不自然、又不切題。李白這樣改作，只有一個目的，要讓一這純粹寫景的詩作，看來還有些許比興寄託的深意。

寫詩不能愜意，而情意又不能傾吐、甚至不敢積蓄。李白日復一日在寺隨齋，竟然停下了原要壯遊蜀中崇山大川的腳步。日常素蔬無味，而不覺其淡寡。讀書，則肆意默識文句而不求會心。看松、賞月，誰知松月何在；聽琴，更只覺高山流水，吹萬各異，豈能復計它甚麼宮商角羽？直到有一天過午，他從宿醉中醒來，發覺身旁一紙，寫著這麼幾行字：

樓虛月白，秋宇物化，於斯憑闌，身勢飛動。非把酒自忘，此興何極？

他手持此紙，從和衣而臥的榻上翻身而起，一步一步向室外走去，一步一步回溯著前一夜的記憶。他知道：最後終將回到昨夜醉酲的起點：月娘。

就在這一刻，李白所寓身的小小客寮忽然微微震動起來，有如天地廣宇之外，另有巨力，正輕輕搖撼著這寺廟、以及寺廟所在的山巒。李白頓了頓才想起：是寺中那一口三丈高的大鐘正在「霜鳴」。

據寺僧言：彼鐘自古已有，斜倚於一山石前，傾敧之處，略可容人俯身而入。置身其間，如在寒冰之室，渾身沁涼透骨。相傳鐘內原有一錘，不知何朝何代，為人所盜去，發盡烈火鎔之，欲以鑄錢。可是，盜者遍伐山南山北上千年的古生楠木為柴，鐘錘仍自鐘錘，偏不肯鎔。一怒之下，盜者將那鐘錘扔到溪水之中。不料手起錘落，一聲巨響，硬生生將山石切斷；鐘錘滾過之處，削壁如鏡，寖成瀑布。剩下的這口空鐘，未經多少歲月，便教荒草蠻煙、土石朽木給覆蓋成一大塚。直到南朝一僧避難經過，時在春末夏初，《佛子十方行記》上說：

> 值此丘，聞異響，僧遂告人曰：《山海經》謂「豐山有九鐘焉，是知霜鳴。」其此之謂耶？

可是《山海經》上所形容的九鐘都會自鳴，是由於秋天霜降，鐘體忽然受寒，應該是在大面的鐘身上結成霜冰，累積擠壓，所造成的震動。此際既非其時，復不見鐘，如何附會呢？然而彼僧堅信：聲從大塚之中傳來，非發工掘看一個明白不可。一發之下，果然見這啞鐘，眾人皆嘖嘖稱奇，僧以為此間宜有寺廟香火，以應佛心，這鐘、這鳴，都是佛意顯象。乃有遠近善男信女傾囊捐輸，逐舍逐院，一一建成。更由於鐘體龐大，人力很難移動，便置之原處不移，然而故事是以春夏而得霜鳴，的確有一種清涼之意，遂以此二字名寺。

這啞鐘，也絕不辜負信受恩施之理，每年於春夏之交、秋冬之會，似有信誓之期可以恆守，屆時總是震震而動，動時非但鐘身甕甕作響，隨著清涼寺址蹟逐漸增擴，到了大唐立國以後，方圓數里之內，縱使只是林木草石，也會跟著微動，如顫如震，如泣如鼾，在這大約歷經一刻左右的過程之中，萬物輕微地盪之、撼之、像是要將天地間一切其它可聞之聲，併收於鐘內，隨即漸歇漸杳，一切歸於平靜——當這「霜鳴」接近尾聲的時候，如臨清夜，霄壤無聲，別是一番幻異的境界。

由於情境特出，旁處無有，清涼寺每逢這兩日，一如新正期間，都會舉行「普茶」，以饗隨喜父老。為了慰勞常住僧眾以及諸方檀越，住持和尚會出面設席，在寺中平曠蔭涼之處，設施茶點，招呼飲食。也可以說將就著這麼一陣短暫的「霜鳴」震動，以及片刻間的寂靜，舉行一場別開生面的寺景遊觀。

當李白趔趔趄趄，一路沿著昨夜行跡逆數而去的時候，霜鳴剛剛開始發動，這一刻，正逢清涼寺的維那僧上殿招呼「悅眾師」們檢點几榻茶果、香花燈炭，一聲喊：「外寮諸師、十方檀越，俟霜鳴寂靜，請至禪堂吃普茶。」

此時，李白在客寮東側一株老松之下的讀書臺，遠遠望見清涼寺南園綠蘿崖邊的濬和尚，正盤膝而坐——濬和尚並沒有隨著眾僧往禪堂去，他就像是一尊亙古以來便安置在巨鐘之下的石雕一般，撫著那張綠綺琴。原本李白還能從初發的南風之中依稀聽見琴曲，他不能自已地在琴音之中喊了聲：「濬和尚！」然而可怪的是：這一句話才喊完，底下的一句以及隨風相迎而來的琴曲，忽然都瘖啞了——就在這晴空朗日之下，萬籟倏忽而俱寂。

消失的那一句話，正是李白肺腑間梗塞的呼求：「某不平靜。」

因為他想起那張紙上的字句是怎麼來的：「樓虛月白，秋宇物化，於斯憑闌，身勢飛動。非把酒自忘，此興何極？」——昨夜他又喝了酒，酒後攀上寺塔乘涼，當時簷前之月正滿，似在咫尺近前，他伸手去捉，月白居然在握，一握而碎。碎了的月，卻又脫手飛出，稍向西移，而遠去了幾寸。他再伸手一攫，掬之入掌，從而復碎。三捉、四捉，竟然只差分寸，一條身軀便要跌下塔去。

他來到濬和尚面前，徐徐展開紙，夜間的酒勁尚未全退，偶一失穩，紙張竟隨風勢飄出，轉瞬之間，一路遠颺，翕然有聲；濬和尚指尖的琴聲也在這時恢復了——依然是那首〈風入松〉，末句右手半輪，名中二指次第彈出，左手盪吟，遂成飄曳之態，風息松止。

「汝不平靜。」濬和尚說。

「和尚聽見我說了？」李白回眸望一眼那鐘，又望望方才置身所在的讀書臺。

「也未。」濬和尚說。

「和尚怎知？」

「一心不靜，萬物皆知，豈賴言語？」

「心不靜當如何？」

「更不說。」

「不說，心即靜耶？」

這是一個相當清楚的疑難：李白所求，並非如何一遂所願，而是如何能讓這一不能遂願之心平靜下來。倘若「一心不靜，萬物皆知」，則縱使不「賴言語」，豈不一樣會擾動世界麼？濬和尚的答覆，似乎給了李白更加深重的一擊：平靜不能自求而得。

濬和尚道：「風過松知。」

李白聞言端的是一愣，脫口而出：「我便不回戴天山了。」

「『回』字無稽，汝去處本不是來處。」

日後多年，在一個看似尋常無事的秋天，李白不意間得知濬和尚圓寂，他在那一日傍晚醉伏入夢，得見此僧攜琴出蜀，曲終人去而一寤，李白才寫下了這樣的一首《聽蜀僧濬彈琴》：

蜀僧抱綠綺，西下峨眉峰。為我一揮手，如聽萬壑松。客心洗流水，餘響入霜鐘。不覺碧山暮，秋雲暗幾重。

其中頸聯的「客心洗流水，餘響入霜鐘」固非實景，而是寓情於物的一段感悟。這一聯，分明就是濬和尚對李白的啟迪：作為一個在塵世間有如過客般的人物，一身如寄，一心亦如寄，這樣一顆不能長留久佇之心，復加之以流水般歲月的滌洗和消磨，更不至於沾惹於情，或者是黏著以情。一個不能承情之人，還能夠對天地、對萬物、對眾生說些甚麼呢？這樣一個人所想要說的話，大概也都該像是琴曲的汎音餘響而已，何不就鎖入了霜鳴之鐘，再也毋須發出聲動，再也毋須令人知曉。

客心無住，故餘響不發，去去不必回顧。這竟是李白一生的寫照。

57 歸來看取明鏡前

再回綿州之前，李白並不知道他已經成了漢州、益州以至於眉州這三百里道途上小有名氣的醫者。

最初，他只是在清涼寺為幾個長年體虛的僧人切脈看診，發現他們少氣懶言、疲倦乏力，升座說法時聲調低沉，動輒氣短發汗，心悸頭暈，而且一律面色萎黃，不欲進食；更兼之以虛熱盜汗，一把上脈，脈象也多見大弱。李白便給他們開了用以補氣的人參、黃芪、黨參，服後居然當即見了效驗。

這些僧人自然也會引來、或是攜來當地和鄰鄉的施主，初來者亦知他不是甚麼大夫，然而氣血中虛者，泰半皆由於滋養不夠，無地無之——與之前金堆驛上的黨四娘和馬五娘並沒有甚麼兩樣——說穿了就是長期挨餓之故；至少是不能足食所致。

他一見癥狀相似，便想起趙蕤所授的辟穀之術，雜以大豆、扁豆、大棗、桂圓、乾荔枝、黑棗、蓮子、枸杞和十餘款體貌不同的蘑菇，讓病家交替食用。問診時說之以神仙服食的故事，總道：「天地養人，非徒畎畝，蕨菌在林，任爾滋補。」話中還不免鼓勵那些病家，要經常到山林間行走，偶或有奇緣佳會，撞上了神仙，提攜一把，也還了得。此說博人一粲，也令鄉人印象深刻，益發爭傳其名。

尤其是替僧人配藥調膳，須忌葷腥；而替俗家病患處方，則略無避諱。遇到了家道豐實的人，或也呈現了虛症，他就常在藥材中和以蔥韮雞魚之屬，烹調起來，儼然別有風味。這樣的膳食，初非病家或李白所料，竟然能成為「理病之資」。

李白有時逞其談興，隨口滋藩，人們默誌手抄，事後循按，竟然還能冥合如實，引以為佳餚美饌。有時則未必為了治病，只道這是「不食常食」的一種趣味，也常予人以驚異的發明主張。人稱他為醫者，他則謔號自己是庖丁，依舊在諸般宴聚之間，縱談高論些神仙飲食之術，而趙蕤行前的提醒，他顯然已經半句不能掛心了。

神仙飲食是極其新穎而有趣的招徠，也成為李白的一個意外的機會。

這一年冬天來得早，不過「京使」來得更早。開元八年七月，蜀中各州已經盛傳：中書侍郎蘇頲，由於先前窮治盜鑄的事，引發江淮民怨，不但受到了皇帝的斥責，也從待了整整十四年的中書省去職，被任命為看似位重、實而權輕的禮部尚書。

這還不算，「京使」之到訪，更意味著朝命恐怕要有不尋常的舉措——傳言之一，是蘇頲已經罷去「知政事」——也就是開去宰相的權力和職務——奉天子之命入蜀，專任益州大都督府長史事。這些年來一向與他同進退的另一名資深宰相——門下侍中宋璟——則早就在本年正月就已經只是「開府儀同三司」，徒具相位虛名而已。

蘇頲避過齋月才起程，也就因此而沒有機會趕赴清涼寺親睹大鐘霜鳴、萬物瘖啞的盛況。他是在開元九年春末夏初入蜀的，一到成都，便寫了《初至益州上訖陳情表》。其中：

「臣稟識愚妄，受恩忝越。十有四年中書省，三命承明廬。……陛下深慈矜愚，至德念舊，以臣頗習儒訓，更超宗伯，臣益用慚負，匪遑底寧。豈悟西南重鎮，巴蜀奧壤，爰雜縣道，且聯軍戎，付臣兼之。」

這一篇文字所陳之情，不外是再一次提醒皇帝以及皇帝身邊其他當權秉政的新貴：他來到蜀中，既非投閒置散，更非放逐貶斥，而是更為深重的信任與倚賴。的確，蘇頲誠摯地相信：皇帝所付與他的責任，還包括了「按察節度劍南諸州」，以及「總理西南兵務」。而這一趟遠謫，也就沾帶了幾許人人知而不言的詭譎之氣，比方說：蘇頲所過之處，總要題寫大量的詩句，稱頌皇恩之餘，更多自我惕勵與期勉，遣詞用語，更常透露出一種帶些矯揉之氣的積極和歡悅。

像是排律〈曉發興州入陳平路〉就是在此行路途中所寫的，很能看出為自己鼓吹勇氣的用意：

旌節指巴岷，年年行且巡。暮來青嶂宿，朝去綠江春。魚貫梁緣馬，猿奔樹息人。邑祠猶是漢，溪道即名陳。舊史饒遷謫，恒情厭苦辛。寧知報恩者，天子一忠臣。

〈經三泉路作〉也是如此：

三月松作花，春行日漸赊。竹障山鳥路，藤蔓野人家。透石飛梁下，尋雲絕磴斜。此中誰與樂，揮涕語年華。

若以他自己的句子解注，其心境，大約就是「京國自攜手，同途欣解頤。情言正的的，春物宛遲遲。」所表現的浮笑強歡罷了。早了八、九個月來的「京使」原本就是長年追隨蘇頲的家臣，前行入蜀另有差遣，這就跟皇帝的欽命有關了。

罷政之後，皇帝親自召見了幾次，真正的動機就是查察蘇頲語言體貌是否於微處稍洩不滿，這不只是君臣間的禮節講究，也是為國之大臣者應該持抱、不可或缺的風度。應對了幾次，蘇頲果然辭氣昂昂，一點都不像是遭到了重貶而即將發放出京的樣子。這令李隆基很放心，幾乎不肯讓蘇頲走了。他當場執手叮嚀：益州非等閒之郡，代有人才不世出，宜多加留意，細為訪查。京史所伺查者，也是這一方面。

除了充分信任蘇頲的公道無私。他也相信蘇頲的節操，特許劍南道全區「鹽鐵自贍」——也就是充分授權蘇頲在民生最稱大宗而首要的鹽、鐵物資上，能夠自主自足，不必報輸中央。一般州郡，僅設刺史主之，設大都督府，即有委以專征伐的用兵之權，其地位堪比古之諸侯；而益州大都督府的長史，顯然獲得天子青眼，更非同尋常。

據史：蘇頲到任之後，並沒有銳意求功，反而崇尚簡靜，以招募戍軍的方式重興力役，不以徭役科擾丁男，如此一來，家戶漸漸得以自饘，若此而能以酬值的方式，擠壓出更多的勞動力，使丁男應募而「開井置爐，量入計出，分所贏市穀，以廣見糧」，則地方之利，便能與民均同了。日後還有一樁小事，可以見出蘇頲的風骨。

那是益州大都督府的前任司馬（次於長史）皇甫恂，忽然奉皇命重使蜀地，人還沒到，公文書就來了。由於皇甫恂素知蜀中工匠藝能，函示要用庫藏公帑，買取當地紡織、木器、玉雕精品呈貢，連品項都列舉得明明白白：「錦半臂、琵琶捍撥、玲瓏鞭」。蘇頲拒絕了，並為此而上奏：「遣使銜命，先取不急，非陛下以山澤贍軍費意。」有人勸他：「公在偏遠之地，不能近事至尊，奏言違隔，也就不該如此輕易地忤犯上意。」蘇頲答道：「不然。明主不以私愛奪至公之理；我又怎麼能以遠近廢忠臣之節呢？」

李白則出現在這樣一個真正的大臣的面前，不可謂不得自機緣。

和前一年差不多，開元八年冬大雪，即使不雪之地也酷寒逾常，陰雨連朝，道途濘陷，在如此濕冷的天氣中，竟有專信遞來清涼寺，收信人是李白。拆看之下，竟是陳過的親筆。歪歪斜斜的字跡，寥寥交代了自己秋下染病的情形。他認為自己撐不過這個冬天，也無意「徒擾清修，以抗不瘳」，報之以信的目的，是希望李白在來年春日，道路暢通之後，或者作返鄉之計的時候，能夠取道錦城，再赴陳醍醐酒坊，他有「微物奉呈」。

李白原以為那就是酒了——下清涼山重返成都，自不是為酒。他其實憂心不已。

直到此時，除了那丁零奴之外，他生命中尚未出現過任何親近的死亡。丁零奴交付了他那一柄長劍之後，從病榻上翻身坐起，略事喘息，便向李白的家人一一跪別，接著，他仔細地拍拂衣裳上的塵埃垢屑，越拍越起勁，一時撲打得滿天灰雨，李客一家人嗆咳不及，奪門而出，又過了好半晌，這奴方從室中佝僂步出，隻影憔悴，逕向西行，不復回頭。那情景，在年少的李白看來，猶如家人的遠別。

然而這一回，他連陳過的面也沒有見著，棺停於家，守待吉日回龍州江油縣故居安葬。陳過的家人遲遲未能扶櫬歸里，還另有緣故。

因為近些年來，朝廷對於民間厚葬成風，頗有不愜。每隔一段時間，就會有大臣提出此議：天下豐足，士庶繁盛，很多沒有官職爵祿的百姓，往往因為商賈或匠藝而發家，多購田宅，大興土木不說，常在養生送死的事上競奢逐靡，邀羨驕賞，其情其勢，看來不免有與公侯士族一較高低之心。

至今還經常為人提及的，就是五十多年前，右相李義府改葬其祖父，三原縣令李孝節私發民夫車牛，日夜運土，建築墳塋。一時之間，高陵、雲陽、華原、涇陽等七縣也都征派丁夫赴役，其中，還居然把高陵縣令累死在墳上。當時隨葬之物，豪奢絕倫，送殯車馬奠祭，從灞橋一路行列牽連，直至三原，前後七十里，相繼不絕。這場面，竟然讓世人豔羨閧傳幾十年。於是時時就會傳聞：某地商民某家，為死者發喪的時候，場面何等盛大，隊伍何等綿長，棺墳何等壯麗——末了還會補上一句：「堪比當年李右相了！」事實上，說者也沒見過李右相家送葬的場面。

直到當今皇帝即位，最常痛切斥責此風的宰相，就是宋璟。在他看來，民俗崇尚厚葬，乃是由於天子之家率先趨騖高墳大陵的影響。他的〈諫築墳逾制疏〉天下流傳，其中看似批駁民風的字句，都暗暗指向了皇室：「比來蕃夷等輩，及城市閭人，遞以奢靡相高，不將禮儀為意。今以後父之寵，開府之榮，金穴玉衣之資，不憂少物；高墳大寢之役，不畏無人。百事皆出於官，一朝亦可以就。」

然而眾所周知的是：新任大都督府長史蘇頲一向都與宋璟沆瀣一氣，對於陳過家人試圖厚葬的願心，恐怕很難縱容成全。先是，京中來使也風聞酒坊人家此請，遂告知前來打探及說項者，婉轉透露長史的意思，轉囑陳過家人：喪事還是從簡從樸的好。就在這來來往往的疏通、請託之間，身為老官紳的盧煥得知李白到了，他忽然想到：或許應該引這後生見一見蘇長史。

對於蘇頲來說，此意倒是一拍即合，畢竟皇帝臨行之際執手相託的，就是尋覓人才。只可惜存心玉成此薦的盧煥一個不留神，多說了幾句：「此子天才英麗，兼通藥理，據聞此去眉州之間，多有醫人俠行。」

孰料蘇頲登時一皺眉，歎了口氣，道：「才大難為一用，也須慎重得之。」

盧煥聞言，脊骨一涼，暗道一聲：「不妙！」隨即深悔自己受李白一診之恩、急欲相報而不免忘形，失言大矣。

說來也很無奈，益州是京畿拱衛，關隴屏障，高祖至高宗時期，從設置總管府、而道行台、而大都督府，愈見其形勝。大都督本職，例由王子遙領，也常懸之不授，而以長史總持方面事務。蘇頲賦性忠直、秉懷恢闊，凡所屬意者，總在如何能使帝國長治久安的犖犖大端，更由於從相位左遷，他並不認為這只是一般的貶謫，反倒是在一次專責外任的機會——尤其是身繫帝王諄諄之命，留意人才的那幾句話：「益州非等閒之郡，代有人才不世出」更使他加意慎重了。

從派遣使者於前一年先行訪視就可以看出，蘇頲不希望自己在鄉閭父老、官紳耆舊的包圍之下，偶失於偏聽偏見，而不能夠對這樣一個昔年諸葛亮〈隆中對〉稱為「沃野千里」的「天府之國」有一番了然如照的洞察。尤其是薦舉，他幾乎是用一種「查察過嫌」的眼光來面對如潮浪般湧至的關託。

對於盧煥——這位在成都夙負眾望的老者——蘇頲向聞其詩名，甚至還能誦其佳句，如：「倩誰商略知詩寂，顧我憂紆數鬢斑」「肯別滄浪纓不洗，卻停嵇嘯舌多閒」這兩聯，出自盧煥的一首詩，該詩題目相當長，幾乎可以說是一篇短短的文章了：〈昔聞山濤舉嵇紹，別棲逸之思，固不入時聽，是以非常之論持贈非常之士；乃造「天地四時，猶有消息」之語，為百世熱中人留一晉身說。耽詩者透見及之，不忍道破，為賦歎思，兼寄知者〉。

也由於欣賞此詩此題，蘇頲通篇都能背得。雖然盧煥已經致仕歸林，且與大都督府長史官祿相去懸殊，但是蘇頲仍然堅持以士禮接見，把晤如同僚。還當著盧煥吟誦了一通那首詩、以及題目，令盧煥大為激奮，也就不檢分寸，順著嵇康、嵇紹父子出處仕隱之不同，將話題引入節行、操守、乃至於魏晉風度及死生禮法。隨即話鋒一帶，貿然將陳過喪儀之事提了，以為「人物消息，一生一死，或可不禁厚禮，以獎孝行」就此輾轉請示長史裁量；這是一頂大帽子，蘇頲淡然回了兩句：「嵇、阮風標，畢竟和王、謝不同；黎庶楷模，應須與門第稍異。」

當盧煥再舉李白以為「才人可用」之時，似乎也暴露了相似的尷尬。李白是商賈之子，無論科目如何，連應考的資格都沒有。如果堪為朝廷所用，則就常例而言，自然非仰賴官薦不可。

一旦盧煥稱道不置，蘇頲漫聲應答的話裡卻含藏了無限玄機：「才大難為一用，也須慎重得之。」，這顯示出他對李白之「才」究竟如何可「用」，是有疑慮的。先遣的使者顯然已經對此間江山人物之情實，打聽得十分詳密，而李白，並不是一個寂寂無聞之人。關於這個大步趔趔衝州撞府、而所過之處，輒揮金如土的白身少年，大凡可以歸納為三事：

昌明李白，曾經綿州刺史李顒之薦，不就；此其一。通醫術，能以時蔬入藥為膳，術頗精，僧俗皆傳；此其二。性豪蕩，常焚契券，博有俠名，詩作遍題寺宇酒肆。正因為「詩作遍題寺宇酒肆」，引起了蘇頲的興趣，在與盧煥晤談將罷之際，他對這容色栖遑的老者道：「且囑彼昌明李生：先自呈詩文到府，並投刺來見，某將以庶人之禮待之。」

這是李白平生第一次干謁，入大都督府之前，蘇頲已經讀過了他所投遞的數十首詩篇，以及擬《文選》舊題而寫的賦作。說是以庶人之禮迎納，然而在接見當時，陣仗卻不小。府中司馬二人，錄事參軍一人，錄事二人，以及功曹、倉曹、戶曹、田曹、兵曹、法曹、士曹等七參軍都在列。除此之外，當職的文學官，以及醫學博士各一，也都侍立於旁；都督府的重要僚屬，堪稱全員齊集。

蘇頲肅容臨几而踞，先讓諸僚員以次就席而坐，他一眼也不看那匍匐於丈室門前的李白，倒像是在對僚屬們交代尋常的公務：

「某此行來郡，親承殿旨，詔曰：『益州非等閒之郡，代有人才不世出，宜多加留意，細為訪查。』今有昌明李生來謁，某與諸君，更當體察聖意，存心野處，務必要讓巖穴之士，皆能仰承雨露，均霑恩澤，旦夕體會於此，也就能普施膏沐之化了。」

眾人在這時同聲一「諾」，有人順手拍了拍袖子上的灰塵。

接著，蘇頲仍不同李白說話，轉向末席那八品的文學道：「李生天才英麗，聲名秀發，汝亦讀過他的詩了？」

那文學垂首昂聲道：「回長史，讀過了。」

「何如？」

「遊思曠遠，造語清奇，質古而詞新，常有天外飛來之意，橫決怒下，時所罕見。」

「說得好！說得好！」蘇頲拊掌而笑，簡直滿意極了，不住地點頭，接著依舊不理會李白，轉向身旁兩側的司馬，道：「某亦以為——略與陳伯玉神似？」

陳子昂與李白偶有神似之處，像是年少時仗劍傷人，之後息交絕遊，折節讀書。於十八歲出三峽，入長安，考科舉，一度落第，之後仍發憤不輟，終於進士及第，官至右拾遺。據說他初初博名，手段不俗，曾經以百萬錢買一胡琴，而當眾碎之，並慨歎：「蜀人陳子昂，有文百軸，馳走京轂，碌碌塵土，不為人知。此樂賤工之役，豈宜留心？」乃以此舉聲動京師，而他當場散發的詩文也一時震動帝都——而其作質樸剛健，一洗齊、梁間的輕豔綺靡，也是初唐以迄於盛唐間獨立風骨的健者。其〈與東方左史虯脩竹篇序〉中，對於前代文章的九字批評，爾後竟成為千古不易之論：「采麗競繁，而興寄都絕。」

「陳伯玉也是蜀中人物。」一司馬連忙附和道。

另一司馬趕緊拱手朝天，接道：「無怪乎聖人云：『益州非等閒之郡，代有人才不世出』。」

蘇頲似乎也很得意自己從李白的詩文中尋得了陳子昂的況味，然而他目中竟無此子，並沒有就之詢問李白之於陳氏究竟有無觸發、有無浸潤，反而一抬手指向錄事參軍，道：「陳伯玉物故也多年了罷？」

錄事參軍更不理會李白，逕自掐指數算了片刻，才道：「於茲算來，也快二十年了。」

李白沒有想到，所謂長史接見，竟是傳喚他來瞻仰、來聆聽大都督府群官對他所作詩文的品評與賞識，這倒也還新鮮有趣。至於拿他的詩比陳子昂，看來也獎勉有加。只是長史緊接著的一段話，讓他聽得心神恍惚，居然不能應對——

終於蘇頲像是忽然想起了李白，轉過臉來，凝眸直視，恢復了先前肅穆而威嚴的表情道：「李生！汝下筆不能自休，可見專車之骨了。」

「專車之骨」是個不常見的典故，語出《國語．魯語下》：「吳伐越，墮會稽，獲骨焉，節專車。」的一節，大意說的是：

春秋時代，吳伐越，摧毀勾踐在會稽山上的營壘，還拾獲了一節很長大的骨骼；由於骨大無倫，須用一輛車專載，而著實不能考其來歷。吳王於是派使者去魯國訪視，並向孔子徵詢大骨之事，還特別吩咐：「不要透露這是寡人求教於彼大夫。」

吳使到訪，向諸魯大夫分送禮幣，來到孔子面前，孔子回敬了一杯酒。隨即撤去禮器，開始宴飲，吳使便看似無意間想到的一般，拿起桌上吃剩的骨頭，問孔子道：「請問什麼骨頭最大？」

孔子答道：「我聽說大禹召集群神到會稽山，防風氏違令遲到，大禹便殺了他，陳屍於野。傳聞中防風的骨骼是極大的，一節須以一車盛之——這大概是巨骨之尤者了。」

吳使復問：「請問職掌若何，方能稱神？」

孔子似微察其意，故道：「山川之靈，興雲雨以利天下，是以掌山川者可以稱神；至於掌管社稷者，僅可以稱公侯；公侯從屬於王而已。」

吳使再問：「那麼，敢問防風所掌者何？」

孔子答道：「防風乃古汪芒氏之首，掌封山、嵎山，姓漆氏。至於虞舜、夏、商之時，便叫汪芒氏，洎乎周代，復改稱長狄，其所屬之民十分長大。」

吳使者還不死心，又問：「至高之人，其高幾何？」

孔子最後答道：「僬僥氏之人，身高不過三尺。身形至高者，大約僬僥氏之十倍，也就堪為極致了。」

李白不察此典，登時被蘇頲一眼識破，遂將《國語》所載、孔子與吳使之相與交談，一一說過，說完還補了一句：「才道汝詩文詳贍，足見專車之骨，便從防風一縮而至於僬僥了！」群僚霎時間都陪著大笑起來。

李白也跟著笑了，他真心覺得有趣：一個傳說中身形三丈的巨人，倏忽之間縮成三尺，的確可笑。他覺得那笑，與自己毫無瓜葛。

「專車之骨」是蘇頲與李白交談的第一句話。其次，則是：「汝所作〈春感〉次句有聖賢之義，大是佳好。」

至於這〈春感〉的次句，李白當然不會忘記，這是他在接到盧煥的急信告知：「長史命召在即，待以布衣之禮，速備近作文章」之後，於重新抄寫時改動的；他把原作的第二句：「春色忽空懷」改成了「道直事難諧」，不意在那麼些詩文之中，蘇頲所中意者，看來也只此一句。

「謝長史。」李白挺起匍匐的腰桿，不料蘇頲已經起身，再度向他的僚屬——而非李白——道：

「此子風力雖然未成，然若廣之以學，可以與相如比肩矣。」說完，便轉身從側廊而出，不知尊駕竟往何宅何室去也。

就在這一瞬間，李白但聞耳邊爆起一陣交相慶賀之聲，似乎每個人都在誇讚、都在稱頌、都在嘉許和驚歎。有人說的是他，有人說的是長史，有人居然說的是巴蜀天府，也有人不住地崇揚聖人——也就是當今皇帝了。李白默無一語，他心念所繫，只是如何趕赴陳醍醐酒坊，他得陪伴著陳過的棺槨返回故鄉。

殯葬的隊伍直到秋後近十月才出發。因為要到那時，蘇頲才匆匆忙忙奉皇命返回京師，厚葬之禁忽弛，殯仗也終於算是昂昂揚揚地啟程了。蘇頲臨行之時已經徹底忘了，幾個月之前，他曾經接見過一個名叫李白的布衣少年。也就在出蜀途中，蘇頲寫下了〈九月九日望蜀台〉這首詩：

蜀王望蜀舊台前，九日分明見一川。北料鄉關方自此，南辭城郭復依然。青松繫馬攢岩畔，黃菊留人籍道邊。自昔登臨湮滅盡，獨聞忠孝兩能傳。

這詩時經傳抄轉錄，京畿、劍南等地流布極廣，當世士大夫之論，咸以為「燕許大手筆」盛名不愧，俗議皆稱：此作非徒屬對工穩，運調鏗鏘，尤其是在末聯結句之處，拈出人倫的偉大襟抱，真雅頌之致也。

然而蘇頲自己怎麼也不滿意，改之又改、才改出了「攢」、「籍」這兩個生硬的字眼；以他當前所擁具的地位和聲望，已經沒有人會批評他的詩有任何聲字調律方面的缺陷了；他不甘心，也不相信，卻無處求證。

兩年多後的開元十一年，黃梅熟落，盛夏炎輿，蘇頲再度入蜀。當長史儀衛來到龍州江油縣小憩的時候，他結識了當地一名即將滿歷一任的縣尉。據云：斯人也而在斯職也，已然多歷年所。蘇頲初以為聖朝人才，或恐有曲直不能達於天子者，枉滯於下僚，應予昭雪申張；一俟見了面，才發現這縣尉根本無意於進取，是個一心只在禮佛修仙、吟詩作文的人物。既然耽於詩，蘇頲便將出現成的疑難，一則以考較、一則以請教，恰是那兩句：「青松繫馬攢岩畔，黃菊留人籍道邊」應該如何修改，才能得奇警之趣呢？

那縣尉顯然早已風聞長史這首名作，幾乎不假思索地朗聲吟來：「『青松繫馬鳴風處，黃菊留人籍道邊』可也。」

這一改，風範果然不同。原句就是作了一聯寫景落實的對子，用意合掌而已。可是經這縣尉當下一改，精神便出落得新穎起來；因為出句和落句不再只是字字相嵌而為偶，還有一種上下相承的情態，讓兩句之間出現了時間的流動感；更細膩的地方是，繫馬之松一旦得此風鳴，意味著秋意急促，下句黃菊之狼藉，也就有了根據。

「汝如此捷才，豈能以一縣尉而足？」這時蘇頲忽地意興高張，問道：「汝姓字里籍若何？老夫竟不能記。」

「稟長史，」縣尉道：「某安陸姚遠；情實不敢隱瞞，此非出於某之手筆。」

「那是——」

「昌明李白。」

「甚麼人？」蘇頲訝異，真想立刻就結識此人。

姚遠笑道：「彼自云：『天上人』。」

李白這時已經回到了戴天山，想起兩年前寫過的半首詩，尚未完成，前半篇字句如新，歷歷在目：

未洗染塵纓，歸來芳草平。一條藤徑綠，萬點雪峰晴。地冷葉先盡，谷寒雲不行。嫩篁侵舍密，古樹倒江橫。白犬離村吠，蒼苔壁上生。穿廚孤雉過，臨屋舊猿鳴。木落禽巢在，籬疎獸路成……

此際，寒意一絲一絲地滲染開來，他將雙手伸進衣袖之中，衣袖裡還撓著陳過遺留的「微物」——那是一張釀製美酒的單方；他不知何時才能積聚夠數的穀糧釀酒，也許尚能一試；也許聊寄一醉。

在遠方的層巒淡霧之間，是若隱若現、而早已失去牌匾的子雲宅和相如臺。他仍舊不知道看見了月娘該說些甚麼話，也許他只能怨怪離別；正因為離別，才讓他對月娘油然而起了不堪負荷的思念。如今他回來了，來處經時，想它已不是去處，因為他又開始思念著路上曾經遇到過的每一個人。

也就在這一刻，他抽出了那一柄總會在他寂寞時瀧瀧作響的匕首，聽著單調的、古老的平仄節奏，李白完成了之後的句子：

拂床蒼鼠走，倒篋素魚驚。洗硯修良策，敲松擬素貞。此時重一去，去合到三清。

（第一卷完）

文學森林 LF0034

大唐李白 少年游

作者
張大春

一九五七年生，山東濟南人。臺灣輔仁大學中文碩士。早期作品展現出對日常用語的反覆思索與挑戰，從而產生對各種意識形態的解構作用，將虛構與現實交織，進行對寫實主義小說的反思，代表作品《將軍碑》、《四喜憂國》曾獲選二十世紀華文小說百大。八零年代以來，張大春走過早期讓評者驚艷、讀者驚喜的寫作時期，接著迎向在紙媒創作融入時事、以文字顛覆政治的新聞寫作時期，作品：《大說謊家》《沒人寫信給上校》。九零年代，張大春以大頭春為名，出手風靡一時的《少年大頭春生活周記》系列，暢銷現象影響流行文化，並從而進入電視廣播媒體。二十一世紀，張大春掉頭以新武俠小說拓展寫作，以五十六萬字完成《城邦暴力團》，爬梳近代歷史，接著寫出對家族父輩的悼念之作《聆聽父親》，處處展現不同過往的寫作關懷。近年，對漢文化凋零的憂心，從而透過專欄完成《認得幾個字》、《送給孩子的字》，堅持不同時人的寫作路數，其別有風骨的創作姿態，對臺灣文壇起著難以估量的影響力。其他作品尚有：《公寓導遊》、《尋人啟事》、《本事》、《我妹妹》、《野孩子》、《撒謊的信徒》、《春燈公子》、《戰夏陽》、《一葉秋》、《小說稗類》、《歡喜賊》、《富貴窯》……。

封面設計 莊謹銘
校　訂 張長臺
校　對 陳錦生
行銷企劃 詹修蘋、張蘊瑄
版權負責 陳柏昌
副總編輯 梁心愉

初版一刷 二〇一三年七月二十九日
初版十六刷 二〇一八年十一月九日
定價 新台幣四二〇元

ThinKingDom 新経典文化
發行人 葉美瑤
出版 新經典圖文傳播有限公司
地址 臺北市中正區重慶南路一段五七號一一樓之四
電話 02-2331-1830 傳真 02-2331-1831
讀者服務信箱 thinkingdomtw@gmail.com
部落格 http://blog.roodo.com/thinkingdom

總經銷 高寶書版集團
地址 臺北市內湖區洲子街八八號三樓
電話 02-2799-2788 傳真 02-2799-0909
海外總經銷 時報文化出版企業股份有限公司
地址 桃園縣龜山鄉萬壽路二段三五一號
電話 02-2306-6842 傳真 02-2304-9301

大唐李白：少年遊 / 張大春著. -- 初版. -- 臺北市：新經典圖文傳播, 2013.07
面；　公分. --（文學森林；YY0134）
ISBN 978-986-5824-07-5（平裝）

857.7　　102012660

Li Bo: the Poetic Age of Tang Dynasty

First Published in Taiwan, July 2013